BASTEI
LÜBBE

Von Jon Land erschien bei Bastei Lübbe:

13164 Im Labyrinth des Todes
13655 Die Rache des Tau
14140 Die Mauern von Jericho
14222 Manhattan-Projekt
14420 Die Säulen des Salomon

Jon Land

DAS MESSIAS KOMPLOTT

Thriller

Ins Deutsche übertragen
von Joachim Honnef

BASTEI LÜBBE

BASTEI LÜBBE TASCHENBUCH
Band 14560

1. Auflage: Juni 2001

Vollständige Taschenbuchausgabe

Bastei Lübbe Taschenbücher ist ein Imprint der Verlagsgruppe Lübbe

Deutsche Erstveröffentlichung
Titel der amerikanischen Originalausgabe: A WALK IN THE DARKNESS

Umschlaggestaltung: QuadroGrafik, Bensberg
Titelillustration: Agentur Voller Ernst
Satz: KCS GmbH, Buchholz/Hamburg
Druck und Verarbeitung: Cox & Wyman, Ltd.
Printed in Great Britain
ISBN: 3-404-14560-7

DANKSAGUNGEN

So begegnet man sich wieder. Oder treffen wir uns zum ersten Mal? In diesem Fall heiße ich Sie willkommen. Wenn Sie schon bei mir gewesen sind, begrüße ich Sie aufs Neue und hoffe, dass es Ihnen seit unserem letzten Treffen gut ergangen ist.

Die Idee für dieses Buch kam mir bei einem Mittagessen – bei Bolo in der New Yorker Westside – mit Natalia Aponte, der großartigsten Lektorin des Universums. Ich sage das mit vollem Ernst. Natalias Einfluss hat sich auf jede Seite dieses Romans ausgewirkt und sie verbessert.

Wenn Sie bereits zu meinen Lesern zählen, haben Sie vermutlich bemerkt, dass es mühsam sein kann, sich auf immer wieder neue Weise bei denen zu bedanken, deren Namen bei allen meinen Büchern auf dieser Seite erscheinen, besonders Toni Mendez und Ann Maurer, die mich bei sämtlichen 22 Titeln begleitet haben. Diesmal sage ich einfach nur danke; das reicht nicht, aber Worte sind ohnehin nicht genug.

Mein Dank gilt auch Tom Doherty, Linda Quinton, Jennifer Marcus, Chris Dao und Irene Gallo von Forge Books. Mir tun Autoren leid, die nicht wissen, wie es ist, von Menschen betreut zu werden und nicht von Konzernen.

Weitere Weggefährten bei diesem Roman waren Wiley und Rita Archer, Moshe Aroche, Irv und Josh Schechter, Richard Marsh von *Dearborn Press and Guide,* Barbara Schlevin, John Thurston und besonders Rabbi James Rosenberg. Jim ist selbst ein ausgezeichneter Schriftsteller, dessen Kenntnisse über das Judentum, Israel und die Thora es nur mit seinen Vorschlägen für Handlungshöhepunkte in diesem Roman aufnehmen können.

Und schließlich gilt mein besonderer Dank Emery Pineo und Nancy Aroche, die beide nach mehr als 30 Jahren im Klassenzimmer in den verdienten Ruhestand treten werden. Genießt es, Emery und Nancy, aber denkt daran, dass ich immer noch weiß, wo ich euch finden kann.

Für alle anderen gibt es eine Geschichte zu erzählen. Blättern Sie also um. Fangen wir an.

Das Volk, das im Finstern wandelt,
hat ein großes Licht gesehen.

Jesaia 9:1

PROLOG

DIE VERSCHWÖRUNG

JERUSALEM, um 33 v. Chr.

Der alte Arzt hörte schwere Schritte durch den Schlamm stapfen, bevor er die beiden schattenhaften Gestalten sah, die jemanden unter den Armen gepackt hielten und zwischen sich schleppten. »Ich warte schon seit Sonnenuntergang, Hauptmann«, sagte der Arzt und hielt die Tür auf. »Beeilt euch, und bringt ihn herein.«

Die Soldaten trugen den Mann in den schwachen Schein der Öllampe. Sie rochen wie der Straßendreck, der ihre Stiefel bedeckte. Salziger Schweiß glänzte auf ihren Gesichtern und tropfte von ihren Wangen. Die Blutspur, die den Schlamm gesprenkelt hatte, zog sich hinter ihnen über den Steinboden.

»Legt ihn auf den Tisch«, wies der Arzt die Männer an. Dann schloss er die Tür und vergewisserte sich, dass sämtliche Fensterläden verriegelt waren. »Er lebt noch, oder?«

»Sonst hätten wir ihn nicht hergeschleppt«, erwiderte der Hauptmann und legte den Bewusstlosen auf den schweren, mit Stroh bedeckten Holztisch.

»Es war trotzdem vergebliche Mühe«, meinte der Arzt, nahm die Lampe und ging zum Tisch.

»Wir alle haben unsere Befehle.« Der Hauptmann runzelte die Stirn. »Und wir müssen sie befolgen, ob wir sie billigen oder nicht.«

»Ich bin kein Mitglied eurer römischen Garde.«

»Du bist trotzdem römischer Bürger.«

»Aber ich kann keine Wunder wirken.« Der Arzt hielt die Lampe näher an den Gefangenen, leuchtete über dessen Körper und hielt inne, als er die dunkle Blutlache unter dem Kopf sah. »Erwarten eure Vorgesetzten tatsächlich, dass sie damit durchkommen?«

»Sie haben keine Wahl.«

Der Arzt blickte von dem Gefangenen auf und schluckte schwer. »Und der da hat keine Chance.«

»Tu deine Pflicht. Was hinterher geschieht, geht dich nichts an.«

»Und wenn ich mich weigere?«

»Dann töte ich dich. So lauten meine Befehle.«

Der Arzt legte eine Ziegenledertasche mit seinen Instrumenten auf einen steinernen Sockel in Reichweite neben den Tisch. »Dann sollte ich wohl anfangen.«

Er nahm einen Topf vom Feuer, in dem er Wasser erhitzt hatte, stellte ihn ebenfalls auf den Sockel und legte ein Tuch daneben. Dann nahm er eines der Instrument aus der Ziegenledertasche und betrachtete es prüfend im trüben Schein der Öllampe.

»Trotzdem, Hauptmann. Selbst wenn wir bei diesem Mann Glück haben, wird es nichts ändern.«

»Du solltest dennoch hoffen, dass wir Glück haben«, erwiderte der Hauptmann grimmig. »Für uns alle.«

AUSGRABUNG

SUS, TÜRKEI, 1948

Wie geht es heute mit der Arbeit voran, Sayin Daws?«

Winston Daws faltete sein Taschentuch und tupfte Schweiß von seiner Stirn. Das Zelt schützte ihn vor der Sonne, nicht aber vor der Hitze und der Luftfeuchtigkeit. »Langsam«, antwortete er Kamir, dem türkischen Vorarbeiter, der soeben mit frischem Proviant zur Ausgrabungsstätte zurückgekehrt war.

Kamir zuckte mit den Schultern und runzelte besorgt die Stirn.

Daws wandte sich wieder dem Mikroskop zu, das auf dem Tisch vor ihm stand. Er hoffte, in den unbedeutenden Schriften und Artefakten, die sein Team bis jetzt entdeckt hatte, irgendeinen Hinweis zu finden. Um ihn herum war eine Gruppe junger Archäologen damit beschäftigt, zwölf verschiedene rechteckige Gräben auszuheben. Die sorgfältige Arbeit der Männer war mühsam und langwierig, und Daws befürchtete, dass sie ihren Eifer und die Begeisterung verlieren würden, weil sie nichts von Bedeutung fanden. Die Gruppe arbeitete jetzt seit neun Wochen an dieser Stätte, und die vielen verlassenen Löcher legten Zeugnis von erfolglosen Grabungen ab. Die gesamten Funde ihrer Ausgrabungen füllten fünf luftdichte Behälter – je einen für jede der verschiedenen ergrabenen Schichten der uralten Siedlungen, die in zeitlicher Folge aufeinander erbaut worden waren, sodass die oberste Schicht die jüngste war.

Aber Daws hatte Grund zur Zuversicht. Jüngste Funde von

Eisenfragmenten deuteten darauf hin, dass sie zumindest näher an das Zielgebiet des ersten vorchristlichen Jahrhunderts herankamen. Sie waren geborgen worden, als die Tageshitze für die Jahreszeit ungewöhnliche Temperaturen von mehr als 35 Grad Celsius erreichte.

Kamir kauerte sich neben Daws unter das Zelt, das den einzigen Schatten an der Ausgrabungsstätte bot. »Erzählen Sie mir heute, Sayin Daws, was Sie in Wirklichkeit suchen?«

»Das ist eine rein wissenschaftliche Expedition, Kamir. Das wissen Sie.«

»Genauso wie ich weiß, wie viel es kostet, sich die erforderlichen Genehmigungen zu beschaffen.« Kamir lächelte leicht und zeigte seine perlweißen Zähne. »Zwei der türkischen Beamten waren Vettern von mir.«

Daws blickte wieder von dem Mikroskop auf. »Haben Sie all die Wochen gewartet, um mir das zu sagen?«

»Weil mir klar geworden ist, dass auch Ihre jungen Mitarbeiter nicht die Wahrheit wissen.« In Kamirs Augen spiegelte sich Besorgnis. »Und sie könnten in Gefahr sein.«

»Das geht Sie nichts an.«

»Auch unter den Ausgräbern sind zwei Vettern von mir, Sayin.« Der Vorarbeiter beschirmte die Augen und spähte aus dem Zelt. Draußen waren Daws' Studenten eifrig bei der Arbeit; ihre Gesichter waren von Staub bedeckt, den die heiße Brise aufwirbelte. »Deshalb geht es mich sehr wohl etwas an.«

»Das hier ist Ephesus, Kamir«, sagte Daws und rief sich seine ersten Studien über diese Region als Londoner Schuljunge in Erinnerung. An der ägäischen Küste in der südwestlichen Türkei gelegen, mit fruchtbaren Ebenen und Hügeln, waren hier Funde wie die Basilika des Heiligen Johannes, die Bücherei des Celsus und die angeblich letzte Ruhestätte der Jungfrau Maria gemacht worden. Daws' Ausgrabungsstätte jedoch befand sich inmitten eines öden Tieflandes, kilometerweit von anderen Grabungsstätten entfernt – ein Gebiet, das nur für normale, kartografisch erfasste Siedlungen bekannt war, die nie irgendetwas von größerer Bedeutung hervorgebracht hatten.

»Und in Ephesus besteht *immer* Gefahr«, fuhr Daws fort. »Was die Vorsichtsmaßnamen erklärt, die ich bereits getroffen habe.«

Kamir und Daws blickten zu den vier türkischen Soldaten hinüber, die an strategischen Punkten um die Ausgrabungsstelle postiert waren. Die Soldaten wurden turnusmäßig ausgewechselt und versahen in drei Schichten Dienst, Tag und Nacht, rund um die Uhr. Aber das war nur ein kleiner Teil der Kosten, die Daws im Zuge dieser Expedition auf sich genommen hatte. Zusätzlich zu den Archäologen gab es einen Geometer, der die Pläne anfertigte, einen Fotografen, der ausgewählte Funde fotografisch archivierte, einen Registrator und Mitarbeiter, die diese Funde vorab untersuchten und aufzeichneten, sowie Techniker, von denen die empfindlichsten Stücke behandelt und konserviert wurden.

Allein das tägliche Beköstigen und die Unterbringung des gesamten Personals waren ein erheblicher Kostenfaktor, der bereits an Daws' Geldmitteln zehrte.

Aber die Bedeutung dessen, was er suchte, war so groß, dass er diese Suche nicht aufgeben *konnte*, besonders nicht jetzt, nachdem es zumindest erste Anzeichen dafür gab, dass sie das fragliche Gebiet gefunden hatten.

»Trotzdem, Sayin«, beharrte Kamir, »befürchte ich, dass ...«

»Bir sey bulduk! Bir sey bulduk!«

Der aufgeregte Ruf kam aus einem der ausgehobenen Gräben, dem tiefsten, in dem einer von Kamirs Vettern den ganzen Morgen gearbeitet hatte. *»Iste! Cabuk!«,* rief der junge Mann. *»Sanlrlm, aradiglmlzl! Cabuk!«*

Kamir fuhr zu Daws herum, der aufgestanden war. »Er sagt, dass ...«

»... er etwas gefunden hat«, vollendete Daws den Satz, schnappte sich seine Kamera und eilte zu dem Graben.

»*Cabuk! Cabuk!*«, rief Kamirs Vetter noch immer aufgeregt.

Daws hängte sich die Kamera um und sprang in den Graben, gefolgt von Kamir. Er sah, dass das Gesicht von Kamirs jungem Vetter mit kalkweißem Staub und gelblicher Erde bedeckt war, in die der Schweiß Bahnen gezogen hatte, die wie Adern auf den Wangen und der Stirn aussahen. Der junge Mann wies mit einem gelb verfärbten Finger auf eine Vertiefung in der Erdschicht, die er freigelegt hatte. Daws erkannte in dem Zufallsfund eine Grabstätte, und in Gräbern wurden oftmals die bedeutendsten Funde gemacht.

Er kniete sich vor der Vertiefung hin und schob seine Kamera zur Seite, damit sie nicht im Weg war. Dann zog er eine winzige Bürste, wie Archäologen sie benutzten, aus der Gesäßtasche, kehrte damit behutsam Erde und Steinchen von einem rechteckigen Objekt und erkannte, dass es aus Holz bestand. Eine kleine Kiste oder eine Truhe, die groß genug war, um genau das zu enthalten, was er suchte.

Daws hustete den Staub aus und hob die Kiste vorsichtig aus der Vertiefung, in der sie fast zweitausend Jahre gelegen hatte. Der eiserne Verschluss war noch an Ort und Stelle, konserviert von der harten, tonartigen Bodenschicht. Vorsichtig hielt Daws einen Bleistift unter die Truhe, um die Beschaffenheit der Unterseite zu überprüfen. Zufrieden stellte er fest, dass sie unversehrt war. Behutsam hob er die Truhe ganz aus der Vertiefung.

»Ist es das, was Sie gesucht haben, Sayin?«, fragte Kamir.

Daws richtete sich auf und wandte sich mit der Truhe in der Hand zum Vorarbeiter um. »Machen wir das auf und finden es heraus.«

ERSTER TEIL

DIE GEGENWART

1.

Danielle Barnea stellte die Klimaanlage höher, als sie das Gefühl hatte, von der heißen Sonne der Judäischen Wüste in ihrem Wagen gebraten zu werden. Die Woge der Übelkeit, die sie erfasst hatte, verebbte rasch, und sie konnte sich wieder auf die Straße konzentrieren. Sie hatte den Anruf erhalten, als sie im Wartezimmer des Arztes saß, und war von der Klinik aus direkt zur West-Bank gefahren.

Das letzte Stück der Strecke zum Tatort führte Danielle über eine planierte Schotterstraße in östlicher Richtung durch die Judäische Wüste zum Toten Meer. Ringsum war das Land öde und ausgedörrt; nur stellenweise war graue Vegetation auf dem felsigen Boden zu sehen. Danielle glaubte, die Trockenheit sogar in der kühlen Luft der Klimaanlage zu spüren, von der das Innere des Jeeps erfüllt war. Außer den Lagern einiger nomadischer Beduinenstämme gab es hier meilenweit keine menschlichen Ansiedlungen, wie sie wusste.

Schließlich näherte sich Danielle einem behelfsmäßigen militärischen Kontrollpunkt. Sie hielt und zeigte ihren Ausweis vor. Ein israelischer Soldat winkte sie durch zu einem Camp, das ein Stück die Straße hinauf am Fuße eines Hügelhangs aufgeschlagen worden war. Fahrzeuge der israelischen Streitkräfte standen am Rand des Lagers, zusammen mit geschlossenen Jeeps, die Sanitäts-Kennzeichen trugen. Die Planen weißer, rechteckiger Zelte, die über Arbeitstischen aufgestellt worden waren, flatterten im Wind. Vier Miniatur-Nissenhütten mit Segeltuch an den Eingängen wirkten wie zufällig hingestellte Gebilde; sie wurden von bewaffneten Soldaten bewacht. Danielle bemerkte, dass Holzschilder an Pfosten, die in den Wüstenboden getrieben waren, hastig hingekritzelte Aufschriften trugen. Drei der Hütten waren nach amerikanischen Hotelketten benannt: HOLIDAY INN, MOTEL 6 und HOWARD JOHNSON'S. Drei alte Land Rover waren geparkt, um spärlichen Schatten zu spenden, während nicht weit entfernt zwei geschlossene Lastwagen in der Sonne brieten. Oben auf einem steilen Hang, gleich außerhalb des Camps, konnte Danielle eine Öffnung von der Größe eines Torwegs im zerklüfteten Abhang erkennen; dieser Felseingang war ebenfalls bewacht. Als Danielle ihren Jeep neben den anderen parkte, erhaschte sie den ersten Blick auf die Leichen, die mit weißen Plastikplanen abgedeckt waren. Sie stieg aus dem Wagen und ging langsam zum Tatort. Ein israelischer Captain der Armee sprach mit einem alten Beduinen in weißem Gewand, das sich im Wind blähte. Danielle ging zu den beiden Männern. Die Hände des Beduinen zitterten heftig. Seine Augen waren gerötet und spiegelten Schmerz wider, und sein Blick war wie in weite Ferne gerichtet.

Der israelische Captain sah Danielle, ließ den alten Mann stehen und ging ihr entgegen.

»Pakad Danielle Barnea, Captain«, sagte Danielle und reichte ihm ihren Ausweis.

Der Mann nahm ihn widerstrebend. »Captain Dov Aroche. Man hat uns nicht informiert, dass jemand von der Nationalpolizei kommt«, sagte er und reichte ihr nach flüchtiger Betrachtung den Ausweise zurück.

Danielle ging gar nicht erst auf die Worte des Mannes ein. »Waren Sie als Erster am Tatort?«

»Ja.«

»Dann hat jemand aus Ihrem Büro sich einfach an die übliche Vorgehensweise gehalten.«

Captain Aroche blieb angespannt und wachsam. »Ich bin davon ausgegangen, dass es sich hier um eine militärische Angelegenheit handelt, für die das Militär zuständig ist.«

»Wenn es Sicherheitsprobleme gibt, ja. Aber die Ermordung von Personen ausländischer Nationalität ist eine zivile Angelegenheit, es sei denn, Terrorismus ist im Spiel. Haben Sie einen Grund zu dieser Vermutung?«

»Wir haben vierzehn Leichen gefunden. Die Opfer wurden alle erschossen, offenbar aus kurzer Distanz und im Schlaf. Darüber hinaus kann ich zu diesem Zeitpunkt noch keine Vermutungen anstellen, Pakad.«

»Wie viele der Toten waren Amerikaner?«, fragte Danielle.

»Zwölf.«

»Archäologen, nicht wahr?«

Der Captain nickte. »Ich nehme an, den Leuten hat niemand gesagt, dass diese Hügel schon vor Jahren untersucht worden sind.«

Obwohl der Anblick eines Blutbads nichts Fremdes für Aroche war, wirkte er sichtlich erschüttert. Danielle nahm den Geruch von Tabakrauch an ihm wahr und bemerkte, dass eine halb aufgerauchte Zigarettenpackung aus seiner Brusttasche ragte und zum Teil sein Namensschild verdeckte.

Sie blickte über seine Schulter zu dem alten Beduinen. »Er hat die Leichen gefunden?«

Der Captain nickte. »Vier Beduinen haben kurz nach Anbruch der Morgendämmerung Vorräte gebracht. Der alte Mann schickte die anderen los, um Hilfe zu holen. Vor drei Stunden sind sie auf eine unserer Patrouillen gestoßen.«

»Was hat er Ihnen sonst noch gesagt?«

»Nichts. Wir können seine Sprache nicht verstehen, selbst wenn er mit dem Zetern aufhört.«

»Zetern?«

Der Captain nickte. »Offenbar kennt er einen der Toten. Wir haben soeben anhand der Ausweise, die wir sicherstellen konnten, eine Namensliste angefertigt.«

»Zeigen Sie mir diese Liste.«

Aroche wand sich. »Ich bin mir nicht sicher, ob ich …«

»Nun machen Sie schon, Captain!«

Aroche zuckte die Achseln und führte Danielle widerstrebend zur Motorhaube eines Trucks, der sein behelfsmäßiges Hauptquartier geworden war. Auf der Haube lag eine Ansammlung von Brieftaschen, Pässen und Ausweiskarten. Aroche zog ein paar Blätter unter einem Stein hervor, mit dem die Papiere beschwert gewesen waren, damit sie nicht vom Wind davongeweht wurden.

»Die Liste ist nur vorläufig, aber wir glauben, dass sie vollständig ist«, erklärte er und reichte sie widerstrebend Danielle.

»Sehr gut, Captain.« Danielle war dankbar, dass Aroche ihr Zeit ersparte.

Sie überflog die handgeschriebene Liste, bis sie wie betäubt auf den neunten Namen starrte. Sie schluckte schwer und holte tief Luft. Die heiße, staubige Luft schien in ihrem Mund zu brennen.

2.

Israelische Soldaten hatten ihre Jeeps quer auf der Straße geparkt und versperrten Ben Kamal den Zugang zur Judäischen Wüste. Es gab andere Wege, um den gemeldeten Tatort zu erreichen, doch dieses Terrain konnte nur mit Geländewagen befahren werden. Die Route, die östlich von Bethlehem zum Toten Meer führte, war zwar nicht asphaltiert, jedoch so gerade eben mit Bens Peugeot zu schaffen.

Ben stoppte, noch bevor ihm die israelischen Soldaten den Befehl zum Halten signalisierten. Lange betrachteten sie seine weißen palästinensischen Nummernschilder und schoben die Hände zu ihren Automatikgewehren.

»Sie befinden sich in einem Sperrgebiet«, sagte der Sergeant. »Ich muss Sie bitten, zu wenden und zurückzufahren.«

Stattdessen zeigte Ben seinen Ausweis. »Inspector Bayan Kamal von der palästinensischen Polizei.«

Er hatte jetzt fünf Jahre als Detective in der West-Bank verbracht, nachdem er aus seinem Heimatland zurückgekehrt war, um bei der Ausbildung der palästinensischen Polizei zu helfen. Seine Familie war 1967, kurz vor dem Sechstagekrieg, in die Vereinigten Staaten eingewandert, doch Ben hatte nie eine Rückkehr in Erwägung gezogen, bis er eine Tragödie erlebte, die nichts als Erinnerungen an Detroit bei ihm zurückließ. Die Rückkehr in seine Heimat hatte Ben für einen Neubeginn ohne Ballast gehalten.

Doch wieder kam es anders. Bei dem Versuch, die eben flügge gewordene palästinensische Polizei in modernen Ermittlungstechniken auszubilden, geriet Ben an den Fall eines ermordeten Taxifahrers, der verdächtigt wurde, mit den Israelis zusammenzuarbeiten. Dann aber begegnete er der Witwe und den Kindern des Mannes und weitete die Ermittlungen auf die eigenen Leute aus, wobei er Korruptionsfälle aufdeckte und schließlich auf eine Spur stieß, die zu einem Trio palästinensischer Beamter führte, das den unschuldigen Mann ermordet und verstümmelt hatte.

Nachdem die drei Polizisten von einem palästinensischen Militärgericht schuldig gesprochen wurden, führte der Aufschrei der Palästinenser ironischerweise dazu, dass Ben zum Verräter am eigenen Volk abgestempelt wurde. Er erkannte, dass er das geographische und politische Umfeld völlig falsch eingeschätzt hatte und nun als Außenseiter gebrandmarkt war, der kaum noch irgendwo Zuflucht finden konnte. Anfangs war Ben noch der Ansicht, er könnte diese Atmosphäre des ständigen Misstrauens ertragen, doch nach fünf Jahren war ihm klar, dass er es nur schaffen konnte, wenn er sich von praktisch allen absonderte.

Der Sergeant der israelischen Armee betrachtete eingehend den Ausweis und verglich das Bild mit Bens Gesicht. Dann gab er ihn unbeeindruckt zurück.

»Tut mir leid, Inspector, aber Sie sind hier nicht in Ihrem Zuständigkeitsbereich.«

»Ich bin von Pakad Danielle Barnea von der Nationalpolizei hergebeten worden.«

»Davon ist mir nichts bekannt.«

»Sie ist die leitende Ermittlerin am fraglichen Tatort.«

Die Muskelstränge am Hals des Sergeants spannten sich. »Und meine Befehle lauten, jedem Unbefugten den Zugang zu dem Gebiet zu verweigern.«

»Mein Pass erlaubt mir überall in der West-Bank freien Zutritt.«

»Dieses Gebiet hier steht derzeit unter israelischer Kontrolle.« Der Soldat nahm den Riemen seiner Waffe von der Schulter, damit er sie leichter anlegen konnte. »Wenn Sie jetzt nicht verschwinden, muss ich Sie festnehmen.«

Ben stellte den Motor seines Wagens ab. »Dieses Gebiet wurde in der letzten Phase des Rückzugs Ihrer Regierung an die Palästinensische Autonomiebehörde abgetreten. Ich habe die offiziellen Karten im Wagen. Möchten Sie sie sehen?«

Der Sergeant ließ sein Gewehr sinken. Der Lauf zitterte leicht.

»Steigen Sie bitte sofort aus! Sie sind festgenommen.«

Direkt vor der Haube des Peugeot riss ein Gefreiter sein Gewehr hoch und zielte durch die Windschutzscheibe.

»Tun Sie, was ich sage!«, rief der Sergeant.

Ben sah den Ausdruck in den Augen des Mannes und öffnete langsam die Wagentür. Der Sergeant wich etwas zurück, damit Ben aussteigen konnte; dann legte auch er auf Ben an.

»Umdrehen! Hände aufs Dach!«

Abermals gehorchte Ben. Er blickte über die Schulter und sah, dass der Sergeant seine Waffe schulterte, bevor er näher kam.

»Gesicht nach vorn«!, befahl der Sergeant, packte Ben im Nacken und drückte dessen Kopf herunter, bis er sich auf gleicher Höhe mit dem des Sergeanten befand, der mindestens zehn Zentimeter kleiner war als Ben mit seinen einsachtzig.

Der Blickwinkel erlaubte es Ben, sich im Seitenspiegel des Wagens zu betrachten. Der Staub und ein dünner gezackter Sprung im Glas verzerrten sein Spiegelbild und verliehen ihm das groteske Aussehen einer Attraktion im Spiegelkabinett. Nicht, dass ihm die wahre Version besser gefiel, obwohl seine Haut für einen Vierzigjährigen glatt geblieben und relativ rein war, während viele Palästinenser ihre Narben mit Stolz trugen und liebend gern davon erklärten, in welchem Krieg sie sich welche Narbe zugezogen hatten. Bens Haar war heller als das der meisten seiner Landsleute, ein mittleres Braun; die Haare waren dick, voll und gewellt. Es war das Haar eines jungen Mannes über den Augen eines viel älteren, ging es Ben oft durch den Kopf.

Der Sergeant durchsuchte Ben, tastete ihn ab, von den Schultern abwärts, und spürte rasch den Umriss der Pistole unter seinem Jackett.

»Beretta. Neun Millimeter«, sagte der Sergeant, als er die Pistole hervorgezogen und einen Blick darauf geworfen hatte. »Gute Waffe.«

»Überschussware des israelischen Militärs.«

»Sie ist beschlagnahmt.«

Ben spürte, wie der Sergeant ihn weiter abtastete, während der Gefreite noch immer mit dem Gewehr im Anschlag vor der

Haube des Peugeot stand. Der Sergeant gelangte zu Bens Jacketttasche, griff hinein und zog Bens Minidisc-Player hervor, in den die Kabel kleiner Kopfhörer eingestöpselt waren.

»Was ist das?«

Ben wandte den Kopf und blickte den Sergeant an. »Das Ding spielt Musik ab. Das Autoradio funktioniert nicht.«

»Woher haben Sie das?«

»Ein Freund hat es mir geschenkt.«

Der Sergeant schaute sich den Disc-Player genauer an. »Die Beschriftung ist Hebräisch.«

»Ein israelischer Freund.«

Bevor der Sergeant etwas erwidern konnte, stoppte ein Fahrzeug mit Allradantrieb, dunkel getönten Scheiben und gelben israelischen Nummernschildern. Die Fahrertür flog auf, kaum dass der Wagen stand, und der Soldat schlug die Hacken zusammen und stand still, als eine Frau mit einem Abzeichen der Nationalpolizei ausstieg.

»Was ist hier los?«, fragte Danielle Barnea, und ihr Blick fiel auf Ben.

3.

»Warum durchsuchen Sie diesen Mann?«, fuhr Danielle fort.

Der Sergeant betrachtete sie nervös, während der Gefreite vor dem Wagen sein Gewehr sinken ließ. »Ich … äh … wir …«

Der Schotter der Straße knirschte unter Danielles Schritten. Sie blieb gerade lange genug vor dem Sergeant stehen, um ihm einen kurzen Blick auf ihren gezückten Ausweis zu erlauben.

»Hat Inspector Kamal Ihnen nicht gesagt, dass er auf meine Anweisung hier ist? Sind Sie der Mann, den ich über Funk informiert habe, auf seine Ankunft zu warten?«

»Ich …«

»Schon gut. Geben Sie ihm sofort seine Waffe und alles andere zurück.«

Die Soldaten tauschten Blicke und schauten dann wieder Danielle an. Der Sergeant reichte Ben die Beretta.

»Haben Sie nicht etwas vergessen?«, fragte Ben und schob seine Pistole ins Holster.

Der Sergeant nahm den Minidisc-Player aus der Tasche und hielt ihn Ben hin.

»Danke«, sagte Ben und steckte das kleine Gerät ein.

»Ich übernehme von jetzt an«, informierte Danielle die Soldaten, während Ben und der Sergeant sich anstarrten. »Wenn es Ihnen nichts ausmacht.«

»Natürlich nicht, Pakad«, sagte der Sergeant.

Danielle hätte natürlich mit der weiblichen Form *»pakadet«* angesprochen werden müssen. Doch nie zuvor war eine so junge Frau zum Chief Inspector der Nationalpolizei ernannt worden, was vielleicht der Grund dafür war, dass man in ihren Ausweis irrtümlich den Vornamen »Daniel« eingetragen hatte. Der Fehler war umgehend korrigiert worden, ihr offizieller Rang jedoch war haften geblieben und hatte sich schnell verbreitet. Mittlerweile war es beinahe eine Tradition, sie so anzureden – ebenso wie der Respekt für ihr überragendes Können als Ermittlerin allgemein bekannt war. So war in allen darauf folgenden Ausweisen *»pakad«* eingetragen worden – nach einer militärischen Laufbahn, bei der Danielle einer der ersten weiblichen Soldaten gewesen war, die für den Dienst im elitären Sayaret ausgewählt wurden, der israelischen Spezialeinheit.

Vor kurzem hatte Danielle das alte Bild in ihrem Ausweis mit dem Gesicht verglichen, das sie heute im Spiegel sah. Bemerkenswert, dass sie sich kein bisschen verändert hatte. Ihr gewelltes kastanienbraunes Haar fiel ihr immer noch bis auf die Schultern. Ihre braunen Augen waren so glänzend und voller Lebenskraft wie vor fünf Jahren, und ihr Gewicht war durch besessenes tägliches Fitnesstraining noch genau das gleiche wie damals. Dennoch *fühlte* sie sich so anders, wie eine völlig andere Person, besonders in den vergangenen drei Wochen.

Danielle wartete, bis die beiden israelischen Soldaten sich zu ihrem Fahrzeug zurückzogen, bevor sie zu Ben ging.

»Das hätte schlimm ausgehen können«, sagte sie. »Sie hätten deine Waffe behalten.«

Ben lehnte sich an seinen Wagen. »Ich hab mir mehr Sorgen wegen des Disc-Players gemacht, den du mir geschenkt hast. Erzähl mir jetzt von diesen amerikanischen Archäologen, die in der Wüste ermordet wurden …«

Sie beobachtete, wie er die Kabel zwischen Abspielgerät und Kopfhörern glatt strich. »Es wäre besser, wenn ich es dir zeige.«

»Übrigens habe ich mich sehr gefreut, dass du die Höflichkeit hattest, mich anzurufen, Pakad, besonders weil du dich nicht mehr gemeldet hattest, seit du unsere … Verabredung am vergangenen Mittwoch versäumt hast.«

»Es tut mir leid.«

»Das macht insgesamt zwei Wochen hintereinander, in denen ich nichts von dir gehört habe.«

»Ich war sehr beschäftigt«, sagte sie und vermied es, ihn anzuschauen.

»Bist du diesen Mittwoch wieder beschäftigt?«

»Das ist jetzt unwichtig.«

Ben entging nicht, dass sie beunruhigt wirkte. »Warum hast du mich herbestellt, Pakad, wenn klar ist, dass deine Leute sich für zuständig halten?«

Danielle zog die Brieftasche hervor, die sie vom Tatort mitgenommen hatte. »Eines der Opfer, einer der Amerikaner, heißt ›Kamal‹.«

Ben nahm die Brieftasche beinahe widerstrebend entgegen

und öffnete sie. Danielle sah, wie die Farbe aus seinem Gesicht wich, als er den Ausweis betrachtete. Unwillkürlich streckte sie die Hand aus, um ihn zu trösten, zog sie dann aber zurück.

»Es ist mein Neffe«, sagte Ben so leise, dass seine Worte fast vom Wind übertönt wurden.

Lange Zeit konnte er nur auf den Studentenausweis seines Neffen starren und hoffen, dass es sich um einen Irrtum handelte. Sein leerer Blick schien den Inhalt der Brieftasche gar nicht wahrzunehmen. »Der Sohn meines Bruders. Willst du sagen, dass er …«

Danielle wandte sich ab. »Fahren wir mit meinem Wagen.«

»Es ist sehr lange her. Ich werde ihn kaum wiedererkennen«, murmelte Ben und fiel neben ihr in Schritt.

»Dann sollten wir vielleicht …«

Ben schüttelte den Kopf. »Nein, Pakad. Der Studentenausweis ist von der University of Michigan ausgestellt, Dearborn Campus. Mein Bruder ist dort Professor. Ich kann mich erinnern, dass er mir mal erzählte, Dawud sei dort eingeschrieben.«

»Du hast nicht oft mit deinem Bruder gesprochen, oder?«

Ben blickte starr vor sich hin. »Dreimal, vielleicht viermal, seit ich nach Palästina zurückgekehrt bin.«

Danielle beließ es dabei und setzte sich hinters Lenkrad. Ben brauchte sehr lange, bis er zur Beifahrerseite kam, doch als er schließlich einstieg, war sein Gesicht gerötet und hatte einen härteren Zug angenommen.

»Wie wurde er umgebracht, Pakad?«

»Erschossen. Sie alle wurden erschossen.«

»Wie viele?«

»Zwölf Amerikaner. Zwei Opfer anderer Nationalität.«

»Zeugen?«

»Einer vielleicht. Ein Beduine am Tatort.«

»Ich will mit ihm reden«, sagte Ben und schaute aus dem Fenster.

4.

Am Tatort sprang Ben aus dem Wagen, noch bevor Danielle ausstieg. Sie eilte ihm nach, um zu ihm aufzuschließen.

»Du bist nicht als Ermittler hier. Ich möchte, dass du das weißt. Überlass mir das Reden.«

»Bring mich einfach nur zu meinem Neffen, Pakad«, sagte Ben.

Captain Aroche, der ranghöchste israelische Soldat am Tatort, trat Ben in den Weg, bevor dieser den eilig mit Pfählen eingezäunten Tatort betreten konnte.

Danielle schloss zu Ben auf. »Captain, ich möchte Ihnen Inspector Kamal von der palästinensischen Polizei vorstellen.«

Der Captain blickte weiterhin Ben an. »Dann müssen wir klären, ob er befugt ist …«

»Wir sollten die Sache nicht noch mehr komplizieren. Inspector Kamal ist mit meiner Genehmigung hier. Das ist alles, was von Belang für Sie ist. Ist das klar?«

Sie sah, wie der Captain sich versteifte. »Wenn Sie darauf bestehen, Pakad.«

»Ich bringe ich den Inspector jetzt zum Tatort, damit er eine der Leichen identifizieren kann. Anschließend werde ich ihn vom Gelände herunter begleiten.«

Diesmal wartete Ben, bis Danielle die Führung übernommen hatte, doch er verharrte auf halbem Weg zu der Reihe der kleinen Nissenhütten und ging auf dem Wüstenboden in die Hocke.

»Du hast gesagt, mein Neffe und die anderen waren Archäologen, Pakad.«

Danielle kniete sich neben ihm nieder. »Ja. Warum?«

»Sieh dir das mal an.« Ben wies auf eine rechteckige Vertiefung im Boden. »Dort war ein Stück schwere Ausrüstung.«

Er erhob sich und bewegte sich zur Seite, den Blick auf den Boden gerichtet. Plötzlich ging er bei einem zweiten, identischen Abdruck wieder in die Hocke. Danach schritt er weiter und entdeckte eine dritte Vertiefung.

»Stammt von einer Maschine«, sagte er und blickte auf. »Von irgendwas Großem. Ich frage mich, was Archäologen mit einer solchen Maschine anfangen.«

Captain Aroche stürmte auf sie zu. Der Schmutz knirschte unter seinen Stiefeln wie zerbrechende Eiskristalle.

»Pakad, ich muss darauf bestehen, dass Sie ...«

»Der Inspector weist mich nur auf etwas hin, Captain, das ist alles«, sagte Danielle und zupfte an Bens Ärmel. »Wir werden unsere Arbeit jetzt fortsetzen.«

Ben jedoch starrte auf den alten Beduinen, der im Schatten saß, flankiert von zwei israelischen Soldaten. »Ist das der Mann, der die Leichen gefunden hat?«

»Ja«, sagte Danielle. »Er hat bei Tagesanbruch Vorräte geliefert.«

»Mehr hast du nicht von ihm erfahren?«

»Wir nehmen an, dass sein Sohn einer der Wächter des Camps war, der ermordet wurde. Darüber hinaus können wir nicht verstehen, was er sagt. Niemand hier spricht seine Sprache.«

Ben schaute Danielle und dann Captain Aroche an. »Ich schon.«

Nachdem Aroche widerwillig seine Zustimmung erteilt hatte, näherte Ben sich dem alten Beduinen und hockte sich neben ihn. »Ich bin palästinensischer Polizist«, sagte er in dem arabischen

Dialekt, den sein Vater ihn als Kind gelehrt hatte. »Ich bin hier, um Ihnen zu helfen.«

Der alte Mann beachtete ihn nicht.

»Man hat mir gesagt, Ihr Sohn liegt hier bei den Toten. Und ich glaube, mein Neffe ist ebenfalls dabei.«

In die Augen des alten Mannes kam Leben. Er griff nach Bens Arm und murmelte etwas.

»Können Sie mir sagen, was hier passiert ist?«

»Wir trafen kurz nach Sonnenaufgang ein«, übersetzte Ben die Worte des alten Mannes. *»Jeden zweiten Tag kamen wir mit Vorräten. Mein Sohn hat uns diese Arbeit besorgt, weil er …«*

Ben verstummte, als der alte Mann schluchzend die Hände vors Gesicht schlug. Ben schob sich näher zu ihm und berührte ihn sanft an der Schulter.

»Das mit Ihrem Sohn tut mir sehr leid.«

Der alte Mann schaute nicht auf, als er zu einer der Leichen wies, die mit Plastikplanen bedeckt am Rand des Camps lagen. Ein Wächter. *»So habe ich ihn gefunden. Ich sah ihn, aber ich habe nichts angerührt!«*

Der alte Mann stemmte sich mühsam auf. Er weinte jetzt. Die Tränen folgten dem Verlauf der tiefen Falten in seinem alten Gesicht, dessen Haut wie rissiges, verdorrtes Leder wirkte.

»Er liegt dort und schaut in den Himmel zu Gott«, übersetzte Ben zwischen den Schluchzern des alten Mannes und erhob sich. *»Er kann mich nicht sehen.«* Er blickte den alten Beduinen an. »Sie haben niemanden gefunden, der noch am Leben war?«

Der Alte nickte bestätigend.

»Vierzehn – war das die Gesamtzahl der Leute im Camp?«

Der alte Mann nickte wieder, schaute immer noch auf den Boden.

»Ein Dutzend Amerikaner?«

»Und zwei von meinem Volk«, sagte der alte Mann. *»Mein Sohn«*, fuhr er fort und hielt zwei Finger hoch, *»und ein ande-*

rer. Sie waren hier, weil sie das Land und die Leute kannten. Sie konnten auch gut mit Waffen umgehen. Wurden gut bezahlt. Zu gut. Das war es nicht wert.«

Der alte Mann wiederholte diesen letzten Satz mehrere Male und schüttelte heftig den Kopf, bis Ben die Schultern des Alten packte. Sie waren mager und wirkten zerbrechlich unter seinem Griff. Die Haut schien unter den Falten seines Gewandes unmittelbar auf den Knochen zu liegen.

»Was hatten die Amerikaner hier gemacht?«, fragte Ben und blickte kurz zu Danielle. »Wonach haben sie gesucht?«

»Weiß nicht.«

»Und was hat Ihr Sohn gemacht?«

»Er war nur ein Wächter. Was die Amerikaner machten, hat er mir nie erzählt. Vielleicht wusste er es nicht. Er war ja nur Wächter. Und sein Englisch war nicht gut genug, um alles zu verstehen, was gesprochen wurde.« Der Alte wies mit einem zitternden Finger zur Öffnung der Höhle, wo zwei israelische Soldaten mit geschulterten Galil-Maschinengewehren standen. *»Da oben haben sie gestern irgendetwas gefunden. Aber sie ließen meinen Sohn nie dorthin. Das hat er mir gesagt.«*

Der alte Mann hielt schluchzend die Hände vors Gesicht und ließ sich wieder zu Boden sinken. Nach ein paar Sekunden scharrte er mit einer Hand in der Erde und wühlte im Staub, als wäre er schuld am Tod seines Sohnes. Dann hielt er abrupt inne, eine Hand voller Staub, den er langsam durch die Finger rieseln ließ, wobei er Ben in die Augen schaute. Ben erwiderte den Blick und sah jetzt mehr als Trauer in den Augen des alten Beduinen. Etwas anderes mischte sich hinein.

Furcht.

»Immer kommen sie in die Wüste und suchen nach etwas, um die Geschichte zu verändern. Immer ziehen sie glücklich ab, wenn sie ein paar Artefakte gefunden haben. Ich weiß nicht, ob diese Leute etwas gefunden haben.«

»Frag ihn, wie lange das amerikanische Team hier gewesen ist«, sagte Danielle.

»Fast fünf Monate waren sie hier in der Wüste, um neue und alte Höhlen zu erforschen. An dieser Stelle aber waren sie nur eine Woche.«

»Wann haben Sie Ihren Sohn zum letzten Mal lebend gesehen?«

»Alles war schön. Alles war gut. Er wurde gut bezahlt … bekam mehr Geld, als die meisten von uns jemals gesehen haben.«

»Wann haben Sie Ihren Sohn zum letzten Mal gesehen?«, wiederholte Ben.

»Vor zwei Tagen.«

Ben blickte wieder zu Danielle und dem israelischen Captain. »Das bedeutet, sie alle könnten irgendwann während der letzten achtundvierzig Stunden umgebracht worden sein.«

»Die Leichenstarre und die Temperatur der Toten weisen eher auf zwölf Stunden hin«, sagte Danielle, sehr zu Aroches Bestürzung.

Der Beduine sprach wieder und unterstrich seine schnell hervorgestoßenen Worte mit heftigen Gesten.

»Er sagt, es gab Drohungen«, übersetzte Ben. »Sein Sohn hat ihm erzählt, die Amerikaner wollten die Sicherheitsmaßnahmen verschärfen.«

Ben verstummte und wartete, dass der alte Mann zu Atem kam. »Wer hat das Ihrer Meinung nach getan?«

Der Alte kämpfte gegen weitere Tränen an, bevor er antwortete.

»Dies ist eine heilige Stätte, ein mächtiger Ort. Viele beanspruchen ihn für sich und wünschen keine Unbefugten, Eindringlinge oder Ungläubige, die seine Reinheit stören … oder seine Geheimnisse entdecken. Aber ich … ich glaube, es war ein Raubüberfall. Verübt von einem Stamm, der Reichtümer erbeuten wollte, die die Amerikaner aus der Erde gegraben hatten. Als

ich zum letzten Mal mit meinem Sohn sprach, erzählte er mir, sie hätten irgendetwas Wertvolles gefunden. Ich bin in meinem Leben vielen Stämmen begegnet, die morden würden, um etwas Kostbares zu erbeuten. Die Schakale der Wüste, die des Nachts auftauchen und bei Tag verschwinden.«

»Beduinen«, mutmaßte Danielle.

»Wir sollten uns diese Höhle anschauen.« Ben wandte sich von ihr ab und den Hütten zu, bevor sie protestieren konnte. »Aber zuerst will ich meinen Neffen sehen.«

5.

Die Leiche von Bens Neffe lag auf einem Feldbett in der zweiten der Fertighütten, MOTEL SIX, die vorne aus Wellblech und hinten aus Segeltuchplanen bestand. Die israelischen Soldaten hatten die Toten mit Namensschildchen gekennzeichnet, die an den Zehen befestigt waren. Während Danielle am Eingang verharrte, zog Ben langsam die Plastikplane von einer der Leichen, um ihr Gesicht zu enthüllen.

»Ich erkenne ihn nicht«, sagte er, und seine Stimme brach. »Das Gesicht eines jungen Mannes ... verändert sich in fünf Jahren sehr. Ich ... habe ihn nie mit einem Bart gesehen. Er sah immer so jung aus ...«

»Wann hast du ihn zum letzten Mal gesehen?«

»Ich habe seine Abschlussfeier an der High-School versäumt ... wie so vieles andere.«

Danielle fing Bens Blick auf und versuchte sich zu erinnern, wann sie diesen schmerzlichen Ausdruck in seinen Augen schon einmal gesehen hatte. »Du kannst jetzt fahren. Ruf deine Familie an. Hilf bei den Vorbereitungen für die Beisetzung.«

»Noch nicht«, sagte Ben.

»Ich kann das allein erledigen«, beharrte Danielle, als Ben zu den Leichen der beiden Beduinen ging, die am Rand des Camps unter den Plastikplanen lagen.

»Du hast diese Vertiefungen im Boden übersehen. Wahrscheinlich stammen sie von irgendeiner Art Stativ.«

»Ja, ich hab sie übersehen. Aber sie haben vermutlich nichts zu bedeuten«, erwiderte Danielle gereizt.

»Trotzdem könntest du noch etwas anderes übersehen haben.«

»Hör mal, Inspector, ich habe dich hergebeten, um die Leiche deines Neffen zu identifizieren. Und damit hat es sich.«

»Nach drei Wochen ...«

»Was?«

»So lange hat es gedauert, bis du mich angerufen hast. Nachdem wir drei Wochen nicht miteinander gesprochen hatten«, sagte Ben und ging an ihr vorbei zu den Wächtern, die als erste umgebracht worden waren.

Aus der Nähe sah er, dass die Plastikplanen an Pfosten befestigt waren, die man in die verdorrte Erde getrieben hatte, damit der Wind die Planen nicht fortriss. Ben zog einen der Pfosten aus dem Boden und hob die Plastikplane an, um eine Leiche zu enthüllen, die noch so dort lag, wie man sie gefunden hatte: auf dem Bauch, in einer großen Lache dunklen, getrockneten Blutes unter dem Kopf.

»Hinterrücks aus der Nähe erschossen«, sagte Ben zu Danielle, die neben ihm in die Hocke gegangen war. Ben bemerkte etwas Dunkles und Metallisches, das von dem ausgestreckten linken Arm des Wächters fast verdeckt war, und sprach weiter, um seine wahren Absichten zu verbergen. »Kleinkalibriges Geschoss. Profihaft.«

»Unwahrscheinlich, dass es die Tat eines räuberischen Stammesangehörigen war«, sagte Danielle, was ihr einen scharfen Blick von Captain Aroche einbrachte.

Ben neigte sich vor und schob verstohlen die Hand näher an die Leiche. Seine Finger schlossen sich um das metallische Objekt. Er spürte mehrere Knöpfe, die darin eingelassen waren, und irgendetwas Glattes, Kreisförmiges, das leicht vorgewölbt war.

Eine optische Linse …

»Wenn es Beduinen waren«, sagte Ben und stellte fest, dass Danielles Aufmerksamkeit immer noch der Wunde des Toten galt, als er sich das Objekt in die Tasche steckte, »wurden die Wächter vielleicht Opfer einer Fehde zwischen ihrem Stamm und einem anderen, weil beide dieses Territorium als das ihre betrachteten.«

»Beduinen haben keine Territorien.«

»Stimmt, Pakad. Aber um Problemen aus dem Weg zu gehen, sind archäologische Teams am besten beraten, Mitglieder eines Stammes einzustellen, um sich gegen Überfälle anderer Stämme zu schützen. So ist es bei den Beduinen schon seit Hunderten von Jahren.«

Danielle richtete sich auf und schüttelte den Kopf. »Das sieht nicht nach einer Stammesfehde aus.«

Ben erhob sich, folgte Danielle zur Leiche des zweiten Wächters und zog auch ihm die Plastikplane vom Körper. Er sah sofort, dass dieser Mann auf fast die gleiche Weise erschossen worden war. Die Blutlache hatte nahezu dieselbe Größe wie bei dem anderen Opfer.

»Interessant«, sagte Ben und bemühte sich, einen gleichgültigen Eindruck zu machen. Er war an genug Verbrechensschauplätzen gewesen, um zu wissen, dass die Opfer zuallererst nach Beweismitteln untersucht werden mussten. Ben konnte sich keine Gefühle erlauben, musste kühl und objektiv bleiben. Das war leichter, wenn die Leichen bereits steif und kalt waren und ihr Blut auf dem Boden getrocknet war. Ganz anders sah die Sache aus, wenn das Verbrechen erst kurz zurücklag und jeder Anblick, jeder Geruch einen frösteln ließ. Ben konnte sich aus seiner Zeit in Detroit, vor seiner Rückkehr nach Palästina, an Tatorte erinnern, wo er sich Plastikbeutel um die Schuhe gebunden hatte, weil das Blut noch feucht gewesen war und sich ausgebreitet hatte.

»Was ist?«, fragte Danielle.

»Aus der Stellung der Leichen kann man schließen, dass sie in verschiedene Richtungen blickten und etwa anderthalb Meter voreinander entfernt …«

»Sie haben ihren Job erledigt«, sagte Danielle. »Und du mischst dich in meinen.«

Ben beachtete sie nicht. »… nahe genug beieinander, um sogar nachts schallgedämpfte Schüsse zu hören. Es sei denn, sie wurden im gleichen Augenblick erschossen.« Ben richtete sich auf und wischte Staub von seiner Hose. »Also gut, sehen wir uns die übrigen Leichen an.«

Danielle versperrte ihm entschlossen den Weg. »Du hast bereits die einzige Leiche gesehen, die anzuschauen du ein Recht hast.«

»Der Tod meines Neffen gibt mir das Recht, hier alles zu sehen, was ich sehen will.«

»Vielleicht war es ein Fehler von mir, dich anzurufen.«

»Aber jetzt bin ich hier, und ich fahre nicht weg.«

Danielle holte tief Luft. »Alle Opfer wurden auf die gleiche Weise umgebracht wie dein Neffe. Sie bekamen eine Kugel in den Kopf, als sie auf ihren schmalen Klappbetten lagen und schliefen. Eine einzige Kugel für jeden. Alle wurden schnell und äußerst präzise ermordet. Allen Anzeichen nach binnen Sekunden.«

»Gibt es in keinem der drei Zelte Hinweise auf einen Kampf?«, fragte Ben.

Danielle schüttelte den Kopf. »Ebensowenig haben wir eine einzige Waffe gefunden, die in Notwehr abgefeuert wurde.«

»Es müssen genügend Killer gewesen sein, dass sie alle drei Zelte gleichzeitig betreten konnten.«

»Die Generatoren hatten ausreichenden Vorrat an Treibstoff, waren aber nicht in Betrieb, als die ersten Soldaten eintrafen«, sagte Danielle.

»Die Killer können in den Hügeln gewartet haben, bis die Generatoren abgeschaltet wurden, Pakad«, überlegte Ben. »Das war ihr Zeichen. Unwahrscheinlich, dass Beduinen auf Beutezügen so viel Geduld aufbringen, nicht wahr?«

»Oder Räuber«, fügte Danielle hinzu. »Es gibt keine Anzeichen, dass eines der Zelte durchsucht, geschweige denn ausgeraubt wurde.«

»Also waren Profis am Werk. Aber Profis töten aus einem bestimmten Grund.« Ben richtete den Blick auf den Eingang der Höhle. »Vielleicht finden wir ihn dort oben.«

6.

Die ausgetretenen Stufen des Ziegenpfads im Hang waren steiler, als sie aussahen, und zu schmal, um Kletterern den Aufstieg nebeneinander zu erlauben. Als Ben hinaufzuklettern begann, folgte Danielle ihm dichtauf, sichtlich verlegen.

»Warum tust du das?«, sagte sie, ohne ihren Zorn über sein Verhalten zu verbergen.

»Du willst doch nicht, dass deine israelischen Freunde denken, wir kämen gut miteinander aus, oder?«

Sand und Steine knirschten unter ihren Schuhen; bei dem Versuch, mit Ben mitzuhalten, rutschte Danielle ein paar Mal auf ihren glatten Ledersohlen aus. Sie hatte Ben noch nie so entschlossen, ja besessen erlebt. Sie fragte sich, ob sie etwas tun konnte, ihn aufzuhalten.

»Das ist weit genug, Pakad Barnea!«

Sie war auf halbem Weg zum Höhleneingang, als sie die Stimme von unten hörte, die rau und leicht atemlos klang.

Danielle blieb stehen und murmelte leise: »Na großartig!« Dann fügte sie hinzu – gerade laut genug, dass Ben es hören konnte: »Jetzt hast du es hinter dir.«

»Ich sagte, das ist weit genug, Chief Inspector Barnea!«

Danielle drehte sich um, blickte den Hang hinunter und sah Commander Moshe Baruch, den Einsatzleiter des israelischen Schutzsicherheitsdienstes Shin Bet, am Fuße des Hügels stehen. Baruch, ein Bär von Kerl, wurde von mehreren ebenfalls gewaltigen Männern flankiert, deren Zivilkleidung von ihren muskelbepackten Körpern beinahe gesprengt wurde. Baruchs Gesicht sah finster aus, beinahe wie das eines Neandertalers, mit fliehender Stirn und tief liegenden Augen. Die Knic sciner dunklen Uniform waren mit Erde beschmutzt, ein Anzeichen darauf, dass er bereits den Tatort inspiziert hatte.

»Ich habe Sie gehört, Commander«, rief Danielle zu ihm hinunter. Baruch war während ihrer kurzzeitigen Versetzung zum Shin Bet vor einigen Jahren ihr unmittelbarer Vorgesetzter gewesen, der sofort eine Abneigung gegen sie hegte. Später hatte Danielle den Grund dafür erfahren: Ein offizieller Tadel, den Baruch von Danielles Vater erhalten hatte, einem General der Armee, hatte Baruchs Beförderung verzögert und seine Pläne für eine Karriere beim Militär zunichte gemacht. »Ich frage mich nur, weshalb Sie Ihre Zeit vergeuden, indem Sie wegen eines Falls hier herauskommen, für den die Nationalpolizei zuständig ist. Ich bezweifle, dass Sie mir Glück bei meinen Ermittlungen wünschen wollen.«

»Wer immer Ihre Dienststelle anrief, hat einen Irrtum begangen. Ich bin hier, um Sie abzulösen.«

»Der Irrtum muss bei Ihnen liegen. Dieser Kriminalfall fällt eindeutig in die Zuständigkeit der Nationalpolizei.«

»Dieses amerikanische Archäologenteam stand hier unter

dem Schutz der israelischen Regierung, Chief Inspector, womit es ein Fall für die Regierungsbehörden ist und nicht für eine zivile Dienststelle.«

»Die Regierung war für den Schutz der Amerikaner verantwortlich, Commander. Nachdem Sie versagt haben, ist es ein Fall für uns.«

»Ich habe mit Polizeichef Giott gesprochen. Der Commissioner ist da anderer Meinung.«

»Das soll er mir persönlich sagen, wenn es Ihnen nichts ausmacht.«

»Absolut nicht. Er will Sie sofort nach Ihrer Rückkehr nach Jerusalem sprechen.« Baruch heftete den Blick seiner großen, dunklen Augen auf Ben. »Bestimmt möchten Sie ihn auch über die unbefugte Anwesenheit eines Palästinensers am Tatort einer israelischen Ermittlung informieren, bevor ich es tue, oder?«

»Inspector Kamal wurde auf meine Bitte hierher gebeten, um als Dolmetscher zu fungieren«, erwiderte Danielle und hoffte, dass Ben den Mund hielt. Er stand seitlich auf der Treppe, als wollte er den Aufstieg zur Höhle fortsetzen, statt auf die Ankunft des Shin-Bet-Commanders zu warten.

»Ja«, sagte Baruch mit ironischem Beiklang. »Davon bin ich überzeugt. Und jetzt verschwinden Sie mitsamt diesem Burschen, bevor er weiteren Schaden anrichtet.«

»Schaden?«

Baruch stieg die Stufen hinauf und blieb dicht vor Ben stehen, wobei er Danielle ignorierte. »Sie haben dem toten Wächter etwas weggenommen. Geben Sie es mir.« Er streckte eine fleischige Hand an Danielle vorbei.

»Sie meinen den Beduinen«, sagte Ben zu Baruch.

»Geben Sie mir schon, was Sie an sich genommen haben.«

Ben hielt Baruchs Blick stand, während er in die Tasche griff und die winzige Disc-Kamera herauszog, die er hatte mitgehen lassen. »Der Wächter hatte anscheinend keinen Bedarf mehr dafür«, sagte er und spürte Danielles brennenden Blick auf sich.

Baruch nahm die Mini-Kamera, ließ die Hand jedoch ausgestreckt und starrte Ben weiterhin an. »Die Disc auch, bitte.«

Ben runzelte die Stirn und zog eine winzige Scheibe aus derselben Tasche. »Sie muss herausgefallen sein.«

»Du kannst von Glück sagen, dass Baruch dich nicht verhaftet hat«, meinte Danielle, als sie zu ihrem Jeep zurückgekehrt waren. Ein dünner Film aus Wüstensand und Staub hatte das Fahrzeug einschließlich der Fenster mit der Farbe von Hafermehl überzogen.

»Es hat mich beinahe überrascht, dass du ihn nicht mit der Nase darauf gestoßen hast.«

»Das mit deinem Neffen tut mir leid, aber …«

»Danke.«

»… aber das gibt dir nicht das Recht, Beweise von einem Tatort verschwinden zu lassen.« Sie bemühte sich um einen weniger schroffen Tonfall. »Wann wolltest du mir von der Kamera erzählen?«

»Eigentlich gar nicht. Unter den gegebenen Umständen.«

»Ich hätte nie so gefällig sein dürfen, dich anzurufen!«

Ben schaute sie an. »An den Abenden, an denen ich in meiner Wohnung auf deinen Besuch gewartet habe, saß ich am Telefon und hoffte auf deinen Anruf.«

»Du hättest mich auch anrufen können.«

»Das habe ich. Dein Anrufbeantworter schaltete sich ein, aber ich wollte keine Nachricht für dich auf Band sprechen, die du vermutlich sowieso nicht beantwortet hättest. Als du dich schließlich gemeldet hast, habe ich aufgelegt.«

Danielle erinnerte sich an den Anruf, der sie in den frühen Morgenstunden geweckt hatte. Sogar zu diesem Zeitpunkt war sie überzeugt gewesen, dass der Anrufer Ben war. Sie war wieder eingeschlafen, nachdem sie sich im Badezimmer erbrochen hatte.

»Es war eine Erleichterung zu hören, dass du noch lebst und wohlauf bist, und es hat mir fast nichts ausgemacht, dass du niemals bei mir erschienen bist.«

»Es tut mir leid. Ich werde es dir später erklären, nicht jetzt. Ich muss mir jetzt erst mal überlegen, wie ich auf Commander Baruchs Angriffe reagiere.«

»Bereite dich auf schwere Geschütze vor«, sagte Ben.

Als er in den Wagen gestiegen war, griff er in die Jacketttasche und zog eine Mini-Disc heraus, die identisch war mit der, die er Moshe Baruch ausgehändigt hatte.

»Was ist das?«, fragte Danielle.

»Ich hoffe, dein Exchef hört gern Frank Sinatras Greatest Hits.«

Sie blickte auf die Disc in Bens Hand. »Willst du damit sagen, *das da* ist die Disc, die in der Kamera war? Du bist ein verdammter Narr, Ben!«

»Dann verpfeif mich.«

Danielle knallte die Autotür zu. Das Polster war in der Sonne aufgeheizt, und sie spürte die Hitze durch den Stoff ihres Hemds und Anzugs. Sie ließ den Motor an und drückte auf den Knopf der Scheibenwaschanlage. Die Wischblätter verrieben das Wasser und den angesammelten Staub zu einer streifigen Paste, und die Sicht wurde noch schlechter.

»Woher wusste der Commander, dass der beduinische Wächter eine Kamera hatte, Pakad?«

Danielle versuchte es wieder mit der Scheibenwaschanlage, und die Sicht wurde ein wenig klarer.

»Baruch muss die Männer des amerikanischen Archäologenteams sehr genau im Auge behalten haben, nicht wahr?« Ben drehte die Disc in der Hand. »Und vielleicht erfahre ich hierdurch den Grund dafür.«

7.

Ben hatte eine scheinbare Ewigkeit auf das Telefon in seinem Büro gestarrt, hatte es jedoch nicht über sich gebracht, den Hörer abzunehmen und zu wählen.

»Ich muss dir etwas Schreckliches sagen, lieber Bruder …«

Die Nachricht vom Tod seines Neffen musste von Ben kommen, obwohl er und sein Bruder sich während der fünf Jahre, in denen Ben nun wieder in Palästina war, ein wenig entfremdet hatten. In Detroit war es sieben Stunden früher, ungefähr acht Uhr morgens. Sein Bruder Sayeed und seine Schwägerin waren vielleicht gerade erst aufgestanden.

Das Hinauszögern des Anrufs hatte Ben Gelegenheit verschafft, über Danielles zunehmend kühles Verhalten ihm gegenüber nachzudenken. Er hatte mit erschreckender Klarheit erkannt, wie abhängig er von ihr geworden war. Palästina mochte sein Heimatland sein, in dem er geboren war, aber Danielle war die einzige Person, mit der er seit seiner Rückkehr eine bedeutungsvolle Beziehung aufgebaut hatte. Er rief sich einen Ausflug in Erinnerung, den sie gemeinsam nach Yad Vashem unternommen hatten, der Holocaust-Gedenkstätte vor den Toren Jerusalems, die er nie zuvor besucht hatte. Nach dem Spaziergang durch die unheimliche Dunkelheit, bei dem sie den klagenden Singsang der Namen der Ermordeten und die Aufzählung der entsetzlichen Grausamkeiten gehört hatten, waren sie erschüttert und sprachlos gewesen. Danielle hatte seine Hand ergriffen, doch Ben hatte es kaum wahrgenommen, bis sie draußen gewesen waren.

Für Ben war es ein bezeichnender Moment ihrer Beziehung gewesen, denn Danielle hatte ihn in einen äußerst persönlichen und schmerzlichen Teil ihrer Welt und ihres Lebens mit einbezogen. Sie hatte seine Hand noch lange gehalten, nachdem sie fortgegangen waren, und die Geste war so wichtig gewesen wie jeder intime Augenblick, den sie geteilt hatten. Ben hatte sie nicht gehen lassen wollen, und nun klammerte er sich an die Erinnerung an dieses Erlebnis. Je länger sein eigenes Volk sich weigerte, ihn völlig zu akzeptieren, desto abhängiger war er von Danielles Freundschaft und Liebe geworden. Die Vorstellung, er könnte beides verlieren, erfüllte ihn mit Entsetzen, ließ ihn auf den Fluren von Yad Vashem erschauern und machte es ihm noch schwerer, den Mut aufzubringen, den er brauchte, um mit seiner Familie in den Vereinigten Staaten Kontakt aufzunehmen.

Er kämpfte gegen das Hämmern seines Herzens an und zwang sich, den Hörer abzunehmen. Er hörte das Amtszeichen und begann zu wählen.

»Inspector Kamal«, rief ein atemloser palästinensischer Polizeibeamter, der plötzlich auf der Türschwelle seines Büros aufgetaucht war. »Captain Wallid sagt, Sie sollen sofort zum Baladiya Square kommen!«

Ben hielt inne und blickte auf. »Was?«

»Es ist ein Notfall! Bitte, kommen Sie schnell!«

Ben legte den Hörer auf, und der Anruf an seinen Bruder blieb unerledigt.

Captain Fawzi Wallid, erst 31, war zum großen Teil dank Bens Bemühungen vor fast einem Jahr Chef des Polizei-Distrikts Jericho geworden. Um zu ihm vorzudringen, musste Ben sich durch eine Menschenmenge kämpfen, die auf dem beliebten Einkaufsplatz zusammengeströmt war. Immer wieder blickten die Leute besorgt über die Schulter, als erwarteten sie den Angriff eines Terroristen. Ben bahnte sich einen Weg durch die Menge, sein Polizeiabzeichen ans Hemd geheftet, wie er es in Detroit gewohnt gewesen war.

Captain Wallid, ein kleiner, gedrungener Mann mit vorzeitig gealtertem Gesicht und rötlichem Teint, erwartete ihn hinter der

Menge. »Hier, Inspector«!, rief er, und Ben wandte sich in seine Richtung. »Wir haben eine Geiselnahme«, erklärte Wallid und legte Ben eine Hand auf die Schulter. »Ein Irrer hat bereits eine Frau mit einem Schwert verletzt und zwei andere in seine Gewalt gebracht. Sie sind der Einzige, der Erfahrung in solchen Dingen hat.«

Ben ließ sich von Wallid führen.

»Hört mich an«!, vernahm er eine Stimme von der Mitte des Marktplatzes. »Bleibt zurück, oder ich töte sie!«

Sie näherten sich einem Ring von Polizisten, die mit gezogenen Pistolen und angelegten Gewehren vor der Menge standen. In der Straße vor ihnen sah Ben das Schwert, von dem Wallid gesprochen hatte, und dann den Mann, der es in gefährlicher Nähe einer Frau schwang, die verletzt zu seinen Füßen lag. Die anderen beiden Frauen kauerten vor einem Obststand, nur einen Sprung vom Mann mit dem Schwert entfernt.

»Normalerweise«, erklärte der Chef des Polizeidistrikts Jericho, »würden wir die Dinge auf herkömmlichere Weise handhaben, aber das Oasis Casino hat eine Flut von Touristen in diese Gegend gebracht, und meine Befehle lauten, alles zu vermeiden, was diesem Touristenboom schadet. Schießereien sind schlecht fürs Geschäft.«

»Tote Geiseln ebenfalls.«

Wallid zuckte mit den Schultern. »Trotzdem stünde ich tief in Ihrer Schuld, Inspector, wenn Sie versuchen, die Lage auf friedliche Weise zu entschärfen.«

Ben nickte, zog seine Pistole aus dem Holster und reichte sie Wallid. Dann zog er sein Jackett aus, bevor er zu dem Geiselnehmer ging, damit der Mann sehen konnte, dass Ben unbewaffnet war.

Das Schwert des Mannes, stellte Ben aus der Nähe fest, war ein türkischer Kilij, eine besonders wirkungsvolle Waffe, die gegen Ende des 15. Jahrhunderts entstanden war. Die Klinge war fast auf der gesamten Länge gerade; dann kam eine scharfe Wölbung nach innen, um die Kraft der rasiermesserscharfen Schneide zu verstärken. Ben sah ebenfalls, dass vom hölzernen Griff des Schwerts eine Schnur hing, an der zweifellos ein Preisschild befestigt war; wahrscheinlich hatte der Mann die Waffe von einem nahen Stand genommen, an dem in der Schlacht erprobte Souvenirs verkauft wurden.

»Hört mich an«!, rief der Geiselnehmer und schwang wild das Schwert. »Ich bin hier, um euch zu helfen, um euch zu retten! Ich habe den Teufel gesehen. Habt ihr gehört? Ich habe den Teufel gesehen! Er ist mitten unter uns!«

Ben blieb fünf Schritte entfernt stehen. Der Mann sah älter aus, als seine Stimme klang. Er war mindestens 60, und nur wenige dieser Jahre waren gut zu ihm gewesen. Seine Arme, einst muskelbepackt, waren sehnig, das Gesicht hager und aschfahl. Er trug ein *kaffiyeh,* das sich gelockert hatte und den Blick auf einen Kahlkopf freigab, der nur von zwei Kränzen matten grauen Haars umgeben war. Seine Augen quollen hervor, und er machte den Eindruck, als würde er auf innere Stimmen lauschen.

Die Frau zu seinen Füßen lag auf der Seite, mit dem Gesicht zu Ben. Ihre Miene zeigte eine Mischung aus Schock und Entsetzen. Ihre rechte Schulter war aufgeschnitten, und etwas von dem Blut war auf die Straße getropft. Der Mann mit dem Schwert richtete den Blick auf die Frau, und Ben wählte diesen Moment, weit genug vorzutreten, dass er die Aufmerksamkeit des Mannes auf sich zog.

»*Halt*«!, befahl der Verrückte und kniff die Augen zu Schlitzen zusammen, während er das Schwert mit knorriger, skelettartiger Hand vorstieß. Die Waffe zitterte in seinem Griff. »Du da! Hast du auch den Teufel gesehen?«

»Warum sagst du mir nicht, wie er aussieht?«, erwiderte Ben und hob die Hände, um anzuzeigen, dass er nichts Böses im Schilde führte. Wenn er den Irren lange genug ablenken konnte, konnten die beiden Frauen beim Obststand vielleicht entkommen. Damit aber war der verwundeten Frau nicht geholfen, die blutend zu Füßen des Wahnsinnigen auf der Straße lag.

»Er sieht aus wie wir alle«, antwortete der Mann mit dem Schwert. »Deshalb kann er ja seine Arbeit tun. Wir sehen ihn, erkennen ihn aber nicht. Doch ich habe ihn jetzt zweimal erblickt. Ich habe mir das Mal gemerkt, das er auf der Haut trägt.«

»Was für ein Mal?«

»Ein auf den Kopf gestelltes rotes Kreuz auf dem Unterarm. Seine Jünger, die dieses Mal tragen, lauern auf die Schwachen, die vorübergehen, um sie an sich zu reißen. Sie können sich vor den meisten Leuten verstecken, aber nicht vor mir!« Die Augen des Verrückten quollen vor, wirkten wie Golfbälle, die in seinen Schädel gedrückt worden waren. »Zeig mir deinen rechten Arm! Na los! Krempel den Ärmel hoch! Los, sofort!«

Der Irre taumelte mit dem Schwert nach vorn, und die beiden Frauen beim Obststand schrien entsetzt auf.

Ben tat, was der Verrückte verlangte, und zeigte ihm den entblößten Arm, obwohl das Schwert fast in Schlagweite war. Er beobachtete, wie der Irre die Augen zusammenkniff und angestrengt auf den Arm starrte.

»Siehst du«, sagte Ben, »kein auf dem Kopf stehendes Kreuz.«

Der Mann entspannte sich. »Zeig mir auch den anderen Arm!«

Ben krempelte den anderen Ärmel ebenfalls hoch.

»Die kennen jede Menge Tricks«, sagte der Verrückte, zufrieden, nachdem er Bens linken Arm betrachtet hatte. »Du kannst mir nicht verdenken, dass ich das überprüft habe. Man kann nie wissen, weißt du?«

»Stimmt, man kann nie wissen.«

»Der Teufel ist ein heimtückischer Bastard. Aber mich kann er nicht täuschen ... jemand, der ihn schon gesehen hat!«

»Wann hast du ihn das erste Mal gesehen?«

Der alte Mann ließ sein Schwert bis auf Hüfthöhe sinken und ging zur Seite, bis er mit gespreizten Beinen über der verwundeten Frau stand. »Ich werde sie alle töten, bis mich keiner mehr verfolgen kann«, brüllte er und hob das Schwert über den Kopf. »Es ist die einzige Möglichkeit.«

Ben trat einen Schritt auf ihn zu, um ihn abzulenken. »Erzähl mir von dem ersten Mal.«

Das Schwert in der Hand des Irren zitterte. Er nahm den Blick von der Frau und starrte wieder Ben an. »Ich war nur ein Junge. Er hat versucht, mich für seine Armee zu rekrutieren. Aber ich hätte es wissen sollen. Selbst damals hätte ich es wissen sollen.«

Der Verrückte sank auf die Knie, und sein Schwert fiel klirrend auf den Asphalt, nur Zentimeter vom Bein der verwundeten Frau entfernt. Ben hockte sich vor ihn. Er warf einen schnellen Blick zu den Frauen beim Obststand und bedeutete ihnen, sich schleunigst aus dem Staub zu machen. Er beobachtete noch, wie sie sich davonstahlen; dann konzentrierte er sich völlig auf den Irren.

»Ich dachte, ich wäre von ihm befreit«, keuchte der Mann. »*Nach all diesen Jahren hielt ich mich für frei!* Aber er ist zurückgekehrt!« Der Blick des Wahnsinnigen wurde verzweifelt, flehend. Das Schwert hing vor ihm wie ein Schmuckstück. »Ich muss jeden warnen, bevor es zu spät ist, weißt du, denn seine Zeit ist gekommen.« Der Verrückte hob das Schwert an und richtete die Spitze auf Ben. »Hast du den Teufel ebenfalls gesehen?«

»Ja«, sagte Ben in einem Tonfall, der den Irren besänftigen sollte. Doch es traf ihn wie elektrischer Schlag, als er sich an die Nacht vor sechs Jahren erinnerte – jene Nacht, als er in Detroit nach Hause gekommen war und einen Killer vorgefunden hatte, dessen Kleidung mit dem Blut seiner Familie getränkt gewesen war. Die Erinnerungen waren glasklar, seit er vor ein paar Stunden die Leiche seines Neffen gesehen hatte. »Ja, ich habe ihn gesehen.«

Der Irre sprang auf. »Dann kannst du mir helfen, ihn zu finden?«

Ben erhob sich langsam, sorgfältig darauf bedacht, seine Hand deutlich zu zeigen. »Ich werde dir helfen, aber zuerst musst du mir dein Schwert geben.«

»Ohne Schwert bin ich schutzlos.« Die Augen des Irren quollen wieder hervor. »Er hat dich geschickt, nicht wahr? Das ist ein Trick, ein verdammter Trick! Er versteht sich auf Tricks!« Der Verrückte erhob das Schwert wieder über der verwundeten Frau. »Sie ist auch einer von seinen Tricks. Blendwerk! Such bei ihr nach einem Messer, wenn du mir nicht glaubst. Such nach dem Messer, das sie benutzt hätte, um mich zu töten!« Der Verrückte verstummte kurz, als wartete er darauf, dass Ben seiner Aufforderung Folge leistete. Als Ben sich nicht rührte, fuhr er fort: »Der Teufel muss gedacht haben, ich würde einen Soldaten seiner Armee nicht erkennen, weißt du, aber ich habe so lange auf den Zeitpunkt der Prüfung gewartet, dass ich jederzeit bereit war, so wie ich es *jetzt* bin!«

Und Ben sah, wie der Verrückte zum Schlag mit der Schwertklinge ansetzte.

8.

»Ich möchte mich für das Durcheinander bei Ihrer Begegnung in der Wüste entschuldigen, Pakad«, sagte Hershel Giott, der Chef der Nationalpolizei, als Danielle sich seinem Schreibtisch näherte.

»Commander Baruch hatte nicht das Recht, sich die Zuständigkeit anzumaßen«, entgegnete sie und spürte, wie wieder Zorn in ihr aufstieg.

»Die Situation ist komplizierter, als es den Anschein hat.«

»Es ist Ihr Fall, Rav Nitzav. Wir hätten nicht so rasch nachgeben sollen.«

Giott blickte grimmig drein. »Bitte, nehmen Sie Platz, damit ich es erklären kann.«

Selbst aus seinem Sessel aufzustehen, als Danielle näher kam, war eine Anstrengung für ihn gewesen. Danielle ging zu seinem Schreibtisch. Sie hatte einen Kloß in der Kehle. Die Gesundheit des Chefs der Nationalpolizei hatte sich rapide verschlechtert, seit er vor einem halben Jahr angekündigt hatte, in den Ruhestand zu treten und nur noch so lange zu bleiben, bis Ersatz für ihn gefunden werden konnte. Jetzt war der Tag des Abschieds sehr nahe, und Danielle erkannte genau, wie sehr sie diesen Mann vermissen würde, der für sie ein Mentor gewesen war.

Sie hätte leichter damit leben können, hätte das Schicksal Giott nicht so übel mitgespielt. Er hatte Reisepläne geschmiedet, weil er endlich die Zeit und den Wunsch gehabt hatte, die Welt zu sehen. Dann aber war seine Frau erkrankt, und die verheerenden Auswirkungen des Alters hatten auch ihn eingeholt, als er sie aufopferungsvoll pflegte. Danielle wusste, dass Giotts Frau Krebs hatte. Sie hatte es gewusst, noch bevor Giott sie einweihte und beinahe zusammengebrochen wäre, als er vom unaufhaltsamen Verfall der Frau erzählte, mit der er mehr als ein halbes Jahrhundert verbracht hatte. Nun würde es keine Reisen mehr für sie beide geben. Die gesamte Existenz des Polizeichefs war auf ein bescheidenes Haus im Jerusalemer Vorort Har Adar beschränkt.

»Wie geht es Ihrer Frau?«, fragte Danielle.

Giott blickte sie traurig an und rückte die *yarmulke* auf seinem kleinen runden Kopf zurecht. »Das Gleiche. Gute Tage und schlechte«, sagte er, doch Danielle wusste, dass es derzeit nur schlechte Tage waren. »Man bereitet die Ankündigung meines Nachfolgers vor. In zwei Wochen wird er das Amt offiziell übernehmen. Ich möchte, dass Sie bei der Zeremonie mein Gast sind.«

»Danke, Rav Nitzav.« Danielle bewegte sich nervös in ihrem Sessel. »Aber ich möchte mit Ihnen über die Morde in der Wüste sprechen.«

»Wir sprechen darüber, Pakad.« Giott vergewisserte sich mit einem Blick zur Tür, dass sie geschlossen war. »Wenn ich die Nationalpolizei verlasse, bieten sich denjenigen einzigartige Chancen, die bereit sind, eine gute Gelegenheit beim Schopf zu packen. Positionen werden frei, die lange Zeit nicht zu haben waren. Hohe Positionen, Danielle, wie *tat nitzav* oder sogar *nitzav.* Verstehen Sie, worauf ich hinaus will?«

»Nein«, sagte sie ungeduldig.

»Man hat mich gebeten, Beamte für die Position des Leiters und des stellvertretenden Leiters zu empfehlen. Ich möchte Sie benennen.«

In Danielle stieg Wärme auf, als hätte das Leder des Sessels sich plötzlich erhitzt.

»Keine Frau hat jemals eine der beiden Positionen innegehabt«, fuhr Giott fort. »Aber Sie waren die jüngste Frau, die in Israel jemals zum Chief Inspector ernannt wurde, nicht wahr? Nun sollten Sie die nächste Stufe auf der Hierarchieleiter der Nationalpolizei hinaufsteigen.«

Danielle hatte stets davon geträumt, eine derartige Position zu erlangen, hatte allerdings damit gerechnet, dass es noch Jahre dauern würde, bis sich eine Gelegenheit ergab. Nun aber zeigte Giott ihr Aussichten auf, die gleichermaßen aufregend wie phantastisch waren. Ein Traum konnte wahr werden. Bis Danielle an das Hindernis dachte, das in ihrem Weg stand.

»Wir können derzeit keinen Streit mit dem Shin Bet brauchen«, fuhr Giott fort. »Ich hielt es für klug, heute Morgen Diskretion walten zu lassen. Schließlich, Pakad, ist es nur eine Ermittlung.« Sein Blick wurde härter. »Aber es gibt da ein anderes Problem. Ihre Beziehung zu dem Palästinenser.«

Danielle stockte der Atem. »Ben Kamal.«

»Ich befürchte, das wird viele Leute sauer auf Sie machen.«

»Aber als ich den Befehl erhielt, bei der Verfolgung eines Serienmörders mit Kamal zusammenzuarbeiten, oder als unsere gemeinsame Ermittlung dazu führte, einen weißen Sklavenring zu zerschlagen, war niemand sauer auf mich.«

»Die Zeiten haben sich geändert, fürchte ich. Sie haben weiterhin Kontakt zu diesem Palästinenser gehalten, nicht wahr, Pakad?«

»Beruflich«, sagte Danielle.

»Und wie steht es mit dem Gesellschaftlichen?«

»Wir sind Freunde, ja, Kollegen.«

Giott musterte sie forschend. »Es gibt Gerüchte, dass Sie beide sehr viel mehr sind als das.«

Danielle erhob sich aus dem Sessel und spürte das inzwischen vertraute Schwindelgefühl. Sie sank zurück und merkte, wie hämmernde Kopfschmerzen einsetzten.

»Ist alles in Ordnung mit Ihnen, Pakad?«

»Es geht mir ausgezeichnet.«

»Möchten Sie ein Glas Wasser? Oder vielleicht Obst?«

»Nein, danke.« Sie umklammerte die Sessellehnen. »Es ist nur so, dass mein Privatleben niemanden etwas angeht, Rav Nitzav.«

»Ich befürchte, in diesem Fall ist es anders. Angesichts der schwierigen Zeiten, die Sie im vergangenen Jahr erlebt haben – der Tod Ihres Vaters, der Verlust Ihres Babys –, versuche ich, nicht über Sie zu richten. Nein, Ihr Privatleben wird nur dann ein Thema, wenn dabei rote Flaggen gehisst werden, die sich negativ auf Ihre Karriere auswirken können.«

»Meine Übereinkünfte mit Ben Kamal haben Wunder für meine Karriere bewirkt.«

»In Ihrer derzeitigen Position«, pflichtete Giott ihr bei. »Aber für jemand, auf den eine Beförderung wartet ...« Er zuckte die schmalen, knöchernen Schultern. »Wenn Sie wirklich interessiert sind, eine solch hochrangige Position zu erlangen, müssen Sie jeden Kontakt mit diesem Palästinenser abbrechen, sowohl beruflich als auch gesellschaftlich. Solche Kontakte sind gute Public Relations, und ich weiß, dass sie sich als wirkungsvoll erwiesen haben. Aber sie sind keine gute Politik.«

»Ich bin keine Politikerin.«

»Als Polizeichefin müssen Sie eine sein.« Hershel Giott blickte Danielle mit dem väterlichen Blick an, den sie schon sehr lange kannte. Aber dieser Blick war jetzt schwächer, weniger überzeugend und machtvoll. »Wenn ich dieses Gebäude zum letzten Mal verlasse, Pakad, möchte ich ein gutes Gefühl haben in Hinblick auf das, was ich zurücklasse. Nicht nur was den Zustand unserer Polizeikräfte oder die Person angeht, die mich in diesem Amt ablöst, sondern was ganz allgemein die Menschen betrifft, an denen mir etwas liegt. Ich mache mir Sorgen, was aus ihnen wird, wenn ich fort bin ... wenn andere Leute mit anderem Charakter, anderen Ansichten und anderen politischen Überzeugungen die Entscheidungen treffen.« Giott lehnte sich zurück und verschränkte die Arme. »Sie verstehen, welche Art Personen ich meine?«

»Ja«, sagte Danielle und dachte an Commander Moshe Baruchs Erscheinen am Tatort in der Judäischen Wüste.

»Die Lösung in Ihrem Fall, Pakad, besteht darin, einer von den Menschen zu werden, die Entscheidungen treffen, statt einer von denen, die davon *betroffen* werden.«

»Vielleicht würde ich besser bleiben, wo ich bin«, sagte Danielle bitter.

»Nicht einmal dafür gibt es Garantien, befürchte ich. Mein

Nachfolger – und diejenigen, denen er verpflichtet ist –, könnten sich durch Ihren Erfolg und Ihre Berühmtheit bedroht fühlen. Und gerade jetzt sind Sie ein zu leichtes Ziel für jemand, der seine Unsicherheiten mit sich herumträgt. Ich werde alles in meiner Macht tun, Ihre Beförderung sicherzustellen. Nennen Sie es ein Zurückzahlen dafür, dass Sie sich im vergangenen Jahr vor mich gestellt haben.«

»Nach allem, was Sie getan haben, schulden Sie mir nichts.«

Giotts rundes Gesicht sah plötzlich klein und traurig aus. »Ich habe Sie im Stich gelassen, Danielle. Das möchte ich wiedergutmachen, und mir bleibt nur noch sehr wenig Zeit dafür. Aber ich brauche Ihre Hilfe, Ihre Kooperation. Kann ich mich darauf verlassen, Pakad?«

Danielle nickte.

9.

Einen Sekundenbruchteil bevor die Schwertklinge herunterzischte, handelte Ben. Es gelang ihm, den weit ausgeholten Hieb zu verhindern, indem er auf den Irren zuschnellte, ihn mit der Schulter unter dem Ellenbogen rammte und spürte, wie die alten gebrechlichen Knochen unter dem Aufprall nachgaben.

Die Klinge stoppte einen knappen Meter vor dem Kopf der verwundeten Frau, bevor sie dem Wahnsinnigen entglitt und das Schwert auf die Straße klirrte. Ben trat dem Irren die Beine weg, und er stürzte hart auf den Asphalt.

»Er ist wieder da, sage ich dir!«, tobte der Irre. »Du musst auf mich hören, bevor es zu spät ist! *Der Teufel ist wieder da!* Du wirst sehen!«

Ben hielt den Mann am Boden, während uniformierte palästinensische Polizisten herbeieilten, angeführt von Captain Wallid.

»Ausgezeichnete Arbeit, Inspector!«, lobte Wallid und half Ben auf die Füße.

Es war fast 16 Uhr, als Ben in sein Büro zurückkehrte. Er nahm ein Formular, das er selbst für die palästinensische Polizei entworfen hatte, und schrieb auf Captain Wallids Bitte einen Bericht über den Zwischenfall auf dem Baladiya Square darauf nieder.

Er hatte kaum mit dem Tippen auf der alten IBM-Schreibmaschine angefangen, als ihm klar wurde, dass er den Anruf bei seinem Bruder in den Vereinigten Staaten nicht länger aufschieben konnte. Beim Wählen vergaß er die Hälfte von Sayeeds privater Telefonnummer und musste auflegen, um sie sich in Erinnerung zu rufen. Schließlich gelang es ihm, die vollständige Nummer zu wählen, und er lauschte mit angehaltenem Atem, als das Freizeichen erklang.

»*Guten Tag, hier ist der automatische Anrufbeantworter von Sayeed Kamal …*«

Ben seufzte vor Erleichterung, froh über den neuerlichen Aufschub. Doch als er den Hörer auflegte, bevor das Band zu Ende war, fiel ihm ein, dass sein Bruder sich zur Zeit vermutlich in seinem Büro an der Universität von Michigan in Dearborn aufhielt, wo er einen Lehrstuhl als Professor für Geowissenschaften innehatte. Ben fuhr sich mit den Händen übers Gesicht, als ihm einfiel, dass er die dortige Telefonnummer seines Bruders nicht kannte. Sein Mund war trocken, und sein Hemdrücken durchgeschwitzt. Seine Haut schien mit dem gleichen Schmierfilm bedeckt zu sein, der Danielles Jeep überzogen hatte, und der muffige Geruch des Wüstenstaubs haftete an seiner Kleidung. Seine Schulter schmerzte von der Prellung, die er sich zugezogen hatte, als er sich gegen den Irren warf und auf diese Weise den Schwerthieb verhindert hatte. Vielleicht sollte er die Schulter im Krankenhaus untersuchen lassen oder sich wenigstens Eis zum Kühlen besorgen.

Nein! Du willst nur den Anruf hinauszögern, aber damit machst du alles noch schlimmer …

Ben nahm sein Adressbuch aus der obersten Schreibtischlade und blätterte es durch, um die Telefonnummer seines Bruders Sayeed an der Universität zu suchen. Es war lange her, seit er das letzte Mal dort angerufen hatte, und er wusste nicht mehr, wo er die Nummer notiert hatte. Schließlich entdeckte er sie auf einer der mittleren Seiten mit Eselsohr. Er wählte die Nummer und hoffte insgeheim, dass sich wieder der Anrufbeantworter melden würde.

»Professor Kamal«, hörte er stattdessen.

Ben schluckte hart.

»Professor Kamal«, wiederholte sein Bruder.

»Ich bin's, Bayan, Sayeed.«

Stille am anderen Ende der Leitung. Ihre Beziehung war noch vor Bens Rückkehr nach Palästina abgekühlt, als Ben sich in eine Amerikanerin verliebt und sie geheiratet hatte. Sayeed hatte diese Heirat als eine so tiefe Beleidigung der palästinensischen Kultur betrachtet, dass es zunehmend schwierig geworden war, die brüderlichen Beziehungen zu ihm aufrechtzuerhalten. Bei einem Familienessen hatte er Bens zukünftige Frau so sehr beleidigt, dass Ben mit ihr gegangen war, noch bevor der erste Gang serviert wurde. Jetzt erinnerte er sich deutlich an den enttäuschten Blick seines jungen Neffen Dawud, der ihm am Fenster nachgeschaut hatte, als er davongefahren war.

»Ich hätte deine Stimme fast nicht mehr erkannt«, sagte Sayeed schließlich.

»Tut mir leid.«

»Gib dir keine Mühe.«

»Nein, da … es ist etwas anderes. Ich … ich muss dir etwas erzählen. Der Grund meines Anrufs …«

»Ich höre.« Die Stimme seines Bruders klang eher ungeduldig als besorgt.

»Es geht um deinen Sohn. Um Dawud.«

»Was ist mit ihm?«

»Etwas … es ist …« Ben brachte die Worte nicht heraus; er hatte das Gefühl, sie würden durch ein Netz in seiner Kehle festgehalten.

»Dawud besucht die Abschlusssemester an der Brown University«, sagte Sayeed, »und er macht seine Sache ganz gut. Er studiert bei der berühmten Martha Joukowsky.«

Das Netz in der Kehle schien sich zu lösen, doch etwas anderes hielt jetzt die Worte fest. »Schon?«

»Im zweiten Jahr.«

»Ich verstehe nicht.«

»Warum rufst du mich an, Bayan? Warum fragst du nach Dawud?«

»Wo ist er jetzt?«

»Das habe ich dir doch gerade gesagt.«

»Nein, Sayeed. Ich meine … *heute.*«

»Du sprichst in Rätseln.«

Der Hörer schien an Bens Hand zu kleben. »Hör zu, ich habe Dawud heute gesehen. In der Judäischen Wüste.«

»Das ist lächerlich.«

»Er ist ermordet worden, mein Bruder.«

Stille.

»Sayeed?«

»Was hat dieser Wahnsinn zu bedeuten, Bayan?«

»Es ist kein Wahnsinn. Ich habe seine Leiche gesehen.«

»Heute?«

»Vor ein paar Stunden. Er wurde gestern Nacht umgebracht.«

»Ich habe heute Morgen eine E-Mail von ihm bekommen.«

»Was?«, fragte Ben nach einer Pause.

»Er hat sie in mein Büro geschickt. Für gewöhnlich schickt er sie nach Hause, aber ich nehme an ...«

»Du hast nicht mit ihm gesprochen?«

»Ich habe dir doch gesagt ...«

»Ich meine, am Telefon?«

»Nein.«

Ben rieb sich mit der freien Hand übers Gesicht. »Er hat dir nie gesagt, dass er nach Palästina reist?«

»Nein, denn er ist auf der *Uni*. Auf der *Brown University*. Was ist denn mit dir, Bayan?«

Ben wünschte sich, dass es tatsächlich ein Irrtum war, ein Zufall, eine schreckliche Verwechslung. Kamal war schließlich ein weit verbreiteter Name, und Dawud ebenfalls. In Anbetracht des großen arabischen Bevölkerungsanteils in der Gegend von Dearborn konnte sich dort leicht ein anderer junger Mann gleichen Namens eingeschrieben haben. Das würde auch erklären, weshalb er die Leiche in der Wüste zuerst nicht als die seines Neffen erkannt hatte.

»Ich sage dir, mein Bruder, du irrst dich«, beharrte Sayeed.

Aber Ben war sich noch nicht völlig sicher. »Ruf ihn an.«

»Wie bitte?«

»Ruf Dawud an der Brown University an. Nimm Kontakt mit ihm auf. Ich bete, dass du Recht hast und ich mich irre.«

»Ich habe Recht.«

»Dann ruf ihn an und melde dich sofort wieder bei mir, mein Bruder«, sagte Ben, ein wenig ruhiger. »Nachdem du ... deinen Sohn erreicht hast.«

Sayeed Kamal seufzte. »Also gut.«

»Noch etwas, Sayeed. Was studiert Dawud an der Brown University?«

»Archäologie«, sagte Bens Bruder.

10.

»Nun, Miss Barnea«, sagte der Arzt, als er den Untersuchungsraum mit einem Aktenhefter in der Hand betrat. »Ich habe die Ergebnisse Ihrer Blutuntersuchung.«

Nach ihrem Treffen mit Hershel Giott hatte Danielle es gerade noch geschafft, den Arzttermin einzuhalten, den sie vom Morgen auf den Nachmittag gelegt hatte, denn sie hatte im typischen Jerusalemer Verkehrsgewühl gesteckt. Im nervenaufreibenden, immer wieder stockenden Stau auf den schmalen, hügeligen Straßen hatte sie an die Chance denken müssen, die ihr Giott geboten hatte.

Was aber würde geschehen, wenn der Polizeichef erfuhr, was der Arzt ihr jetzt vermutlich bestätigen würde?

Das größte Hindernis, das ihrer Beförderung im Weg stand, war ihre Beziehung mit Ben Kamal, hatte Giott erklärt. Weil er Palästinenser war. Weil im Verlauf zweier hochkarätiger Ermittlungen in den Medien so oft von ihnen beiden berichtet worden war. Sie wurden häufig als Team betrachtet, und weder Ben noch sie hatte irgendetwas unternommen, um diesen Eindruck zu zerstreuen. Die Befürworter von Oslo und Wye hatten sie beide als Symbol für das große Potenzial an Möglichkeiten für einen dauerhaften Frieden benutzt. Der Trick bestand nach Giotts Ansicht darin, diese Berühmtheit zu nutzen und zugleich das politische Pulverfass zu entschärfen, das Danielles Gegner bei der Nationalpolizei mit den konservativeren Elementen gegen sie einsetzen konnten.

Eine Zeit lang hatte sie nicht gewusst, wohin ihre Beziehung zu Ben führte. Anfangs hatten sie beide versucht, ihr Bestes zu tun, dass ihre Beziehung bestehen blieb und tiefer wurde, doch sie waren gescheitert. Danielle hatte einen Mann kennen gelernt, der zwar nicht wie Ben war, aber wenigstens ein Israeli. Doch sie hatte erkannt, dass sie den Mann nicht so sehr begehrte, sondern sich vielmehr sehnlichst wünschte, schwanger zu sein. Sie verlor das Baby, einen Monat nachdem sie zum letzten Mal mit diesem Mann gesprochen hatte, und bald darauf hatte das Schicksal sie wieder mit Ben zusammengeführt.

Und diesmal hatte Danielle nicht mehr die Kraft gehabt – und auch gar nicht den Wunsch –, sich erneut von Ben abzuwenden. Sie fühlte sich nur glücklich und geborgen, wenn sie mit ihm zusammen war. Sie dachte nicht wieder an eine Schwangerschaft; der Gedanke war ihr völlig fern. Aber die Nächte, die sie mit Ben teilen konnte, waren die glücklichsten in ihrem Leben. Sie fühlte sich frei und leugnete ihre wahren Gefühle nicht mehr, denn nur Ben Kamal konnte allmählich die Leere füllen, die Danielle seit der Fehlgeburt empfunden hatte.

Dann war ihre Periode ausgeblieben – nichts schrecklich Ungewöhnliches, hatten die Ärzte gesagt. Aber sie erwachte fast jeden Morgen mit Übelkeit. Sie kaufte sich einen Schwangerschaftstest für zu Hause, führte ihn aber nie durch, weil sie sich vor dem Ergebnis fürchtete.

Was habe ich getan?

Danielle hätte glücklich sein müssen, weil sie vielleicht wieder schwanger war, doch die Realität der Umstände störte. Sie hatte diesen Termin mit ihrem Gynäkologen vereinbart, weil sie wissen musste, ob die Signale ihres Körpers falsch waren.

Der Arzt lehnte sich gegen den Untersuchungstisch, auf dem Danielle saß, bekleidet mit einem dünnen Patientenkittel, in dem sie fröstelte. Sie kämpfte gegen das Zittern an.

»Meinen Glückwunsch«, sagte der Arzt lächelnd. »Sie sind schwanger.«

Danielle zwang sich, das Lächeln zu erwidern.

11.

Das Oasis Casino lag in der Wüste außerhalb von Jericho, ganz in der Nähe einer Hauptverkehrsstraße zu einem Flüchtlingslager. Einige der Lagerbewohner arbeiteten bei den Bautrupps, die den weiträumigen Komplex von dem Geld errichtet hatten, das ausschließlich von palästinensischen Investoren beschafft worden war.

Ben betrachtete das Gelände des neuen Kasinos, das als erster Abschnitt des größten Touristengebiets geplant war, das jemals im Mittleren Osten erschlossen werden sollte. Die Palästinensische Autonomiebehörde rechnete damit, dass sie bis zur Fertigstellung mindestens 150 Millionen Dollar in das Projekt stecken musste, das den Tourismus im gerade erst flügge gewordenen Staat ankurbeln sollte. Heute warfen die Stahlgerüste zweier Hotelhochhäuser Schatten über das Kasino mit seiner Fassade aus Kalkstein. Der Bau eines Kongresszentrums hatte ebenfalls begonnen.

Weiter in der Ferne konnte Ben das Gebiet erkennen, auf dem ein Golfplatz angelegt wurde. Er hatte gehört, dass das palästinensische Konsortium, das für den Komplex verantwortlich zeichnete, schließlich nachgegeben und israelische Bewässerungsexperten hinzugezogen hatte, die bei der Gestaltung des Golfplatzes und dem Bau der Berieselungsanlage helfen sollten, denn Wasser war in der West-Bank ein kostbares Gut. Heute war der Parkplatz voller israelischer Touristenbusse mit Besuchern vieler Nationalitäten. Seit der Eröffnung des Kasinos blieben die Israelis die vorherrschenden Gäste. Die Ironie, dass sie die leeren Taschen der Palästinenser füllten, ging im Spielbetrieb unter.

Ben zeigte am Haupteingang seinen Ausweis und betrat das Kasino auf der Suche nach Nabril al-Asi, dem Leiter der palästinensischen Sicherheitspolizei. Er entdeckte den Colonel auf einer erhöhten Promenade, die einen Blick auf den riesigen Saal mit den Einarmigen Banditen gewährte, deren Hebel so schnell betätigt wurden, wie die Spieler die Chips oder Münzen einwerfen konnten.

»Sind Sie gekommen, um Ihr Glück zu versuchen, Inspector?«, fragte al-Asi und lächelte, als Ben näher kam. Der Colonel hatte pechschwarzes, welliges Haar, in dem sich graue Strähnen zeigten, was ihm ein vornehmes und würdevolles Aussehen verlieh. Er war Anfang 50, doch seine Haut und die Zähne waren makellos, und er kaufte seine Anzüge bei dem gleichen exklusiven Schneider in Tel Aviv, der Israels Spitzen aus Politik und Wirtschaft einkleidete. Schuhe, Hemden und Krawatten waren italienische Designermode, doch seit kurzem hatte der Colonel eine Vorliebe für die Modeschöpfer Hugo Boss und Joseph Abboud entwickelt. Al-Asi erinnerte Ben an den Schauspieler Omar Sharif, obwohl der Colonel behauptete, keinen von Sharifs Filmen gesehen zu haben.

»Ja, ich werde es mal versuchen«, sagte Ben. »Aber nicht an den Automaten. Außerdem ist uns Palästinensern das Spielen untersagt.«

»Diejenigen, die das Glück haben, einen ausländischen Pass zu besitzen, können spielen. Sie sind doch auch amerikanischer Staatsbürger, nicht wahr? Sehen Sie – Ihre doppelte Staatsbürgerschaft ist endlich mal was wert.«

»Und wie ist es mit Ihnen, Colonel?«

Al-Asi zuckte die Achseln. Er drehte sich zur Seite und strich die Bügelfalte der Hose seines teuren Anzugs glatt. »Ich muss mich wie alle anderen einfachen Palästinenser mit dem Zuschauen zufrieden geben.«

»Deshalb sind Sie hier? Um zuzuschauen?«

»In gewissem Sinne. Wissen Sie, die Eröffnung des Kasinos hat eine Reihe von … wie soll ich sie nennen? … ehemaligen Ausgebürgerten wieder in unsere Mitte gelockt. Präsident

Arafat ist äußerst besorgt, dass ihre Anwesenheit sich als zersetzend erweisen könnte. Ich hingegen habe ihn informiert, dass es kein Problem ist, das ein bisschen Gewinnen nicht lösen könnte.«

»Ich könnte ein paar Zahlen für Sie setzen«, sagte Ben.

»Sonderbar, nicht wahr?«, sagte al-Asi und ignorierte das Angebot. Er verschränkte die Hände hinter dem Rücken und ging langsam die erhöhte Promenade hinunter; Ben blieb an seiner Seite. »Vor uns liegt alles, was von der moslemischen Tradition verabscheut wird. Alkohol, Glücksspiel, die Vermischung von Männern und Frauen in aller Öffentlichkeit. Also reagiert die Autonomiebehörde, indem sie alle Palästinenser verbannt und uns das Vergnügen versagt, das alle anderen genießen können.«

»Von uns haben ohnehin nur sehr wenige sehr viel Geld.«

Al-Asi legte die Hand um das stählerne Geländer und neigte sich vor. »Dann ist es eine leere Geste. Von jenseits der Straßen beobachten viertausend Flüchtlinge jeden Tag, wie mindestens genau so viele Spieler das Kasino besuchen. Die Männer, von denen diese Anlage mit aufgebaut wurde, dürfen nicht einmal den Parkplatz betreten.«

»Vielleicht irgendwann einmal, Colonel.«

»Die Autonomiebehörde hat einen Trip nach Las Vegas für uns veranstaltet, damit wir aus erster Hand etwas über Kasinos lernen können.«

»Wie war es dort?«

»Ich bin nicht mitgereist. Meine Frau durfte mich nicht begleiten. Und es wäre nicht sicher für sie gewesen, hätte ich mich auf eine so weite Reise gemacht.« Al-Asis Gesicht nahm einen melancholischen Ausdruck an, der bei ihm selten zu beobachten war und schnell wieder schwand. »Nun, was hat Sie zu dieser Lasterhöhle geführt, Inspector?«

Bern zog die Mini-Disc hervor, die er in der Judäischen Wüste dem toten Wächter abgenommen hatte, und reichte sie al-Asi.

Der Colonel betrachtete die Disc eingehend und kniff ein Augen zusammen, als würde er ein Schmuckstück begutachten. »Ich bezweifele, dass ich jemals einen solchen Chip gesehen habe …«

»Es ist eine Mini-Disc.«

»Von welcher Musikgruppe?«

»Keine Musik. Eine optische Mini-Disc.«

»Was ist darauf zu sehen?«

»Das muss ich noch herausfinden.«

Al-Asi widmete seine Aufmerksamkeit wieder der Spielhalle unterhalb der Promenade, wo sich vor den Automaten Schlangen von Spielern bildeten und Menschentrauben auf einen Platz an den Blackjack-Tischen warteten. »Ich bezweifle, dass Sie einen Einarmigen Banditen finden werden, der diese Scheibe annimmt.«

»Ich habe sie im Camp der ermordeten amerikanischen Archäologen gefunden.«

Al-Asi spitzte nachdenklich die Lippen. »Ich wusste noch gar nicht, dass Ihnen der Fall zugeteilt wurde.«

»Wurde er auch nicht. Jedenfalls nicht offiziell. Pakad Danielle Barnea rief mich an, nachdem sie erfahren hatte, dass eines der Opfer mein Neffe war.«

Al-Asi ergriff Bens Arm. »Mein Beileid, Inspector.«

»Danke, Colonel.«

»Aber es überrascht mich zu hören, dass Pakad Barnea mit dem Fall beschäftigt ist.«

»Das war sie nur für kurze Zeit, bis sie vom Shin Bet abgelöst wurde.«

»Ich weiß vom Interesse des Shin Bet.«

Ben blickte den Colonel überrascht an. »Sie wissen …?«

»Mein israelisches Gegenstück hat mich über ihre Absichten informiert.«

»Shin Bet?«

Al-Asi runzelte die Stirn. »Eine ihrer vielen Behörden. Sie haben fast so viele wie wir.«

»Haben Sie ihnen die Erlaubnis erteilt?«

»Sie haben nicht darum gebeten.«

»Haben sie sonst noch etwas gesagt?«

»Jede Menge über die Möglichkeit eines internationalen Konflikts und dass wir unser Bestes tun, um ihn zu verhindern.« Al-Asi rollte die Mini-Disc wie einen Silberdollar in der Hand. »Ich habe das Gefühl, dass dies hier dazu führen könnte, sie zu enttäuschen.«

»Es stammt von der Kamera eines Beduinen, der im Camp der Amerikaner als Wächter arbeitete.«

Der Colonel hob die Brauen. »Und den Israelis am Tatort ist es natürlich entgangen.«

»Sie haben ein Faksimile akzeptiert.«

Al-Asi wandte sich wieder der Spielhalle zu. »Und Sie sagten, Sie seien kein Spieler, Inspector ...«

»Ich möchte wissen, was auf dieser Disc ist, Colonel.«

Al-Asi blickte noch einmal auf die kleine Scheibe, bevor er sie Ben zurückgab. »Das ist nicht die Art von Technologie, die normalerweise von Beduinen benutzt wird, nicht wahr?«

»Es sei denn, sie arbeiten für die Israelis«, sagte Ben über das Klappern der Einarmigen Banditen und das Klimpern von Chips hinweg, die von Blackjack-Tischen geharkt wurden. »Wie viel wussten Sie über die Arbeit der Archäologen, Colonel?«

»Ich wusste, dass sie Grabungen machten. Ich mag es, Ausländer in unserer Wüste schaufeln zu sehen.« Al-Asis Tonfall wurde nüchterner. »Sie ermordet zu sehen ist eine andere Sache.«

»Genau das ist der Grund, weshalb ich es für das Beste hielt, diese Disc zu behalten. Ich hoffte, Sie können mir die Genehmigung verschaffen, sie mir anzuschauen.«

»Auf einem der Computer im Hauptquartier der Palästinensischen Autonomiebehörde?«

»Ja.«

»Nein«, sagte al-Asi und schüttelte den Kopf. »Selbst wenn wir die Geräte haben, mit der diese Disc abgespielt werden kann, ist sie uns bestimmt von den Israelis gespendet worden, und folglich kann man dem Ding nicht trauen.«

»Wie sieht die Alternative aus?«

Al-Asi überlegte und lauschte den Geräuschen der Spielhalle. »Ich werde einige Vorbereitungen treffen«, sagte er schließlich. »Ich würde es gleich in Angriff nehmen, aber Sie sehen ja …« Er verstummte und wies mit einem Achselzucken zum Spielbetrieb unterhalb der Promenade.

»Ihre Überwachung.«

»Das Wiederauftauchen ehemaliger Freiheitskämpfer kann zu problematischen Komplikationen führen.«

»Ich verstehe.«

Der Colonel wirkte plötzlich unschlüssig. »Da ist noch etwas anderes, das wir besprechen müssen, Inspector. Eigentlich wollte ich Sie anrufen.« Er zog ein Kuvert aus der Innentasche seines Jacketts und zupfte den Stoff sorgfältig wieder zurecht. »Diesen Bericht habe ich gestern erhalten. Er betrifft Ihren Bruder Sayeed in Amerika.«

Ben entnahm dem Umschlag drei Seiten und las sie schnell und ohne sichtliche äußere Beteiligung.

»Das ist jetzt der dritte Bericht in drei Monaten«, sagte al-Asi, als Ben zu Ende gelesen hatte. »Offenbar sind seine Geschäfte mit diesen unglücklichen Elementen unserer Kultur in einem inakzeptablem Maße ausgeufert.«

Ben blätterte die Seiten schnell noch einmal durch und blickte dann wieder den Colonel an, als dieser schwieg.

»Ich habe noch keine Maßnahmen in die Wege geleitet, Inspector«, sagte al-Asi.

»Danke.«

»Das ist das Mindeste, das ich unserer Freundschaft willen tun kann. Man kann nicht genug Freunde haben – doch offenbar zu viele Brüder. Aber Sie verstehen, dass ich irgendwann handeln muss?«

»Das verstehe ich.«

»Es sei denn, irgendeine unerwartete Intervention kommt einem Handeln von meiner Seite zuvor.«

Ben reichte ihm den Bericht zurück. »Können Sie mir ein paar Tage Zeit geben, um etwas auszuarbeiten?«

»Ein paar Tage, ja, besonders in Anbetracht des Todes Ihres Neffen. Es gibt viele andere Probleme, die mich mindestens so lange beschäftigt halten. Es ist gut für Sie, dass ich meine Aufmerksamkeit derzeit hier auf das Oasis konzentrieren muss.« Al-Asi lächelte. »Warum verbringen Sie nicht ein wenig Zeit im Kasino? Ich werde Ihnen sogar den Einsatz spendieren, damit Sie den amerikanischen Pass ausnutzen können, mit dem Sie im Gegensatz zu uns bescheidenen Palästinensern, die nicht spielen dürfen, so überaus privilegiert sind.«

Der Colonel wandte sich von Ben ab, als sich ein Kasino-Manager im Smoking näherte.

»Ihre Gewinne, Sir«, sagte der Mann und reichte al-Asi einen dicken Stapel Dinar-Scheine.

»Danke«, erwiderte der Colonel und steckte das Geld in die Tasche.

12.

»Wir müssen uns unterhalten, Pakad«, sagte Hershel Giott angespannt, umfasste mit dünner Hand Danielles Ellenbogen und führte sie durch sein Büro.

Sie war ins Präsidium der Nationalpolizei zurückgekehrt und hatte überlegt, ob und wann sie ihrem Vorgesetzten die Wahrheit sagen sollte. Giott war jedoch aufgeregt und kaum ansprechbar, weil ihm irgendetwas zu schaffen machte.

»Während Sie fort waren, habe ich einen Anruf von Commander Baruch erhalten.«

Danielle setzte sich.

Giott nahm gemächlich in seinem Schreibtischsessel Platz. »Er sagte, Ihr Verhalten heute Morgen grenzte an Gehorsamsverweigerung gegenüber einem Vorgesetzten.«

»Ich arbeite nicht für den Shin Bet. Er ist nicht mein Vorgesetzter.«

»Trotzdem ist Baruch ein sehr angesehener Abteilungsleiter.«

»Bei mir ist er nicht sehr angesehen.«

»Sie werden aggressiv, Pakad.«

»Baruch war aggressiv, als wir uns in der Wüste begegnet sind, Rav Nitzav, weil er wusste, dass er dort nicht hingehörte. Die Nationalpolizei war zuständig – und so hätte es bleiben sollen.«

Giott hob eine Augenbraue. »Auch der Commander hat Einzelheiten über Ihre Begegnung erzählt. Die Anwesenheit Ihres palästinensischen Freundes, zum Beispiel.«

»Ich brauchte einen Dolmetscher«, log Danielle.

»Für solche Dienste haben wir Leute beim Personal.«

»Keine Experten für Beduinen-Dialekte.«

»Das war eine unglückliche Fehleinschätzung von Ihnen, Pakad, denn es hat Commander Baruch genau die Art Munition geliefert, die er gegen Sie einsetzen kann.«

»Dann soll er sie einsetzen.«

»Seien Sie nicht naiv. Commander Baruch ist auf einmal sehr an den täglichen Operationen der Nationalpolizei interessiert. Das schließt die Ernennung meines Nachfolgers und das leitende Personal dieses Nachfolgers ein. Ich kann seinen Einfluss in gewissem Maße neutralisieren, aber wenn wir ihm einen Grund geben, sich gegen uns zu stellen, wird keiner von uns gut dabei wegkommen. Habe ich mich klar ausgedrückt?«

»Ja, Rav Nitzav.«

»*Wünschen* Sie eine höhere Position?«

»Sehr«, erwiderte Danielle.

»So sehr, dass Sie vorsichtiger auftreten, Pakad?«

»Nicht, wenn es bedeutet, dass ich vor einem Bastard wie Commander Baruch kriechen muss.«

»Das ist schlimm. Der Preis einer Niederlage gegen einen so mächtigen Mann wie Commander Baruch wird extrem hoch sein. Sie werden nirgendwohin zurückgehen können. Sie werden keine Stelle in irgendeiner Regierungsbehörde mehr bekommen. Und ich befürchte, für jemanden mit Ihrer Art Erfahrung werden Sie Ihre Privatsphäre beträchtlich kälter und weniger einladend finden.«

Danielle spürte einen Druck in der Brust. In diesem Augenblick sah sie sich, wie Giott und zweifellos andere sie sahen: eine Frau Mitte 30, zu alt, um länger ein Wunderkind zu sein, und zu jung, um als fester Bestandteil der alten Garde zu gelten.

»Um zu bekommen, was Sie haben möchten«, fuhr der Chef der Nationalpolizei fort, »müssen Sie Kompromisse schließen. Dinge sagen, die Sie nicht ehrlich so meinen. Und manchmal Dinge tun, die Ihnen widerstreben. Aber stets mit einem größeren Ziel im Sinn.« Giotts müde Augen blinzelten langsam, und die Strenge wich aus seinem Blick. Er kannte Danielle gut, besser als sonst jemand – und gewiss besser, als sie selbst sich kannte.

»Dieses Ziel kann so einfach sein wie Selbsterhaltung oder so komplex wie Karrierestreben«, sagte Giott, und seine Stimme flaute ab wie die einer Spielzeugpuppe, deren Batterien fast verbraucht waren. »Wie dem auch sei, es zahlt sich aus, wenn Ihre Feinde glauben, dass Sie tun, was sie von Ihnen erwarten. Und nun, Pakad, möchte ich von Ihnen die Versicherung, dass es keine weiteren Überraschungen gibt und dass Sie mir sonst nichts verschweigen.«

Danielle holte tief Luft.

13.

Jerichos neueste katholische Kirche befand sich am südlichen Stadtrand inmitten schmucker Reihen weißer Steinhäuser, genau eine Meile von Ben Kamals Wohnung entfernt. Er war diese Strecke in der nachlassenden Hitze des späten Nachmittags zu Fuß gegangen und hatte sich bereits auf die abendliche Kühle gefreut, die ihn auf dem Rückweg begrüßen würde.

Seltsamerweise hatte er sich in den fünf Jahren nach seiner Rückkehr aus Amerika nie an die Hitze gewöhnt und wünschte sich, sie hinnehmen zu können, wie es in Detroit der Fall gewesen war: unwillkommen, doch leicht zu vermeiden mit stets verfügbarer Klimaanlage: ein Leben zwischen kühlen Autos und kühlen Gebäuden, stets mit dem Summen von Ventilatoren im Unterbewusstsein. Doch in Jericho gab es kein Entkommen vor der Hitze, keine Erleichterung durch Klimaanlagen, außer in den Hotels, den beliebten Touristenrestaurants und jetzt im Oasis Casino. Die Hitze erinnerte ihn daran, wo er war und wie wenig er daran ändern konnte.

Eine baufällige, aufgegebene Moschee war die Heimat für diese Kirche geworden; unter der Schirmherrschaft von Pater Mahmoud Fawzi – oder »Father Mike«, wie er bei seinen Englisch sprechenden Gläubigen bekannt war –, hatte man sie instand gesetzt und Phase um Phase ausgebaut. Father Mike war ein rundgesichtiger, gut aussehender Mann mit Glatze, die zu beiden Seiten des Kopfes von Haaren eingerahmt wurde, die wie schwarze Drähte wirkten. Seine Familie war zur gleichen Zeit wie die Kamals nach Amerika ausgewandert, kurz vor dem Sechstagekrieg im Jahre 1967, aber er war erst Mitte 1980 nach Palästina zurückgekehrt, um seine eigene Kirche zu errichten. Der glühende Nationalismus der *intifada* hatte ihn heimgelockt.

Father Mike arbeitete im Garten – er pflanzte oder jätete; Ben konnte es nicht erkennen. Er nahm sich einen Spaten von einer rostigen Schubkarre und gesellte sich zu dem Priester, der am Boden kniete.

»Wenn das nicht mein liebstes Gemeindemitglied ist«, sagte Father Mike zur Begrüßung.

»Liebstes Gemeindemitglied? Bestimmt nicht wegen meiner sonntäglichen Kirchgänge.«

»Daran gebe ich den Israelis die Schuld, wie jeder sonst. Sie sind an den Kontrollpunkten schärfer denn je geworden. Meine Pfarrkinder verbringen ihre Sonntage oftmals damit, in langen Schlangen zu warten und dann zurückgeschickt zu werden.« Father Mike musterte Ben genauer. »Aber du bist wenigstens gekommen, um zu arbeiten, mein Sohn.«

»Nennen Sie es meine Buße, Father«, erwiderte Ben und wartete darauf, dass Father Mike ihm sagte, was er mit dem Spaten anfangen solle.

»Buße wird vorgeschrieben, nicht freiwillig geleistet.«

»Wie wäre es mit vorweggenommener Buße?«

Father Mike blickte von seiner Arbeit auf und musterte Ben. »Fühlst du dich denn wegen irgendetwas schuldig, mein Sohn?«

»Ist das eine Beichte?«

»Es wird eine, wenn du erzählst, während du den Boden umgräbst. Ich will heute neue Blumenbeete anlegen.«

»Ich dachte, Sie streichen an.«

»Das kommt morgen. Ich erwarte, dass du dann zwecks weiterer Buße noch einmal vorbeikommst. In der Woche darauf kommt die Einzäunung dran, und du wirst noch einmal büßen.«

»Vielleicht haben Sie die falsche Arbeit gewählt.«

Father Mike runzelte die Stirn, als er sah, wie ungeschickt Ben den Spaten handhabte. »Besonders weil meine ursprüngliche Beschäftigung das Studium des Lateinischen und Aramäischen war, besonders des Aramäischen. Heutzutage gibt es wenig Bedarf an Dolmetschern und Übersetzern.« Father Mike ergriff Bens Hand und hielt sie einen Moment fest. »Du solltest lieber schnell reden, bevor ich dieses ganze Stück noch einmal umgraben muss.«

»Mein Neffe, der Sohn meines älteren Bruders, wurde ermordet.«

Father Mike runzelte die Stirn. »In Amerika?«

»Nein, hier. In der Judäischen Wüste. Er zählte zu einem amerikanischen Archäologenteam, dessen Mitglieder allesamt getötet wurden. Ich … habe seine Leiche gesehen.«

»Was für eine schreckliche Geschichte.«

»Ich habe meinen Bruder angerufen. Er hat mir nicht geglaubt.«

»Leugnen. Es nicht wahrhaben wollen.« Father Mike nickte. »Nicht ungewöhnlich in solch tragischen Situationen.«

»Es war, als würde ich mit einem Fremden sprechen. Als würde er mich nicht gut genug kennen, um meinem Wort zu vertrauen. Und er bezweifelte, dass ich meinen Neffen gut genug kenne, um mir meiner Sache sicher zu sein.«

»Hatte er Recht?«

»Ja«, gab Ben zu.

»Über wen ärgerst du dich? Über deinen Bruder oder dich selbst?«

»Seit meiner Rückkehr nach Palästina haben wir nur ein paar Mal miteinander gesprochen, und unsere Beziehung war schon angespannt, bevor ich die Vereinigten Staaten verließ.«

Father Mike fuhr fort, den Boden mit den Händen aufzuscharren und liebevoll kleine Blumenzwiebeln in die Erde einzusetzen, die am Ende der Woche zu Lehm getrocknet sein würde. Sein Gesicht war von der Sonne und Hitze gerötet, und ein Netz bläulicher Äderchen auf seinen Wangen wirkte wie Spinnweben.

»Ich habe das Gefühl, dass du mir etwas mehr erzählen willst.«

»Ich habe heute einen Mann festgenommen«, erwiderte Ben ohne zu zögern. »Er hat gesagt, er hätte den Teufel gesehen.«

»Ist das ein Verbrechen?«

»Obendrein hat er eine Frau mit einem Schwert verletzt. Ich glaube, er ist verrückt geworden. Sagte, er hätte den Teufel wieder erkannt, weil er ihn Jahre zuvor schon gesehen habe. Im Augenblick will ich ihm wirklich glauben. Ich möchte ihm gern glauben, dass er tatsächlich den Teufel gesehen hat.«

Father Mike hielt in der Arbeit inne. »Du möchtest, dass der Teufel real ist.«

»Verübeln Sie mir das?«

»Es ist nicht meine Aufgabe, die Menschen zu verurteilen. Das überlasse ich jemand anders.«

Ben schien ihn gar nicht wahrzunehmen. »Zuerst wurden meine Frau und Kinder in Detroit ermordet, und jetzt mein Neffe hier in Palästina. Vielleicht verfolgt mich der Teufel. Ich habe diesem Mann, den ich heute Morgen festgenommen habe, sogar gesagt, ich hätte den Teufel ebenfalls gesehen. War das eine Lüge, Father?«

Father Mike wischte sich die Hände an seiner ausgebeulten Arbeitshose ab. Seine blauen Augen schienen aufzuleuchten. »Du hast den Teufel gesehen. Du hast Gewalt gesehen. Du hast Hass gesehen.« Father Mike nickte vor sich hin. »Das kommt nahe genug an den Teufel heran, so viel steht fest.«

»Die Nacht, als meine Familie ermordet wurde, veränderte alles für mich. Manchmal hatte ich vergessen, wie sehr. Heute, in der Wüste, wusste ich es wieder.« Plötzlich wurde die Erinnerung für Ben wieder lebendig. Der Serienkiller, der als Sandmann bekannt war, wie er Ben mit einem Messer angriff, das rot war vom Blut seiner Frau und Kinder. Ben, der Kugel um Kugel in den Körper des Mannes jagte. Und er fragte sich jetzt, ob man den Teufel tatsächlich töten konnte. »Ich weiß nicht, was ich gesucht habe, als ich nach Palästina zurückgekehrt bin«, fügte Ben hinzu.

Father Mike nickte, als würde das einen Sinn für ihn ergeben.

»Diejenigen, die in der Finsternis gewandelt sind, haben ein großes Licht gesehen.«

»Was für ein Zitat ist das?«

»Ein Wort des Propheten Jesaja.«

Ben glättete die Erde vor sich mit der Hand. »Ich verstehe nicht, was er damit sagen will.«

Father Mike erhob sich. Ben glaubte, die Knie des älteren Mannes knacken zu hören. Er blickte zu ihm auf, als er sprach. »Vielleicht will Jesaja damit sagen, dass man Licht am besten aus der Finsternis sehen kann. Man erkennt es und folgt ihm wie einem Leuchtturm, der einem den Weg zeigt. Ich bezweifle, dass du das Licht schon gesehen hast, Ben. Aber wenn Jesaja überhaupt ein Prophet war, wirst du dieses Licht schließlich sehen.«

»Ich bezweifle, dass er als Prophet gut genug war, um vorherzusagen, wie lange *das* dauern wird.«

Ben erwachte vom Klopfen an seiner Wohnungstür. Sein Wecker zeigte ein Uhr früh, und er hatte unruhig geschlafen, aufgewühlt durch Träume von seiner Familie, die in die Heimat zurückgekehrt war. Sein Bruder hatte nicht zurückgerufen, und so klammerte Ben sich noch immer an die Hoffnung, dass die Leiche in der Wüste gar nicht sein Neffe gewesen war.

Ben streifte seinen Morgenrock über und ging zur Wohnungstür. Er wollte sie gerade aufziehen, als sie mit Gewalt nach innen gedrückt wurde, sodass er zurücktaumelte. Uniformierte Gestalten stürmten in die Wohnung, stürzten sich auf ihn und hielten ihn fest. Er hörte Worte, die in raschem Hebräisch gewechselt wurden, dann eine weitere Stimme, die Englisch sprach. Eine Frau.

»Ich nehme an, Sie haben etwas, das uns gehört, Inspector.«

14.

»Sie wissen, wer ich bin?«, fragte dieselbe Frau, nachdem israelische Soldaten Ben mit verbundenen Augen in einem Fahrzeug – vermutlich ein Van –, zu einem Gebäude irgendwo in der West-Bank transportiert hatten.

Bens Sicht wurde allmählich klar. Er befand sich in einem großen, quadratischen Raum und war von israelischen Soldaten umgeben. Seine Arme und Beine waren an einen Stuhl gefesselt. Die Wände des Raumes bestanden aus Schlackesteinen, und der Geruch von Benzin, Öl und Gummi, der von einem Stapel alter Reifen ausging, hing in der Luft. Unter drei Mechanikerlampen, die an der Decke hingen und für das einzige Licht im Raum sorgten, sah Ben dunkle Flecke von Schmierfett und Motoröl auf dem Boden. Die Soldaten mussten ihn in ein Fahrzeuglager gebracht haben, das man aufgegeben hatte, nachdem das Gebiet der Kontrolle der Palästinenser übergeben worden war. Die Fenster waren mit Brettern vernagelt, und die einzige Tür, die Ben sehen konnte, war ein Garagentor auf verrosteten Metallschienen.

»Ich habe gefragt, ob Sie wissen, wer wir sind!«, wiederholte die Frau und kam hinter dem Stuhl hervor, um Ben gegenüberzutreten.

Sie hatte kurzes braunes Haar, das hübsch frisiert war. Sie wäre attraktiv gewesen, wäre nicht die hässliche Narbe gewesen, die wie ein Reißverschluss an ihrer linken Gesichtsseite verlief.

»Ja«, krächzte er mit trockenem Mund.

»Ihnen ist klar, dass Sie unter Arrest stehen.«

Ben sah die Rangabzeichen auf der Uniform der Frau, die sie als Captain auswiesen.

»Was wirft man mir vor?«

»Sie stehen unter Verdacht.«

»Unter welchem Verdacht?«

»Suchen Sie sich einen aus. Es spielt wirklich keine Rolle.«

Die Schuhe der Frau pochten auf dem Holzboden, als sie wieder um den Stuhl herumging und hinter Ben trat. Sie hielt einen Totschläger in der Hand. Ben kannte den Ablauf einer solchen Folterung, die *shabeh* genannt wurde und deren Zweck es war, dem Opfer so viel Schmerz und Blutergüsse wie möglich zuzufügen, ohne ihm die Knochen zu brechen oder bleibenden Schaden zu verursachen. Es gab Geschichten von Gefangenen, die tagelang auf einem Stuhl gefesselt oder wochenlang in sargähnlichen Kisten eingesperrt gewesen waren. Manchmal wurden sie mit lauter Musik malträtiert, oder ihnen wurde Wasser, Nahrung und Toilette versagt – alles Teil dessen, das die israelischen Offiziellen als »gemäßigten körperlichen Druck« bezeichneten.

»Da Sie wissen, wer wir sind«, fuhr die Frau fort, »können wir davon ausgehen, dass Sie sich über den Ernst Ihrer Lage im klaren sind.«

»Mir ist klar, dass Sie gegen das Abkommen unserer jeweiligen Polizei- und Justizbehörden verstoßen haben.«

»Das Abkommen ist ungültig bei Verbrechen, die gegen den Staat Israel begangen werden.«

»Und das werfen Sie mir vor?«

Die Frau kam näher und ging in die Hocke, bis sie Auge in Auge mit Ben war. Sie schlug leicht mit dem Totschläger gegen ihren Oberschenkel. »Sie haben etwas gestohlen, das der israelischen Regierung gehört. Das ist ein politischer Zwischenfall. Das macht Sie zu einem politischen Gefangenen.«

»Was habe ich denn gestohlen?«

Die Frau nahm die Mini-Disc hervor, die Ben in der Wüste Commander Baruch vom Shin Bet gegeben hatte. »Ich nehme an, das wissen Sie ebenfalls. Sagen Sie uns, wo wir die richtige Disc finden, und Sie werden freigelassen.«

»Und das soll ich glauben?«

»Wenn die richtige Disc in unserem Besitz ist, haben wir keinen Grund mehr, Sie festzuhalten.«

Ben blickte sich in dem Raum um und schaute dann wieder die Frau an, die den Totschläger jetzt auf Augenhöhe hielt. Er wog seine Chancen ab und überlegte, welche Wahl er hatte. »Sie muss mir aus der Tasche gerutscht sein. Ich habe sie verloren.«

»Wenigstens haben Sie nicht versucht, uns weiszumachen, Sie hätten sie im Garten vor der katholischen Kirche in Süd-Jericho versteckt«, sagte die Frau.

Ben erschauerte, als er daran dachte, wie er die Disc, inzwischen in Plastik verpackt, in der Erde von Father Mikes Blumenbeet vergraben hatte, als der Priester nicht hingeschaut hatte.

»Wir haben beobachtet, wie Sie die Disc vergraben haben«, fuhr die Frau fort. »Da wir sie nicht finden konnten, mussten wir annehmen, dass Sie es sich entweder anders überlegt haben, oder der Priester hat sie an sich genommen.« Die Frau neigte sich so nahe zu Ben vor, dass er Orangenduft in ihrem Atem riechen konnte. »Wir haben uns überzeugt, dass der Priester keine Disc hat.«

»Was habt ihr mit ihm gemacht?«, fragte Ben und bäumte sich in seinen Fesseln auf.

Die Frau schlug den Totschläger gegen die Außenseite von Bens linkem Bein. Sie traf den Muskel. Ben zuckte zusammen, und sein Gesicht verzerrte sich vor Schmerz.

»Wir haben getan, was wir tun mussten. Leider war er nicht sehr kooperativ – womit wir wieder auf Sie zurückkommen. Die Disc war nicht im Garten, nicht in der Kirche, nicht an Ihrem Körper und nicht in Ihrer Wohnung. Das bedeutet, Sie müssen sie irgendwo anders versteckt haben.«

»Ich habe sie im Garten versteckt, genau dort, wo Sie mich gesehen haben.«

»Sie lügen.«

»Es ist die Wahrheit!«

Diesmal schlug die Frau ihn tiefer, an die Außenseite des Knies. Der Schmerz jagte Bens Bein hinauf, und er zuckte stöhnend zurück. »Ich schlage vor, Sie erzählen uns eine andere Wahrheit. Haben Sie sich die Disc angeschaut?«

»Nein.«

»Haben Sie die Disc jemand anderem gegeben?«

»Nein! Ich habe Ihnen gesagt, wo ich sie versteckt ...«

Diesmal traf der Totschläger seine Rippen, und Ben blieb die Luft weg.

»Ich bin es leid«, sagte die Frau. Bis auf die gezackte, einem Reißverschluss ähnliche Narbe, die blass blieb, war ihr Gesicht rot angelaufen. »Was ich über Ihre Freilassung gesagt habe, war ernst gemeint. Wir haben großen Respekt vor Ihrer Arbeit, Inspector. Wir sind nicht gerade begeistert von diesem Auftrag, glauben Sie mir. Aber wir werden Sie so lange gefangen halten, bis wir diese Disc haben.«

»Ich sage Ihnen doch, dass ich ...«

Die Frau schlug ihm den Totschläger seitlich an den Schädel, bevor Ben zu Ende gesprochen hatte. Die Welt schien plötzlich Kopf zu stehen. Der Schmerz hielt an, bohrte sich tief in ihn hinein. Ben schmeckte Blut und erkannte, dass er sich auf die Lippe gebissen hatte.

»Sie wollten wieder lügen«, zischte die Frau zornig. »Bei *irgendeinem* Palästinenser würde mich das nicht stören oder überraschen. Aber bei einem Palästinenser, den ich respektiere, betrachte ich ein solches Verhalten als Missachtung meiner Person. Es zeigt mir, dass Sie mich nicht respektieren, Inspector. Soll ich mir das gefallen lassen?«

»Das ist mir wirklich scheißegal!«

Diesmal schlug die Frau Ben auf die rechte Gesichtsseite, dass er das Gefühl hatte, seine Zähne wären Murmeln, die im Mund kullerten.

»Jemand anders muss die Disc genommen haben«, sagte

Ben, und die Worte kamen undeutlich aus dem bereits anschwellenden Mund. »Jemand anders muss mir gefolgt sein. Den solltet ihr euch vornehmen! *Sie* haben jetzt die Disc!«

Die Frau wich zurück, wie um Bens Worte abzuwägen. Dann schlug sie plötzlich so hart mit dem Totschläger zu, dass für Ben die Welt explodierte und in Schwärze versank.

ZWEITER TEIL

15.

Gianni Lorenzo, Oberst und Kommandant der Schweizergarde – jener Eliteeinheit, die für die Aufrechterhaltung der Sicherheit und den Schutz des Papstes verantwortlich war –, blickte von dem Bericht auf, den er erst vor Minuten bekommen hatte.

»Unter den gegebenen Umständen«, erklärte der Mann, der vor ihm saß, »hielten wir es für die sicherste Handlungsweise.«

»Da bin ich ganz Ihrer Meinung.«

»Wir dachten ...«

»Ich verstehe«, fiel Oberst Lorenzo ihm ins Wort. »Sagen Sie mir nur, was die Ermittlung ergeben hat.«

Obwohl sein offizieller Titel »Capitano Comandante« war, trugen alle Chefs der Schweizergarde den Rang eines Colonnello. Der Oberst erhob sich und ging zum Fenster seines Büros im Palazzo del Governatorato mit Blick auf die großen vatikanischen Gärten. Das Büro war reich mit kostbaren Antiquitäten ausgestattet, die die Jahre viel besser überstanden hatten als er. Sein Schreibtisch hatte einem der Päpste aus dem 16. Jahrhundert gehört. Die Orientteppiche auf den Hartholzböden waren seit dem 18. Jahrhundert im Vatikan, Geschenke heimgekehrter christlicher Missionare. Eine Wanduhr mit Glockenspiel war ein Geschenk an einen Kommandanten der Schweizergarde, das dieser im 19. Jahrhundert vom Kardinalskollegium erhalten hatte.

Die Schweizergarde umfasste selten mehr als hundert Soldaten, alle aus den besten Offizieren des Schweizer Militärs ausgewählt, so wie es üblich war, seit ihre Vorgänger im Jahre 1506 Wächter des Papstes geworden waren. Nach dem Zweiten Weltkrieg jedoch galt die Zahl der Gardemitglieder und ihre Ausbildung als völlig unzureichend, als dass sie die ursprünglichen Funktionen ausüben konnten. Die Gardisten waren gut für das Sichern der majestätischen Eingänge im Vatikan gewesen, oder um ihre Hellebarden vor die Füße von Personen zu schlagen, die dem Papst bei zeremoniellen Anlässen unerlaubt zu nahe kamen. Für andere Pflichten, die in diesem neuen Zeitalter der Gewalt erforderlich waren, wurde jedoch eine andere Art von Soldaten benötigt.

So wurde mit Zustimmung der Kurie und auf Drängen von Papst Pius persönlich vom Vorgänger des Colonnellos heimlich die päpstliche Ehrengarde wiedereingeführt, die im späten 19. Jahrhundert aufgelöst worden war. Gianni Lorenzo und sieben weitere Männer hatten zur ersten Abschlussklasse gezählt, die als Grundstock für einen Geheimorden diente, der für Sonderaufträge und Schutzdienste eingesetzt wurde, ähnlich wie der amerikanische Secret Service.

Aber niemand – weder die Kardinäle noch die Kurie, nicht einmal der Papst selbst – würde jemals erfahren, wie diese geheime Armee tatsächlich eingesetzt worden war, zum ersten Mal im April 1948. Damals war Gianni Lorenzos Vorgänger als Leiter der Schweizergarde ihm so gegenübergetreten, wie Lorenzo heute selbst mit einem Untergebenen umging.

»Ich habe eine Reihe von Berichten über Sie gelesen, Capitano Lorenzo. Sie sollten sehr stolz auf den Erfolg sein, den Sie erzielt haben. Die kleine Gruppe, deren Führung Sie übernommen haben, ist die erste eines neuen Ordens. Es hat sich etwas ergeben, das meiner Ansicht nach am besten von einem Mann mit Ihren Fähigkeiten gehandhabt werden sollte.«

An diesem Punkt war der Blick seines Vorgängers auf das Kuvert gefallen, das aufgerissen auf seinem Schreibtisch gelegen hatte. Es war derselbe Schreibtisch gewesen, an dem Lorenzo jetzt saß. Nichts an dem Zimmer sah anders aus als an diesem ersten Tag. Er war genau so, wie Lorenzo es seit einem halben Jahrhundert in Erinnerung hatte, als er den Umschlag mit der Aufschrift »EPHESUS« sah.

»Danke, Colonnello.«

In jenen Tagen hatte Lorenzo mit seiner stämmigen Gestalt und den breiten Schultern die gesamte Breite des Sessels ausgefüllt. Sein volles Haar war kurz geschnitten und gegen den Strich gekämmt gewesen. Er hatte dichte, buschige Augenbrauen gehabt, die sich fast in der Mitte der Stirn getroffen hatten, und der Ausdruck in den scharf blickenden blauen Augen war stolz gewesen. Die ursprünglichen Mitglieder der päpstlichen Ehrengarde stammten allesamt aus dem italienischen Adel, und Gianni Lorenzo hatte gewiss dem Idealbild entsprochen, als sein Vorgänger ihn hier vor 52 Jahren zum ersten Mal angesprochen hatte.

»Was Sie vollbracht haben, bevor Sie zu uns kamen, ist gut dokumentiert, Capitano, besonders die Taten in Nunzio.«

»Ich war Soldat. Ich habe die Arbeit eines Soldaten getan.«

»Sie haben Tapferes und Bewundernswertes geleistet. Aber ich würde gern erfahren, warum Sie in den darauf folgenden Jahren den Dienst für die Kirche wählten.«

»Ich habe starke Gefühle für die Kirche, Colonnello.«

»Sie wollten Priester werden, hatten Ihr Theologiestudium fast beendet. Nicht wahr?«

»Bis der Krieg kam.«

»Was hat er verändert?«

»Ein Priester darf keine Waffe tragen.«

»Und das ist sehr wichtig für Sie.«

»Ich wollte meinem Land dienen.«

»Aber nicht Gott?«

»Wir kämpften gegen den Satan, Colonnello.«

»Danach kamen Sie zu uns.«

»Um der Kirche zu dienen, so gut ich konnte.«

»Dann würden Sie also alles tun, um den Heiligen Vater und die Heiligkeit der Kirche zu schützen?«

»Ich habe einen Eid geschworen.«

»Den eines Soldaten.«

»Ich bin *Soldat, Colonnello.«*

Und so war Lorenzo heute immer noch Soldat, und sein Pflichtgefühl hatte nie nachgelassen beim Dienst, für den ihm vor mehr als einem Jahrzehnt von seinem Vorgänger die Verantwortung übertragen worden war.

Vor dem Schreibtisch, der bereits zahllosen Kommandanten der Schweizergarde gedient hatte, stand Major Flave Pocacinni stramm. »Wir haben nichts zurückgelassen, das auf uns hinweisen könnte, Colonnello«, informierte Pocacinni Gianni Lorenzo.

»Aber ihr habt *etwas* zurückgelassen, nicht wahr, Maggiore?«

Pocacinni reckte das eckige Kinn ein wenig vor. »Wir haben überall gesucht. Die Kiste, die Sie beschrieben haben, war nirgendwo im Camp.«

»Unsere Information besagt etwas anderes.«

»Das ist mir bewusst. Ich würde meinen, die Information ist falsch.«

»Ihnen ist klar, wie dicht das Netz unseres Geheimdienstes beim Sammeln von Nachrichten ist?«

»Jawohl, Colonnello.«

»Seinen einzigen und höchsten Zweck? Die erforderliche Hingabe?«

Pocacinni wirkte fast beleidigt, und seine breiten Schultern sanken herab. »Müssen Sie mir wirklich solche Fragen stellen? Verzeihung, es war nicht respektlos gemeint, Colonnello.«

Lorenzo seufzte. »Natürlich nicht. Es ist meine Schuld. Bitte entschuldigen Sie, dass ich Ihre Loyalität und Hingabe in Frage gestellt habe.«

»Ich habe Ihre Worte wirklich nicht so ausgelegt.«

»Es ist nur so, dass es gewisse Widersprüche gibt, die mir zu schaffen machen. Die ungewöhnlich schnelle Reaktion, zum Beispiel.« Der Kommandant der Schweizergarde fuhr sich mit einer Hand durchs Gesicht, strich über eine der vielen Falten, die sich mit dem Alter vertieft hatten. Wieder betrachtete er den Bericht. »Haben Sie irgendein Gefühl, Maggiore, dass sich dort in der Wüste irgendetwas anderes abgespielt hat?«

»Ich … verstehe nicht, Colonnello.«

Gianni Lorenzo tat seine eigenen Vermutungen mit einer Handbewegung ab. »Es hat auch nichts zu sagen, Maggiore. Ich glaube, das sind bei mir die Anzeichen des Alters. Amerikanische Archäologen werden ermordet aufgefunden, und da sollten wir mit einer solchen Reaktion ihrer israelischen Gastgeber rechnen.«

»Ich bin völlig Ihrer Meinung, Colonnello.«

»Trotzdem …« Lorenzo versuchte, sich zu konzentrieren und nicht vom Thema abzuschweifen. »Wir würden es wissen, wenn die Israelis die Kiste inzwischen gefunden hätten.«

»Wie schon gesagt, sie war nicht da. Möglicherweise …«

»Was, Maggiore?«

»Ich dachte gerade, dass die Amerikaner vielleicht erkannt haben, was sie da *tatsächlich* entdeckt hatten, bevor wir eingetroffen sind.«

Lorenzo beschloss, nicht über die Konsequenzen von Pocacinnis Vermutung nachzudenken. Stattdessen schweiften seine Gedanken zu einem anderen Zeitalter und einem anderen

Archäologenteam in Ephesus ab, das genau dieselbe Entdeckung gemacht hatte. Die Befragung dieses Teams war weder diskret noch zurückhaltend gewesen. Winston Daws hatte *genau* gewusst, was er ausgegraben hatte, und er hatte seine Leidenschaft und Aufregung nicht zügeln können. Daws' Versuche, von mehreren renommierten Experten eine Bestätigung zu erhalten, hatte Lorenzos Vorgänger auf den Fund des berühmten Archäologen aufmerksam gemacht. Dies war der erste Anlass gewesen, die geheim neu gegründete päpstliche Ehrengarde einzuschalten.

Gianni Lorenzo dachte wieder an den Tag, als er von seinem Vorgänger in dieses Büro gerufen worden war und die Wahrheit erfahren hatte. Dieser Tag hatte sein Leben für immer verändert. Von diesem Moment an hatten er und die Ehrengarde sich der Aufgabe gewidmet, ein Geheimnis zu wahren, das die Welt niemals erfahren durfte. Wie viele würden sterben, wenn das Geheimnis aufgedeckt wurde? Wie viele Leben würden für immer zerstört? Die Katastrophe wäre verheerend. 1948 war ebenso wenig eine Wahl geblieben wie vor ein paar Tagen.

Aber das machte die Erinnerungen nicht angenehmer. Winston Daws' Team hatte aus zwei Dutzend Personen bestanden, viele davon sehr junge Leute, noch keine 20 oder gerade erst Twens. Als Soldat wusste Lorenzo, dass der Tod niemals leicht oder leise kam, und die Schreie der zwei Dutzend Menschen, die ermordet worden waren, quälten ihn bis heute.

Der Tod der amerikanischen Archäologen war für ihn jedoch noch schwerer zu ertragen, denn er *selbst* hatte ihn verursacht, weil er vor 52 Jahren versäumt hatte, seine Mission zu vollenden. Die Hinrichtung von Daws' Team war nur ein Teil seiner Aufgaben, und bei den anderen war er kläglich gescheitert. Natürlich hatte er seinen Fehler oder die Umstände, die dazu geführt hatten, keiner Menschenseele anvertraut; den Schmerz und die Schuld musste er allein tragen.

»Colonnello?«, drängte Pocacinni.

Pocacinnis Stimme brachte Gianni Lorenzo in die Gegenwart zurück. »Ja, Maggiore?«

»Ich sagte gerade, wenn die Amerikaner die Kiste geöffnet haben, dann … nun, sie könnten den Inhalt irgendwo anders hingeschickt haben, bevor wir eingetroffen sind.«

Lorenzos Gedanken wurden klarer. »Wenn das der Fall wäre, hätten unsere Quellen uns bereits informiert. Nein, Maggiore, die Schriftrolle hat Israel oder Palästina nicht verlassen. Sind unsere Leute noch in dem Gebiet?«

»Natürlich, Colonnello. Sechs.« Pocacinni bezog sich damit auf die Gruppe der Ehrengardisten, deren Zahl im Laufe der Jahre nur minimal gestiegen war. »Ich werde mich ihnen wieder anschließen, sobald meine Arbeit hier im Vatikan beendet ist.«

»Dann dürfen Sie keine Zeit mehr verlieren.«

Pocacinni salutierte, trat vom Schreibtisch zurück und machte kehrt, um zur schweren Holztür zu gehen.

»Maggiore?«

Pocacinni verharrte und wandte sich um. »Ja, Colonnello?«

Der Kommandant der Schweizergarde erhob sich hinter dem Schreibtisch. Er erinnerte sich an die Tage, als er so groß und aufrecht dagestanden hatte wie der ehemalige Soldat, der jetzt vor ihm stand. »Haben Sie jemals bereut, die Verantwortung übernommen zu haben, die man Ihnen auferlegt hat?«

»Nein, Colonnello, nicht für einen Moment.«

»Sie wissen, dass Sie und die Leute, die Sie führen, aus Hunderten ausgewählt wurden, sogar aus Tausenden. Sie und die anderen wurden für diese Aufgabe erwählt, weil Sie für die besten Hüter unseres Reiches und unserer Lebensart gehalten wurden.«

Pocacinni stand wieder still. »Es war mir damals eine Ehre, Colonnello, und ich fühle mich auch heute noch geehrt.«

»Selbst wenn Sie bedenken, wozu Ihre Pflicht Sie in den vergangenen achtundvierzig Stunden gezwungen hat?«

»Das Schmerzliche an einer Aufgabe verneint keineswegs ihre Notwenigkeit, Colonnello.«

»Die Toten werden Ihnen in Ihren Träumen erscheinen, mein Sohn«, sagte Gianni Lorenzo leise. »Noch viele Jahre lang werden Sie in Ihren Träumen von ihnen verfolgt.«

Lorenzos Worte schienen Pocacinni nicht zu beunruhigen. Er wirkte eher noch entschlossener und standhafter. »Dann werden sie verstehen, wofür sie sterben mussten, Colonnello.«

16.

Als Ben erwachte, schmerzte sein ganzer Körper. Er hatte das Gefühl, Baumwolle im Mund zu haben, und bewegte die Zunge hin und her, um sie zu finden. Dankbar stellte er fest, dass sein Mund nur trocken und geschwollen war. Ein paar Zähne waren locker, und sein Kinn fühlte sich an, als wäre der Kiefer verrenkt und würde bei jeder Bewegung knacken. Sein Haar klebte verfilzt an Kopf und Stirn, noch feucht vom Wasser, das die israelischen Soldaten bei dem vergeblichen Versuch, ihn aus der Bewusstlosigkeit zu wecken, über ihm ausgeschüttet haben mussten.

Der Schrank, in dem er gefangen gehalten wurde, immer noch an den Stuhl gefesselt, stank nach Rost und Metall. Kein einziger Lichtstrahl drang durch eine Ritze im Holz. Ben konnte die Zeiger seiner Armbanduhr nicht erkennen, und er hatte längst das Zeitgefühl verloren. Immer wieder döste er ein, schreckte auf und fragte sich, ob er für Sekunden, Minuten oder Stunden weggetreten gewesen war. Er hätte es unmöglich sagen können.

Ben versteifte sich auf dem Stuhl und hielt den Atem an, als er hörte, wie ein Schlüssel im Schloss gedreht wurde. Er ließ den Kopf auf die Brust sinken und stellte sich bewusstlos. Dann sah er einen Lichtschimmer durch die geschlossenen Lider.

»Inspector Kamal?«

Eine Männerstimme, nicht die der Frau, die ihn verhört hatte.

»Inspector Kamal, können Sie mich hören?« Die Stimme klang jetzt näher. Ben spürte, wie eine Hand ihn sanft an der Schulter rüttelte. »Wachen Sie auf, Inspector. Sie müssen aufwachen!«

Obwohl der Mann behutsam zupackte, zuckte Ben bei der Berührung an der Schulter unwillkürlich vor Schmerz zusammen. Langsam öffnete er die Augen. Vor ihm stand eine Gestalt in dem schwachen Licht, das vom Raum jenseits hereinfiel. Der Mann war ganz in Schwarz gekleidet, groß und massig, mit breiten Schultern und Armen wie aus gegossenem Stahl. Er hob eine Hand, in der er ein Messer hielt, deren Klinge im kalten Licht schimmerte.

»Entfernen wir erst einmal die Stricke«, sagte er und bückte sich.

Als die Fesseln aufgeschnitten waren, sah Ben, dass das Garagentor vor dem viereckigen Raum geöffnet worden war und Sonnenschein ins Innere flutete, der auf die Körper weiterer dunkel gekleideter Männer fiel. Die israelischen Soldaten und die Frau, die ihn verhört hatte, schienen verschwunden zu sein.

»Können Sie aufstehen?«, fragte der Mann.

Ben versuchte, die Arme zu strecken. »Ich weiß nicht. Wer sind Sie?«

»Ein Freund. Mehr brauchen Sie nicht zu wissen.«

»Was ist mit den Soldaten geschehen?«

»Sie wurden woandershin befohlen. Kommen Sie, ich helfe Ihnen auf …«

Ben spürte, wie sich ein kräftiger Arm unter seine Schulter legte und ihn mühelos auf die Füße zog. Er konnte aus eigener Kraft stehen, doch sein linkes Bein gab nach, als er einen Schritt versuchte.

Der in Schwarz gekleidete Mann fing Ben auf, als er einknickte. »Nur die Ruhe. Es ist nicht so schlimm, wie es sich anfühlt.«

Ben blickte zu dem Mann auf, der ihn stützte. »Es fühlt sich ziemlich schlimm an.«

»Sie müssen natürlich behandelt werden.«

»Wo?«

»Wir haben ein Hospital. Vollständig eingerichtet. Sie werden es sehen.«

»Wer ist ›wir‹?«

»Sie müssen andere Sachen anziehen. Darum können wir uns ebenfalls kümmern.«

Das muss ein Trick sein, dachte Ben, als der schwarz gekleidete Mann ihn aus dem Raum führte, in dem er gefoltert worden war. Ben erschauerte bei der Erinnerung, doch von den israelischen Soldaten war nichts mehr zu sehen; ihre Stelle hatten die Männer eingenommen, die offenbar seine Retter waren.

Ben zählte vier Mann im Gebäude und zwei weitere, als sie das offene Tor erreichten. Sie waren ebenfalls schwarz gekleidet und wirkten angespannt und wachsam. Einige waren bewaffnet, andere nicht.

»Vorsichtig«, riet sein Begleiter, als er Ben in den Sonnenschein führte, der ihm in den Augen brannte. Als Bens Sicht klarer wurde, erkannte er, dass dem Mann ein großes Stück der rechten Braue fehlte. Ein Muttermal, nach der blassen Glätte der Haut an dieser Stelle zu schließen.

Ben hatte schon von dieser Taktik gehört. Man griff darauf zurück, wenn man mit den härteren Methoden nicht weiterkam: Eine scheinbare Rettung, dramatisch oder sonst wie, die dazu führte, dass der vermeintlich Gerettete seinen Helfern alles gestand. Die Israelis waren überaus hartnäckig. Das Dumme war nur, dass Ben ihnen nichts sagen konnte; wenn er es gekonnt hätte, dann hätte er es den anderen längst erzählt.

»Wie spät ist es?«

»Kurz nach acht Uhr.«

Draußen stand ein letzter schwarz gekleideter Mann zwischen zwei amerikanischen Transportfahrzeugen auf Posten.

»Versuchen Sie jetzt, ob Sie Ihr Bein belasten können«, sagte Bens Begleiter und zog den Arm unter seiner Schulter hervor.

Ben probierte einen Schritt, dann einen zweiten. Seine Beine zitterten, gaben aber nicht nach. Unwillkürlich tastete er nach irgendetwas, an dem er Halt finden konnte, fand jedoch nichts.

Der Schwarzgekleidete seufzte. »Ich entschuldige mich für die Aktionen meiner Landsleute.«

»Was haben Sie mit ihnen gemacht?«, fragte Ben, jetzt noch argwöhnischer.

»Sie gebeten, zu verschwinden.«

»Mehr nicht?«

»Die Festnahme und das Verhör waren illegal. Ich bezweifle, dass sie unnötige Aufmerksamkeit erregen wollten.«

»Das hat sie noch nie aufgehalten.«

»Aber ich.«

»Stimmt«, sagte Ben und ging neben dem Mann in Schwarz auf den ersten der Transporter zu, »das haben Sie.«

»Keine Sorge, Sie werden die Möglichkeit erhalten, sich zu revanchieren.«

17.

»Ich glaube, ich schulde Ihnen Dank«, sagte Ben zu dem Schwarzgekleideten, nachdem die Transporter von der aufgegebenen israelischen Lagerhalle, in der er verhört worden war, losgefahren waren.

»Sie schulden uns nichts, Inspector«, sagte der Mann, ohne den Blick von der Straße zu nehmen.

»Wohin fahren wir?«

Der Mann gab keine Antwort, doch Ben brauchte nicht lange zu warten, um es herauszufinden. Nach einer halben Stunde Fahrt durch die West-Bank fuhren die Transporter an Hebron vorbei und folgten Schildern nach »Kiryat Arba«. Die Fahrt führte über drei Straßen, deren Benutzung nur Israelis erlaubt war, sodass sie zwischen Siedlungen und Orten bleiben konnten, ohne jemals nahe an palästinensische Ortschaften zu geraten oder auch nur einen Palästinenser zu Gesicht zu bekommen. Die Palästinenser ihrerseits waren gezwungen, oftmals stundenlange Umwege zu benutzen, um lächerlich geringe Entfernungen zurückzulegen – und dass auch nur, wenn sie einen Passierschein vorweisen konnten. Die Geschichten von Palästinensern, die ihre Jobs verloren hatten oder die Beerdigungen geliebter Menschen verpassten, weil sie sich keinen Passierschein hatten beschaffen können, waren so alltäglich wie tragisch, und es gab keine Anzeichen, dass solche Vorfälle endeten.

Schließlich bog Bens Fahrer von der Hauptstraße ab und gelangte auf eine bewachte Privatstraße, die glatt, eben und gerade war – so ganz anders als die ständig vernachlässigten, nicht ausgebesserten palästinensischen Straßen. Am Ende der Straße erschien eine israelische Siedlung, die wie eine Festung wirkte. Ein hoher Maschendrahtzaun, gekrönt mit Stacheldraht, umgab das gesamte Gelände, soweit Ben es sehen konnte. Es gab ein paar Wachtürme und eine Reihe von Gebäuden, die wie vorgefertigte Bunker wirkten: schmucklose, beigefarbene Rechtecke, so kahl, dass sie hässlich aussahen.

Zwei bewaffnete Wächter öffneten das Tor von Hand, und Ben sah sofort einige Siedler, die müßig über das Gelände schlenderten. Die Männer und Jungen trugen allesamt schwarze Hosen, weiße Hemden und *yarmulkes* auf dem Kopf. Bei den Jungen hing das Haar in gepflegten gelockten Strähnen über die Schläfen, und die Männer hatten Bärte unterschiedlicher Länge. Die Frauen, die Ben sah, trugen allesamt lange Kleider und Kopftücher und waren mit ihren täglichen Pflichten beschäftigt.

Es war schwierig, die Zahl der Bewohner in der Umgebung zu schätzen, doch das Maß an Sicherheitsvorkehrungen war nicht zu übersehen. Zusätzlich zu den beiden Wachtürmen gab es Patrouillen uniformierter Männer. Jeeps, ausgerüstet mit Maschinengewehren auf Drehgestellen, fuhren langsam durch die umliegenden Felder, als rechnete die Besatzung hinter jedem Baum und jedem Strauch mit einem versteckten Eindringling. Ben erblickte Gebäude, die wie Betonbunker aussahen und an strategischen Punkten auf dem Gelände verteilt waren, gerade hoch genug über dem Boden, dass Waffenläufe durch ihre Schießscharten geschoben werden konnten. Jenseits davon waren Arbeiter mit Baufahrzeugen damit beschäftigt, eine große Anzahl neuer Gebäude zu errichten, die sich in verschiedenen Stadien der Vollendung befanden. Sämtliche Gebäude waren schlicht und kahl und mit ihrem olivfarbenen Anstrich praktisch nicht voneinander zu unterscheiden.

Ben richtete den Blick auf eine Gruppe von Männern, die einen großen Apparat auf einem riesigen Dreibein aufstellten. Er erinnerte sich an die Vertiefungen im Sand, die er am Tatort in der Judäischen Wüste entdeckt hatte.

»Was geht hier vor?«, fragte Ben den Mann in Schwarz.

»Sie bohren nach Wasser. Das Leben hier wird schwierig sein, wenn wir das Grundwasser nicht anzapfen können.« Der Schwarzgekleidete führte Ben fort. »Jetzt werden wir Sie erst mal unterbringen, Inspector.«

Das Krankenrevier der Siedlung war schon ein kleines Krankenhaus. Dort wurden Bens Wunden gesäubert und verbunden, und er bekam Tabletten gegen die Schmerzen und frische Kleidung. Er wusch sich an einem Becken das Gesicht und die Hände, öffnete die Verpackung einer nagelneuen Zahnbürste und putzte sich die Zähne. In seiner Erschöpfung kam ihm die gepolsterte Untersuchungsliege äußerst einladend vor, doch er kämpfte gegen die Versuchung an, sich hinzulegen, und verließ den Raum.

Sein großer, kräftiger Begleiter, dessen Namen er nicht kannte, wartete, als Ben auftauchte, und führte ihn sofort zurück zu einem zentral gelegenen Gebäude, das mit einem Davidsstern über der Tür gekennzeichnet war. Schweißflecken tränkten das Hemd des Mannes und breiteten sich aus, als er in die Hitze des Gebäudes trat.

Der Mann in Schwarz ging voraus durch die Tür. Als Ben ihm folgte, hatte er das Gefühl, eine ganz andere Welt zu betreten. Hier waren die Wände nicht weiß gekalkt und schmucklos, sondern mit hellem Holz schön getäfelt. Reihen hochlehniger Kirchenstühle standen ordentlich vor einer podestartigen Plattform; der Anblick bildete einen starken Kontrast zu der zweckmäßigen und nichts sagenden Welt draußen. Die Plattform wies als Besonderheit zwei verzierte Lesepulte und die Zeichnung der Bundeslade auf, in der zwischen den Gottesdiensten die Schriftrollen der Thora aufbewahrt wurden.

Eine Synagoge …

Der Mann in Schwarz blieb vorn bei den Kirchenstühlen stehen und forderte Ben mit einem Nicken auf, allein weiterzugehen, bevor er sich durch die Eingangstür zurückzog, die sich knarrend hinter ihm schloss.

Als Ben durch den Mittelgang schritt, bemerkte er eine Gestalt, die in der ersten Reihe direkt vor der Zeichnung der Bundeslade saß. Als er sich näherte, konnte er sehen, dass der Mann langes, graumeliertes Haar hatte, auf dem eine *yarmulke* mit einer Klammer befestigt war. Seine rechte Hand zitterte leicht auf dem Knauf eines hölzernen Stocks, der Kerben und angeschlagene Stellen hatte. Er hob den Stock und tippte damit auf den Platz neben sich, als Ben sich näherte.

»Setzen Sie sich, Inspector. Setzen Sie sich.«

Ben erhaschte den ersten guten Blick auf den alten Mann und erstarrte. Der Mann trug eine Sonnenbrille, die seine Augenpartie bis zu den Schläfen bedeckte. Die Gläser und der Winkel, in dem er den Kopf hielt, waren ein Anzeichen dafür, dass der Mann blind war. Er war schwergewichtig, und große, behaarte Unterarme ragten aus den Ärmeln seines dunklen feierlichen Gewandes.

Der alte Mann wies wieder auf den leeren Platz neben sich. »Wollen Sie mir nicht Gesellschaft leisten, Inspector?«

Ben wünschte sich sehnlich, sitzen zu können. Er hatte das Gefühl, im Innern seines Kopfes würde eine Glocke dröhnen. Er war benebelt, unsicher auf den Beinen und glaubte, jeden Moment das Bewusstsein zu verlieren. Er tastete mit der Zunge über seine Zähne und stellte fest, dass selbst sie schmerzten.

»Ich möchte lieber stehen«, sagte er trotzdem.

Der alte Mann wog den Stock in beiden Handflächen. »Dann nehme ich an, dass eine Vorstellung nicht nötig ist.«

»Sie sind Rabbi Mordecai Lev, das Oberhaupt der Amudei Ha'aretz. Die Säulen des Landes.«

Die Amudei Ha'aretz, die radikalste aller jüdischen Sekten, war zum ersten Mal nach dem Sechstagekrieg von 1967 in Erscheinung getreten, als sie eigenmächtig palästinensisches Land in Hebron eingenommen und behauptet hatte, es sei ihr historisches Recht, dort zu siedeln. Die israelische Regierung erlaubte ihr später, die große Siedlung Kiryat Arba auf Weinbergen zu erbauen, die von dem ehemaligen Bürgermeister von Hebron konfisziert worden waren. Diese Konzession konnte jedoch nicht bewirken, die Amudei Ha'aretz zu besänftigen oder unter Kontrolle zu bringen; vehement wetterte sie weiterhin gegen jedes territoriale Zugeständnis an die Palästinenser und schwor, die Waffen zu erheben, sollte die israelische Armee jemals versuchen, sie von dem Land zu vertreiben, das sie für ihr biblisches Erbe hielten.

Ben wusste, dass die Amudei Ha'aretz fest glaubten, dass die *gesamte* West-Bank Israel gehörte und eines Tages zurückgegeben würde, was möglicherweise die Vertreibung aller Palästinenser bedeutete. Glücklicherweise teilten sehr wenige andere Juden diese radikalen Ansichten, und die Amudei Ha'aretz hatten im Grunde genommen keine Freunde außer den paar tausend Israeli in und um Kiryat Arba. Ben hatte irgendwo gelesen, dass der geistige Führer der Sekte, Rabbi Mordecai Lev, für ein paar hundert der treuesten »Säulen des Landes« eine gesonderte Siedlung erbaute, doch bis heute hatte Ben keine Ahnung gehabt, wo genau sich diese Ansiedlung befand.

»Ich habe Ihnen heute Morgen vielleicht das Leben gerettet, Inspector«, sagte Lev wichtigtuerisch. »Es wäre für uns beide dienlich, wenn Sie das nicht vergessen. Ich erbitte als Gegenleistung nur einen kleinen Gefallen.«

»Einen Gefallen?«

»Ich glaube, Sie haben etwas, das mir gehört«, sagte Mordecai Lev. »Eine Video-Disc.«

Ben blickte den alten Mann lange an und vergaß wieder, dass er die Disc gar nicht zurückgeben konnte. »Commander Moshe Baruch vom Shin Bet glaubt, dass sie ihm gehört.«

»Und seine israelischen Schläger hätten Sie umgebracht, um sie zu bekommen. Sie werden feststellen, dass ich unendlich gastfreundlicher bin.«

»Haben Sie vergessen, dass ich Palästinenser bin, Rabbi?«, fragte Ben voller Bitterkeit.

»Ich bitte darum, dass wir unsere Verschiedenheiten vorläufig beiseite lassen.«

Ben wurde zornig. »Ich kann nicht beiseite lassen, dass Sie

und die Amudei Ha'aretz bezweifeln, dass die Palästinenser ein Anrecht auf unser Land, auf *irgendein* Land haben.«

»Die Bibel bezeichnet dieses Land eindeutig als Teil des größeren Israel.«

»Es gibt nichts Größeres als das Israel, dass Sie und Ihre jüdischen Fanatiker vom rechten Flügel sich vorstellen.«

»Ich habe Sie nicht herbringen lassen, um über Religion oder Politik zu diskutieren«, sagte der alte Mann scharf. »Sagen Sie mir, wo ich diese Disc finden kann, und Sie können sicher nach Hause zurückkehren.«

»Sie ist verschwunden.«

»Haben Sie das den Soldaten gesagt?«

»Ja, weil es die Wahrheit ist.«

Lev holte tief Luft, und seine Gesichtszüge entspannten sich ein wenig. »Was würden Sie sagen, wenn ich Ihnen erzählte, dass es für Sie das Beste wäre, mir die Disc zu geben?«

»Ich möchte wissen, warum.«

Rabbi Lev klopfte hart mit dem Stock auf den Boden. »Setzen Sie sich erst einmal. Kommen Sie, so viel schulden Sie mir für die Befreiung von Ihren Entführern.«

Widerstrebend nahm Ben neben dem alten Mann auf dem Kirchenstuhl Platz, hielt aber immer noch Distanz.

Mordecai Lev wandte sich ihm langsam zu, die blinden Augen ins Nichts gerichtet. »Sind Sie ein religiöser Mann, Inspector?«

»Nein, Rabbi.«

»Die Religion ist für die Amudei Ha'aretz alles. Die säkulare Welt hat keine Bedeutung für uns. Ebenso wenig die Außenwelt. Wir dienen nicht der Armee oder der Regierung. Wir dienen nur Gott, während wir auf Sein Kommen warten. Sie glauben an Gott, nicht wahr?«

Ben schluckte schwer. »Ich habe einst an Gott geglaubt.«

»Sie sind ein christlicher Palästinenser, wie ich hörte«, sagte

Rabbi Lev ohne Beiklang von Missbilligung. »Und als Christ müssen Sie wenigstens an die Existenz von Jesus Christus als den Sohn Gottes glauben, den Messias.«

»Um ehrlich zu sein …«

»Wir glauben ebenso an den Messias, Inspector. Wir haben unser Leben Seinem Kommen gewidmet. Es wird hier geschehen, in der West-Bank, und der Zeitpunkt rückt schnell näher.«

»Wie haben Sie es geschafft, dass die israelischen Soldaten, die mich verhörten, abgezogen sind?«

Mordecai Lev ignorierte Bens Bemerkung. »Das Evangelium enthält die Anzeichen und Warnungen. Darin wird vorhergesagt, wie die Welt sich entwickelt hat, fast auf den Tag genau. Aber die Schriften von Ihm, die Sein Wort in die Welt trugen, sind vor langer Zeit verloren gegangen. Schriften, die Hinweise auf Sein Kommen enthalten. Wir müssen uns vorbereiten. Wir müssen bereit sein zu tun, was Er will, und an Seiner Seite stehen. Dieser Tag kommt bald.«

»Was hat das mit mir zu tun?«

»Nichts, jedenfalls nicht direkt. Es hat alles mit der Disc zu tun, die in Ihren Besitz gelangt ist.«

Ben überlegte kurz. »Wie haben Sie überhaupt von der Existenz dieser Disc erfahren?«

»Das geht Sie nichts an.«

»Vielleicht nicht. Aber ich weiß, dass der beduinische Wächter mit der Kamera mit an Sicherheit grenzender Wahrscheinlichkeit eine Reihe anderer Aufnahmen gemacht hat – und wenn Sie von diesen Aufnahmen wissen, dann vermute ich, dass Sie sie höchstwahrscheinlich schon gesehen haben.«

»Wie gesagt, das geht Sie nichts an«, erwiderte Lev.

»Aber warum sollte es *Sie* etwas angehen, Rabbi? Warum sollten Sie sich die Mühe machen, wenn alles, was außerhalb dieser Siedlung geschieht, für die Amudei Ha'aretz ohne Bedeutung ist?«

Rabbi Lev wandte sich wieder der Front der Synagoge zu, wo die alten Thora-Schriftrollen aufbewahrt wurden. »Was haben die Amerikaner in der Judäischen Wüste gesucht?«

»Ich weiß es nicht.«

»Was ist, wenn sie eine bestimmte Sache gesucht haben, Inspector? Was ist, wenn sie diese Sache tatsächlich gefunden haben?«

Ben dachte an die Höhle, die er und Danielle hatten betreten wollen, als Moshe Baruch aufgetaucht war. »Der Beweis wäre auf dieser Disc. Das meinen Sie damit, nicht wahr?«

Lev nickte leicht. »Deshalb mussten die Amerikaner sterben, Inspector. Um das Geheimnis zu wahren. Um den Amudei Ha'aretz die Wahrheit vorzuenthalten.«

»Welches Geheimnis, Rabbi?«

»Wo ist die Disc, Inspector?«

»Sie ist verschwunden, wie ich schon sagte.«

»Dann müssen Sie uns helfen, sie zu finden.«

»Warum sollte ich?«

Levs Lippen zitterten. »Weil Sie in ernster Gefahr sind, Inspector. Und wir sind die einzigen, die Sie retten können.«

18.

Danielle erwachte vom Frühstücksduft und dem Geplapper ihrer Brüder mit ihrem Vater. Einen Augenblick verweilte die Illusion am Rande ihres Traums; dann setzte das Bewusstsein ein und vertrieb sie. Die Macht dieser Träume erstaunte Danielle; sie konnten ihr vorgaukeln, dass alles in Ordnung sei, dass sie sich warm und gut fühle, bis die Realität ihr die Wahrheit vor Augen führte.

Die Träume waren besonders stark, wenn sie unter großem Stress stand, wie in letzter Zeit. Danielle lag im Bett und fragte sich, was werden würde, wenn Hershel Giott und der schützende Schleier, den er bei der Nationalpolizei über ihr ausgebreitet hatte, nicht mehr da waren. Ihre Berühmtheit war verschwunden – vergessen in den Monaten, die vergangen waren, seit ihr Name Schlagzeilen gemacht hatte. Danielle selbst hatte dazu beigetragen, doch jetzt war es gut möglich, dass dieses Streben nach Normalität ihr zum Verhängnis wurde.

Sie lag im Bett und glitt immer wieder in den Schlaf; Bruchstücke von Szenen der Familie, die sie verloren hatte,wechselten mit Augenblicken ab, in denen Ben Kamal eine Rolle spielte. In den vergangenen Monaten war ihre Beziehung zu Ben das Einzige gewesen, das Danielle wirklich glücklich gemacht hatte. In ihr war sogar die Hoffnung aufgekeimt, dass sie und Ben für immer so leben konnten, beide frei von offizieller Bindung und Diskriminierungen. Doch ihre Schwangerschaft hatte alles verändert. Eine Zeit lang hatte sie sogar überlegt, ob sie Ben überhaupt davon erzählen oder ihm sagen sollte, das Kind sei von einem anderen. Aber warum sollte sie sich die Mühe machen? Er würde wissen, dass sie log, und dass er der Vater des Babys war. Darüber hinaus *verdiente* Ben, die Wahrheit zu erfahren. Sie selbst war lange genug vor der Wahrheit davongelaufen. Sie war vor vielen Dingen davongelaufen.

Vor zu vielen Dingen, dachte Danielle, als sie hastig aufstand. *Aber bevor dieser Morgen vorüber ist, wirst du dich wenigstens einer Wahrheit stellen …*

Sie fand Hershel Giott in der Bäckerei um die Ecke des Präsidiums der Nationalpolizei an einem der beiden Imbisstische am Fenster. Eine lange Schlange von Leuten wartete an der Ladentheke, um ihre Bestellung aufzugeben, als Danielle sich vorbeizwängte.

»Eine Tasse Kaffee, Pakad?«, fragte Giott und blickte von seinem frisch gebackenen Brötchen auf. Er trank den Kaffee stets schwarz, und der Geruch aus der dampfenden Kanne war stark.

Danielle setzte sich auf den Stuhl ihm gegenüber. »Wir dürfen nicht zulassen, dass Commander Baruch sich rücksichtslos über uns hinwegsetzt, Rav Nitzav.«

»Diese Diskussion hatten wir gestern.«

»Aber ich habe sie nicht beendet. Wir haben zu leicht nachgegeben«, beharrte sie. »Weil wir Angst haben.«

»Es gibt einen großen Unterschied zwischen Angst und Vorsicht, Pakad.«

»Nicht in diesem Fall, seit wir erlauben, dass Commander Baruch uns vorschreibt, was wir zu tun haben. Verstehen Sie denn nicht? Wir geben ihm *mehr* Macht, nicht weniger, wenn wir ihn gewähren lassen. Es wäre dumm zu glauben, das könnte ihn beschwichtigen.«

»Sie sprechen davon, Commander Baruch frontal anzugreifen. Wer das in der Vergangenheit versucht hat, war übel dran.«

»Er verbirgt irgendetwas«, behauptete Danielle, und bekam bei dem köstlichen Duft in der Bäckerei plötzlich Hunger. »Er war viel tiefer in die Arbeit dieses Ausgrabungsteams verwickelt, als er zugibt. Ich vermute, er will um jeden Preis Konfrontationen vermeiden.«

Giott wog ihre Worte ab und biss in sein Brötchen. Krümel fielen auf seinen Teller. »Wir können nichts mehr tun.«

»Oh, da bin ich anderer Meinung«, sagte Danielle.

19.

Mordecai Lev lehnte sich auf dem Kirchenstuhl zurück und legte beide Hände auf den Knauf seines Stockes. »Sie wissen von den Schriftrollen des Toten Meeres und anderen berühmten Funden, die in der Judäischen Wüste gemacht wurden?«, fuhr er fort.

»Jedenfalls von den Schriftrollen, ja«, sagte Ben.

»Wir von den Amudei Ha'aretz suchen seit Jahren nach ähnlichen Schriftrollen. Dokumente, die uns vielleicht endlich die Information geben, die wir lange gesucht haben. Unsere besten Analysen der alten Texte sagen, das Kommen des Messias ist nicht mehr fern. Wir glauben, dass die Amerikaner diese Schriftrollen gesucht haben – oder vielleicht eine einzelne Rolle, die genau voraussagt, wo und wann das geschehen wird. Und wir glauben, sie haben dieses Dokument gefunden.«

»Sie meinen, deshalb wurden sie ermordet?«

»Um ein Geheimnis zu wahren, das unser gemeinsamer Feind nie gelüftet haben möchte.«

»Und ist dieser ›Feind‹ der Grund dafür, dass Sie einen Teil der Amudei Ha'aretz in einer Siedlung untergebracht haben, die eher wie eine Festung wirkt?«

»Unsere Leute müssen geschützt werden, gerade jetzt.«

»Diese Betonbunker, die ich gesehen habe, wurden erst kürzlich erbaut, Rabbi. Sie haben das erwartet, nicht wahr?«

»Wie ich schon sagte, die Zeit Seines Kommens ist fast da. Die Amerikaner wurden ermordet, weil sie die alten Schriftrollen entdeckt haben, die uns sagen, wo und wann Er erscheinen wird. Sie haben es vielleicht auf dieser Disc aufgezeichnet, die Sie gestohlen haben. Deshalb ist sie die einzige Möglichkeit für uns, die Antworten zu erfahren, die wir haben müssen.«

»Und wenn ich die Disc nicht zurückbekommen kann?«

»Dann sind Sie ohne Wert für uns, Inspector.«

Ben neigte sich vor, damit er die ausdruckslose Miene des alten Mannes besser sehen konnte. Er hatte sich angewöhnt, in den Augen der Leute zu lesen, den Blick einer Person als Barometer seiner Gedanken und Absichten zu benutzen. Aber die dunklen Brillengläser, die Mordecai Levs blinde Augen bedeckten, machten das unmöglich.

»Drohen Sie mir, Rabbi?«

»Wir bezweifeln, dass die Amerikaner die Schriftrolle an der Ausgrabungsstätte gefunden haben, Inspector. Das kann nur bedeuten, dass sie zu gut versteckt oder bereits sonst irgendwo in Sicherheit gebracht wurde. In beiden Fällen möchten wir, dass Sie das Dokument für uns finden.«

»Sie haben eine ganze Regierung zu Ihrer Verfügung«, sagte Ben.

»Wen? Die Armee? Shin Bet? Wir trauen ihnen weniger als den Palästinensern. Wir gehen ihnen auf die Nerven. Sie würden uns und die politischen Probleme, die wir verursachen, liebend gern loswerden. Wenn ich Ihnen erzählen würde, was sie uns angeboten haben, damit wir diese Siedlung aufgeben ...« Er verstummte und schüttelte den Kopf.

»Sie haben abgelehnt.«

»Weil die West-Bank zu Israel gehört, und so wird sie wieder zu Israel gehören. Dies ist nur ein winziger Moment in der Zeit, ein Funke, der schnell verglüht, wenn erst die wahre Geschichte geschrieben wird.«

»Eine Geschichte, die das palästinensische Volk ausschließt.«

»Daran können Sie nichts ändern, Inspector. Der Messias kommt, und Er kommt hier in die West-Bank, in das Land Judäa und Samaria, in dem Sie zwar wohnen mögen, das Sie jedoch nie Ihr Eigen nennen können.«

Ben erhob sich und fühlte sich sofort schwindelig und benebelt. »Trotzdem haben Sie mich ausgesucht, um die Arbeit für Sie zu erledigen.«

»Wie ich sagte, es ist zu Ihrem eigenen Besten.«

»Aber Sie haben mir nicht gesagt, warum.«

»Sie sind noch nicht bereit, dies zu erfahren.«

»Das reicht mir nicht.«

»Es wird reichen müssen.«

»Sie haben Recht.« Ben stand auf wackligen Beinen vor Lev.

»Ich werde jetzt gehen. Wenn Sie mich ermorden oder mich zu meinen israelischen Inquisitoren zurückbringen lassen wollen – nur zu.«

Lev regte sich nicht. »Da wir von Israelis sprechen …«

Ben musterte den alten Mann von neuem, versuchte zu ergründen, was hinter den dunklen Brillengläsern lag. »Was, Rabbi?«

»Ihre Freundin, Chief Inspector Barnea, steht vor einer sehr wichtigen Beförderung. Ich nehme an, Sie hat es Ihnen erzählt.«

»Kommen Sie zur Sache.«

»Wenn Sie uns helfen, können wir Schritte unternehmen, um sicherzustellen, dass sie tatsächlich befördert wird.«

»Und wenn ich nicht helfe?«

Lev schwieg und klopfte langsam mit seinem Stock auf den Boden.

20.

»Ich konnte Dawud nicht erreichen«, sagte Bens Bruder mit krächzender, müder Stimme am Telefon.

Bei Bens Rückkehr nach Jericho hatte eine Nachricht auf ihn gewartet, und er hatte seinen Bruder sofort zurückgerufen. Mordecai Lev hatte Ben zurück zu seiner Wohnung fahren lassen, wo er todmüde aufs Bett fiel. Aber er hatte nicht einschlafen können, so sehr er es auch versuchte. Um zehn Uhr hatte er aufgegeben und war nach einer heißen Dusche zum Polizeipräsidium gefahren.

»Sag mir, was in der Judäischen Wüste geschehen ist«, fuhr Sayeed Kamal schließlich fort.

»Eine archäologische Ausgrabung. In großem Umfang.«

»Dawud hätte sich niemals zu so etwas verpflichtet, ohne mir davon zu erzählen.«

»Wann hast du zum letzten Mal mit ihm persönlich gesprochen?«

»Vor zehn Tagen.«

»Von Brown aus?«

»Ja.« Dann, mit Verzweiflung in der Stimme: »Ich weiß es nicht. Ich bin mir nicht sicher. Er rief mich an, sagte, er wäre in seinem Apartment in der Nähe der Uni.«

»Hast du sonst jemanden in Brown erreichen können, der vielleicht gewusst hat, was Dawud vorhatte? Vielleicht den Studienberater?«

»Noch nicht. Das alles passt nicht zu Dawud, überhaupt nicht.«

»Er hat dich belogen, weil es ihm befohlen wurde. Die Anrufe, die E-Mails, die du erhalten hast – das alles wurde in den vergangenen fünf Monaten inszeniert, um dich zu beruhigen und dafür zu sorgen, dass du keinen Grund zu der Annahme hast, er könnte woanders sein, als er sagt.«

»Warum wurde er ermordet, Bayan?«

»Ich weiß es nicht.«

»Aber du wirst es herausfinden.«

In diesem Moment waren sie wieder Brüder. Zuvor waren sie entzweit gewesen, weil Ben eine Frau geheiratet hatte, die Sayeed nicht billigen wollte. Vor seiner Rückkehr zur West-Bank. Ben sah ein Bild vor seinem geistigen Auge, wie sie zum ersten Mal im Fordson Park in Dearborn Baseball gespielt hatten.

»Ja, Sayeed«, sagte er. »Ich werde es herausfinden.«

»*Was* wollen Sie von mir?« Captain Fawzi Wallid, der Polizeichef von Jericho, blickte Ben entgeistert an, als er seinen Vorschlag vorgebracht hatte. In Wallids Büro duftete es stets nach Blumen, die in einer schlichten Vase seinen Schreibtisch zierten und deren Wohlgeruch je nach Jahreszeit und dem Geschmack seiner Frau bei der Auswahl der Blumen variierte.

»Teilen Sie mich zu dem Fall der ermordeten Amerikaner in der Judäischen Wüste ein.«

Wallid wand sich, betastete die Pockennarben in seinem Gesicht. »Dafür sind die Israelis zuständig. Sie verlangen von mir, dass ich mich in die Politik einmische, Inspector.«

»Wessen Politik, Captain? Die Israelis haben sich selbst die Zuständigkeit für das Land erteilt, das jetzt unseres ist. Wir haben sie ihnen nicht gewährt.«

»Trotzdem, die Konsequenzen bei der Durchführung einer offiziellen Ermittlung ...«

»Wer sagt denn, dass sie offiziell sein muss? Es ist unser Territorium. Wir sollten mindestens eine Verbindung haben, damit wir den Fortgang der Ermittlungen verfolgen können.«

»Und Sie melden sich freiwillig.«

»Ich habe ein wenig Freizeit.«

Captain Wallid schaute Ben lange an. »Die Delegation des Palästinensischen Rates, die für innere Sicherheit verantwortlich ist, hat angerufen und uns beglückwünscht, dass wir den gestrigen Zwischenfall am Baladiya Square bereinigt haben.«

»Das freut mich.«

»Wir haben eine negative Situation zu unserem Vorteil umgedreht.«

»Das Gleiche könnten wir in diesem Mordfall tun, *sidi.* Stellen Sie sich vor, die palästinensische Polizei unter Ihrem Kommando wäre in der Lage, diese Morde aufzuklären, bevor der israelische Shin Bet es kann.«

Wallid blinzelte. »Das ist in der Tat eine interessante Aussicht, Inspector.«

21.

»Was hat das zu bedeuten?«, fragte Moshe Baruch vom Shin Bet, als er Ben den Tatort betreten sah, der mit Sägeböcken und gelbem, im Wind flatterndem Trassierband abgesperrt war.

»Es bedeutet, dass die palästinensische Polizei festgestellt hat, das Verbrechen fand auf unserem Land statt. Wir bestehen zwar nicht darauf, die Ermittlung zu übernehmen, aber wir bestehen darauf, uns daran zu beteiligen.«

»Und wie kommen Sie auf den Gedanken, ich könnte damit einverstanden sein?«

»Weil Sie eine offizielle Beschwerde bei Ihrer Regierung vermeiden möchten – wegen der Entführung eines palästinensischen Polizeibeamten in der vergangenen Nacht.«

»Und wer ist dieser Polizeibeamte?«

»Ich.«

»Ich weiß nichts darüber, Inspector.«

»Ich bin überzeugt, dass eine offizielle Ermittlung so einiges aufdecken würde.«

Bevor Baruch etwas entgegnen konnte, weiteten sich seine Augen, und er blickte erstaunt über Bens Schulter. Ben wandte sich um und sah Danielle Barnea den Tatort betreten, genau wie er es getan hatte. Sie schaute ihn überrascht an – genauso, wie Ben ihr Auftauchen überraschte.

»Ich hätte wissen sollen, dass ihr beide gemeinsame Sache macht«, zischte Baruch. »Ich warne Sie, Pakad! Die Anwesenheit Ihres palästinensischen Freundes bedeutet eine Fehleinschätzung seinerseits. Und Ihre Anwesenheit bedeutet eine schwere Gehorsamsverweigerung.«

»Pakad Barnea ist auf meine Bitte als Verbindungsbeamtin hier«, sagte Ben zu Baruch und schaute immer noch Danielle an. »Sie verstehen sicherlich das Grundprinzip, dass im Gegensatz zu unserem Schutzsicherheitsdienst die palästinensische Polizei keine offiziellen Beziehungen zum Shin Bet unterhält.«

»Sie sollten auf ihn hören«, fügte Danielle hinzu. »Ich bezweifle, dass Ihnen die Unannehmlichkeiten gefallen werden, die ein Streit um die Zuständigkeit heraufbeschwören könnte.«

Baruch schaute wütend von einem zum anderen und richtete den Blick schließlich auf Ben. »Was wollen Sie?«

»Fangen wir mit der Besichtigung des Tatorts an.«

»Diese Gelegenheit hatten Sie gestern schon.«

Ben wandte sich zum Höhleneingang, der immer noch von zwei israelischen Soldaten bewacht wurde. »Sie haben uns gestört, bevor wir fertig waren.«

»Danke«, sagte Danielle leise, als sie zu dem Aufstieg im Hang gingen, gefolgt von zwei weiteren israelischen Soldaten.

»Wie in alten Zeiten, was, Pakad?«, versuchte Ben zu scherzen.

Danielle lächelte. »Nur zu sehr, wie es aussieht. Was ist mit deiner Nase passiert?«

»Baruchs Männer, gestern Nacht – das heißt, mehrere Männer und eine Frau.«

»Frau?«

»Mit einer Narbe an der Wange«, sagte Ben und zog mit dem Zeigefinger eine Linie an seiner linken Gesichtshälfte.

Danielle nickte. »Shoshanna Tavi.«

»Du kennst sie?«

»Wir waren zusammen im Sayaret.«

»Offenbar hat sie ihr Handwerk so gut gelernt wie du.«

»Sogar noch besser«, erwiderte Danielle und nickte zu Baruch hin. »Sie ist seine Geliebte.«

Der dreieckige Eingang der Höhle war nur ungefähr einsachtzig hoch. Zu beiden Seiten waren Felsbrocken und Steine aufgeschichtet.

»Das von gestern tut mir leid«, sagte Danielle, als sie die Stufen hinaufstiegen.

»Du warst rücksichtsvoll genug, mich vom Tod meines Neffen zu informieren. Mehr konnte ich nicht erwarten.«

»Von einer Kollegin.«

»Ja.«

»Ich bedaure sehr, dass ich gestern nicht mehr bloß eine Kollegin für dich sein konnte.«

»Und was ist mit den letzten drei Wochen?«

Danielle zögerte. »Wir müssen darüber reden. Morgen Abend.«

»Bei mir zu Hause?«

»Nein, bei mir. Ich koche uns etwas zu Abend.«

Ben wertete dies als gutes Anzeichen, das ihn hoffen ließ. Danielle hatte nur einmal zuvor Abendessen für ihn gekocht, und es war einer der Höhepunkte ihrer Beziehung gewesen. Er erinnerte sich, dass er sich bei einer Fahrt nach Israel zum ersten Mal wohl gefühlt hatte. Selbst die Grenzwachen schienen ihm gegenüber ein anderes Verhalten gezeigt zu haben.

Danielle hatte ein Gericht aus gestampften Kichererbsen mit Knoblauch und Olivenöl serviert, das *humus* genannt wurde; dazu hatte es Pita-Brot und Oliven gegeben. Das Hauptgericht war *kibbee* gewesen, eine Speise des Mittleren Ostens aus zerkleinertem Lammfleisch und Pistazien, die eine Spezialität seiner Mutter gewesen war, sowie Weinblätter mit Reis und Rindfleisch. Zum Dessert gab es frisches Obst und Honigkuchen.

Ben war jedoch nicht das Essen am lebhaftesten in Erinnerung geblieben, sondern der köstliche Duft, der Danielles geräumige Wohnung in Jerusalem erfüllt hatte. Warmer, aromatischer Geruch nach Essen, das auf dem Herd und im Backofen gekocht hatte. Noch lange nach der Mahlzeit war das Apartment erfüllt davon, und Ben war melancholisch gewesen, weil diese Gerüche Geborgenheit und ein Zuhause symbolisierten, das er lange Zeit nicht mehr gekannt hatte – etwas, an dessen Fehlen man sich gewöhnt, bis man erkennt, wie *sehr* man es vermisst hat. Als Ben in dieser Nacht Danielle verlassen hatte, war er der festen Überzeugung gewesen, dass ihr Zusammenleben eine Aussicht auf Erfolg haben würde. Eigentlich hätte er sich wegen Danielles Sinneswandel nach ihrem kürzlichen Verhalten – und die erneute Einladung war entsprechendes Anzeichen dafür – glücklich fühlen sollen. Doch der melancholische Ausdruck in ihren Augen dämpfte schnell seinen Optimismus.

»Wie kann eine solche Höhle so lange unbekannt gewesen sein?«, fragte Danielle, bevor Ben seine Gedanken fortführen konnte.

Ben blickte auf die Felsbrocken und Steine, die an den Seiten des Eingangs aufgeschichtet waren. »Nach diesen Haufen zu schließen, war die Höhle seit Jahrzehnten, vielleicht sogar Jahrhunderten durch Erdrutsche verschüttet. Das Team muss mit einem Ortungsgerät hergekommen sein und eine Öffnung hinter dem Gestein entdeckt haben.«

»Sie haben es selbst weggeräumt.«

»Ja. Wie es aussieht, Stein für Stein. Mühsame Arbeit, aber notwendig, um sicherzustellen, dass nichts vom Inhalt der Höhle zerstört wird.« Ben stellte sich vor, wie sein Neffe an dieser Arbeit beteiligt gewesen war, konnte sich aber nur an den wissbegierigen lächelnden Jungen erinnern, den er zum letzten Mal vor mehr als fünf Jahren gesehen hatte. Durch den Bart und das kurz geschnittene Haar auf dem Foto von Dawuds Studentenausweis sah er viel älter aus, nicht mehr wie ein Junge.

Danielle blickte zu Ben, als sie sich dem Eingang näherten. »Die Menschen lebten in solchen Höhlen, um während unserer Kriege in der Antike Zuflucht zu suchen.«

»Ich wusste gar nicht, dass du eine solche Expertin bist, Pakad.«

»Was das Zuflucht suchen oder den Krieg betrifft, Inspector?«

»Such es dir aus.«

Auf Baruchs Befehl traten die Soldaten, die Wache standen, zur Seite und ließen sie durch den Eingang. Im Innern der Höhle schalteten Ben und Danielle die Taschenlampen ein, die sie mitgebracht hatten – eine kluge Entscheidung, denn das Licht bewahrte sie vor einem gefährlichen Fehltritt auf dem steil abwärts führenden Boden der Höhle. Ben dachte an die traurige Wahrscheinlichkeit, dass sie soeben einen Weg gegangen waren, den sein Neffe wohl Dutzende Male zurückgelegt hatte.

Die Höhle bestand aus zwei Hauptkammern mit einer Gesamtlänge von zehn Metern und etwas über zweieinhalb Metern Breite. Eine Lücke in der entfernten Wand wies auf einen Pfad hin, der steil und gefährlich in die tiefen unterirdischen Nischen der darunter liegenden Schichten des zerklüfteten Hügelhangs führte.

Weiter vorn waren verschiedene Gräben durch den dicken Schutt gezogen worden, von dem der Boden der Höhle bedeckt war. An einigen Stellen waren diese Gräben einen Meter tief, an anderen etwas über einen halben Meter. Zweifellos hatten die Archäologen Beweise gefunden, dass hier Menschen gelebt hatten: Asche, fast verbranntes Holz, Reste eines porösen Materials, aus dem einst offenbar Stricke oder Matten bestanden hatten.

»Sie haben ihre Funde einfach so zurückgelassen?«, fragte Danielle und fröstelte in der überraschenden Kühle der Höhle, die einen scharfen Kontrast zur Hitze draußen darstellte. Ein modriger Geruch lag in der Luft.

»Das ist nichts Besonderes, vielleicht nicht einmal das Konservieren wert. Aber vielleicht haben sie die Ebene erreicht, wo das meiste erst vor vier oder fünf Tagen gefunden wurde, das sie dann einsammelten, bevor sie gestern die Höhle verlassen haben.«

»Und was ist das?«, fragte Danielle und richtete den Strahl der Taschenlampe auf eine kleine Vertiefung im Höhlenboden, gerade jenseits der größeren Gräben.

Ben ging in die Hocke und benutzte seinen Arm für eine grobe Messung. Die Höhlung war ungefähr 30 Zentimeter tief und doppelt so breit.

»Nach den glatten Rändern zu schließen, würde ich sagen, sie haben etwas aus dieser Vertiefung herausgezogen«, sagte Danielle und spähte über Bens Schulter.

Ben fuhr behutsam mit der Hand über den Rand der Vertiefung. »Aber es passt nicht zum Rest dieser Artefakte.«

»Wie kommst du darauf?«

»Alles, was sie sonst entdeckt haben, datiert auf die ersten paar Jahrhunderte nach Christus. Etwas, das in dieser Vertiefung gefunden wurde, wäre höchstens ein Jahrhundert alt, wahrscheinlich nicht einmal das. Vom archäologischen Standpunkt betrachtet, wäre es wertlos.«

»Aber was es auch war, sie gruben es aus.«

»Daran gibt es keinen Zweifel.«

»Dann wollen wir mal sehen, ob wir herausfinden können, wohin sie es gebracht haben.«

22.

Das archäologische Team hatte seine Funde in luftdichte Metall- und Plastikbehälter verstaut, die sie dann in den Gepäckraum eines der drei Land Rover gelegt hatten. Die Fahrzeuge selbst sahen Jahrzehnte alt aus; dank ihrer Karosserien aus Aluminium waren sie zwar nicht verrostet, jedoch mit Beulen und Dellen gesprenkelt, die wie Pockennarben wirkten. Baruch befahl drei Soldaten, Ben und Danielle auf Schritt und Tritt zu beobachten. Der Commander selbst blieb in diskreter Entfernung und täuschte Desinteresse vor, war jedoch stets in der Lage, sie ebenfalls im Auge zu behalten.

Jeder Behälter war ordentlich katalogisiert mit den Funden, die an den verschiedenen Ausgrabungsstellen der fünfmonatigen Expedition gemacht worden waren. Ben und Danielle begannen ihre Suche mit dem Behälter, der für Funde an dieser Stelle reserviert und mit »Gebiet 6« beschriftet war. Ben öffnete den Deckel und hob ihn an.

»Wie du gesagt hast«, meinte Danielle und trat neben Ben. »Nichts von Wert.«

Sie starrten auf eine Schicht Steine, die in den Behälter gepackt worden war. Danielle griff hinein, nahm einen der Steine in die Hand und schätzte sein Gewicht.

»Vielleicht wussten sie etwas über bedeutende archäologische Funde, das uns nicht bekannt ist«, bemerkte sie.

Die Steine variierten in Größe, Farbton und Form und schienen willkürlich aus dem Erdreich genommen worden zu sein. Ben schob ein paar beiseite, um zu sehen, ob etwas unter der obersten Schicht lag.

»Was mag das hier bedeuten?«, fragte Danielle und wies auf die Zahlen, die auf weißes Klebeband geschrieben waren, das an jedem der Steine haftete.

»Keine Ahnung«, sagte Ben und stöberte weiter in dem Behälter.

»Ich nehme an, sie sind fortlaufend beschriftet, in der Reihenfolge, in der sie gefunden wurden«, bemerkte Danielle, während sie die Steine weiter überprüfte.

Ben schenkte ihr keine Aufmerksamkeit. »Ich vermute, sie haben es bereits vom Tatort entfernt ...«

»Was?«

»Was immer die Amerikaner aus dieser Vertiefung genommen haben, die wir in der Höhle fanden. Baruch muss diesen Gegenstand und alles andere an sich genommen haben – bis auf diese Steine.«

Ben beugte sich tiefer in den Gepäckraum des Land Rover, nahm den nächsten Behälter heraus und öffnete ihn. Er enthielt ebenfalls ein Sortiment von Steinen, sonst nichts.

»Die gleichen Aufschriften wie beim ersten Behälter«, stellte Danielle mit einem raschen Blick fest.

Ben durchsuchte eine Reihe der anderen Behälter und fand in allen einen ähnlichen Inhalt. Seine Suche wurde immer hektischer, als wäre es mit jedem Misserfolg wichtiger, den nächsten Behälter zu öffnen.

Danielle beugte sich zu ihm in den Land Rover, nachdem er den letzten Behälter untersucht hatte, und senkte die Stimme, sodass die in der Nähe stehenden israelischen Soldaten nicht mithören konnten: »In den Jahren nach Auffinden der Schriften vom Toten Meer sind die judäischen Höhlen sehr gründlich durchsucht worden. Es ist möglich, dass Baruch nichts von hier mitnehmen konnte, selbst wenn er es gewollt hat.«

»Hast du dich auf dem Gelände umgesehen, als wir hier eintrafen, Pakad?«

»Kurz.«

»Ist dir nichts aufgefallen?«

Danielle überlegte. »Gestern waren Lastwagen hier …«

»Offenbar gab es *doch* etwas, das Baruch vom Tatort entfernen wollte.«

»Man braucht keine zwei Lastwagen, um fortzuschaffen, was die Amerikaner in dieser Höhle gefunden haben.«

»Ein weiterer Widerspruch.«

»Ein weiterer?«

»Die Killer waren Profis. Stimmt's, Pakad?«

»Zweifellos.«

»Dennoch haben sie sich nicht die Mühe gemacht, ihre Tat zu verschleiern. Dabei hätten sie es tun können, wenn sie's gewollt hätten. Sogar ziemlich problemlos. Sie hätten den Tatort so verlassen können, dass es so ausgesehen hätte, als hätte es Widerstand gegeben. Sie hätten mehr als einen Schuss auf jedes Opfer abgeben können, damit die Morde nicht als so kaltblütig zu erkennen sind, sie hätten sogar Messer statt Feuerwaffen benutzen können.«

»Den Killern war es offenbar gleichgültig. Sie verübten die Tat auf die zügigste und wirksamste Art und Weise.«

»Was uns zum Motiv zurückbringt – der Raub von irgendetwas, das wir nicht identifizieren können.«

»Vielleicht wurde gar nichts geraubt. Vielleicht waren die Morde politisch motiviert«, überlegte Danielle.

Ben blickte sie skeptisch an. »Bei Archäologen?«

»*Amerikanische* Archäologen, die mit israelischen Visa arbeiten. Das könnte einige der Hiesigen aufgeregt haben, nachdem das Land palästinensischer Kontrolle übergeben wurde.«

Ben wies mit dramatischer Geste um sich. »Wir sind in der Wüste, Pakad. Hier gibt es keine *Hiesigen.* Wir sollten uns stattdessen auf die wenigen Hinweise konzentrieren, die wir haben: auf diese drei Vertiefungen im Boden, die ich gestern entdeckt habe, zum Beispiel. Etwas Schweres, das auf einem Dreibein stand.«

»Und vermutlich bedeutungslos ist.«

»Warum hat dann jemand die Vertiefungen aufgefüllt?«

Sie starrten einander lange an, und die Spannung zwischen ihnen wuchs.

»Und warum enthalten die Behälter der Amerikaner nur Steine?«, fragte Ben herausfordernd.

»Wie du schon sagtest – das Team hatte hier nicht viel Glück, wie schon bei den fünf anderen Ausgrabungsstellen nicht.«

»Aber wir wissen, dass die Amerikaner hier irgendetwas aus

der Vertiefung oben in der Höhle geholt haben. Wo ist es? Und warum war Commander Baruch so daran interessiert, was die Amerikaner hier draußen trieben?«

»Ich weiß es nicht«, sagte Danielle.

»Ich frage mich, ob uns das eine Antwort gibt«, sagte Ben, als er ihr geschickt einen Stein in die Tasche schob, den er aus dem Behälter mit der Aufschrift »Gebiet 6« stibitzt hatte.

23.

Das forensische Labor befand sich im ersten Untergeschoss des Präsidiums der Nationalpolizei in Jerusalem. Die Luft war kalt und antiseptisch, die helle Beleuchtung ein wirkungsvoller Ersatz für das Fehlen von Fenstern. Als Detective war Danielle gut bekannt mit dem Personal, das an den Monitoren der Computer und an Untersuchungsgeräten arbeitete. Sie klopfte an die Tür einer Kabine, die das Reich eines Technikers war, der einen weißen Laborkittel und eine Brille mit dicken Gläsern trug und dessen krauses Haar schütter geworden war.

»Hallo, Isser.«

Isser Raskin nahm den Blick nicht vom Computermonitor.

»Interessanter Fall, Isser?«

Er wandte sich um und schaute sie an. »Eigentlich ist es das Kreuzworträtsel der *New York Times*. Ich habe es aus dem Internet heruntergeladen.«

»Englisches Wort für ›Fels‹, vier Buchstaben?«

»Rock.«

»Genau«, sagte Danielle und zeigte ihm den Stein, den Ben vom Tatort in Judäischen Wüste hatte mitgehen lassen.

»Habe ich Geburtstag?«, fragte Isser und nahm den Stein.

»Sagen Sie mir alles, was Sie mir sagen können, und wir werden für ein Geschenk sorgen.«

Isser drehte den Stein vor seiner Brille, deren Glas fast so dick wie das einer Cola-Flasche war. »Ist das eine Mordwaffe?«

»Nicht direkt.«

»Es steht eine Zahl darauf. Fünf-sechs-eins. Was bedeutet das?«

»Ich hatte gehofft, Sie können es mir sagen.«

Isser hielt den Stein noch näher an die Augen. »Ich kann kein Blut oder Faserrückstände erkennen.«

»Es würde auch nichts ändern, würden Sie den Stein unter dem Mikroskop betrachten. Ich hatte auf eine mehr wissenschaftliche Analyse gehofft.«

Er runzelte die Stirn. »Dann hätten Sie ihn in die geologische Abteilung der Universität bringen sollen.«

»Er ist Teil einer Ermittlung.«

»Registriert?«

»Noch nicht.«

»Beweismittel?«

»Möglicherweise.«

Isser wirkte enttäuscht. »Wenn es ein Hammer mit Schädelfragmenten wäre oder ein Stück Haut, das einen DNA-Vergleich ermöglicht, oder einfach eine abgeplattete Kugel, die forensisch rekonstruiert werden muss ... aber ein Stein ...«

Danielle zog sich zurück, bis sie fast aus der Kabine heraus war. »Das alles scheidet hier aus. Deshalb sollte nicht allzu viel von Ihrer Zeit erforderlich sein.«

»Was genau suchen Sie, Pakad?«

»Ich werde mit allem zufrieden sein, das Sie finden.«

Als Danielle wieder bei ihrem Büro eintraf, stand die Tür offen. Sie trat ein. Anscheinend hatte sie vergessen, ihr Büro zu schließen. Plötzlich sah sie ein Paar abgenutzte braune Schuhe, deren Besitzer die Füße auf die Kante ihres Schreibtischs gelegt hatte.

»Ich hoffe, es macht Ihnen nichts aus, dass ich es mir bequem gemacht habe«, sagte ein Mann. Er trug einen Cowboyhut, den er von Kopf nahm, wobei er dichtes weizenfarbenes Haar enthüllte, das an den Schläfen weiß wurde.

Danielle bemerkte das Abzeichen, das an einem Kettchen von seinem Hals baumelte. »Ehrlich gesagt, macht es mir schon etwas aus.«

Der Mann nahm die Beine vom Schreibtisch. »Mein Name ist John Paul Wynn. Meine Freunde nennen mich J. P.« Er neigte sich vor und streckte Danielle die Hand hin.

»Was treiben Sie in meinem Büro?« Sie ignorierte die dargebotene Hand.

»Sie haben die Tür offen gelassen, Ma'am. Eine Frau sollte vorsichtiger sein. Bei Ihrer Rückkehr hätte ein böser Junge auf Sie warten können.«

»Vielleicht sind Sie ja einer.«

Wynns Akzent war eindeutig amerikanisch, nicht aus dem Süden, sondern Westen. Vielleicht Wyoming oder Montana, vermutete Danielle. Er sah auf raue Weise gut aus, sonnengebräunt und mit einer Gesichtshaut wie aus Leder. Er hatte zu viele Falten und Furchen für einen Mann, der nicht weit über 30 sein konnte. Seine Augen waren von einem intensiven Blau und blickten durchdringend.

»Reden alle israelischen Frauen so?«

»Nein, ich bin höflicher und reservierter als die meisten.«

Wynn betrachtete sie und bemühte sich nicht zu verbergen, worauf seine Blicke sich hefteten. »Ich glaube, ich könnte mich an ein solches Verhalten gewöhnen.«

Danielle blickte ihn kalt an. »Nur wenn Sie die Chance bekommen.«

Wynn schaute sich im Büro um und nickte. »Sie haben ein eigenes Büro, einen tollen Titel … können Sie auch gut mit einer Waffe umgehen?«

»Ich bezweifle, dass Sie das herausfinden möchten.« Danielle musterte sein Abzeichen genauer. »Auf Ihrem Besucherschild ist mein Büro als Ziel vermerkt, also nehme ich an, Sie haben einen guten Grund, hier zu sein.«

»Eigentlich hatte ich gehofft, dass mir ein normaler Detective zugeteilt wird.«

»Ein *normaler* Detective?«

»Ein Mann. Ich habe noch nie mit einem weiblichen Cop zusammengearbeitet, und es ist nicht der beste Zeitpunkt, jetzt damit anzufangen.«

»Es steht Ihnen frei, jemand anders zu verlangen.«

»Man hat mir gesagt, sie sind die Beste.« Wynn lächelte vertraulich und zog eine Packung Marlboro aus seiner Hemdtasche. »Macht es Ihnen was aus, wenn ich rauche?«

»Ja.«

»Werden Sie mir die Hände abhacken, wenn ich mir eine anstecke?«

»Ich könnte Ihnen ein gutes Stück tiefer etwas abhacken, Mr. Wynn.«

Wynn hob tadelnd einen Finger. »Ich habe Ihnen doch gesagt, Sie können mich J. P. nennen ...«

»Nein, Sie haben gesagt, Ihre *Freunde* nennen Sie J. P.«

»Ich dachte, es wäre offenkundig, was ich von Ihnen halte, Ma'am.«

»Warum sagen Sie mir dann nicht, was Sie hier tun?«

Wynn steckte sich eine Zigarette zwischen die Lippen, zündete sie jedoch nicht an. »Die Sache ist die, Ma'am, ich habe viel Arbeit für Ihr Land getan. Einer der Leute, die ein bisschen in meiner Schuld stehen, war so freundlich, einen Anruf zu meinen Gunsten zu tätigen.«

»Um ein Treffen mit mir zu arrangieren ...«

»Eigentlich mit Ihrem Boss.«

»Sie haben mit Commissioner Giott gesprochen?«

Wynn nickte. »Ich komme soeben aus seinem Büro. Er meint, wir könnten uns gegenseitig bei ein paar Dingen helfen.«

»Wie kommt er darauf?«

»Aufgrund meiner Tätigkeit«, sagte Wynn, als wäre das etwas, das Danielle bereits hätte wissen sollen.

Sie lehnte sich mit dem Rücken an den Schreibtisch. »Und was tun Sie?«

Wynn legte beide Hände um die Krempe des Cowboyhuts, der jetzt auf seinem Schoß lag. »Nun, Ma'am, es ist ein bisschen schwierig ... «

»Versuchen Sie's.«

»Ich finde Dinge. Dinge, die verloren sind und es viele Jahre waren, manchmal Hunderte oder sogar Tausende von Jahren, sodass die Leute in vielen Fällen die Existenz dieser Dinge vergessen haben oder zunächst nicht daran glauben.«

»Ein Glücksjäger«, mutmaßte Danielle.

»Eigentlich wäre *Schatz*jäger die genauere Beschreibung meiner Tätigkeit.« Wynn zog die Mundwinkel nach unten, und die Falten seines zerfurchten Gesichts wurden noch tiefer. »Sie werden verstehen, warum ich in diesem Fall nicht auf eigene Faust handeln kann. Bei Ihnen ist offenbar der falsche Eindruck entstanden, dass ich hier bin, um ein paar Dollars zu verdienen. Frauen denken so.«

»Hatten Sie viele Erfolge als Glücksjäger, Mr. Wynn?«

Wynn schnippte die Zigarette in einen Abfalleimer, ohne sie angezündet zu haben. »Ich gewinne den Eindruck, dass Sie nie von mir gehört haben.«

»Stimmt.«

»Ich nehme an, Sie haben nicht viel Zeit, um zu lesen oder fernzusehen.«

»Offenbar nicht genug, um Sie zu kennen.«

»Das *People Magazin*, *National Geographic,* ein paar *Datelines,* einen Bestseller – mein Publikum besteht hauptsächlich aus Männern, deshalb sollte ich wohl nicht überrascht sein, wenn eine Frau noch nie von mir gehört hat. Ich habe mein Resümee oben bei Ihrem Boss gelassen, wenn Sie es sich anschauen wollen.«

»War Commissioner Giott beeindruckt?«

»Er bat darum, informiert zu werden, bevor wir aufbrechen.«

Danielle blickte zum Telefon und dann wieder zu Wynn. »Wohin brechen wir auf?«

Wynn erhob sich und blies mit einem leisen Pfeifton die Luft aus. »Ich erzähle Ihnen unterwegs die ganze Geschichte.«

»Fangen Sie jetzt an«, sagte Danielle.

Er hakte die Daumen in die Taschen seiner Jeans. »Es ist so, Ma'am. Ihr Land hat im Laufe der Jahre einen Teil seiner Antiquitäten verloren, und ich war in der Lage, Ihnen diejenigen zurückgeben, die ich glücklicherweise aufspüren konnte.« Wynn zwinkerte ihr mit seinen strahlend blauen Augen zu. »So machte ich mir hauptsächlich Freunde hier drüben, und das hat Ihren Boss veranlasst, mich an Sie zu verweisen, nachdem er erfahren hatte, dass Sie und ich vielleicht hinter derselben Sache her sind.«

»Und was genau ist das, Mr. Wynn?«

»Das, was zur Ermordung der Archäologen in der Judäischen Wüste geführt hat, Ma'am.« Er zwinkerte ihr wieder zu. »Sagen Sie J. P. zu mir.«

24.

Ben fand Nabril al-Asi wieder im Oasis Casino. Es war erst 13 Uhr, und der Colonel sah so elegant wie am vergangenen Abend aus, eigentlich unverändert, sah man von dem frischen Designeranzug ab. Diesmal stand er vor einem der Einarmigen Banditen und hatte soeben den Hebel erfolglos heruntergezogen, als Ben zu ihm trat.

»Wir hatten Beschwerden wegen dieser Geldräuber«, sagte al-Asi und warf einen weiteren Chip in den Apparat. »Offenbar gewinnen die israelischen Touristen nicht genug. Man hat mich gebeten, in der Sache zu ermitteln.« Er riss abermals den Hebel herunter, wiederum erfolglos. Al-Asi schüttelte unzufrieden den Kopf. »Ja, ich glaube, der hier hat vielleicht gewisse Probleme.« Er ging mit einem Chip in der Hand zum nächsten Automaten in der Reihe. Bevor er den Chip einwarf, schaute er Ben an. »Sie sehen aus wie jemand, der sein Taschengeld verloren hat, Inspector.«

»Wenn es nur das wäre. Ich wurde gestern Nacht von israelischen Soldaten verhaftet.«

Der Colonel runzelte die Stirn, als auch dieser Automat ihm keinen Gewinn brachte. Er nahm einen weiteren Dollarchip, warf ihn aber noch nicht ein. »Der israelisch-palästinensische Ausschuss war nicht informiert.«

»Er wird auch niemals informiert werden. Ich glaube, Commander Moshe Baruch vom Shin Bet steckte dahinter.«

Al-Asi verzog das Gesicht, als hätte er etwas Saures geschluckt. »Dennoch stehen Sie jetzt vor mir.«

»Meine Freilassung wurde von anderen veranlasst, ebenfalls von Israelis.«

»Ersparen Sie mir nur die Mühe, zu raten. Wer sind diese anderen Israelis?«

»Mitglieder von Rabbi Mordecai Levs Amudei Ha'aretz.«

»Eine messianische Sekte, die auch als ›Säulen des Landes‹ bekannt ist«, sagte al-Asi und warf den Chip in den Schlitz des Automaten. »Die sind nicht gerade berühmt dafür, dass sie Außenseiter retten. Ich habe eine ziemlich dicke Akte über Lev.«

»Ich hätte nicht gedacht, dass der Schutzsicherheitsdienst sich die Mühe macht, gegen ihn zu ermitteln.«

»Nicht wir haben das getan, sondern die Israelis.« Der Colonel riss den Hebel herunter. »Sie haben lediglich die Information an uns weitergegeben.«

»Warum?«

Der Automat brachte wieder keinen Gewinn, und erneut schüttelte al-Asi den Kopf. »Sie hofften, wir würden uns an ihrer Stelle um Lev kümmern. Seine Akte war frisiert, um den guten Rabbi zum Feind Palästinas zu machen.«

»Ist er das nicht?«

»Er glaubt daran, dass unser Volk schließlich vernichtet wird, Inspector. Er hat keine Pläne, das selbst zu bewirken. Warum sich die Mühe machen, wenn man Gott auf seiner Seite hat?«

»Eigentlich den Messias. Auf den warten seine Leute.«

Al-Asi verspielte einen weiteren Dollarchip. »Wir alle warten auf irgendetwas, Inspector.«

»Ich habe ein anderes Problem, Colonel. Diese Mini-Disc, von der ich Ihnen gestern erzählt habe.«

»Zweifellos wurden Sie gestern Nacht deswegen verhört.«

»Ja.«

»Nachdem Ihre Entführer diesen Kirchengarten durchsucht und keine Spur gefunden haben. Stimmt's, Inspector?«

Bens Augen weiteten sich. »Woher wissen Sie das?«

»Weil ich Ihnen ebenfalls gefolgt war«, sagte al-Asi und griff in die linke Tasche seines eleganten braungrauen Anzugs. Er klaubte einige Chips hervor und schaute sie durch, bevor er schließlich die kleine silberne Scheibe dazwischen hervorzog, die Ben ihm gestern gezeigt hatte. »Nur um auf der sicheren Seite zu sein.«

Benommen vor Überraschung nahm Ben die Disc vom Colonel entgegen.

»Ich weiß, wie Commander Baruch arbeitet. Sehr voraussehbar.«

»Seine Geliebte, Shoshanna Tavi, hat mich verhört.«

»Wie sie arbeitet, weiß ich ebenfalls«, sagte al-Asi, und die

Leichtigkeit war aus seinem Tonfall verschwunden. »Vor ein paar Jahren, nachdem Baruch mich fälschlich für den Tod zweier seiner Agenten verantwortlich gemacht hatte, schickte er Tavi zu meinem Haus außerhalb von Ramalla, um sich für einen Job als Hausmädchen zu bewerben. Um es mir heimzuzahlen, wissen Sie.«

»Was haben Sie getan?«, fragte Ben, der erstaunt war, dass der Colonel sein Privatleben erwähnte.

»Ich habe sie natürlich eingestellt. Als sie sich am nächsten Tag zur Arbeit meldete, waren wir umgezogen.« Al-Asi wandte sich von Ben ab und warf einen weiteren Chip in den Einarmigen Banditen. Er registrierte das negative Ergebnis mit einem Kopfschütteln. »Mir ist also klar, was Captain Tavi von Ihnen wollte, aber ich weiß nicht, was Lev und seine Säulen des Landes wollten.«

»Das Gleiche.«

»Interessant.«

»Er wartet auf den Messias, Colonel. Er meint, diese Disc könnte ihm helfen, die letzten Einzelheiten über Sein Kommen zu erfahren.«

»Noch interessanter.«

»Lev glaubt, die Amerikaner wurden ermordet, weil sie eine Schriftrolle mit Hinweisen auf das Erscheinen des Messias gefunden haben … wo und wann er kommt und solche Dinge … vergraben in dieser Höhle oberhalb des Camps.«

»Scheint ein ziemlich dünnes Motiv zu sein.«

»Mir ist es gleich, welches Motiv sich schließlich als zutreffend erweist. Irgendetwas hat zur Ermordung meines Neffen und der anderen Amerikaner geführt, und ich werde herausfinden, was es war.«

»Das dachte ich mir«, sagte al-Asi mit einer Spur von Bedauern. »Deshalb habe ich dafür gesorgt, dass Sie sich Ihre Disc anschauen können und …«

Bevor er zu Ende sprechen konnte, blieb der Automat auf drei goldenen Feldern stehen und spuckte den Gewinn aus einem Schlitz.

»Nun, ich nehme an, ich kann melden, dass der hier tadellos funktioniert«, sagte al-Asi, als die Münzen sich rasselnd und klirrend anhäuften. »Wissen Sie, Inspector, vielleicht ist heute unser Glückstag.«

25.

Vom Präsidium der Nationalpolizei aus fuhr J. P. Wynn mit seinem Mietwagen in Richtung West-Jerusalem, wo sich die Knesset befindet, das israelische Parlament.

»Wohin fahren wir?«, fragte Danielle.

»Sie mögen keine Überraschungen, wie?«

»Kommt darauf an.«

Wynn blickte zu ihr. »Waren Sie in letzter Zeit im Museum, Ma'am?« Er wies durch die Windschutzscheibe auf einen Gebäudekomplex, den Danielle als »Hügel der Ruhe« erkannte. Die Gebäude bildeten das israelische Museum am Hügelhang.

»Offenbar ziehe ich selbst Relikte an.«

Nachdem sie den Wagen auf dem Parkplatz des Museums abgestellt hatten, gingen sie durch einen Sicherheits-Kontrollpunkt und betraten ein kreisförmiges Gebäude, das »Schrein der Bibel« genannt und von einer weißen Kuppel gekrönt wurde. Drinnen war es schattig und kühl, fast wie unter der Erde, um die Atmosphäre in den Höhlen einzufangen, in denen 1947 die Schriftrollen des Toten Meeres gefunden worden waren.

»Ich liebe solche Stätten«, sagte J. P. Wynn. »Wissen Sie, mein ganzes Leben hat sich darum gedreht, die Vergangenheit und Gegenwart zusammenzubringen. Material von einer Generation zu sammeln, damit ich eine andere besser verstehen kann.

Sicher, ich habe viel Geld damit verdient, aber ich kann auch in fast jedes Museum der Welt gehen und Ihnen etwas Interessantes zeigen, das ich wiederentdeckt habe.«

»Wie steht es mit diesem Museum?«, fragte Danielle.

»Nicht in diesem Gebäude«, erwiderte Wynn und fügte bedeutungsvoll hinzu: »Jedenfalls noch nicht.«

Sie gingen an einem Kreis von Ausstellungsstücken in Glasvitrinen vorbei zu dem größten Schaukasten, der soeben von einer Touristengruppe verlassen worden war. Danielle erkannte eine Auswahl der Schriftrollen vom Toten Meer, die beleuchtet in der Vitrine zu sehen waren.

»Die Juden, die das hier beschriftet haben, versteckten die Rollen in einem wasserdichten Beutel aus Schafshaut, bevor sie sie vergruben«, erklärte Wynn wie ein Museumsführer. »Das hat verhindert, dass das Pergament zu Staub zerfiel. Das Material ist überaus zerbrechlich und mit sehr wenig Feuchtigkeit zufrieden.«

Danielles schaute in die Vitrine und sah ein Manuskript, das entweder Hebräisch oder Aramäisch geschrieben war; sie konnte nicht sagen, in welcher der beiden Sprachen.

»Die Juden suchten Zuflucht in Höhlen in der gesamten Judäischen Wüste und ließen vieles von ihrem Vermächtnis zurück. Einiges wurde geborgen, anderes ging für immer verloren ... das heißt, es wartet noch ein wenig darauf, gefunden zu werden. So wie das, was die Amerikaner vor ihrem Tod entdeckt haben müssen.«

Danielle wandte sich von der Ausstellungsvitrine ab und schaute ihn an. »Und was Ihrer Meinung nach der Grund für ihre Ermordung war.«

»O ja, deshalb wurden sie umgebracht, richtig. Das heißt, aus einem ganz bestimmten Grund.«

»Welcher?«

»Geld, viel Geld.«

»Sind sie mitten in der Wüste auf eine Goldader gestoßen?«

Wynn lächelte, und seine Zähne wirkten ungewöhnlich weiß im trüben Lichtschein. »Ja, allerdings.«

»Wie gut kennen Sie sich mit dem Alten Testament aus, Chief Inspector?«, fuhr J. P. Wynn fort.

»Ziemlich gut. Besonders die Abschnitte über Sünder und Bösewichter.«

»Um ehrlich zu sein, heutzutage sehe ich eine Bibel höchstens mal im Nachttisch meines Hotelzimmers. Ich rede vom Exodus, Moses, den Juden, die Ägypten verlassen – von diesem Teil.«

Danielle nickte. »Sicher, auch das habe ich gelesen, aber es ist eine Weile her.«

»Der Berg Sinai?«

»Wo Gott Moses die Zehn Geboten gab und wo der steinerne Altar ist, an dem die Israeliten das Goldene Kalb verehrten?«

Wynn hob eine Hand. »Halten Sie genau da. Das ist es.«

»Das Goldene Kalb?«

»Gold im Allgemeinen. Hunderte Kilo. Das Gold, das Ihre Ahnen aus Ägypten mitnahmen. Den Informationen zufolge, die ich und andere Schatzjäger sammeln konnten, war es am Fuße des Berg Sinai vergraben.«

»Aber der Berg Sinai wurde niemals gefunden oder eindeutig identifiziert.«

Wynn nickte. »Das ist der springende Punkt, Ma'am. Die meisten Leute, fast alle, hören das Wort ›Sinai‹ und denken an die Wüste. Wüste stimmt – aber es ist die Richtung, in der man sich seit Jahren geirrt hat. Ich habe die Theorie verfolgt, dass die Israeliten ihr Gold in Wirklichkeit irgendwo in der *Judäischen* Wüste vergraben haben.«

»Sie meinen, die Amerikaner haben vor ihrer Ermordung das verlorene Gold des Exodus gefunden, Mr. Wynn?«

»Sie haben ganz sicher danach gesucht, Ma'am, und jetzt sind sie tot. Kennen Sie ein besseres Motiv, als für ein Vermögen zu töten?«

»Dann sind Sie ebenfalls hinter dem Gold her. Da haben wir's. Ich hatte Sie als Zuhälter eingeschätzt, obwohl Sie nur ein männlicher Prostituierter sind.«

Die Bemerkung traf Wynn wie ein Schlag ins Gesicht, und sein Zorn war ihm anzusehen. »Ich habe genug Dollars, um einen ganzen Acker damit zu füllen, aber es ist bloß Dünger im Vergleich zum verlorenen Gold des Exodus. Wir reden vom größten archäologischen Relikt, das von der Menschheit noch gefunden werden kann, und ich habe vor, der Mann zu sein, der diesen Schatz findet. Ich glaube, das wird mich berühmt machen und vielleicht dazu führen, das ich eines Tages von einem der größten Schauspieler der Welt auf der Leinwand dargestellt werde.« Er grinste sie an. »Sie dürfen bei der Premiere meine Begleiterin sein, wenn Sie mich endlich J. P. nennen.«

»Sparen Sie Ihr Geld und machen Sie einfach Ihr Ego geltend.«

Wynn beachtete sie diesmal nicht. »Sie waren an der Ausgrabungsstelle, Ma'am. Macht es Ihnen etwas aus, mir zu sagen, was genau Sie gesehen haben?«

Danielle versuchte sich vorzustellen, dass die amerikanischen Archäologen den Schatz in Gebiet 6 entdeckt und zu der Höhle gebracht hatten, die sie und Ben erkundet hatten. Aber die Aufgabe machte eine Logistik erforderlich, die zu aufwändig war, als dass sie in der kurzen Zeit, die die Amerikaner an der Grabungsstätte verbracht hatten, zu bewältigen gewesen wäre.

»Sie haben kein Gold in der Judäischen Wüste gefunden.«

»Vielleicht nicht das Gold selbst, Ma'am ...«

»Was dann?«

»Eine Landkarte. Eine Karte mit der detaillierten Route der Israeliten, die sie bei ihrer Wanderung in die Judäische Wüste führte. Eine Karte, auf der ein großes X jene Stelle markiert, an der sie unterwegs ihr Gold zurückgelassen haben.«

Danielle rief sich den kleinen flachen Graben in Erinnerung, den die Amerikaner in der Höhle ausgehoben hatten. Konnten sie eine solche Karte darin gefunden haben, vielleicht versteckt in einer Kiste oder einem Behälter?

»Sie verschweigen mir etwas, Ma'am.«

»Ich bin eine Frau, vergessen Sie das nicht. Wir Frauen neigen dazu, Geheimnisse für uns zu behalten.«

»Ich hatte den Eindruck, Ihr Boss hat Ihnen gesagt, dass es das Beste für Sie ist, mir nichts vorzuenthalten.«

»Er sagte, ich soll mich auf mein Urteilsvermögen verlassen. Das tue ich.«

Wynn nickte. »Okay. Wenn wir wüssten, was die Amerikaner dort gefunden haben, kämen wir viel näher an ein Motiv für ihre Ermordung heran.«

»Zu schade, dass wir es nicht wissen«, sagte Danielle und dachte an die Mini-Disc, die Ben Commander Baruch vorenthalten und dann selbst verloren hatte.

26.

Ben parkte seinen Peugeot bei drei alten Lieferwagen am Eingang zu den Olivenhainen im Jordan Rift Valley, so wie Nabril al-Asi ihn ein paar Stunden zuvor angewiesen hatte.

»Der Mann, der die Ausrüstung hat, die Sie brauchen, heißt Ari Coen«, hatte der Colonel erklärt, als einige Arbeiter des Oasis Casino sich abgemüht hatten, den Jackpot des Einarmigen Banditen vom Boden aufzusammeln. »Er erwartet Sie.«

»Ein Israeli?«

Sie waren langsam von den Spielautomaten fort gegangen, und ein Teil von al-Asis Gewinn hatte in seinen Taschen geklimpert.

»Nennen Sie ihn jetzt lieber einen im Exil lebenden Israeli. Es reicht zu sagen, dass er bei seinem Volk in Misskredit geriet, als die israelische Polizei die wahre Natur seiner Geschäfte herausfand. Es blieb ihm nichts anderes übrig, als das Land zu verlassen.«

»Wenn er in die West-Bank gekommen ist, hat er das Land nicht verlassen.«

»Der äußere Anschein ist alles, Inspector. Das Jordan Rift Valley ist eine völlig andere Welt.«

»Sie haben ihn aufgenommen?«

»Coen war Mitarbeiter des israelischen Nachrichtendienstes. Wir dachten, er könnte nützlich für uns sein, indem er uns einige Tricks seines Gewerbes lehrt. Er bat nur, seine jüngsten Geschäfte fortführen zu dürfen.«

»Und die sind?«

Einer der Manager des Kasinos hatte al-Asi eingeholt und ihm den Geldsack mit dem Rest seines Gewinnes ausgehändigt.

»Sie sollten sich lieber um sich selbst kümmern«, sagte der Colonel, zog ein Kuvert aus der Tasche und reichte es Ben.

Der Umschlag war dick, vollgestopft. Ben versuchte, nicht über den Inhalt nachzudenken.

»Geben Sie das Coen, wenn Sie dort sind«, hatte al-Asi gesagt.

Ben war gerade aus seinem Wagen bei den Olivenhainen gestiegen, die sich so weit erstreckten, wie sein Blick reichte, als ein Mann mit einer Schrotflinte von einer Straße am Eingang zu den Feldern auftauchte.

»Wir haben Sie erwartet«, sagte er, ohne Ben zu fragen, wer er war, oder einen Ausweis zu verlangen. Der Mann wandte sich einfach ab und ging davon, erwartete offenbar, dass Ben ihm folgte. Zweifellos hatte al-Asi sein Versprechen gehalten und Ari Coen über Bens Kommen informiert. Aber was trieb ein im Exil lebender Israeli im Jordan Rift Valley?

Ben ging an einem hohen Maschendrahtzaun vorbei, an dem sich Wein rankte. Der Mann mit der Schrotflinte ging zu einem Jeep, der um eine Straßenecke geparkt war. Ben stieg auf den Beifahrersitz, und der Wächter fuhr über einen Weg zwischen den ordentlichen Reihen von Bäumen, die nach reifenden Oliven rochen. Als sie weiter in den Hain fuhren, stieg Ben jedoch ein anderer Geruch in die Nase, der ihm aus der Vergangenheit in Erinnerung war.

Zu Beginn seiner Laufbahn als Polizist in Detroit, als er beim Rauschgiftdezernat gearbeitet hatte, war ihm der Geruch von Marihuana und Haschisch mehr als bekannt gewesen. Und diesen Geruch nahm er jetzt wahr. Fast auf Anhieb erkannte er die Stiele und Blätter, die er in ihrer unkultivierten Form Jahre zuvor in seinem anderen Leben gesehen hatte.

Bevor Ben seinen Gedanken nachhängen konnte, tauchte inmitten des Hains ein kleines weißes Haus auf, durch das Blätterwerk ringsum vermutlich gut getarnt gegen die Sicht von oben. Der Fahrer bog auf einen holprigen Weg ab und hielt auf einer kreisförmigen Zufahrt vor einer Veranda, auf der Korbmöbel standen. Ben stieg gerade aus, als die Haustür geöffnet wurde und ein schmächtiger Mann aus dem Schatten trat.

»Ich bin Ari Coen, Inspector Kamal.«

Sie schüttelten sich die Hände. Coens Griff war schlaff, wie desinteressiert. Der Israeli war nicht nur schmächtig, er war krankhaft mager; sein Haar war zu einem dicken Pferdeschwanz gebunden, der ihm nicht stand. Er wirkte lustlos, beinahe verdrießlich – alles andere als lebhaft. Ein Mann, der sorgfältig seinen eigenen Sarg gezimmert hatte, um sich dann darin gefangen zu sehen, sodass seine blasse Haut von der heißen Sonne unberührt blieb.

»Gehen wir hinein.«

Das Haus war luxuriös eingerichtet. Spanische Fliesen verschönten den Boden. Die Decken und Wände waren mit Stuck verziert. Große Fenster blickten in alle Richtungen über den Olivenhain hinaus und ließen Licht ein, das Coen anscheinend blendete, denn er blinzelte. Gerahmte Bilder, die eine Frau und vier Kinder in verschiedenem Alter zeigten, standen auf einem geschlossenen Piano und einem Schreibtisch mit weiß lackierter Platte. Der Duft von Orangen erfüllte die Luft.

»Ich nehme an, Sie haben etwas für mich.«

Ben reichte ihm das Kuvert, das al-Asi ihm gegeben hatte, und Coen riss es begierig auf einem Rattan-Wandtischchen auf. Der Umschlag enthielt Dutzende Fotos; alle zeigten dieselbe Frau und die Kinder, deren Bilder gerahmt im ganzen Zimmer standen.

»Meine Frau und meine Kinder«, sagte Ari Coen und ordnete die Bilder ordentlich vor sich. »Ich habe sie seit meinem Umzug nicht mehr gesehen. Sie halten mich für tot, wie jeder sonst in Israel, einschließlich der Behörden, die mich andernfalls suchen würden. Ich hatte die Wahl, entweder das Land zu verlassen oder in den Knast zu wandern.« Coen breitete weiter die Fotos aus. »Wer weiß, vielleicht habe ich mich falsch entschieden. Dies ist die einzige Möglichkeit, wie ich meine Familie sehen kann – dank Colonel al-Asis' Beziehungen in Israel.« Beinahe zärtlich berührte er ein paar der Fotos und trat dann vom Tisch zurück. »Wenn es Ihnen nichts ausmacht, möchte ich die Sache rasch erledigen. Colonel al-Asi sagte mir, Sie haben eine Disc, die Sie nicht lesen können.«

»Ich nehme an, er weiß, was Sie hier draußen tun.«

»Wie meinen Sie das, Inspector?«

»Sie haben den Shit in Israel angebaut, bis die Behörden dahinterkamen, nicht wahr?«

»Eigentlich habe ich ihn nur verteilt. Ich bin erst in die Produktion eingestiegen, seit ich hier bin.« Coen schloss die Tür hinter sich. »Die Palästinenser haben mich in Frieden gelassen, solange ich den Colonel von Zeit zu Zeit bei gewissen Dingen unterstützte, die den israelischen Nachrichtendienst betrafen.«

»Sonst noch etwas?«

»Es ist mir verboten, meine Ware in der West-Bank oder im Gazastreifen zu verkaufen oder zu vertreiben. Das war die Bedingung des Colonels.«

Coen führte Ben durch eine kleine Vorhalle, die vom Sonnenschein erhellt war, das durch ein großes Oberlicht fiel. Sie gelangten zu einer Tür hinten im Haus, die Coen aufschloss, indem er eine Kombination in eine Box eintippte, die an der Wand befestigt war. Die Tür schnappte auf und gab den Blick auf ein Sortiment von Computern, Druckern und Faxgeräten frei. Zwei der Monitore blinkten, um Coen darauf hinzuweisen, dass E-Mails eingegangen waren. Bei einem der Faxgeräte stapelten sich Seiten im Ablegekasten. Dies war zweifellos das Nervenzentrum seines Unternehmens, bei dem Bestellungen und Berichte von wer weiß wo eintrafen.

Coen drückte auf einen Knopf an der Wand, und Rollos, die Ben zuvor nicht bemerkt hatte, senkten sich weit genug, um jeden direkten Lichteinfall zu vermeiden. Der Israeli ging zu einem der Computer, der abgesondert in der Ecke stand und dessen Monitor dunkel war, bis Coen einen Schalter an der Rückseite betätigte und sich setzte.

»Geben Sie mir Ihre Disc«, sagte Coen und streckte Ben die Hand entgegen.

Ben gab ihm die Mini-CD, und Coen musterte sie kurz, sichtlich beeindruckt. »Qualitätsarbeit. Neueste Technik. Na, dann wollen wir mal sehen, was wir hier haben ...«

Coen schob die Disc in einen Schlitz und runzelte die Stirn, als er beobachtete, wie der Bildschirm zum Leben erwachte. »Wir haben ein Problem.«

»Welches?«

»Der Inhalt ist verschlüsselt.«

»Wie groß ist das Problem?«

Coen strich sich eine Haarsträhne aus der Stirn. »Unlösbar – hätte nicht Colonel al-Asi um diesen Gefallen gebeten.«

»Wie meinen Sie das?«

»Ich möchte weiterhin Fotos bekommen«, sagte Coen mit Bitterkeit, und Ben erkannte, wie eng der Sarg, den Coen für sich selbst gefertigt hatte, wirklich war. »Die Disc ist israelisch?«

»Ich nehme es an.«

»Dann ist es kein sehr großes Problem. Ich kenne die Sequenz, die sie bei ihrer Kodierung benutzen. Ich werde einen Tag brauchen, höchstens zwei.«

»Können Sie mir eine Kopie machen?«

Coen blinzelte misstrauisch. »Sie wird ebenfalls verschlüsselt sein.«

»Das ist in Ordnung.«

»Ich werde Sie anrufen, wenn ich etwas habe, Inspector.«

»Ich gehe nirgendwohin.«

»Ich auch nicht«, sagte Ari Coen.

27.

Als Danielle vom Israelischen Museum zu ihrem Büro zurückkehrte, kündigte ihr Computerbildschirm eine E-Mail von Isser Raskin im forensischen Labor an. Er bat sie, sofort Kontakt mit ihr aufzunehmen. Sie griff zum Telefon und wählte seinen Anschluss.

»Ja?«, meldete er sich.

»Ich bin's. Ihre Lieblingsermittlerin.«

»Nicht mehr«, sagte Isser ernst, ohne die Heiterkeit in ihrer Stimme zu erwidern.

»Was habe ich denn jetzt schon wieder angestellt?«

»Ich mag es nicht, verarscht zu werden.«

»Ich verstehe nicht …«

»Dieser Stein, den Sie mir gegeben haben, den mit der Aufschrift ›651‹ – war das eine Art Test?«

»Was ist denn mit dem Stein?«

»Sie sagten, er sei Teil einer Ermittlung.«

»Das war er, *ist* er.«

»Und wo wird die Ermittlung vorgenommen?«

Danielle sah keinen Grund, es ihm zu verschweigen. »In der Judäischen Wüste.«

»Dann müssen die Judäer die Kontinente gewechselt haben.«

»Wie bitte?«

»Der Stein, den Sie mir hier gelassen haben, war keine Mordwaffe. Er stammt nicht einmal aus Israel, wenn meine Analyse der Natrium-, Magnesium- und Schwefelanteile stimmt, und Sie wissen, dass meine Analysen stets richtig sind.«

»Woher stammt er dann?«

»Aus den Vereinigten Staaten«, sagte Isser. »Genauer gesagt, aus dem Panhandle von Texas.«

»Sie wollen mir sagen, dass dieses amerikanische Archäologenteam Dinge in die Wüste *mitbrachte*, statt sie auszugraben?«, sagte Danielle wenige Minuten nach ihrem Telefonat zu Isser Raskin.

»Genau das hat meine erste Analyse Ihres Steins möglicherweise ergeben, Pakad.«

»Möglicherweise? Vorhin klangen Sie überzeugter.«

Isser hielt den Stein, den Danielle vom Tatort mitgenommen hatte, auf der Handfläche. »Es gibt gewisse Merkmale, die in der Tat mit dem übereinstimmen, was Sie in der Judäischen Wüste zu finden erwarten würden. Aber die innere Struktur, Spurenelemente und allgemeine Zusammensetzung lassen zweifelsfrei auf eine völlig andere Herkunft schließen.«

»Kommt nur Texas infrage?«

Isser warf einen Blick zum Monitor seines Computers. »Auch Teile von Kalifornien, aber die Übereinstimmung mit Texas ist größer. Es gibt ebenfalls Anzeichen darauf, dass es ein Stein der Sub-Tundra ist – und das heißt, dass er unterirdisch entnommen wurde«, sagte Isser und schaute sie durch die Brille mit den dicken Gläsern an.

»Und diese Nummer, sechs-fünf-eins?«

Isser zuckte mit den Schultern. »In diesem Punkt ist Ihre Vermutung so gut wie meine. Das könnte sich auf die Reihenfolge beziehen, in der die Steine gefunden oder verpackt wurden oder …«

»Oder was?«

»Nein, Pakad, es hätte keinen Sinn zu spekulieren, jedenfalls nicht, bevor ich ein paar weitere Tests vornehmen kann.« Das Gesicht des Technikers wurde nachdenklich. »Ist das ein Problem?«

»Warum sollte es ein Problem sein?«

»Weil ich den Eindruck hatte, dass der Fall der Ermordung der amerikanischen Archäologen unserer Zuständigkeit entzogen wurde. Dass die Ermittlung jetzt vom Shin Bet vorgenommen wird.«

»Nicht ganz.«

Isser hielt den Stein weiterhin auf der Handfläche. »Kann ich aus Ihrer Antwort schließen, dass Sie die Beweiskette verfolgen?«

»Nur wenn es eine gibt, Isser. Sie konnten kein Blut oder Fasern an dem Stein finden – das haben Sie selbst gesagt. Also ist er zweifellos keine Mordwaffe und hat vielleicht überhaupt nichts mit dem Verbrechen zu tun.«

Isser wirkte von Danielles Worten ganz und gar nicht überzeugt. »Ich habe schon mit Ihnen zusammengearbeitet, Pakad. Sie sehen Dinge, die keiner sonst sieht.«

Sie spielte mit dem Gedanken, Isser den Stein aus der Hand zu reißen, bevor dies noch weiter ging. »Was wollen Sie eigentlich?«

Isser legte den Stein auf seinen überhäuften Schreibtisch. »Wie ich schon sagte, weitere detaillierte Untersuchungen an unserem Freund hier.«

»Ohne offizielle Befugnis?«

»Inoffiziell. Irrtümlich abgelegt bei den Akten eines anderen Falles.«

»Ist das ein Gefallen?«

»Wenn Sie irgendwas herausfinden, möchte ich beteiligt sein«, sagte Isser.

Danielle schaute sich in seinem vollgestopften Kabuff um und versuchte sich zu erinnern, wie viele Jahre sie mit ihm zusammengearbeitet hatte. »Okay, ich glaube, ich verstehe.«

»Es kann nicht schaden, zu fragen, nicht wahr? Und wenn etwas schief geht, erwarte ich, dass Sie sich um mich kümmern, als Entschädigung für meine Dienste.«

Danielle wich etwas zurück, verstärkte noch die Spannung, die zwischen ihnen entstanden war. »Wissen Sie, Isser, es könnte sein, dass ich befördert werde.«

»Das habe ich gehört. Wie könnte man Ihnen die Beförderung auch versagen? Sie sind die bekannteste Mitarbeiterin in der Abteilung und haben einen erstklassigen Werdegang. Ich würde sagen, die Beförderung war vorprogrammiert, Pakad.«

»Und was ist die nächste Position auf Ihrer Skala?«

»Schichtleiter. Vielleicht Ermittler im Außendienst.«

»Ich glaube, Sie wären für beides hervorragend geeignet.« Danielle ging zu Tür der Kabine und ließ den Stein bei Isser Raskin. »Besuchen Sie mich in meinem neuen Büro, wenn Sie mal Zeit haben.«

Isser lächelte leicht. »Ich bin überzeugt, wir werden uns lange vor Ihrem Umzug wieder sehen, Pakad.«

28.

Zurück in Jericho, traf Ben Father Mike auf einer Leiter beim Anstreichen der Decke des Säulengangs vor seiner Kirche an.

»Father?«

Der Priester blickte hinunter; seine Augen weiteten sich vor Überraschung. Ben sah die Flecken weißer Farbe auf seiner Stirn. Father Mike kletterte die Leiter so schnell hinab, dass er auf einer der letzten Sprossen stolperte und beinahe gestürzt wäre.

»Ich wusste nicht, ob ich dich wiedersehe, mein Sohn«, sagte der Priester.

»Es tut mir leid, Father.«

Father Mike ergriff ihn an den Schultern und hielt ihn auf Armlänge von sich. Ein Auge des Priesters war geschwollen, und auf einer Wange war ein blauer Fleck.

»Du siehst nicht viel besser aus als ich. Aber Gott sei Dank bist du wohlauf. Dem Himmel sei Dank, dass man dich freigelassen hat.«

»Ich hätte Sie nie in diese Sache verwickeln sollen.«

»Diese Israelis waren eigentlich ziemlich höflich. Schlugen mich nur zweimal. Ich nehme an, ich hätte mich nicht für deinen Charakter verbürgen sollen. Sie suchten eine Art Disc in meinen Garten. Sie waren ziemlich überzeugt, dass ich sie an mich genommen hatte.« Father Mike ließ Ben los und betrachtete ihn immer noch wohlwollend. »Wie hast du es geschafft, nach so kurzer Gefangenschaft freizukommen?«

»Haben Sie jemals von Rabbi Mordecai Lev gehört?«, fragte Ben.

»Natürlich. Er ist das Oberhaupt irgendwelcher Verrückter, die sich Säulen des Landes nennen. Sie leben außerhalb von Hebron und warten auf den wahren Messias.«

»Lev hat für meine Freilassung gesorgt.«

Father Mike musterte Ben besorgt. »Du solltest vorsichtiger sein, mit wem du Umgang pflegst.«

»Ich hatte keine große Wahl.«

»Er muss etwas von dir gewollt haben.«

»Anscheinend will jeder etwas von mir.«

»Sei vorsichtig bei diesem Mann, mein Sohn«, warnte Father Mike angespannt. »Seine Sicht der Dinge ist extrem und eigentümlich.«

»Er ist blind, Father«, sagte Ben. »Soviel zur Sicht der Dinge.«

Father Mike lächelte nicht einmal. »Noch schlimmer. Die Amudei Ha'aretz verfolgen eine Sache – und nur eine. Nichts und niemand sonst zählt. Für sie kann der Rest der Welt zur Hölle gehen.«

»Während sie auf das zweite Kommen des Messias warten.«

»Eigentlich bezeichnen sie es als das erste. Ihre ganze Existenz wurzelt in dem Glauben, dass sie auf den einen wahren Messias warten, wie unser Glaube auf dem Gedanken an ein neues und ewiges Lebens durch Christus' Auferstehung beruht.«

»Ich habe nicht gesagt, dass ich Lev geglaubt habe«, bemerkte Ben.

»Dann musst du sogar noch vorsichtiger sein. Wenn der Messias kommt, werden nur die Gläubigen verschont. Ungläubige werden von Feuer und Schwefel der Hölle verschlungen und ...«

»Die biblische Apokalypse.«

»Laut Amudei Ha'aretz, ja. Sie mögen andere Israelis so wenig wie uns Palästinenser.«

»Christen oder Palästinenser?«

»Beide. Such dir was aus.«

Father Mike wischte sich mit einem Taschentuch Farbe vom Gesicht. Seine Fingernägel und die Farbflecken auf seinen Händen waren braun von Terpentin. »Was hat Lev von dir gewollt, Ben?«

»Er meint, die ermordeten Archäologen hätten vielleicht eine verlorene Schriftrolle gefunden, auf der Einzelheiten über das Erscheinen des Messias stehen.«

»Damit die Amudei Ha'aretz dort sein und auf Sein Kommen warten können.«

»Ich nehme an, das ist ihr Plan.« Ben zögerte. »Ist das möglich?«

»Verlorene Schriftrollen? Das ist eine Möglichkeit, die bereits durch die Existenz der Schriftrollen vom Toten Meer bewiesen worden ist, die eigentlich ziemlich ausführlich über das Kommen des Messias berichten. Aber was eine weitere Schriftrolle betrifft, die Einzelheiten voraussagt ...« Father Mike schüttelte den Kopf. »Nein, das bezweifle ich.«

»Ich verstehe.«

»Halte dich von diesen Leuten fern, Ben.«

»Das habe ich getan.«

»Gut. Nimm dir einen Quast.«

Ben blickte auf die Pinsel, die in einem Topf mit warmem Wasser einweichten, dessen Oberfläche von einem milchigen Film bedeckt war. »Was wäre, wenn ich Lev zugestimmt hätte, Father? Dass Christus nicht der Sohn Gottes ist.«

Father Mike stemmte die Hände in die Hüften. Das drahtige Haar schien an den Seiten seines Kopfes abzustehen. »Nimmst du jetzt einen Pinsel oder nicht?«

»Sie haben meine Frage nicht beantwortet.«

»Warum bist du hergekommen und hilfst mir bei der Arbeit, Ben?«

»Ich genieße unsere Gespräche.«

»Hier in der Kirche?«

»Ja.«

»Die Kirche *ist* Christus. Man kann sie nicht trennen. Du bist hergekommen und verschönerst Sein Haus. Es ist dein Weg, zu versuchen, Ihm nahe zu sein – so nahe du kannst, jedenfalls. Du hast deinen Glauben nicht verloren, Ben; du kannst ihn im Augenblick nur nicht sehen.«

»Ich habe ihn seit sehr langer Zeit nicht sehen können.«

Father Mike musterte ihn genau, und seine Züge entspannten sich. »Du wünschst dir also, dass Lev Recht hat, um die Dinge für dich leichter zu machen. Denn wenn Lev Recht hat, brauchst du keine Anforderungen mehr an dich zu stellen, und ich muss mir einen neuen Assistenten besorgen.«

»Und was ist, wenn Sie beide sich irren, Father? Sie mit Ihrem Messias und Lev mit seinem? Ich sehe Leute, die darauf vertrauen, dass dieser Glaube sie stärker macht, sie gesund macht und ihnen Glück bringt. Aber am Ende des Tages sind sie immer noch schwach, krank und unglücklich.«

»Und am nächsten Tag werden sie es trotzdem wieder versuchen. Der Glaube ist es, der ihnen Kraft gibt und sie aushalten lässt.«

»Nein. Nichts ändert sich. Und der Glaube kann die Dinge sogar verschlimmern.«

»Du fragst dich, welche Art Gott dir deine Familie so genommen haben kann, wie Er es getan hat?«

Bens Lippen zitterten. Er glaubte, einen Kloß in der Kehle zu haben. »Gestern, beim Anblick meines Neffen, kam alles wieder ... ich hatte das Gefühl, es wäre gerade erst passiert.« Er atmete tief durch, aber das brachte ihm keine Erleichterung. »Meine Familie hat gelitten, Father. Schrecklich gelitten. Es ist hart für mich zu glauben, dass es irgendetwas danach gibt. Und die Wahrheit ist, dass ich es nicht glauben will.«

»Das Problem ist, du willst ebenso wenig, dass es sonst jemand glaubt.«

»Weil es eine falsche Sicherheit vorgaukelt. Sei ein guter Christ, und Gott wird auf dich Acht geben … aber das tut er *nicht,* und wenn man noch so ein guter Christ ist. Es ist eine Lüge. Und wenn die Leute das nicht erkennen, wird ihr Leben weiterhin viel schmerzlicher sein, als es sein sollte.«

Father Mike verharrte ganz ruhig und lächelte dann. »Genau wie ich dir gestern gesagt habe, mein Sohn. Dies ist dein Wandeln in der Dunkelheit, Ben, und daraus wird ein großes Licht kommen. Du wirst sehen.«

»Ich bin bereits lange Zeit gewandelt, Father, und es wird immer dunkler.«

29.

Hershel Giott sah todernst aus, als Danielle vorbeischaute, bevor sie Feierabend machte. Danielle dachte zuerst, er sei krank, bis er seinen Blick auf sie richtete. Sie sah, dass seine Augen klar waren.

»Danke für Ihr Kommen, Pakad.«

»Was ist los, Rav Nitzav?«

»Unsere Strategie im Umgang mit Commander Baruch ist ins Auge gegangen. Seine Antwort auf Ihr erneutes Erscheinen am Tatort heute Morgen war ein offizieller schriftlicher Tadel, und er besteht darauf, dass er in Ihre Personalakte aufgenommen wird …«

»Lassen Sie nur. Ich habe eine Antwort für ihn.«

»Sie haben mich nicht aussprechen lassen. Er beschuldigt Sie außerdem der Komplizenschaft beim Diebstahl irgendeiner bespielter Disc durch den Palästinenser Kamal. Haben Sie vergessen, mir davon zu erzählen?«

Danielle spielte kurz mit dem Gedanken, jedes Wissen von der Disc zu leugnen, sagte sich dann aber, dass die Lügen endlich enden mussten, ob durch Verschweigen und sonstwie. »Es war für Sie nicht von Belang.«

»Und die heutige Anwesenheit des Palästinensers am Tatort ist ebenfalls nicht von Belang für mich?«

»Ich wusste nicht, dass er dort sein würde.«

»Laut Commander Baruch arbeiten Sie als Kamals Verbindungsperson.« Giotts müde Augen blickten jetzt streng. »Ich habe Sie gewarnt, dass Sie für den Umgang mit Ihrem palästinensischen Freund einen hohen Preis zahlen müssen. Ich dachte, ich hätte mich klar genug ausgedrückt.«

»Vielleicht hätten Sie mich vor Commander Baruch warnen sollen.«

»Ich dachte, das hätte ich ebenfalls getan.«

Sie starrten sich an, und die Stille wurde für Danielle fast unerträglich. Sie rutschte ein wenig näher zum Schreibtisch ihres Mentors. »Sie sind es, der von Baruch angegriffen wird, nicht wahr?«, fragte sie schließlich, als ihr dies klar wurde.

Giott stützte das Gesicht in die zitternden Hände. »Es sind schwierige Zeiten, Pakad«, sagte er, und seine Stimme klang gedämpft. »Bald sind auch die Letzten, die die Geburt unserer Nation erlebt haben, zu alt, als dass sie noch zu gebrauchen wären. Das würde mich an sich nicht beunruhigen, hätte die Generation, die uns ablöst, etwas aus unseren Lektionen gelernt. Sie wollen alles schwarz und weiß. Sie sehen das Grau nicht.«

»Genau dessen beschuldigt man Sie.«

»Wir waren zu Anfang auch so, wir alle, denn wir mussten so sein. Unser Überleben hing damals davon ab, genauso wie die Beibehaltung unserer Illusionen, während wir gelernt haben, dass Kompromisse uns erlaubten, schließlich zu gedeihen.« Giott nahm die Hände vom Gesicht und blickte auf. »Es ist die Kunst, Kompromisse zu schließen, an der es Baruch mangelt. Er und andere streben danach, vieles von dem auszulöschen, was wir geschaffen haben. Ob er hinter mir her ist, Pakad? Ja, das nehme ich an. Er ist hinter dem her, was ich repräsentiere. Aber um das zu zerstören, muss er auch diejenigen vernichten, die im Gegensatz zu ihm die Lektionen gelernt haben.« Der Blick von Giotts müden Augen bohrte sich in die Danielles. »So wie Sie.«

»Es sei denn, wir vernichten Baruch zuerst«, sagte Danielle mit belegter Stimme.

»Das ist leichter gesagt als getan.«

»Vielleicht kann uns dieser amerikanische Glücksjäger helfen, den Sie in mein Büro geschickt haben.«

»Und wie?«

»Er behauptet zu wissen, warum seine Landsleute in der Judäischen Wüste ermordet wurden. Wenn er Recht hat, und wenn wir dieses Verbrechen für die Nationalpolizei aufklären können, bevor der Shin Bet eine Chance dazu hat, dann …«

»Ein unwahrscheinliches und gefährliches Szenarium, Pakad.«

»Sie haben mich nicht ausreden lassen, Rav Nitzav. Wenn unsere Ermittlung beweist, dass der Shin Bet die ganze Zeit mehr wusste, als er preisgab …«

»Hätten wir etwas gegen Baruch in der Hand. Aber wie kommen Sie dazu, so etwas zu denken?«

»Ein archäologisches Team, das nach fünf Monaten Arbeit praktisch nichts vorweisen kann, zum Beispiel. Zudem die Tatsache, dass Baruch sich sehr genau über dieses Team auf dem Laufenden hielt.«

»Diese Video-Disc, von der der Commander sprach?«

Danielle nickte. »Unser Beweis.«

Giotts Miene verhärtete sich, als er darüber nachdachte. »Wir spielen ein gefährliches Spiel, Pakad.«

»Wir haben nichts zu verlieren, Rav Nitzav.«

Als Danielle wieder in ihrem Büro war, hörte sie den Anrufbeantworter ab, auf dem Isser Raskin eine Nachricht hinterlassen hatte, der forensische Techniker, bei dem Danielle den Stein gelassen hatte.

»*Ich habe das Geheimnis gelüftet, Pakad, und Sie werden es nicht glauben …*«

Seine aufgeregte Stimme wurde leiser, und Danielle presste unwillkürlich den Telefonhörer ans Ohr.

»*Jedenfalls, Pakad, habe ich starke Spuren von Kohlenwasserstoff an Ihrem Stein gefunden, und wenn er wirklich aus der West-Bank stammt …* ich möchte den Test von einem anderen Labor bestätigen lassen. Kommen Sie gleich morgen früh zu mir, und ich werde Sie ins Bild setzen.«

Danielle lauschte der Zeitangabe und schaute auf ihre Armbanduhr; sie hatte Issers Anruf nur um Minuten verpasst. Jetzt würde sie bis morgen warten müssen, um zu erfahren, was er bei ihrem Stein entdeckt hatte.

Sie löschte die Nachricht und legte langsam den Hörer auf.

30.

Es war dunkel, als Ben Father Mike verließ, nachdem er ihm die ganze Zeit beim Anstreichen geholfen hatte. Angesichts der späten Stunde bot der Priester ihm an, ihn nach Hause zu fahren, doch Ben lehnte höflich ab, denn er freute sich auf den Spaziergang und das Alleinsein.

Er hatte mit den Spaziergängen in Detroit angefangen, nachdem seine Familie ermordet worden war. Er war stundenlang durch die Nacht gegangen, wenn er keinen Schlaf gefunden hatte oder seine Träume die Erinnerungen an Frau und Kinder brachten. Unmittelbar nach den Morden war er in ein Hotel gezogen, anschließend in eine kleine möblierte Wohnung, die nach

Lysol und anderer Leute Erinnerungen gerochen hatte. Er hatte überall sein wollen, nur nicht in diesem Apartment. Manchmal war er so weit und so unbekümmert zu Fuß gegangen, dass er sich tatsächlich verirrt hatte. Andere Male war er bis zur Erschöpfung gewandert – und als er nach Hause zurückgekehrt war, hatte er endlich schlafen können.

Seine Familie war im Frühjahr ermordet worden; Ben erinnerte sich daran, wie kühl und klar er die Luft draußen im Gegensatz zu der im Haus empfunden hatte. Aber heute in Jericho, auf dem Spaziergang von Father Mike zu seiner Wohnung, war die Luft trocken und verbraucht; der allgegenwärtigen Staub der Gebäude und des Bodens schien an seiner Haut zu haften, und die einzige Brise, die Ben zu spüren glaubte, gab es nur in seiner Fantasie. Die Luft roch sauer, als wäre sie schlecht geworden, und Ben bedauerte, dass er Father Mikes Angebot, ihn nach Hause zu fahren, nicht angenommen hatte.

Er zwängte sich durch eine Baustelle, die ein klaffendes Loch in der Straße hinterlassen hatte. Arbeiter hatten lange Bretter über das Loch gelegt und für ihre Rückkehr liegen gelassen, wann immer das sein mochte. In Jericho wurden Bauprojekte kleckerweise durchgeführt, nur wenn Geld verfügbar war, sie fortzusetzen.

Ben hatte soeben eine gelb blinkende Warnbake passiert, als er das dumpfe Brummen eines Automotors hinter sich hörte, ein seltenes Geräusch, weil Palästinenser fast nie des Nachts ausfuhren, aus Furcht, von einer zufällig vorüberkommenden israelischen Patrouille angehalten zu werden. Ben vermutete, dass es eine dieser Patrouillen sein musste, und bereitete sich darauf vor, als er sich umwandte.

Eine alte Limousine näherte sich ihm; der einzige funktionierende Scheinwerfer wurde ausgeschaltet. Ben ging weiter, schob die Hand zu seiner Pistole und löste den Sicherheitsriemen am Holster. Er umfasste den Griff der Waffe, als der Wagen beschleunigte und das Motorengeräusch lauter wurde.

Ben setzte seinen Weg fort, ohne sich umzublicken, bis er die Reifen der Limousine hinter sich quietschen hörte. Er fuhr herum und feuerte aus der Bewegung heraus zweimal, als der Wagen auf ihn zujagte. Doch beide Schüsse gingen daneben, und Ben wagte keinen weiteren, sondern rannte los.

Die Limousine holte ihn rasch ein; die Stoßstange berührte ihn schon, als er im letzten Moment in eine von Jerichos engen Gassen abbiegen konnte. Er hörte, wie die Limousine mit quietschenden Reifen bremste. Der eine Scheinwerfer flammte wieder auf und tastete in die dunkle Gasse. Ben rannte, warf auf seinem Weg Mülltonnen um und hörte, wie der Wagen dagegenprallte, als er in die Gasse raste.

Ben erreichte die nächste Quergasse und blickte gerade lange genug nach hinten, um zu sehen, dass die Limousine ihn noch immer verfolgte. Er sprang in eine weitere Gasse, die noch schmaler war als die vorherige. Zu schmal für die Breite eines Wagens, dachte er. Aber das Knirschen von Metall auf Stein sagte ihm, dass der Fahrer nicht aufgab und ihm auch durch diese enge Gasse folgte.

Wieder warf Ben einen Blick zurück und sah, dass der Wagen in einem Funkenregen näher kam, während er hin und her schleuderte. Ben gab noch ein paar Schüsse ab, traf wieder nicht und hetzte weiter, nachdem er kostbaren Vorsprung verloren hatte.

Dieser verdammte Moshe Baruch! dachte er, fest davon überzeugt, dass die Geliebte des Commanders, Captain Shoshanna Tavi, hinter dem Lenkrad des Wagens saß, um den Job zu Ende zu bringen, weil Ben die Video-Disc noch immer nicht zurückgegeben hatte.

Er sah die wacklige Feuerleiter fast zu spät. Vermutlich war sie übrig geblieben, als die Israelis diesen Teil von Jericho besetzt hatten. Ben sprang hinauf. Außer Reichweite!, dachte er, als seine Hände sich um die unterste Sprosse schlossen und er die Füße hochriss, kurz bevor die Limousine ihn überfahren hätte. Sie jagte schlingernd unter ihm hinweg. Ben ließ sich hinter dem Wagen fallen. Schmerz durchraste seinen Rücken, als ein gezacktes Stück Stahl ihn traf, das sich vom untersten Teil der Feuerleiter gelöst hatte und mit ihm auf die Straße gestürzt war.

Ben prallte hart auf, und sein Rücken brannte wie Feuer. Die Limousine hielt mit kreischenden Reifen, während zu beiden Seiten der Karosserie Funken sprühten. Der Fahrer setzte zurück. Ben fiel auf, dass beide Rücklichter des Wagens ausgebrannt waren. Er richtete seine Pistole auf das Heckfenster und feuerte, verschwendete zwei weitere Kugeln, bevor seine nächsten drei Schüsse das Glas zerschmetterten.

Ben sprang auf und hangelte sich auf den Sims eines eingeschossigen Gebäudes. Als die Limousine an ihm vorbeiraste, jetzt außer Kontrolle, trat Ben nach dem Außenspiegel auf der Fahrerseite. Dann sprang er vom Sims; er wagte es nicht, noch weitere Risiken einzugehen. Ben glaubte, eine Gestalt zu sehen, die verzweifelt über den Sitz griff, um das Lenkrad zu packen, als er das Feuer eröffnete. Drei von mindestens fünf Kugeln durchschlugen die Windschutzscheibe. Eine vierte Kugel musste den Kühler getroffen haben, denn eine Wolke weißen Dampfs wallte empor.

Diesmal hat Baruch offensichtlich darauf bestanden, dass es wie ein Unfall aussieht. Zu schade, dass es nicht geklappt hat …

Die Limousine rollte rückwärts. Die beiden verbogenen, aufgerissenen Seiten schrammten gegen die Wände der Gasse, und immer noch stieg Dampf vom Kühler auf. Ben legte rasch einen neuen Ladestreifen ein und trat vorsichtig vor. Er beobachtete, wie der Wagen in einem sonderbaren Winkel und mit stotterndem Motor zum Stehen kam. Plötzlich begann die Hupe zu dröhnen.

Es gab nicht genug Zwischenraum auf beiden Seiten, um an dem Wagen vorbeizukommen, so sprang Ben auf die Haube und richtete seine Waffe auf die bereits zerschossene Windschutzscheibe. Er musste auf das Dach klettern, um in den Wagen spähen zu können. Beim Anblick der zwei reglosen, blutigen Gestalten zog sich sein Magen zusammen.

Shoshanna Tavi war nicht dabei; die Passagiere waren beide männlich. Schwer zu sagen, ob Kugeln oder Glas den Schaden angerichtet hatten, aber keiner der Männer regte sich mehr, und es hatte ganz den Anschein, als würden sie es nie wieder tun.

Ben neigte sich weiter vor, hoffte, irgendeinen Hinweis auf die Identität der Männer zu finden. Er berührte leicht den Fahrer, und dessen Arm fiel vom Lenkrad. Ein zerrissener Hemdsärmel rutschte zur Seite und gab den Blick auf einen Fleck frei, den Ben zuerst für Blut hielt. Im Lichtschein der Lampen auf der angrenzenden Straße erkannte er jedoch, dass es etwas ganz anderes war.

Die Tätowierung eines Kreuzes, das auf dem Kopf stand.

31.

Danielle zwängte ihren Jeep Cherokee zwischen zwei Kleinwagen auf dem Parkplatz ihres Apartments. Der Jeep war angesichts der schmalen Straßen in der alten Stadt und der noch engeren Parkplätze nicht das richtige Fahrzeug für Israel, besonders nicht für Jerusalem. Danielle konnte die Tür auf der Fahrerseite gerade ein Drittel weit öffnen und sich soeben hinauszwängen.

Sie wusste, dass sie sofort etwas essen sollte, wenn sie in ihrer Wohnung im dritten Stock war, doch sie hatte wieder Magenbeschwerden, kurz vor der Übelkeit. Natürlich hätte sie bei einer Schwangerschaft damit rechnen müssen, hätte sogar dankbar dafür sein müssen, obwohl das ihre ständigen Schwäche- und Übelkeitsanfälle nicht erträglicher machte.

Danielle schwitzte, als sie die Treppen hinter sich hatte und sich ihrer Wohnung näherte. Eine Woge der Benommenheit erfasste sie, und sie musste sich an der Wand abstützen.

Irgendetwas scharrte hinter ihrer Wohnungstür. Sie zuckte von der Wand zurück, plötzlich alarmiert, und atmete schnell und stoßweise.

Was hatte sie da gesehen?

Vermutlich nichts. Was *konnte* sie gesehen haben? Das Licht in der Wohnung war schließlich ausgeschaltet, also …

Moment mal! Das war es: Licht von Straßenlampen, das durchs Fenster ihres Wohnzimmers fiel, verursachte einen dünnen hellen Streifen unter der Tür. Und für einen Moment, nur einen winzigen Augenblick, war dieser Lichtstreifen verschwunden.

Als hätte drinnen jemand seine Position verändert und plötzlich und für einen kurzen Moment das Licht verdeckt. Eine zuckende Bewegung – mehr als genug, um Danielle zu alarmieren.

Sie wich zum Treppenabsatz zurück. Ihre Übelkeit war vergessen, von Adrenalin verdrängt. Sie zog sich den ganzen Weg bis in die Halle zurück, achtete darauf, dass die Haustür nicht zuknallte, und ging zu ihrem Jeep. Rasch stieg sie ein und schloss die Tür hinter sich, damit die Innenbeleuchtung erlosch. Dann nahm sie ihr Handy aus der Schultertasche und wählte ihre eigene Nummer.

Es klingelte dreimal; dann schaltete sich der Anrufbeantworter ein.

Danielle wartete, bis die Nachricht zu Ende war, tippte ihren Zugangskode ein und drückte dann die »6«, um das Zimmer abzuhören.

Ein paar Sekunden verstrichen, ohne dass sie etwas hören konnte; dann aber vernahm sie ein Geräusch.

Atmen. Leises, flaches und gedämpftes Atmen. Das Atmen von jemand, der sich ganz still verhielt, während er auf ihre Rückkehr wartete. Mindestens eine Person, doch eine innere Stimme sagte ihr, dass es mehrere waren.

Danielle schob den Schüssel ins Zündschloss und ließ den Motor an. Ohne die Scheinwerfer anzumachen, setzte sie langsam aus der engen Lücke zurück und hielt das Fenster ihres Wohnzimmers im Blick, als sie in die Nacht davonfuhr.

32.

Ben starrte auf das rote Kreuz, das verkehrt herum auf den Unterarm des toten Mannes tätowiert war.

Der Irre auf dem Baladiya Square hat gestern Nachmittag die gleiche Tätowierung beschrieben. Er hat sie das »Mal des Teufels« genannt!

Bens Gedanken jagten sich. Er rollte sich vom Heck der Limousine hinunter auf die Straße. Die rechte Seite seines Rückens schien vor Schmerzen zu explodieren. Er erinnerte sich, dass ihm das untere Ende der Feuerleiter über den Rücken geschrammt war. Als er die Stelle betastete, spürte er klebriges Blut durch sein aufgerissenes Hemd. Selbst das Gehen schmerzte, und Ben wankte aus der Gasse, plötzlich orientierungslos.

»Seine Jünger, die dieses Mal tragen, liegen auf der Lauer, um die Schwachen, die vorübergehen, an sich zu reißen. Sie können sich vor den meisten verstecken, doch nicht vor mir!«

Die Augen des Verrückten waren von Entsetzen erfüllt gewesen, als er diese Worte gesagt hatte, und seine Hand mit dem Schwert hatte gezittert. Was war, wenn der Mann gar nicht verrückt war?

Ben ging benommen weiter und stellte schnell fest, dass er sich in einer ihm völlig unbekannten Gegend aufhielt. Er zitterte jetzt, und der Geruch seines eigenen Blutes stieg ihm in die Nase. Mit jeder Gassenmündung, die er passierte, wurde ihm schwindeliger. Er spürte, dass seine Füße sich bewegten; der Körper folgte sozusagen automatisch, bewegte sich in die Flecken aus Licht, die von den nur sporadisch funktionierenden Straßenlampen geworfen wurden, und wieder hinaus. Er glaubte ein paar Mal, Schritte hinter sich zu hören, doch wenn er sich umdrehte, war niemand zu sehen. Schließlich stellte er fest, dass er irgendwie die Straße gefunden hatte, in der er wohnte. Das kleine Mietshaus stand genau vor ihm.

Ben schleppte sich die Treppe zur Haustür hinauf, schob den Schlüssel ins Schloss und kam langsam wieder zu Atem.

Als er die Haustür aufschob, packte ihn eine Hand an der Schulter.

»Tut mir leid, wenn ich dich erschreckt habe …« Danielle verstummte, als sie ihn genauer sah. »Mein Gott, was ist passiert?«

»Du bist einen Tag zu früh. Es ist erst Dienstag.« Bens Knie gaben nach, während er zu lächeln versuchte. Der Boden schien ihm entgegenzurasen, doch er prallte nicht auf. Dann spürte er, dass er in Danielles Armen lag.

»Ruhig, ganz ruhig«, sagte Danielle. »Ich halte dich.«

»Wir … wollten uns … in deinem Apartment treffen«, stammelte Ben. »Du wolltest … Abendessen kochen.«

»Morgen erst.«

Sie half ihm zu seinem Apartment im zweiten Stock hinauf, wobei sie alle Kraft aufwenden musste, und mühte sich, den Schlüssel ins Schloss der Wohnungstür zu schieben, während sie gleichzeitig Ben auf den Beinen hielt. Ben nahm gar nicht wahr, was geschah, bis er in der Wohnung war und Danielle ihn zur Couch führte. Sie ließ ihn behutsam darauf sinken. Ben spürte einen stechenden Schmerz seinen Rücken hinaufschießen, zugleich schien ein Blitz vor seinen Augen zu explodieren.

Als er zu sich kam, war Danielle immer noch da – oder zurückgekommen, was wahrscheinlicher war. Sie hielt jetzt etwas in der Hand, das wie ein Erste-Hilfe-Kasten aussah.

»Lieg ruhig«, sagte sie und öffnete den Kasten auf einem Tisch, den sie an die Couch herangezogen hatte.

»Was tust du da?«

»Du hast eine hässliche Wunde am Rücken. Muss genäht werden.«

Ben blickte auf ihren Erste-Hilfe-Kasten. »Wenn ich daran denke, wie wir in letzter Zeit miteinander ausgekommen sind, sollte ich wohl besorgt sein.«

»Die Alternative ist langes Warten in der Notaufnahme.«

Dann sah er die Spritze in ihrer Hand.

»Entspann dich, Inspector. Alle Soldaten im Sayaret erhalten eine ärztliche Ausbildung. Wir können es mit den besten Notärzten aufnehmen.«

Ben zuckte zusammen, als der Alkohol auf seiner Haut brannte. Die Betäubung setzte fast sofort ein, nachdem Danielle das Novocain gespritzt hatte.

»Du wirst nicht mal eine Narbe zurückbehalten«, versprach sie. »Ich kann das wirklich gut.«

»'ne Menge Praxis?«

»An Leichen.«

»Ich bin aber noch einigermaßen lebendig.«

»Lieg ruhig … Da haben wir's. Kannst du das spüren?«

»Was?«

»Ich hab dich soeben gekniffen.«

»Hat das weh getan?«

»Das Novocain beginnt zu wirken. Sieh nicht hin, wenn du empfindlich bist …«

Ben beobachtete, wie sie eine Nadel und eine Spule mit Garn aus ihrem Arztkasten nahm. Dann wandte er den Kopf ab.

»Du solltest nachts wirklich vorsichtiger sein, Inspector«, sagte Danielle und fädelte das Garn ein.

Er spürte einen leichten Stich, als sie die Nadel in seine Haut schob und die Ränder der Wunde zusammenzog. »Ich war vorsichtig. Hat aber nichts genutzt.«

»Wer war es?«

»Zwei Mann, und der Angriff war kein Zufall.« Danielle hielt in der Arbeit inne, und Ben wandte ihr den Kopf zu und blickte sie an. »Sie haben mich mit einem Wagen verfolgt.«

»Wieder Baruchs Leute?«

Ben rief sich die Tätowierung des umgekehrten Kreuzes auf dem Arm des toten Mannes in Erinnerung und schüttelte den Kopf. »Ich hatte nicht das Vergnügen, Captain Shoshanna Tavi tot hinter dem Lenkrad zu sehen.«

»Du hast beide getötet?«

Ben nickte.

»Solltest du nicht jemanden anrufen?«

»Beende zuerst die Operation.« Ben wandte wieder den Blick ab und stellte sich vor, wie der dünne Faden durch seine Haut gezogen wurde. »Zwei Wochen bist du nicht gekommen, und jetzt tauchst du einen Tag zu früh auf.«

»Es war jemand in meiner Wohnung«, sagte Danielle. »Ich habe bei dir angerufen, und als sich niemand meldete, fuhr ich so schnell her, wie ich konnte.«

»Es wäre schön, wenn wir so gut miteinander auskommen könnten, wenn unser Leben mal nicht bedroht ist.«

»Das hab ich auch gedacht.«

Ben zuckte zusammen. »Wie lange dauert es noch?«

»Fast fertig«, erwiderte Danielle und nahm eine kleine Schere aus dem Kasten. »Wenn nicht Baruchs Leute hinter alledem stecken, wer dann?«

Bens Gedanken schweiften wieder zu dem Mal des roten Kreuzes auf dem Unterarm des toten Mannes. Wie konnte er Danielle die Verbindung mit dem Geschwafel des Irren erklären?

»Ich weiß es nicht. Jemand anders, der die Disc haben will. Oder diesen Stein, den ich dir gegeben habe. Hast du schon etwas darüber erfahren?«

»Nichts, das Sinn ergibt.« Danielle schnitt den Faden der Naht ab und legte einen festen Verband an. »So. Ich glaube, du wirst es überleben.«

Ben zog vorsichtig sein Hemd herunter. »Wie steht es mit der Verordnung einer Medizin?«

»Ich bin schon beschwipst.«

»Ich nicht. Da ist Wein in der Küche.« Er wollte aufstehen.

Danielle drückte ihn zurück. »Nicht so schnell. Lass mich den Wein holen.«

»In diesem Fall«, sagte Ben, »bring zwei Gläser mit.«

33.

Ben rief das palästinensische Polizeipräsidium an, um zu berichten, was geschehen war, während Danielle den Wein holte. Captain Wallid und alle anderen hohen Beamten waren unterwegs, sodass Ben warten musste, während sich der Mann in der Telefonzentrale bemühte, den diensthabenden Schichtleiter aufzuspüren. Es klickte; dann war der Amtston zu hören. Er war getrennt worden.

Ben legte den Hörer auf und ließ den Blick über seine Möbel schweifen, die im Vergleich zu denen in Danielles Apartment sehr dürftig waren. Die meisten seiner Besitztümer hatte er gekauft, bevor israelische Steuern viele Dinge unerschwinglich verteuert hatten und ein blühender Schwarzmarkt entstanden war. Sollte es jemals Frieden geben, würde der freie Handel kommen, ein Segen sowohl für israelische Händler als auch für palästinensische Konsumenten. Für Ben war es eine Ironie, dass die militantesten Kräfte gegen den Frieden die radikalen Hamas und die Schwarzmarkthändler waren. Des öfteren hatte er sich gefragt, ob es in Wahrheit ein und dieselben Leute oder zumindest Komplizen bei einer üblen Verschwörung sein könnten.

Danielle kehrte mit der Flasche Wein zurück, die sie von einem kleinen Regal in der Küche geholt hatte.

»Wie wär's mit dem hier?«

»Mein bester. Eine bescheidene Marke von einem israelischen Weingut, die mir Colonel al-Asi zu meinem vierzigsten Geburtstag geschenkt hat.«

Danielle stellte zwei Gläser auf den Tisch neben ihren immer noch offenen Arztkasten. »Du wirst alt«, sagte sie und entkorkte die Flasche.

»Nicht so alt, wie ich mich im Augenblick fühle«, erwiderte Ben, als sie einschenkte. »Worauf sollten wir trinken?«

Danielle füllte ihr Glas nur zu einem Viertel. »Darauf, dass du mehr weißt, als du sagst.«

»Worüber?«

»Über diejenigen, die dich angegriffen haben. Und über die, die in meiner Wohnung warteten.«

»Ich weiß nichts darüber. Jedenfalls nicht mit Sicherheit.«

»Und wenn es dieselben Leuten waren, die die Amerikaner in der Wüste ermordet haben? Und deinen Neffen?«

»Dann würde ich sagen, wir sind quitt.«

»Was?«

»Du meinst, dass ich dir etwas verschweige. Ich aber *weiß,* dass du mir etwas verschweigst.« Er neigte sich vor, wollte Danielles Hand ergreifen, hielt aber im letzten Moment inne. »Du brauchst nur noch bis morgen zu warten.«

Danielle blickte auf das Glas, das sie nicht angerührt hatte. »Wein macht mich traurig.«

»Wechsle nicht das Thema.«

Sie wirkte abwesend, als lausche sie Stimmen, die Ben nicht hören konnte. »Der Geschmack erinnert mich an Ferien. An das, was ich nicht mehr habe. Ich schmecke den Wein, und für einen Augenblick kann ich das Essen riechen, das meine Mutter gekocht hat, und ich kann den ordentlich gedeckten Tisch sehen, und meine Brüder und meinen Vater, die auf ihren Stühlen sitzen und diskutieren. Ich möchte das wiederhaben, mehr als alles sonst auf der Welt. Aber das geht nicht. Es ist unmöglich. Das muss ich einsehen.«

»Für dich ist es der Geschmack des Weines, Pakad. Für mich ist es der Geruch von Blut. Er bringt mir den Augenblick zurück, als ich in jener Nacht vor sechs Jahren mein Haus betreten habe. Ich roch das Blut unten im Eingangsflur und wusste Bescheid. Ich habe mir einzureden versucht, dass ich noch rechtzeitig komme, als ich die Treppe hinaufstürmte, aber ich wusste es. Ich wusste ...« Bens Stimme brach; dann fuhr er ruhiger fort: »Als ich gestern die Leiche meines Neffen sah, kam die Erinnerung. Und weißt du, was das Schlimmste ist? Dass ich ihn nicht erkannt habe. Er war in vieler Hinsicht ein Fremder für mich. Und als ich mich schließlich an ihn erinnerte, fiel mir ein, wie ich mit meinen Kindern gespielt habe, und all die Erinnerungen überschwemmten mich.«

»Ich verstehe.«

Ben starrte ins Leere. »Dann solltest du auch verstehen, dass ich froh bin, die Männer heute Nacht getötet zu haben, falls sie es waren, die meinen Neffen ermordet haben. Und wenn weitere von diesen Leuten in deiner Wohnung waren, werde ich sie ebenfalls töten.«

»Meinst du, ich kann nicht selbst für mich sorgen?«

»Im Gegenteil. Ich habe gehört, dass es eine bedeutende Beförderung für dich gibt.«

»Hat dir dein Freund Colonel al-Asi das erzählt?«

Ben beschloss, ihr nicht zu sagen, dass er die Nachricht von Mordecai Lev erfahren hatte, in Form einer Drohung. »Ja«, log er.

»Der Commissioner hat sich entschieden, mich für die Beförderung in eine der Spitzenstellungen der Nationalpolizei zu empfehlen.«

»Dann haben wir etwas gefunden, auf das wir trinken sollten«, sagte Ben und hob wieder sein Weinglas.

Danielle ließ ihr Glas auf dem Tisch stehen. »Noch nicht. Commander Baruch und andere sind entschlossen, die Beförderung zu vereiteln. Sie wollen mich bestrafen.«

Ben wich unwillkürlich ein wenig zurück. »Weil du eine Beziehung mit einem Palästinenser hast?«

»Und sie können zur Hölle fahren.«

Das erste Mal seit langer Zeit lächelten sie einander an. Ben konnte nicht den Blick von ihr nehmen. Rasch trank er sein Glas halb leer. Das Herz hämmerte in seiner Brust, und sein Atem ging schneller. Er wusste, was als nächstes geschehen würde, und irgendwie machte diese Zwangsläufigkeit alles noch erregender. Aller Schmerz war verflogen, als sie zueinander fanden. In diesem Moment hielt Ben alles in den Armen, was er brauchte, und beide versanken in einem langen, leidenschaftlichen Kuss, bevor sie auf den Berberläufer sanken, der den Boden in Bens Wohnung bedeckte.

Heute Nacht schienen sie einander mehr denn je zu brauchen, und sie ließen sich weit forttragen von diesem Raum und der Zeit, sodass die Farben, die Gerüche, die körperlichen Empfindungen, ja die Beschaffenheit der Realität sich zu verändern schienen. Ben hatte das Gefühl, in einer anderen Welt zu sein, und er klammerte sich an Danielle, um an diesem Ort zu bleiben, den er niemals verlassen wollte. Ein Fensterladen klapperte, und draußen erklang Hupen. Doch immer noch vereinigt, hörten sie nichts davon, waren isoliert von allem außer von sich beiden und dem Frieden, den sie gemeinsam empfanden. Ben fühlte sich leicht, schwebend. Es widerstrebte ihm, auf die Erde zurückzukehren, und er schloss die Augen, sodass er nicht wissen würde, wann er wieder den Boden berührte.

Als er schließlich die Augen aufschlug, löste Danielle sich von ihm, drehte sich zur Seite und schaute zur Decke. Er griff nach ihr und spürte, wie sie sich unter der Berührung versteifte.

»Bereust du, was wir getan haben?«, fragte sie, ohne ihn anzuschauen.

Er streichelte sie zärtlich. »Ja, denn ich habe mir fast die Fäden gezogen.«

Danielle drehte den Kopf, um ihn zu betrachten. »Du weißt, was ich meine.«

»Du bist das Einzige in meinem Leben, das mir etwas bedeutet.« Ben zog die Hand fort. »Was ist mit dir? Das hast du niemals zu fragen brauchen. Meine Entschuldigung ist, dass ich zu viel Wein getrunken habe.« Er blickte zu dem Glas, das sie nicht angerührt hatte. »Und was ist deine, Pakad?«

»Ich bin schwanger.«

Sie hatte gehofft, es würde eine Erleichterung sein, wenn sie es Ben sagte. Stattdessen schien die Bürde noch schwerer auf ihr zu lasten. Sie sehnte sich danach, die Worte rückgängig machen zu können, ihr Geheimnis bewahren zu können, damit es ihr erspart blieb, ihm zu sagen, was sie sonst noch beschäftigte.

Danielle musterte Bens Gesicht im Halbdunkel des Zimmers. Der Ausdruck seiner Augen war wie der eines Kindes, verwirrt und hoffnungsvoll zugleich. Sie waren in den vergangenen paar Monaten einen sehr schönen Weg gegangen und hatten schließlich dem Verlangen nachgegeben, das sie beide, die sie aus verschiedenen Kulturen stammten, lange hatten unterdrücken können. Doch sie hatten erkannt und sich eingestanden, dass sie nur miteinander glücklich sein konnten. Sie waren nicht immer zusammen, höchstens eine Nacht pro Woche, und fast immer in Bens Wohnung, seit die Kontrollstellen nach Israel für ihn zunehmend schwieriger zu überwinden waren.

Bis vor zwei Wochen, als Danielle erkannt hatte, dass sie schwanger war.

Sie schliefen zusammen in Bens Bett, liebten sich in dieser Nacht aber nicht noch einmal. Sie erwachten nebeneinander, und die warmen Strahlen der Sonne hüllten sie ein. Danielle wusste, dass sie ihm sagen musste, zu welcher Entscheidung sie gelangt war. Es war nicht fair, das Gespräch aufzuschieben, besonders nicht nach der vergangenen Nacht.

»Ben …«, begann sie.

In diesem Augenblick klingelte das Telefon auf seinem Nachttisch.

»Was?«

Er ließ es ein paar Mal klingeln und sah, wie sie schwer schluckte, bevor er den Hörer abhob und sich meldete. »Hallo.«

»Kamal?«

»Ja.«

»Hier Ari Coen. Ich habe mir Ihre Disc angeschaut. Wann können Sie hier sein?«

DRITTER TEIL

34.

»Wir können unterwegs miteinander reden«, sagte Ben, als sie die Treppe des Mietshauses hinunterstiegen.

»Das kann warten«, beteuerte Danielle.

»Ich meinte über das, was wir gestern erfahren haben, nachdem wir den Tatort in der Wüste verließen. Was dachtest du denn, was ich gemeint habe?«

»Nichts. Fahren wir.«

Ben spürte, dass etwas nicht in Ordnung war, das wusste Danielle. Aber er konnte nicht wissen, was es war – noch nicht: Sie liebte diesen Mann, aber ein glückliches gemeinsames Leben konnte es für sie beide nicht geben, um ihrer beider Willen nicht. Keine Israeli hatte jemals einen Palästinenser geheiratet und ein hohes Amt behalten, wie Danielle es nun erstrebte. Die meisten Israelis, die es wagten, solch ein kulturelles Tabu zu brechen, waren als Ausgestoßene im eigenen Land geendet. Als Paria. Von keiner Seite akzeptiert. Wenn sie ihre Beziehung zu Ben vertiefte, würde Danielle keine Barnea mehr sein, weder in ihren eigenen Augen noch in denen Israels. In einer Zeit wie dieser konnte man nicht beides haben. Der zerbrechliche Zaun, auf dessen Rand sie balanciert hatte, warf sie nun ab – zur einen Seite oder zur anderen.

Was würde ihr Vater von dieser Schande halten, besonders jetzt, da das Baby Danielle die Möglichkeit gab, den Namen Barnea zu bewahren? Sofern sie es allein großzog.

Aber da war mehr, etwas, das sie tief in ihrem Innern spürte und nur sich selbst eingestehen konnte. Danielle hatte es zum ersten Mal gespürt, als sie und Ben Sex gehabt hatten, und dann später, als sie in der Nacht wach neben ihm lag. Plötzlich schien ihr Verlangen nach ihm erschöpft, als hätte all ihr Gefühl sich nach innen gerichtet, auf ihr Baby. Was Ben ihr geschenkt hatte, die Sicherheit, die sie nirgendwo sonst finden konnte, würde von dem Kind abgelöst werden – wurde bereits von ihm ersetzt.

Es war unfair; das wusste sie, auch wenn ihr klar war, dass sie nicht ändern konnte, was sie empfand.

»Gestern ist ein Amerikaner in meinem Büro erschienen«, sagte Danielle, als sie mit Bens Wagen losgefahren waren.

»Ein Amerikaner, der Beziehungen zu den toten Archäologen hatte?«, fragte Ben.

»Nicht direkt. Er ist eine Art berühmter Glücksjäger.«

Ben brachte ein Lächeln zustande. »Was tut er dann in Palästina?«

»Er sucht nach dem Gold, das von den Israeliten in der Wüste zurückgelassen wurde, wie die Legende besagt.«

Ben nahm den Fuß vom Gaspedal. Der Fahrer des Wagens hinter ihm drückte auf die Hupe.

»Er meint, die ermordeten Amerikaner hätten herausgefunden, wo das Gold ist«, fuhr Danielle fort. »Oder sie hätten zumindest Hinweise entdeckt, um es zu finden.«

»In dieser Höhle ...«

»Ja.«

»Glaubst du ihm?«

»Ich glaube, dass er etwas verschweigt.«

»Genau wie du«, sagte Ben.

Danielle erkannte, dass sie die Sache nicht bis morgen Nacht aufschieben konnte. »Wir müssen über das Baby reden.«

»Nur zu.«

»Ich finde, es wäre das Beste, wenn … ich meine, wir sollten darüber nachdenken, dass ich es allein aufziehe.«

Danielle erkannte an Bens Gesichtsausdruck, dass er gekränkt war. »Oh«, murmelte er.

»Ich habe viel darüber nachgedacht.«

»Verstehe.«

»Und habe versucht, realistisch zu sein.«

»Ich halte das nicht für realistisch«, erwiderte Ben, und seine Stimme klang gepresst.

»Ich sage nicht, dass du kein Teil im Leben des Kindes sein wirst«, sagte Danielle und versuchte, den Schlag zu mildern, den sie ihm versetzt hatte.

»Nicht?«

»Es ist am sinnvollsten, wenn man alles bedenkt.«

»Das bezweifle ich. *Ich* weiß, wie es ist, ohne Vater aufzuwachsen.«

»Sollte das Kind aufwachsen und wie du sein? Ein Ausgestoßener bei seinem eigenen Volk – bei seinen *beiden* Völkern, was es doppelt schlimm macht. Willst du das?«

»Ich will eine Chance, dafür zu sorgen, dass dem Kind nicht das Gleiche widerfährt wie mir. Aber darum geht es nicht, wie? Die Wahrheit ist, dass es für mich viel leichter wäre als für dich, mit der Ablehnung meines eigenen Volkes zu leben. Schließlich bin ich bereits geächtet, nicht wahr? Ich bin ein Mann, der zu keinem Land gehört. Was macht es da schon, die Diskriminierungen zu ertragen, weil ich eine Israeli heirate?«

»Ich bezweifle, dass wir unter diesen Umständen glücklich miteinander wären.«

»Weil du immer noch eine Welt jenseits von mir hast, die du nicht aufgeben willst. Und weißt du was? Du hast Recht. An deiner Stelle würde ich sie wahrscheinlich auch nicht aufgeben. Ich habe nur eine Frage: Warum erzählst du mir überhaupt von dem Baby?«

»Weil es von dir ist.«

»Und hin und wieder würde ich mich über die Grenze schleichen, um ihm nachzuspionieren. Wenn ich nicht unterwegs festgenommen werde.«

»Wir können Verabredungen treffen.«

»Solange sie geheim bleiben. Geheime Kodes. Wie wäre es, wenn wir regelmäßig Fotos bei einem Postamt hinterlegen? Unter Chiffre. Oder eine eine Website im Internet, damit ich auf diese Weise mit ihm reden kann.«

»Ben …«

»Nein, hör auf. Alles, was du gesagt hast, stimmt. Es hat Sinn, und ich will nicht mehr streiten. Wir haben Arbeit zu tun, und das ist anscheinend die einzige Zeit, in der wir wirklich miteinander auskommen. Ist es nicht so? Lass mich das einfach so lange wie möglich behalten.«

Danielle erwiderte nichts, und Ben blickte konzentriert auf die Straße.

Ari Coen ließ Ben am Eingang zu seinem Besitz wieder von Männern in Empfang nehmen, die ihn zum Hauptquartier seines Unternehmens eskortierten. Es gab eine kleine Verzögerung, als die Männer feststellten, dass Ben nicht allein war, und er musste über ein Walkie-Talkie persönlich mit Coen reden, um die Dinge zu klären.

»Man hält mich in Israel für tot, Inspector, erinnern Sie sich?«, sagte Coen. »Und Sie bringen eine israelische Polizistin her! Ich sollte Sie beide beseitigen lassen.«

»Das könnte dazu führen, dass Ihnen Colonel al-Asi keine Fotos mehr schickt, meinen Sie nicht? Und, glauben Sie mir, Chief Inspector Barnea hat nicht mehr Freunde in Israel, als Sie im Augenblick haben.«

Eine Pause setzte ein.

»Vielleicht sollte ich jemand mit der Disc zu Ihnen schicken und vergessen, dass wir uns überhaupt kennen gelernt haben«, sagte Coen schließlich.

»Kein Problem. Ich werde einfach Colonel al-Asi fragen, ob er mir jemand anders empfehlen kann, der die Disc für mich entschlüsselt.«

»Also gut«, gab Coen nach. »Bringen wir es hinter uns.«

In seinem Haus war der ausgebürgerte Israeli sichtlich nervös wegen Danielles Anwesenheit. Dauernd nestelte er an seinem Pferdeschwanz herum, als er die Besucher in sein Büro führte. Es war Morgen; deshalb waren die Läden geöffnet, sodass Sonnenschein durch die Fenster fiel und den Raum erfüllte, bis der Tag zu heiß werden würde.

Coen stellte einen Computer-Monitor in einem solchen Winkel auf, dass Ben und Danielle ihn beide sehen konnten. »Der Verschlüsselungskode war nichts Außergewöhnliches«, erklärte Coen, »genau wie ich es erwartet hatte. Shin Bet. Eindeutig. Bei einer Verschlüsselung durch den Mossad hätte ich mindestens einen Tag mehr gebraucht, um den Kode zu knacken.«

»Klar, dass es der Shin Bet war«, bemerkte Danielle. »Er wollte sich über diese Amerikaner auf dem Laufenden halten.«

»Und Sie werden gleich sehen, warum«, sagte Coen.

Obwohl er erlaubte, dass Danielle beim Betrachten des Videos dabei war, hatte Coen eine Reihe bewaffneter Wächter in Sichtweite um das Haus postiert, die durch die Fenster zu sehen waren; er wollte, dass Danielle wusste, wie wachsam er war.

»Fangen wir an«, sagte Coen, und das Bild, das von der Disc eingefangen war, erwachte auf dem Bildschirm gestochen scharf zum Leben.

»Was, zum Teufel, ist das?«, entfuhr es Danielle.

Sie kam Ben mit der Frage zuvor. Er hatte damit gerechnet,

irgendeinen der vielen Gegenstände zu sehen, die auf der Disc aufgezeichnet waren. Stattdessen sah er etwas anderes. Das Bild wackelte leicht, als der Beduine, der als Wächter für die Israelis gearbeitet hatte, die Kamera ein bisschen verstellte. Das Bild war jedoch ruhig genug, dass Ben eine etwa sieben Meter hohe Konstruktion aus Rohren und eine Art Gerüst erkennen konnte. Ein paar der Amerikaner standen in der Mitte einer Apparatur und beobachteten, wie die Rohrleitung sich in den Boden bohrte. Das Dreibein, auf dem die Maschine montiert war, sah genauso aus wie jenes, das Ben in Mordecai Levs Siedlung gesehen hatte, nur war es beträchtlich größer.

»Die Vertiefung, die ich am Tatort gefunden habe«, bemerkte Ben. »Schweres Gerät auf einem Dreibein …«

»Hören Sie zu«, fügte Coen hinzu und drehte am Lautstärkeregler.

Ein lautes Dröhnen drang in Stereo aus den beiden Lautsprechern des Geräts.

»Ich weiß nicht, was das alles genau bedeutet«, sagte Coen, und es klang verwundert, »aber es hört sich so an, als hätten sie nach irgendwas gebohrt.«

»Ich habe noch nie gehört, dass ein archäologisches Team einen Bohrer benutzt«, sagte Ben.

»Das liegt daran, dass die Amerikaner nicht mehr von Archäologie gekannt haben als ihr örtliches Museum.«

»Was?«

Coen schaltete kurz auf Standbild. »Sie sehen hier ein geologisches Vermessungsteam, mein Freund.«

Ben schaute zu Danielle und wusste nicht, was er denken sollte.

Die ermordeten Amerikaner waren Geologen, keine Archäologen!

Aber was hatten sie mitten in der Wüste gesucht?

»Sie haben etwa dreihundert Meter tief gebohrt«, fuhr Coen fort.

»*Dreihundert* Meter?«

»Dem Aussehen der Maschine nach, ja. Ich habe eine Zeit lang bei den Pionieren der israelischen Armee gedient. Deshalb kenne ich dieses Gerät.«

»Könnten sie nach Wasser gebohrt haben?«, fragte Ben und rief sich in Erinnerung, ein ähnliches Gerät in Rabbi Levs Siedlung gesehen zu haben.

»Warum sollten sie sich die Mühe machen? Wasser mag der wertvollste Bodenschatz für Palästinenser sein, aber nicht für Israelis. Und wie Sie sagten, stehen die Israelis dahinter, dass die Amerikaner dort in der Wüste waren. Warum sollten Israelis sich die Mühe machen, eine weitere Wasserquelle in der West-Bank zu suchen? Außerdem braucht man keinen so leistungsstarken Bohrer, wenn man nur nach Wasser sucht.«

»Da gibt es noch ein anderes Problem«, meldete Danielle sich zu Wort. »Als ich eintraf, nachdem die Morde stattgefunden hatten, war der gesamte Apparat auseinandergenommen. Es war keine Spur mehr davon zu sehen.«

»Dank der Soldaten, die als erste am Tatort waren?«, fragte Ben.

Sie nickte. »Die auf Befehl von jemandem handelten, der nicht wollte, dass man herausfindet, was diese Amerikaner tatsächlich in der Judäischen Wüste getrieben haben.«

Ben rutschte näher zu ihr. »All diese Ausrüstung muss in den Lastwagen gewesen sein, die wir uns am Tatort nicht mehr genauer anschauen konnten«, sagte er und suchte auf dem Bildschirm weiterhin nach seinem Neffen, aber der junge Mann musste sich außerhalb der Reichweite der Kamera aufgehalten haben. »Dein Freund, Commander Baruch, ist zu einem sehr günstigen Moment erschienen.«

Danielle schaute weiterhin auf den Bildschirm. »Rechtzeitig, um alles entfernen zu lassen, bevor jemand anders ermitteln konnte, was dort wirklich vorging.«

»Da wir gerade davon sprechen … ich nehme an, Sie werden das hier besonders interessant finden«, schaltete Coen sich ein. Auf dem Bildschirm beaufsichtigten zwei Männer, wie das Rohr aus dem Boden herausgezogen wurde. Coen hielt das Bild an, markierte mit der Maus ein X am Ende des Rohres und klickte es an. Der Computer zoomte es in Nahaufnahme heran. Es erwies sich als Objekt von der Größe eines Softballs, das wie ein geschlossener Mund aussah und oben und unten Stahlzinken besaß, die Zähne hätten sein können.

»Das ist ein Diamantbohrer«, erklärte Coen. »Sie müssen tief gebohrt haben, durch viel Gestein und Schiefer.« Coen schwang seinen Drehsessel herum und berührte unbeabsichtigt die Tastatur. Das Bild nahm wieder normale Größe an, und die Szene lief weiter, wo sie aufgehört hatte. »Ich will wissen, was das zu bedeuten hat. Wenn es etwas ist, das helfen kann, mir meinen Weg zurück nach Israel zu erkaufen … «

»Stoppen Sie dieses Bild!«, sagte Ben plötzlich und beugte sich über Coens Schulter.

Coen zögerte; dann tippte er auf eine Taste.

»Jetzt langsam zurück.«

Coen klickte Bild für Bild zurück, bis Ben sagte: »Halt!«

Auf dem Bildschirm hatte sich der Winkel verändert und schloss den Eingang der Höhle ein. Zwei Schatten, kleiner und undeutlicher in der Ferne, waren anscheinend soeben aus der Höhle auf die Stufen getreten, die auf den Wüstenboden hinunterführten.

»Zoomen Sie sie heran.« Ben zeigte auf die beiden Gestalten.

Coen wiederholte den Vorgang und klickte auf die Maus, während Ben angespannt wartete. Einen Augenblick später füllten ein Mann und eine Frau in einer körnigen Aufnahme den

Bildschirm. Der Mann schien Anfang 20 zu sein, mit dunklen Gesichtszügen und Bart.

Bens Neffe Dawud.

»Können Sie es schärfer einstellen?«, fragte Ben und schluckte schwer.

»Moment.« Coen betätigte einige Tasten, bis ein Piepton zu hören war. »Mehr kann ich nicht herausholen.«

»Das ist gut genug«, sagte Ben. Eine scheinbare Ewigkeit starrte er schweigend auf den Monitor. Wenn er gewusst hätte, dass sein Neffe hier war, hätte er dann verhindern können, was geschehen war? Hätte er es wenigstens versuchen können? Aber da war noch etwas auf dem Bildschirm, das Bens Aufmerksamkeit erregte. Er neigte sich zur Seite, damit Danielle freie Sicht hatte. »Sieh dir das an, Pakad.«

Sie beugte sich näher zu ihm und heftete den Blick auf das, was Dawud Kamal hielt.

35.

Das Objekt war etwas kleiner als ein Schuhkarton, leicht genug, um es auf einem Arm zu halten, und offenbar aus irgendeinem Holz. Die schlechte Bildqualität machte es schwer, sonst etwas mit Sicherheit zu erkennen.

»Es sieht wie ein Behälter aus«, bemerkte Ari Coen.

»Gibt es eine Möglichkeit, festzustellen, wann dieser Teil der Disc aufgenommen wurde?«, fragte Danielle und rückte näher an Ari Coen heran.

Coen drückte auf eine Taste, und auf dem Bildschirm erschienen die Zeit und das Datum.

»Zwei Tage, bevor die Amerikaner ermordet wurden«, murmelte Danielle.

»Aber wenn diese Amerikaner Geologen waren – warum sollten sie sich dann für irgendetwas interessieren, das in dieser Höhle war?«, wunderte sich Coen.

Ben schaute auf seinen Neffen am Höhleneingang, der die unbedeckte Kiste auf dem Arm hielt, während unten zehn andere Teammitglieder mit einem Diamantbohrer die tieferen Erdschichten erkundeten. Er wusste keine Antwort auf Coens Frage. Vielleicht waren die Amerikaner Archäologen *und* Geologen gewesen. Vielleicht aber etwas völlig anderes …

»Diese Kiste ist der Schlüssel«, dachte Ben laut.

»Wozu?«, fragte Coen.

»Zu ihrer Ermordung.«

»Es könnte ebenso leicht das gewesen sein, wonach sie mit dem Diamantbohrer bohrten«, gab Danielle zu bedenken.

Ben schaute sie an. »Wie lange sind sie in der Judäischen Wüste gewesen, Pakad?«

»Über fünf Monate.«

»An wie vielen Grabungsstätten waren sie vor dieser?«

»An fünf.«

Ben blickte wieder auf den Bildschirm. »Und nur bei Gebiet sechs gab es eine Besonderheit.« Er konzentrierte sich wieder auf die Kiste, die sein Neffe auf dem Arm hielt. »Und die sehen wir hier.«

»Das wissen wir doch gar nicht.«

»Wir wissen, dass die Kiste verschwunden ist.«

»Und wer hat sie?«

»Eine bessere Frage ist, wie jemand sonst wissen konnte, dass sie überhaupt dort war«, meinte Ben.

»Die Amerikaner müssen Verbindung mit der Außenwelt gehabt haben, vermutlich durch ein Satellitentelefon.«

Ben nickte. »Dann können sie in mehreren Anrufen Leute über ihren Fund informiert haben. Aber warum?«

»Weil sie sich nicht sicher waren, und was es sich handelte«, meinte Arielle.

»Aber sie wussten offenbar, dass es etwas *Wichtiges* war. Sie brauchten eine Bestätigung, zumindest eine Hilfe beim Identifizieren.«

»Was meinst du, wen sie angerufen haben?«

»Ihre Telefonspeicher geben vielleicht Aufschluss darüber«, meinte Ben.

»Vielleicht«, sagte Ari Coen, »aber ich glaube es nicht. Diese Satellitentelefone können leicht mit automatischen Zerhackern und Umschaltungen ausgerüstet werden, die keine Spuren hinterlassen. Glauben Sie mir, ich weiß das.«

»Nun, unsere geheimnisvolle Kiste war nicht unter den Dingen, die an der Ausgrabungsstelle gefunden wurden, aber die nummerierten Steine gehörten dazu.«

»Wir müssen herausfinden, was sie zu so etwas Besonderem macht«, sagte Ben.

Danielle blickte wieder auf den Bildschirm und erinnerte sich, wie sicher sie gewesen war, dass J. P. Wynn ihr etwas verheimlicht hatte. »Und genau das werde ich tun.«

36.

Gianni Lorenzo, Kommandant der Schweizergarde, schob den alten Mann im Rollstuhl langsam über die schattigen Wege in den Gärten des Vatikans. Touristen konnten einen großen Teil des Parks von den Bussen aus sehen, die im Schneckentempo über die Hauptstraßen draußen vor dem Komplex vorüberfuhren. Aber wie stets hielt Lorenzo sich an die nahezu verborgenen Pfade in den verwilderten Teilen des Parks nahe der nördlichen Mauer. Das wuchernde Unkraut und die Efeuranken bildeten einen schützenden Tarnvorhang, der sie vor allen verbarg, die draußen vorbeifuhren oder hielten, um in den Park zu schauen, vielleicht in der Hoffnung, einen Blick auf den Papst persönlich zu erhaschen. Lorenzo wusste, dass dies jener Teil des Parks war, den sein Vorgänger bevorzugt hatte, und das Frühjahr war seine liebste Jahreszeit gewesen.

Sein Vorgänger war jetzt in den Achtzigern. Er hatte bereits unter Arthritis gelitten, als ihn vor zwei Jahren ein Schlaganfall zu einem Behinderten machte. Seine letzte offizielle Handlung hatte darin bestanden, Gianni Lorenzo zum Colonnello zu befördern und ihn gegen die scharfen Einwände der Prüfungskommission der Kurie zu seinem Nachfolger zu ernennen. Schließlich waren alle vorherigen Kommandanten der Schweizergarde eidgenössische Armeeoffiziere und fast immer Mitglieder des Korps gewesen. Aber sein Vorgänger hatte unter den gegebenen Umständen das Gefühl gehabt, dass Gianni Lorenzo der beste und einzige Mann für das Amt war.

Lorenzo hatte keine Ahnung, wie viel sein Vorgänger von der Gegenwart wusste oder ob er in der Lage war, diese Ausflüge zu genießen, vorbei an den Springbrunnen und Statuen, die er einst so geliebt hatte und die in all den Jahren unverändert geblieben waren. Lorenzo betrachtete es als eine seiner Pflichten, die er bereitwillig und mit Würde übernahm, aber heute fühlte er sich der Aufgabe nicht gewachsen.

Zwei meiner Männer wurden in der vergangenen Nacht getötet, nachdem sie bei der Erfüllung ihres Auftrags kläglich scheiterten. Wie konnten die Dinge so sehr außer Kontrolle geraten?

Lorenzo schob den Rollstuhl seines Vorgängers weiter über den Pfad, der zu sorgfältig angelegten Blumenbeeten und den plätschernden Springbrunnen führte. Bisweilen wurde der alte Mann unruhig und stöhnte, wenn sie sich der Lichtung näherten, vielleicht weil er sich davor fürchtete, die Sicherheit der Verborgenheit zu verlassen. Heute aber war er ruhig und still.

Lorenzo seufzte und schob den Rollstuhl langsamer. »An dem Tag, an dem dies alles begann, hat es mich sehr beeindruckt, als Sie mir von den Auswirkungen der Entdeckung des Archäologen Winston Daws in Ephesus erzählten. Sie haben mich damals überzeugt, dass diese Entdeckung dringendes und sofortiges Handeln erforderlich machte, ohne Wissen oder Zustimmung von jemand sonst im Vatikan. Es war mir eine Ehre, Ihren Auftrag anzunehmen, und ich reiste mit den anderen ursprünglichen Mitgliedern der Ehrengarde nach Ephesus, um unsere Mission zu erfüllen. Doch heute bekenne ich, dass die Mission nie wirklich abgeschlossen wurde. Zum ersten Mal gestehe ich das jemandem ein. Ich gestehe, dass die Schuld für das, womit wir es nun zu tun haben, allein bei mir liegt, und ich befürchte, ich habe meine Pflicht gegenüber Ihnen, dem heiligen Vater und dem Herrn selbst versäumt.«

Lorenzo erkannte, dass er den Rollstuhl unbewusst fast angehalten hatte. Er bezweifelte, dass sein behinderter Vorgänger ihn hören oder verstehen konnte. Aber das machte es ihm nicht leichter, die Worte auszusprechen, und sein Mund war trocken.

Er schluckte schwer. »Ich gestehe, dass ich damals in Ephesus für einen Augenblick die Früchte von Daws' Arbeit in Händen hielt – und den Grund dafür, dass sein Tod erforderlich war. Das Pergament der Schriftrolle war brüchig und arg verblichen, jedoch bemerkenswert gut konserviert, wenn man bedenkt, dass es fast neunzehn Jahrhunderte zurück datiert. Die Sprache, in der die uralten Worte geschrieben waren, konnte ich nicht verstehen, und sehr viele waren so verwaschen, dass ich mich fragte, wie Daws es überhaupt geschafft hatte, einen Zusammenhang und eine Bedeutung aus dem Wenigen zu erkennen, das er entziffert hatte, wie es damals hieß. Es mag bloß eine Vorprüfung gewesen sein, aber das machte es nicht weniger Furcht erregend. Ich musste annehmen – so wie Sie –, dass Daws das Wissen um den Inhalt seiner Entdeckung mit dem Rest seines Teams geteilt hatte. Die Folge war, dass alle zwei Dutzend Menschen sterben mussten.

Aber ich brachte es nicht über mich, die alte Schrift zu vernichten. Es war nicht bloß ein Artefakt, das ich in Händen hielt, es war tatsächlich ein Stück Geschichte, ungeachtet dessen, was seine Botschaft für die Zukunft der Menschheit bedeuten mochte. Ich hielt die Schrift in den Händen und wusste, dass ich meinen Befehl nicht erfüllen konnte, sie zu vernichten. So wählte ich einen anderen Weg, um sicherzustellen, dass kein Mensch sie jemals wieder zu Gesicht bekam.

Ich hielt meinen Alternativplan für ebenso wirkungsvoll wie eine Vernichtung. Zwei Tage später, vor meiner Rückkehr zum Vatikan, setzte ich diesen Plan in die Tat um. Niemand hat je davon erfahren. Niemand fragte mich danach, nicht einmal Sie, weil Sie glaubten, ich hätte meine Pflicht blind erfüllt.«

Lorenzo erkannte, dass er die Griffe des Rollstuhls so hart umkrampfte, dass seine Hände schmerzten. Für einen Moment glaubte der Colonnello, der alte Mann hätte sich geregt, als wäre er plötzlich hellhörig geworden.

»Ich gestehe meine Schwäche und meine Feigheit ein, die Unfähigkeit, meine Mission zu vollenden. Und ich bekenne meine Eitelkeit, dass ich geglaubt habe, stets in der Lage zu sein, das Geheimnis zu wahren, das ich für immer schützen sollte.

›Für immer‹ währte nicht so lange, wie ich erwartet hatte. Jetzt, zweiundfünfzig Jahre später, rächt sich mein Versagen. Die Kirche sieht sich der größten Krise gegenüber, vor der sie je gestanden hat. Ich allein erkenne dies, und ich allein habe es verursacht. Keiner sonst weiß – abgesehen von Ihnen jetzt –, wie gefährlich nahe die Fundamente unseres Glaubens, vielleicht der Gesellschaft selbst dem Verfall sind.«

Ein paar Tropfen Speichel liefen über die Lippen seines Vorgängers, und Gianni Lorenzo tupfte die Mundwinkel mit einem Taschentuch ab. Der alte Mann bot keinen Rat als Gegenleistung, keinen Segen.

Der Kommandant der Schweizergarde schob den Rollstuhl weiter durch den Park. »Gestern Nacht scheiterten wir bei unserem Versuch, zwei Personen zu exekutieren, die gefährlich nahe an die Wahrheit herangekommen sind. Wir werden nicht noch einmal scheitern. Das verspreche ich.«

37.

Danielle erkannte die große Anzahl der in Doppelreihe vor Jerusalems König-David-Hotel geparkten Autos als Regierungsfahrzeuge. Das verriet ihr noch vor ihrem Betreten des Gebäudes, dass etwas nicht in Ordnung war.

Danielle war zum Hotel gefahren, weil sie hoffte, J. P. Wynn überreden zu können, endlich alles preiszugeben, was er über die Ereignisse in der Judäischen Wüste wusste. Als sich in der vierten Etage die Aufzugtür öffnete, sah Danielle zwei salopp gekleidete Männer steif zu beiden Seiten der offenen Tür eines Zimmers an der Mitte des Gangs stehen. Sie näherte sich den Männern und zählte die Zimmernummern, bis sie sicher war, dass es sich um J. P. Wynns Zimmertür handelte.

Dort angelangt, zeigte sie ihren Ausweis vor, doch die Männer versperrten ihr den Eingang.

»Was ist hier los?«, fragte Danielle und versuchte, an ihnen vorbeizuschauen.

Captain Shoshanna Tavi vom Shin Bet tauchte aus dem Zimmer auf und zupfte sich ein Paar Latex-Handschuhe von den Händen. »Nichts, das Sie etwas angeht, Pakad.«

Danielle schaute die andere Frau frostig an und ließ den Blick kurz auf den Latex-Handschuhen verweilen, die Tavi in der Faust zusammenballte. Shoshanna Tavi war schlank und muskulös wie Danielle. Ihr Äußeres hatte sich seit den Tagen, als sie zusammen im Sayaret gewesen waren, wenig verändert. Die lange Narbe wirkte wie ein blasses Ausrufungszeichen inmitten ihrer sonst rosigen Haut.

»Sagen Sie Ihren Schlägern, sie sollen mich ins Zimmer lassen«, verlangte Danielle und blickte jetzt an Shoshanna Tavi vorbei. Sie konnte einen Fotografen sehen, der eifrig Aufnahmen machte. Ein zweiter Mann mit einem schwarzen Koffer der Spurensicherung nahm vermutlich Fingerabdrücke im Zimmer.

»Dann würden Sie die Ermittlung an einem Tatort stören.«

»Was ist geschehen?«

»Das geht Sie nichts an.«

»Wynn wurde ermordet, nicht wahr?«

»Wie ich schon sagte ...«

»Eine Kugel in den Kopf, genau wie bei den Amerikanern in der Wüste. Ja oder nein?« Danielles Tonfall war schneidend, und auch ein wenig besorgt: Sie musste an die Person denken – oder die Personen –, die in der vergangenen Nacht in ihrer Wohnung gewartet hatten. Und an zwei andere, die Ben Kamal in Notwehr getötet hatte. Zweifellos hatten sie und Ben gestern Nacht sterben sollen, genauso wie J. P. Wynn.

»Ich weiß nichts über die Amerikaner in der Wüste«, sagte Shoshanna Tavi.

»Sie wussten genug, um Inspector Kamal von der palästinensischen Polizei über eine gewisse Disc zu befragen.«

Shoshanna Tavis Narbe schien ein wenig blasser zu werden. »Ihr palästinensischer Freund sollte sich in Zukunft kooperativer zeigen.«

»Das hängt immer davon ab, mit wem er zusammenarbeitet.«

»Das habe ich gehört«, erwiderte Shoshanna Tavi sarkastisch und kniff die Augen zu Schlitzen zusammen. »Sie sollten wirklich vorsichtiger in der Wahl Ihrer Gesellschaft sein, Pakad.«

»Den gleichen Rat wollte ich Ihnen gerade geben.«

»Danke. Und nun können Sie gehen.«

Danielle wich nicht von der Stelle. »Der Shin Bet hat keine Befugnis, bei Verbrechen zu ermitteln, es sei denn, er wird von der Nationalpolizei hinzugezogen. Sonderbar, dass Sie überhaupt hier sind.«

»Die Ermordung der Amerikaner steht offenbar in Zusammenhang mit einem anderen Verbrechen, bei dem wir ermitteln.«

»Ich will die Leiche sehen.«

Shoshanna Tavi grinste. »Tun Sie, was Ihnen beliebt«, sagte sie und trat zur Seite.

Danielle betrat das Hotelzimmer, bevor Tavi es sich anders überlegen konnte. J. P. Wynn lag auf dem Rücken, bis zur Brust mit einem Bettlaken bedeckt. Augen und Mund waren weit aufgerissen. Sein Kopf war leicht nach rechts gesunken, wodurch seine gebrochenen Augen auf Danielle starrten und die Kugelwunde verdeckt wurde, aus der ein dünner Blutfaden vom Kissen bis zum Laken gesickert war. Etwas von dem Blut hatte Wynns strohfarbenes Haar befleckt.

»Kopfschuss«, bemerkte Captain Shoshanna Tavi, die hinter Danielle auftauchte. »Genau wie Sie gesagt haben.«

»Irgendwelche Anzeichen auf gewaltsames Eindringen?«

»Das geht Sie nichts an.«

»Und was tut der Shin Bet hier?«

»Das habe ich bereits erklärt.«

»Das Warum, nicht das Wie.« Danielle wandte sich wieder Captain Tavi zu. »Wer hat Sie angerufen?«

»Da müsste ich den Beamten vom Dienst fragen.«

»Seltsam, dass Sie überhaupt nicht neugierig sind, was ich hier tue, und woran der Amerikaner und ich gearbeitet haben.«

»Sollte ich Sie als Verdächtige betrachten, Pakad?«

»Bei einer Ermittlung, zu der Sie nicht befugt sind? Bitte schön.«

»Ich überlasse solche juristischen Entscheidungen höheren Stellen.«

»Vielleicht haben Sie zufällig neben Commander Baruch im Bett gelegen, als er den Anruf bekam.«

»Und wo haben Sie die vergangene Nacht verbracht, Pakad?«

»Wer hat mit dem Shin Bet Verbindung aufgenommen, Captain?«

»Ein Zimmermädchen hat die Leiche eines Ausländers in einem Hotelzimmer gefunden. Der Geschäftsführer rief die Jerusalemer Polizei an. Die hielt sich an die korrekte Verfahrensweise und hat uns benachrichtigt. Sind wir jetzt fertig?«

Danielle bemerkte die Plastikbeutel zur Beweissicherung, die von den Technikern der Spurensicherung auf dem Nachttisch aufgereiht worden waren. »Irgendwelche Patronenhülsen?«

»Nein.«

»Am Tatort in der Wüste wurden ebenfalls keine gefunden. Interessant, finden Sie nicht auch?«

»Das wäre es vielleicht, wenn ich mehr über diese Ermittlung wüsste.«

»Selbstverständlich, das habe ich vergessen. Commander Baruch muss diesen Teil ausgelassen haben, als Sie die Zigarette danach geraucht haben.«

Shoshanna Tavi schob sich an Danielle vorbei zum Bett. »Sonst noch etwas, das Sie sehen möchten? Ich meine, dieser Mann war Ausländer, und Sie sind ja ganz wild auf solche Typen. Hier, schauen Sie mal.« Sie riss das Bettlaken von Wynn und entblößte seinen nackten Körper. Der Fotograf und der Techniker wichen zurück, überrascht und verlegen. »Gefällt Ihnen, was Sie sehen, Pakad? Schließlich ist Ihr Palästinenser ebenfalls Amerikaner, nicht wahr?«

»Aber sein Herz schlägt noch, Captain. Haben Sie den Schrank des Mannes untersucht, mit dem Sie schlafen? Haben Sie die Bilder von seiner Frau und den Kindern gesehen, deren Fotos er auf seinem Schreibtisch zurücklassen muss?«

Shoshanna Tavi trat so nahe an Danielle heran, dass sie schalen Pfefferminzgeschmack in ihrem Atem riechen konnte. »Sie wären gut beraten, Ihre Nase nicht in Dinge zu stecken, die Sie nichts angehen.«

Danielle blickte theatralisch zu J. P. Wynns nackter Leiche. »Haben Sie Angst, er könnte etwas hören?«

»Zum Beispiel über Ihren gestrigen Besuch beim Frauenarzt, Chief Inspector?«

Danielle ließ sich nicht einschüchtern. »Sind Sie mir gefolgt?«

»Vielleicht hatte ich ebenfalls einen Termin.«

»Ich bin sicher, Moshe Baruch wäre entzückt, das zu hören.«

»Er wird besonders entzückt sein, von Ihrem Arztbesuch zu erfahren, wenn ich erst Gelegenheit hatte, ihn ins Bild zu setzen.«

Danielle blickte ein letztes Mal zu J. P. Wynn. Welche Geheimnisse er auch bewahrt hatte, er würde sie nie mehr preisgeben können. »Sie haben nicht gefragt, woran Wynn und ich gearbeitet haben«, sagte sie unvermittelt.

»Warum sollte ich?«

»Sie haben nicht gefragt, weil Sie es schon wissen.«

Shoshanna Tavis Miene wurde starr. »Passen Sie auf Ihren Rücken auf, Pakad.«

Danielle dachte bereits darüber nach, wie sie erfahren konnte, was J. P. Wynn ihr verheimlicht hatte. »Sie auch, Captain.«

38.

»Ich suche den Arzt, der am Montagnachmittag Dienst hatte«, sagte Ben zu Dr. Henri Devereaux, einem Mediziner, der von der Sanitätstruppe der Vereinten Nationen an die Klinik in Jericho entsandt worden war.

»Ich war Montagnachmittag hier«, antwortete Devereaux desinteressiert, während er einige Krankenakten sortierte.

»In der Notaufnahme?«

Devereaux blickte ungeduldig auf. »Dort arbeite ich, Inspector.«

Spät in der gestrigen Nacht hatten einige palästinensische Polizeibeamte die Gasse überprüft, nachdem Ben den dortigen Zwischenfall gemeldet hatte, bei dem zwei Tote in einem Wagen zurückgeblieben waren. Es war keine Überraschung für Ben, dass die Beamten nichts gefunden hatten. Die Leichen und der Wagen waren entfernt worden.

Aber die Tätowierung eines auf dem Kopf stehenden roten Kreuzes auf dem Arm des Fahrers hatte Ben veranlasst, zum Krankenhaus zu fahren, um die bizarren Behauptungen des Irren zu überprüfen, den er vor zwei Tagen auf dem Baladiya Square festgenommen hatte. Bis gestern Nacht hatte er diesem Geschwafel keinerlei Bedeutung beigemessen. Der Anblick des roten Kreuzes jedoch hatte alles verändert, besonders jetzt, nachdem jemand sich große Mühe gegeben hatte, alle Spuren der Ereignisse auszulöschen.

»Eine Frau mit einer Wunde, die sie bei einem Überfall auf dem Marktplatz davongetragen hatte, auf dem Baladiya Square. Eine Schwertwunde«, sagte Ben. Der Irre hatte beteuert, die Frau hätte *ihn* angegriffen – mit einem Messer.

Derselbe Irre hatte Ben gesagt, er habe Männer mit den auf dem Kopf stehenden roten Kreuzen auf den Unterarmen gesehen. Er hatte sie als Jünger des Teufels bezeichnet.

Dr. Devereaux fand die Krankenakte, die er gesucht hatte, und ging damit über den Flur, begleitet von Ben. »Ja, die habe ich persönlich behandelt. Eine Fleischwunde. Sie hatte Glück.«

»Sind Ihnen irgendwelche … besonderen Merkmale aufgefallen?«

»Zum Beispiel?«

»Eine Tätowierung.«

Der Arzt schüttelte den Kopf. »Ich kann mich nicht erinnern.«

»Sie haben beide Arme der Frau gesehen?«

»Ja. Behandelt habe ich nur einen Arm. Aber ich erinnere mich nicht, eine Tätowierung am anderen Arm gesehen zu haben. Die Patientin hatte viel Blut verloren, und ich war besorgt wegen einer Atrophie. Ich habe die Wunde genäht und einige Untersuchungen angeordnet.«

»Und?«

Devereaux zuckte mit den Schultern und verlangsamte die Schritte, als er sich der Intensivstation näherte. »Und nichts. Sie verließ die Klinik, spazierte einfach davon, bevor sie entlassen wurde. Ich kam zurück, um sie aufnehmen zu lassen, und sie war fort. Ließ sogar ihren persönlichen Besitz zurück.«

»Haben Sie diesen Besitz noch in Gewahrsam?«

Devereaux zog den Vorhang vor der Tür zur Intensivstation zurück. »Fragen Sie bei der Aufnahme. Wir wären froh, wenn wir das Zeug los würden.«

Die Habseligkeiten, die die verwundete Frau zurückgelassen hatte, wurden in einem Plastikbeutel aufbewahrt. Ben öffnete ihn und schüttete den Inhalt auf dem Pult aus.

Ein Feuerzeug und ein kleines Makeup-Etui. Dann ein Messer. Ben legte den Plastikbeutel ab und untersuchte die Waffe. Es war eine kleinere Version des Jambiyah, des legendären arabischen Messers. Diese Version konnte leicht in einer Hand, auch einer Frauenhand, versteckt werden, wenn sie tief und nahe der Hüfte gehalten wurde. Das Messer war nur für einen winzigen Moment zu sehen, wenn mit der scharfen Klinge zugestoßen wurde; dann konnte der Täter schon verschwinden. In jeder Größe, einschließlich dieser Spezialanfertigung, diente das Messer nur einem Zweck: dem Töten.

Ben rechnete nicht damit, Blut auf der Klinge zu finden; der Irre hatte ihm schließlich gesagt, er hätte die Frau mit seinem gestohlenen Kilij-Schwert getroffen, bevor sie ihn mit dem Messer erwischen konnte. Ebenso wenig erwartete Ben irgendwelche Fingerabdrücke auf dem Griff zu finden, weil ein Profi niemals welche hinterließ.

Der Irre hatte weiter behauptet, er habe sich das Schwert von einem Verkaufsstand auf dem Bürgersteig geschnappt und in Notwehr gehandelt; er habe erst angegriffen, als die Frau entschlossen auf ihn losgegangen sei. Das hatte am Montagmorgen überhaupt keinen Sinn ergeben.

Heute ergab es etwas mehr Sinn.

Der Irre hatte Ben erzählt, die Frau sei vom Teufel geschickt worden, nachdem er Augenzeuge der Rückkehr der teuflischen Jünger nach Palästina geworden sei. Die Frau hatte jedoch nicht die Tätowierung des Kreuzes auf dem Arm gehabt; jedenfalls konnte Dr. Devereaux sich nicht daran erinnern.

Vielleicht konnte der Irre ihm mehr über diese Tätowierung und darüber sagen, wer vielleicht hinter dem Anschlag auf ihrer beider Leben steckte.

Es gab nur eine Möglichkeit, das herauszufinden.

39.

»Ermordet«, wiederholte Hershel Giott, nachdem Danielle ihren Bericht über ihr Erlebnis im König-David-Hotel beendet hatte.

»Und der Shin Bet war als Erster am Tatort.«

»Captain Tavi hatte die Leitung, sagten Sie?«

»Shoshanna Tavi«, bestätigte Danielle, »Warum? Ist das wichtig?«

»Nein«, erwiderte Giott ausweichend und mied ihren Blick.

»Was ist?«

Er schaute sie wieder an. »Captain Tavi gehört zu denen, die auffallend häufig für eine der Positionen genannt werden, die Sie bekommen sollten.«

Danielle schluckte schwer und glaubte, einen kalten Hauch auf der Haut zu spüren. »Der Shin Bet weiß mehr, als er sagt, Rav Nitzav. Davon bin ich überzeugt.«

»Etwas, das damit zu tun hat, dass die ermordeten Amerikaner Geologen waren, meinen Sie?«, fragte Giott und fuhr fort, bevor Danielle antworten konnte. »Was suchen Geologen in der West-Bank, Pakad, und was könnte es mit Steinen zu tun haben?«

Danielle blickte auf die Armbanduhr. »Ich erwarte in Kürze den forensischen Techniker Raskin. Dann werde ich es erfahren.«

»Aber Sie meinen, Wynn wusste es.«

»Er hatte von Anfang an nichts mit dieser Tarngeschichte zu tun, die er über das verlorene Gold des Exodus erzählte.«

Giotts leerer Blick war in weite Ferne gerichtet. Er wirkte heute geisterhaft bleich auf Danielle. »Die Amerikaner können unmöglich all diese Ausrüstung ohne Wissen unserer Regierung hergebracht haben, richtig?«

»Genau so ist es.«

»Dann muss die Regierung von Beginn an eingeweiht gewesen sein.«

Danielle nickte. »Durch Shoshanna Tavi. Und durch Commander Baruch.«

»Der für die Sicherheit der Amerikaner verantwortlich war. Eine Aufgabe, die er nicht ohne einen guten Grund übernehmen würde. Es muss wirklich sehr viel auf dem Spiel stehen.« Giott nickte, und sein *yarmulke* rutschte auf dem Schädel nach vorn. Er rückte die Kopfbedeckung wieder zurecht, und Danielle verspürte tiefes Bedauern über das Ausmaß seines körperlichen

Verfalls. »Das ist eine äußerst peinliche Situation für den Commander, die wir zu unseren Gunsten nutzen können, indem wir Schande über ihn bringen und aufdecken, wie schlimm er diese Sache verpfuscht hat.«

»Glauben Sie, *er* hat das getan?«, fragte Danielle.

»Vielleicht ja, vielleicht nein, aber was macht das schon. Die Integrität der Nationalpolizei steht auf dem Spiel – und unsere Zukunft.« In diesem Augenblick wirkte er wie der Mann, der in Danielles Anfangsjahren als Detective ihr treuer Mentor gewesen war. »Ich bin verpflichtet, vor meinen Eintritt in den Ruhestand die Zukunft der Nationalpolizei zu schützen, um jeden Preis. Wenn dieser Preis die Vernichtung von Moshe Baruch ist, kann ich damit leben. Aber dass seine Leute dieses Amt übernehmen – niemals.«

Danielle überlegte kurz. »Ihn zu vernichten bedeutet, die Wahrheit darüber zu enthüllen, was die Amerikaner in die West-Bank geführt hat.«

Giott nickte. »Ich würde sagen, die Vermeidung einer solchen Enthüllung war eine der Hauptdirektiven, die Baruch in dieser Sache gegeben hat. Er mag die Lächerlichkeit und Peinlichkeit überleben, aber sein Ansehen wird darunter leiden. Wir werden erleben, dass der Commander merklich geschwächt wird – genug, um das Machtspiel zu vereiteln, das er und andere von seiner Sorte versuchen.« Der Chef der Nationalpolizei ballte die Hände zu Fäusten. »Sie werden Ihr neues Amt bekommen, Danielle. Dafür werden wir sorgen.« Er neigte sich vor, und ein zuversichtlicher Ausdruck erhellte sein Gesicht. »Finden Sie die Wahrheit heraus, Pakad, wie auch immer.«

Von Giotts Büro fuhr Danielle den kurzen Weg zum Grab ihres Vaters auf einem überfüllten Friedhof in Jerusalem, wo die Wege zwischen den Grabsteinen kaum breit genug für einen einzigen Besucher waren. Sie kniete sich an sein Grab und legte wie üblich die einzelne Rose ab, die sie vor dem Friedhofseingang gekauft hatte.

»Ich habe Neuigkeiten, Vater, wunderbare Neuigkeiten. Ich bin wieder schwanger! Weißt du noch, wie ich beim letzten Mal das Baby verloren habe? Ich weiß, dass du dich erinnerst, genauso wie ich weiß, dass du hören willst, wer der Vater ist. Ob er der Armee und diesem Land mit Stolz gedient hat? Ist er ein *sabra*? Hat er Verwandte, die zu Beginn hier waren?

Er ist nichts von alldem, Vater, aber er ist trotzdem ein wunderbarer Mann. Ein wunderbarer palästinensischer Mann. Würdest du mir deinen Segen geben, wenn du noch am Leben wärst?«

Danielle spürte, wie ihre Augen sich mit heißen Tränen füllten, und sie versuchte, dagegen anzukämpfen.

»Aber du bist tot, und Mutter ist tot, und meine Brüder sind tot. Ihr alle habt mich allein gelassen, und nun muss ich diese Entscheidung ganz auf mich allein gestellt treffen. Ihr alle seid für euer Land gestorben, für unser Land – ein Land, das stets wichtiger war als eure Familie oder ihr selbst. Wie kann ich also diesen Mann heiraten oder mein Kind mit ihm aufziehen, ob ich ihn nun liebe oder nicht? Ich würde das Vermächtnis verraten, für dessen Schaffen ihr gestorben seid.«

Die Tränen kamen, und Danielle konnte sie nicht zurückhalten.

»Sag mir, dass ich schwach sein darf. Sag mir nur dieses eine Mal, dass es in Ordnung ist, meinen Verstand von meinen Gefühlen beherrschen zu lassen. Sag mir, dass ich diesen Mann lieben kann und *immer noch* von diesem Land geliebt werde, für das du gestorben bist.«

Eine Hand berührte ihre Schulter, und Danielle fuhr atemlos herum, sah aber nichts. Nur ein Streich des Windes, der an den Blütenblättern der Rose zupfte, die auf dem marmornen Grabstein lag. Das Leben eines Menschen, zusammengefasst in Jahreszahlen, die unter den Davidsstern gemeißelt waren.

»Ich werde dich nicht enttäuschen«, sagte Danielle und berührte den Davidsstern. »Ich werde dich nicht enttäuschen.«

40.

Der Gefängniswärter musterte Ben mit sonderbarem Blick. »Wir bekommen hier selten Besuch von der Polizei.«

»Dann sollten Sie sich freuen, mich zu sehen.«

Das pockennarbige Gesichts des Gefängniswärters wurde abweisend. »Ich weiß nicht, ob ich Sie hereinlassen kann.«

»Ich habe den Mann festgenommen. Er ist mein Gefangener.«

»Wenn die Leute erst hier abgeliefert wurden, sind sie unsere Gefangenen.«

Ben seufzte und schlug mit der flachen Hand leicht auf den Schreibtisch des Gefängniswärters. »Ich verstehe. Ich werde Colonel al-Asi informieren ...«

»Warten Sie«, rief der Wärter, bevor Ben sich abwenden konnte. »Ich dachte, Sie sind bei der Polizei.«

»Das bin ich«, sagte Ben. »Aber ich führe dieses Verhör im Namen des Schutzsicherheitsdienstes.«

Der Gefängniswärter kramte in seinen Schlüsseln. »Sie werden dieses Missverständnis nicht dem Colonel melden?«

Ben beobachtete, wie der Mann den richtigen Schlüssel auswählte und sich hinter seinem Schreibtisch erhob. »Ich sehe keine Notwendigkeit.«

Der Wärter führte Ben über einen langen, farblosen Flur an Zelle um Zelle vorbei. Das Gefängnis des Distrikts Jericho war einst ein kleines Hospital gewesen, das veraltet aufgegeben worden war, als die Palästinensische Autonomiebehörde die neue Klinik in der Nähe des Stadtzentrums erbaut hatte. Die Autonomiebehörde hatte das ehemalige Krankenhaus zwar rasch in ein Gefängnis umgewandelt, dabei jedoch versäumt, Abteilungen für geistig kranke Kriminelle einzurichten, die mehr als Patienten und weniger als Gefangene behandelt werden mussten. Aber es waren einfach nicht genügend Gelder im Budget verfügbar gewesen, um die Fürsorge zu finanzieren, die für solche Gefangenen erforderlich war.

Ben versuchte, den Gestank von Urin und Schweiß zu ignorieren, der bis auf den Gang drang; dann gab er es auf in der Hoffnung, dass seine Nase sich daran gewöhnte. Ein paar Gefangene beobachteten ihn, als er vorbeiging. Andere kauerten in ihren Zellen und drückten sich in die Ecken der kalten Betonwände.

»Wie heißt der Mann?«, fragte Ben, als sie sich den letzten Zellen auf dem Gang näherten.

»Das wissen wir nicht«, erwiderte der Wärter. »Er hat es uns noch nicht gesagt.«

»Haben Sie ihn gefragt?«

»Er hat nicht viel gesagt, ob wir ihn nun gefragt haben oder nicht.«

Der Wärter blieb vor der letzten Zelle auf der rechten Seite stehen. »Hier ist er.«

In der Zelle saß der Mann, den Ben vom Baladiya Square kannte, in einer Ecke am Boden; er hatte den Kopf gesenkt, die Arme um seine Knie geschlungen und wiegte den Oberkörper leicht hin und her. Sein strähniges Haar war feucht von Schweiß und Öl, und deutlich waren die kahlen Stellen auf seinem Schädel zu sehen. Eine Matratze lag vor ihm; ein Bett gab es nicht in der Zelle. In der Spüle tropfte Wasser. Gestank stieg von der chemischen Toilette auf. Der Arm, den Ben dem Mann verletzt hatte, als er ihn bändigte, steckte in einer behelfsmäßigen Schlinge, die jetzt voller Schmutzflecken war.

Der Gefängniswärter rasselte mit seinen Schlüsseln an den Gitterstäben, um den Gefangenen auf sich aufmerksam zu machen. »He! He, ich rede mit dir!«

Ben hielt die Hand des Wärters fest und beendete das Schlüsselrasseln. »Öffnen Sie, und lassen Sie mich zu ihm rein.«

Der Wärter musterte ihn aus zusammengekniffenen Augen. »Wollen Sie das wirklich?«

»Ich wiederhole mich nicht gern.«

Der Wärter zuckte mit den Schultern, schob einen dicken Schlüssel ins Schloss und zog die Zellentür auf. »Ich muss hinter Ihnen abschließen«, warnte er, als Ben sich an ihm vorbei in die Zelle zwängte.

»Tun Sie, was Sie nicht lassen können.«

Ben ging weiter in die Zelle und setzte sich auf den Boden gegenüber von dem Mann, der sich immer noch wiegte und Bens Erscheinen gar nicht wahrzunehmen schien.

»Erinnern Sie sich an mich?«

Der Mann wiegte sich stärker.

»Wir haben uns neulich auf dem Marktplatz getroffen.« Ben blickte zum Gitter zurück und sah, dass der Wärter dort stand, gerade in Hörweite. »Hier ist alles unter Kontrolle«, rief er. »Sie können auf Ihren Posten zurück.«

»Jawohl«, sagte der Wärter und ging mit steifen Schritten davon.

»Ich bin Inspector Bayan Kamal von der palästinensischen Polizei«, sagte Ben zu dem Gefangenen. »Ich möchte Ihnen helfen, wenn Sie mich lassen.«

Der Mann begann zu summen und starrte zu Boden.

»Ich habe nicht geglaubt, was Sie mir über den Teufel erzählt haben, bis ich gestern Nacht einen Mann sah, der die Tätowierung eines umgedrehten Kreuzes auf dem Unterarm hatte.«

Der Mann blickte gerade genug auf, um Ben in die Augen schauen zu können.

»Er hat versucht, mich zu töten«, sagte Ben. »Sie müssen mir erzählen, was Sie sonst noch wissen, bevor jemand anders es wieder versucht.«

Der Mann drehte sich ein wenig und blickte fort.

»Wer füttert Ihre Katze, während Sie hier sind?«, begann Ben.

Die Augen des Mannes weiteten sich, und er zeigte Verwirrung und dann Trauer. Plötzlich wirkte er munterer. Er blickte sich um, als würde er darüber nachdenken, ob er zurückkriechen solle, um mehr Distanz zwischen sich und Ben zu schaffen.

»Woher wissen Sie, dass ich eine Katze hatte?«, fragte er, und in seiner Stimme lag eine Mischung aus Argwohn und Neugier.

»Die Kratzer auf Ihren Armen. Die Katze muss einen schlechten Tag gehabt haben.«

»Sie hat viele schlechte Tage.«

»Was wäre, wenn Sie freigelassen würden, damit Sie Ihre Katze füttern können?«

In den Augen des Mannes leuchtete es auf. »Man hält mich für verrückt.«

»Ich nicht. Wie heißen Sie?«

Der Gefangene musterte Ben aufmerksam und schien sich etwas zu entspannen. »Abid Rahman. Und es ist nicht so schlimm.«

»Was?«

»Sie haben wegen meines Arms gefragt. Es tut nicht mehr weh.«

»Ich möchte Ihnen etwas zeigen«, sagte Ben und zog das Jambiyah-Messer, umhüllt mit einer Plastikfolie, aus der Tasche. »Erkennen Sie das wieder?«

Rahmans gesamter Körper spannte sich, und er wich fast bis zur Betonwand zurück. »Woher haben Sie das?«

»Sagen Sie mir zuerst, wo Sie es schon gesehen haben.«

»Auf dem Baladiya Square! Die Frau hielt es in der Hand, als ich sie angegriffen habe.« Rahmans Augen quollen hervor. »Haben Sie es von ihr? Wo ist sie?«

»Die Frau, die Sie verletzt haben, hat die Klinik am Montag verlassen, bevor sie zu Ende behandelt wurde.« Ben legte eine Pause ein, um sicherzustellen, dass er Rahmans volle Aufmerksamkeit hatte. »Sie ließ das Messer zurück.«

Rahmans Blick wurde schärfer, und er versuchte, Ben nicht anzuschauen. »Sie wird wieder auf mich losgehen.«

»Nicht, wenn Sie unter meinem Schutz stehen.«

»Das würden Sie für mich tun?«

Ben nickte. »Ja, als Gegenleistung für Ihre Hilfe.«

»Meine Hilfe? Wie könnte ich Ihnen helfen?«

»Ich möchte mehr über den Tag damals hören, als Sie zum ersten Mal den Teufel gesehen haben.«

41.

Es war 1948, und ich war noch ein Junge. Gerade erst ein Teenager, glaube ich, denn es war kurz vor dem ersten Krieg mit den Juden, dem Mavtah, der unsere Welt für immer veränderte.

Unser Dorf, Bani Nai'm, war arm. Wir hatten kein Geld. Wir verkauften unsere wenige Habe, um zu überleben. Eine alltägliche Geschichte, ich weiß, aber sie trifft trotzdem auf mich zu. Ich musste auf den Straßen betteln, um meine Familie durchzubringen. Manchmal habe ich gestohlen. Als ich erwischt wurde, prügelte man mich. Einmal schlug mich ein Ladenbesitzer mit dem Kopf gegen eine Wand, und seither ist mein Gedächtnis schwach.

Aber an den Tag, als ich zum ersten Mal den Teufel sah, erinnere ich mich deutlich. Er kam als eine verlorene Seele, weder

Jude noch Palästinenser. Er war nicht vertraut mit unserem Land, und ich hörte, wie er Geld für einen Führer anbot. Er wollte in die Wüste, die ich gut kannte, weil unser Dorf an ihrem Rand lag und mein Vater und ich oft hingegangen waren und die Höhlen erkundet hatten.

Mein Vater hatte mir die Geschichten über unsere stolze Vergangenheit erzählt. Ich glaube, er wusste, was die Zukunft mit den Juden für uns bringen würde, und er wollte, dass unsere stolze Geschichte bewahrt wurde. Er wollte, dass auch ich stolz blieb, was immer geschehen würde. Ich kannte also die Wüste und führte den Teufel dort hinaus, saß neben ihm auf dem Beifahrersitz seines Jeeps.

Natürlich war mir zu diesem Zeitpunkt nicht klar, dass er der Teufel war. Das kam später, wenn ich auch nicht viel erkannte, und ich gebe mir selbst die Schuld für diesen Tag.

Der Teufel bat mich, ihn zu den Höhlen zu führen, die ich mit meinem Vater erkundet hatte. Sehen Sie meine Tränen? Die Erinnerung an diesen Tag ist sehr schmerzlich. Ich fühlte mich zum Teufel hingezogen, und ich will Ihnen sagen, warum: Weil er alles war, was ich von meinem Vater erwünscht hätte. Er war groß und stark, mit mächtigen Armen, die aus seinen Hemdsärmeln ragten. Es war warm, und er hatte die Ärmel aufgerollt. Da sah ich die Tätowierung des roten Kreuzes zum ersten Mal.

Ich wollte so groß und stark sein wie der Teufel. Wissen Sie, mein Vater war ein kleiner Mann mit schwacher Lunge. Ich war aufgewachsen und hatte ihn geschätzt, und es hatte lange gedauert, bis er mich zum Erkunden der Höhlen mitgenommen hatte. Und so ging ich nun mit diesem Fremden und wurde sein Führer, nicht einmal so sehr wegen des Geldes, das er mir bot, sondern um einfach bei ihm zu sein. Ich wollte wieder das Gefühl haben, das ich einst mit meinem Vater genossen hatte, bevor seine Atmung so schwach wurde, dass er kaum noch gehen konnte. Ich gab ihm die Schuld daran und stellte mir vor, der Fremde sei mein richtiger Vater, der mich Dinge lehren würde, die ich noch nicht gelernt hatte.

Er konnte Schwache überzeugen, dass sie ihm glaubten, und ich war schwach. Das gebe ich zu. Ich verstehe nun, dass er mich deshalb auserwählte. So macht er es immer. Er spürt unsere Schwäche und nutzt sie.

Ich zeigte ihm den Weg in die Wüste, und die ganze Zeit hielt er eine Hand auf seinem festgeschnallten Segeltuchpacken. Ich fragte ihn, was der Packen enthielt, aber er sagte es mir nicht. Ich erinnere mich, dass ich verwirrt und ein wenig ängstlich war. Zum ersten Mal fragte ich mich, wer dieser Fremde wirklich war. Er sagte mir, er wäre Soldat, und ich versuchte ihm zu glauben, aber ich wusste, dass er viel mehr war.

Wir fuhren tief in die Wüste, ein paar Meilen weit, als die Sonne schwächer wurde. Ich wollte es hinter mich bringen. Ich bereute inzwischen, jemals mit ihm gefahren zu sein. Schließlich stoppte der Fremde den Wagen, und wir wanderten zu einer der Höhlen. Wir tranken viel Wasser, aber seine Feldflasche wurde nie leer, und das Wasser schmeckte immer kühl. Ich erinnere mich, dass mir dies ebenfalls Angst machte, aber ich hatte schrecklichen Durst und trank einfach weiter von dem Wasser.

Schließlich kletterten wir zu einem der Höhleneingänge hinauf. Drinnen forderte er mich auf, seine Taschenlampe zu halten, während er grub. Jetzt war ich sicher, dass er Soldat war, denn seine Schaufel war so eine Art Klappspaten, wie sie von Soldaten benutzt werden. Er grub ein Loch und legte seinen gesamten Packen hinein. Ich erinnere mich, wie sorgfältig er das Loch wieder zuschüttete. Aber ich fand nie heraus, was dieser Segeltuchpacken enthielt. Ich war zu ängstlich, um danach zu fragen, und er sagte es mir nie von sich aus. Ich weiß noch, dass ich weglaufen wollte, als er mir den Rücken zuwandte und damit beschäftigt war, das Loch zu füllen, denn ich wusste, dass er mich umbringen würde. Und ich lief auch weg, sobald die Dunkelheit hereinbrach. Es war ein paar Meilen zurück nach Bani Nai'm, aber ich glaube, ich habe niemals angehalten. Ich wusste, dass ich bei etwas Teuflischem mitgemacht hatte, aber ich begriff erst, wie teuflisch es war, als ich nach Hause kam und feststellte, dass meine Mutter weinte und mein Vater fort war. Der Krieg mit den Juden hatte begonnen.

Der Kummer, den Sie in meiner Stimme hören, ist echt und hat sich im Laufe der Zeit nicht geändert. Ich sah meinen Vater nie wieder, und ich wusste, dass es meine Schuld war. Ich hatte ihn verlassen, um mit dem Teufel davonzufahren. Mein Vater starb, weil ich nicht mehr an ihn glaubte. Der Teufel hatte mir das bisschen Vertrauen genommen, das ich noch besessen hatte.

Ich wusste, dass der Teufel nach Palästina gekommen war, damit der Krieg beginnen konnte – ich half ihm, den Krieg zu beginnen! Ich weiß nicht, was er in dieser Höhle vergrub, doch bis zum heutigen Tag bin ich überzeugt, dass der erste Schuss abgefeuert wurde, als die letzte Schaufel Dreck über diesen Packen geworfen worden war, was immer er enthalten haben mochte. Das Leben für die Palästinenser würde nie wieder dasselbe sein. Unsere Welt hatte sich für immer verändert, und ich war daran beteiligt, war ein Komplize.

Aber mit der Torheit der Jugend glaubt ich die Dinge in Ordnung bringen zu können. Ich dachte, wenn ich ausgraben könnte, was der Teufel vergraben hatte, könnte ich unser Elend beenden. Ich handelte jedoch erst, als wir vom Tod meines Vaters erfuhren. Nach der Beerdigung wagte ich mich wieder in die Wüste, um die Höhle zu suchen. Ich trug nur eine Schaufel über der Schulter, während andere Jungen Waffen hatten. Ich ging tagelang an einem Stück, suchte nach der Höhle, wo der Teufel den Packen vergraben hatte, und glaubte, ungeschehen machen zu können, was ich getan hatte. Aber ganz gleich wie lange und wie oft ich suchte, ich fand die Höhle nie wieder.

Ich sagte mir, wenn ich sie finden und ausgraben konnte, was der Teufel vergraben hatte, könnte ich meinen Vater ins Leben zurückholen. Ihm sagen, wie leid es mir tat und wie sehr ich mir wünschte, dass er mir wieder Dinge zeigte und die Geschichten unseres Volkes erzählte. Manchmal wachte ich nachts auf, und der Teufel beugte sich über mich. Ich erwachte schreiend, und ich wusste, dass der Teufels mich auf diese Weise warnen wollte, ihn nicht bei seinem Werk zu stören.

Sein Werk …

Er hatte mein Volk vernichtet und viele von uns dazu gebracht, seine teuflischen Methoden als einzige Möglichkeit zu unserem Überleben anzuwenden. Wir haben so lange mit Gewalt und Hass gelebt, weil wir uns selbst überzeugt haben, dass es unsere einzige Zuflucht ist.

Doch ich weiß, dass irgendwo in der Wüste die Höhle liegt, in der er vergraben hat, was die einzige Hoffnung unseres Volks sein konnte. Im Laufe der Jahre habe ich weiterhin gesucht; weniger oft, als ich älter wurde, und seit kurzem überhaupt nicht mehr.

Aber ich habe immer noch dieselbe Schaufel, immer einsatzbereit …«

42.

»Wie lange ist es her, seit Sie zum letzten Mal in der Wüste waren?«, fragte Ben.

Abid Rahman zuckte mit den Schultern. »Ein paar Jahre. Ich gab schließlich auf.«

Die Blässe, die verschwunden war, während er erzählt hatte, kehrte wieder. Seine Hände begannen zu zittern. »Vermutlich wäre ich ohnehin nicht in der Lage gewesen, in diesen Packen zu schauen. Ich hätte zu große Angst vor dem gehabt, was ich vielleicht darin gefunden hätte. Möglicherweise hat der Teufel die ganze Zeit gewollt, dass ich es tue. Vielleicht ist die Welt besser dran, wenn ich es nicht tue.« Er blickte zu Ben auf. »Meinen Sie, ich kann jetzt nach Hause gehen?«

»Bald. Wenn Sie die Höhle wieder sehen würden, könnten Sie sich daran erinnern?«

»*Inshallah.* So Gott will.« Abid Rahman drückte sich plötzlich gegen die Betonwand. »Warum? Hat man sie gefunden? Wollen Sie mir *das* sagen?«

»Ich bin mir nicht sicher.«

»*Yaa Allah.* Sie wissen nicht, was Sie getan haben!«

»Ich bin es nicht, der sie gefunden hat.«

»Aber dem, der sie fand, ist etwas Schreckliches widerfahren, nicht wahr?« Ben lief bei der unheimlichen Prophezeiung von Abid Rahmans Frage ein eisiger Schauer über den Rücken, doch er erwiderte nichts.

»So ist er, der Teufel, wissen Sie«, fuhr Rahman fort. »Er nannte sich selbst einen Hüter, daran erinnere ich mich jetzt. Die Bestrafung für jeden, der in sein Reich eindringt, ist furchtbar, sagte er.«

»Dann waren Sie tapferer, als Sie glaubten, denn Sie haben ja weiter gesucht.«

Auf Rahmans Gesicht spiegelte sich Traurigkeit. »Aber ich habe nichts gefunden.«

»Vielleicht ist es noch nicht zu spät, Abid, wenn Sie mit mir in die Wüste fahren.«

»Sie sind ein Narr, wenn Sie glauben, Sie könnten den Teufel aufhalten.«

»Wenn es nicht zu spät ist, kann ich es vielleicht.«

»Nein. Sie können das Blutvergießen nicht stoppen. Sie können das Blut nur von Ihren eigenen Händen fernhalten. Soviel weiß ich von meinem Tag mit dem Teufel.«

Bens Stimme blieb ruhig und geduldig. »Und Sie haben ihn wieder gesehen.«

»Neulich. Im Dorf Bani Nai'm, wo ich immer noch lebe. Kennen Sie das Dorf?«

»Ich habe davon gehört, aber ich war noch nie dort.«

»Es blieb fast unverändert in diesen vielen Jahren. Kleine Häuser aus Beton und Straßen voller Schlaglöcher. Wir haben jetzt mehr elektrische Leitungsmasten, und auf vielen Dächern sind Fernsehantennen, aber von unseren Aprikosen- und Guajavebäumen sind die meisten gestorben. Die Feigen und die Granatäpfel ebenfalls. Was meinen Sie, woran das liegt, Inspector?«

»Ich weiß es nicht.«

»Ich nehme an, es liegt am Teufel. Der Teufel blieb, nachdem er ging, breitete sich schleichend aus, tötete langsam. Ich glaube, so war es. Und ich schwöre ... ich ... schwöre ...«

»Lassen Sie sich Zeit, Abid.«

Rahman beruhigte sich selbst, indem er ein paar Mal tief durchatmete. »Ich schwöre, dass nach der Rückkehr des Teufels die wenigen gesunden Bäume, die in unserem Dorf übrig geblieben sind, ihre Blätter verloren haben.«

»War es derselbe Mann, den Sie in Erinnerung haben?«, fragte Ben.

Rahman schüttelte den Kopf. »Er hat diesmal seine Jünger geschickt. Ich weiß nicht, wie viele ich sah, aber sie trugen alle das Mal auf den Armen – das Kreuz, das auf dem Kopf steht. Ich hatte Angst, dass sie mich verfolgten. Ich wusste, meine einzige Chance bestand darin, die Geschichte zu erzählen und zu hoffen, dass jemand sie glaubt. So kam ich nach Jericho, wollte zum Polizeipräsidium, doch man muss mir gefolgt sein. Ich bemerkte die Frau auf dem Platz, bevor ich das Präsidium erreichte.«

»Und Sie sahen diese anderen in Bani Nai'm, am Rande der Wüste?«

»Ja.«

»Mehr als einer der Männer, die Sie sahen, hatte das Mal des Kreuzes?«

»O ja.«

»Und können Sie sich vielleicht erinnern, *wann Sie* diese Männer gesehen haben?«

»Neulich. Es ist nicht lange her, wie ich Ihnen schon sagte.«

»Erinnern Sie sich, wann wir uns zum ersten Mal begegnet sind?«, fragte Ben geduldig.

Abid Rahman nickte. »Auf dem Platz. Als ich dachte, Sie könnten einer von ihnen sein.«

»Sie verlangten von mir, meinen Arm zu zeigen.«

»Ich glaubte es immer noch nicht ganz.«

»Weil die Frau, die Sie töten wollte, ebenfalls kein Mal hatte.«

»Der Teufel ist heimtückisch.«

»Aber als Sie die Männer neulich in Ihrem Dorf sahen, näherten Sie sich ihnen, nicht wahr?«

Abid nickte sehr langsam.

»Ich möchte hören, was Sie zu ihnen gesagt haben.«

Abids Augen leuchteten bei der Erinnerung auf und spiegelten Aufregung wider. »Ja! Ja! Ich beschuldigte sie, für den Tod meines Vaters verantwortlich zu sein, für die Vernichtung meines Volkes. Ich fragte sie, was sie uns noch antun wollten und warum sie sich die Mühe gemacht hatten, zurückzukehren.«

»Das war vor dem Montag.«

Rahman blinzelte verwirrt. »Wann habe ich Sie auf dem Platz gesehen?«

»Am Montag.«

»Zwei Tage zuvor. Mindestens. Ja, es war zwei Tage vorher, da bin ich fast sicher.«

»Haben die Männer wieder Hilfe gesucht? Vielleicht einen Führer?«

»Diesmal habe ich sie aufgespürt. ›Warum wir?‹, fragte ich sie. ›Warum sucht ihr uns wieder heim?‹«

Rahman senkte traurig den Kopf. Er schluchzte, schniefte.

»Aber Sie kamen nach Jericho.«

Rahman blickte flehend auf. »Ich musste die Leute warnen. Ich musste ihnen sagen, dass sie zurückgekehrt waren, musste ihnen von dem Schrecken erzählen, der mit Sicherheit kommen würde, dass er aber noch aufgehalten werden konnte.«

»Möchten Sie mir helfen, ihn aufzuhalten?«

»Ich habe mein Leben lang darauf gewartet.« Rahmans Haltung straffte sich, und plötzlich wirkte er geistig vollkommen gesund. »*Allahu maa asabirin.* Gott hilft denen, die Geduld haben.«

43.

Statt darauf zu warten, dass Isser Raskin ihren Anruf erwiderte, fuhr Danielle zum Präsidium der Nationalpolizei, um Raskin in seinem kleinen Büro aufzusuchen. Inzwischen sollte er in der Lage sein, einen umfassenden Bericht über die Untersuchung des Steins zu präsentieren, den Danielle ihm gegeben hatte.

Danielle wollte gerade an die offene Tür seines abgeteilten Büros klopfen, als sie sah, dass sich niemand darin aufhielt. Issers Schreibtisch war aufgeräumt, und alle seine persönlichen Dinge waren von den Wänden entfernt.

Danielle verspürte ein flaues Gefühl im Magen. Sie lehnte sich gegen Issers Schreibtischsessel, um sich zu stützen. Dann ging sie zum Büro des Abteilungsleiters, klopfte flüchtig an und trat ein.

»Ich suche Isser Raskin.«

Der Mann nahm seine Brille ab und starrte sie mit benebeltem Blick an. »Er ist nicht da.«

»Das habe ich gesehen.«

»Er wurde versetzt. Die Anweisungen kam gestern Abend von oben.«

»Versetzt wohin?«

»Das weiß ich nicht.«

»Wie kann ich ihn erreichen?«

»Das können Sie nicht.«

»Warum nicht?«

»Er wurde zu einer Abteilung des Nachrichtendienstes versetzt, zu einer Sondereinheit. Nach Übersee, glaube ich. Er war sehr froh darüber.«

»Das freut mich.« Danielle spürte, wie ihr Puls sich beschleunigte, und Furcht mischte sich in die Enttäuschung, die in ihr aufgestiegen war. »Aber er hat in einem meiner Fälle an der Spurensicherung gearbeitet.«

»Ich verstehe, Pakad.« Der Abteilungsleiter wandte sich seinem Computer zu. »Wenn Sie mir den Fall nennen, werde ich sehen, an wen die Arbeit übergeben worden ist.«

»Ich … äh … ich bin mir nicht sicher, ob er Gelegenheit hatte, das schon zu speichern.«

»Nennen Sie mir etwas. Irgendeinen Anhaltspunkt.«

»Versuchen Sie es mit ›Judäische Wüste‹.«

Der Abteilungsleiter tippte es ein. »Tut mir leid«, sagte er dann mit einem Blick auf den Monitor. »Da gibt es nichts.«

»Wie wäre es mit ›Stein‹?«

»Nur ›Stein‹?«

»Versuchen Sie es. Bitte.«

Er tat es und schüttelte den Kopf. »Nichts.«

»Hat er vielleicht etwas für mich hinterlassen?«

Der Abteilungsleiter schüttelte abermals den Kopf. »Bedaure, nein, ich habe sein Fach selbst überprüft. Aber er hat sein Büro in ziemlicher Eile verlassen. Ich befürchte, er hat es nicht mehr geschafft, Sie anzurufen.«

»Ich verstehe«, murmelte Danielle und verließ mit steifen Schritten das Büro.

Sie ging zu Issers kleiner, abgeteilter Kabine zurück, trat ein und begann in seinen Schubladen zu suchen, obwohl sie das Gefühl hatte, in seiner Privatsphäre herumzuschnüffeln.

Abgesehen von Büromaterial waren sämtliche Schubladen leer oder enthielten nichts von Bedeutung.

Auch nicht den Stein, den sie ihm gegeben hatte.

Danielle setzte sich in Issers Schreibtischsessel und atmete ein paar Mal tief durch. Ihr Magen, stets empfindlich, begann wieder zu rebellieren. Sie zog den leeren Papierkorb heran, falls sie sich übergeben musste.

Was hatte Isser gestern in seiner telefonischen Botschaft gesagt? Etwas von einer Bestätigung, die er von auswärts einholen wollte. Sie konnte ihren Anrufbeantworter abhören, aber ...

Bei diesem Gedanken fiel ihr Blick auf Issers Telefon. Wie ihres verfügte es über ein digitales Display. Sie tippte auf die Taste für Wiederwahl.

Eine Nummer, die ihr unbekannt war, erschien auf der Anzeige. Die letzte Telefonnummer, die Isser angerufen hatte, bevor er gestern das Büro verließ.

Danielle notierte sich die Nummer.

»Was lehren Sie, Professor?«

»Wer, sagten Sie, sind Sie?«

»Pakad Danielle Barnea von der Nationalpolizei. Wenn Sie zum Präsidium kommen möchten ...«

»Nein«, erwiderte Professor Maurice Bernstein von der Hebräischen Universität. Seit dem späten Morgen hatte Danielle vergebens versucht, ihn zu erreichen; schließlich war es ihr am Nachmittag während seiner Bürostunden gelungen. »Das ist nicht nötig. Ich bin Professor der Geologie.«

Danielle spürte ein Kribbeln im Magen, drückte den Hörer fester ans Ohr und rief sich das Video der Amerikaner von ihrer Arbeit in der Judäischen Wüste in Erinnerung.

»Und ja – ich sprach gestern mit Isser Raskin, kurz bevor er mir seine Probe zur Analyse brachte.«

»Diesen Stein, meinen Sie.«

»Warum fragen Sie ihn das alles nicht selbst?«

»Er hat Sie angerufen, um eine Bestätigung zu erhalten. Ich tue das Gleiche.«

Sie konnte Bernstein seufzen hören. »Womit soll ich anfangen?«

»Was bedeutet die Aufschrift?«

»Der Stein ist eine Probe«, leierte Bernstein herunter, als wäre es offenkundig. »Die Nummer ›561‹ bezieht sich auf die Tiefe, in der er gefunden wurde. 561 Fuß. Knapp 180 Meter.«

»Es waren ungefähr hundert andere Steine in den Behältern.«

»Ja, und ich nehme an, die höchste Zahl war um die Tausend oder etwas mehr.«

»Das stimmt«, erinnerte sich Danielle.

»Zunehmende Konzentration von Kohlenwasserstoff, je tiefer sie bohrten. Als sie Gewissheit hatten, haben sie aufgehört.«

»Welche Gewissheit?«

Danielle sank auf den Schreibtischsessel, als Bernstein es ihr sagte.

44.

Nachdem Ben das Gefängnis verlassen hatte, fuhr er zum Oasis Casino, wo er Nabril al-Asi am Blackjacktisch antraf.

»Die israelischen Touristen haben einige unserer Kartenausgeber beschuldigt, das Haus zu betrügen«, erklärte der Colonel. »Ich hielt es für das Beste, jeden zu überprüfen. Ziehen Sie sich einen Stuhl heran, Inspector.«

Ben tat es und winkte ab, als der Geber ihn fragend anschaute, weil es Zeit zum Einsetzen war. Al-Asi schob einen 50-Dollar-Chip in die Box und wartete auf seine Karten.

»Sie müssen mir einen Gefallen tun, Colonel.«

»Betrifft es diese Sache mit Ihrem verstorbenen Neffen?«

»Ja.«

»Nur einen Moment«, sagte al-Asi und schaute zu, wie der Geber ihm eine Königin und dann eine Zehn zuschob. »Nein, ich bezweifle, dass dieser Mann Dreck am Stecken hat. Was kann ich jetzt für Sie tun?«

Ben beobachtete, wie der Kartengeber wie vorgeschrieben auf 15 setzte und verlor. Al-Asi stapelte seinen gewonnenen Chip auf sein ursprüngliches Wettgeld und ließ es als Einsatz stehen.

»Ich muss einen Gefangenen aus dem Gefängnis entlassen bekommen.«

»Ein Austausch?«

»Aus einem *palästinensischen* Gefängnis, Colonel.«

Al-Asi erhielt diesmal einen König. »Wer ist dieser Gefangene?«

»Abid Rahman. Der Mann, den ich am Montag auf dem Baladiya Square festgenommen habe.«

»Warum kommen Sie dann zum Schutzsicherheitsdienst? Warum holen Sie sich nicht einfach die Genehmigung von diesem jungen Polizeichef ein, der Ihnen seine Stelle zu verdanken hat?«

Der Kartengeber schob al-Asi ein Ass zu und zahlte ihm sofort drei Chips aus.

»Der Schreibkram würde die Dinge um Tage verzögern«, erklärte Ben. »So lange kann ich nicht warten.«

Der Colonel setzte vier Chips, 200 Dollar, auf das nächste Blatt. »Ich verabscheue Bürokratie, die um jeden Preis vermieden werden sollte.«

Al-Asis nächste beiden Karten waren eine Zwei und eine

Acht. Er verdoppelte und bekam eine Neun. Der Kartengeber stieg bei 17 aus und schob zwei weitere Chips zum Stapel des Colonels.

»Ich glaube, Sie bringen mir Glück, Inspector«, sagte al-Asi.

»Dann werden Sie es tun?«

»Ich hätte es auch dann für Sie getan, wenn Sie mir kein Glück gebracht hätten. Diese Kartengeber sollen das Gefühl haben, dass sie von jemand beobachtet werden. Ich muss noch viele Tische besuchen.«

Ben schob seinen Stuhl zurück. »Möchten Sie woanders …«

»Nein, dieser Tisch passt mir im Augenblick sehr gut. Wollen Sie ein, zwei Spiele mitmachen? Ich werde Ihnen den Rücken stärken.«

»Ein anderes Mal.«

Al-Asi lächelte. »Selbstverständlich. Erzählen Sie mir jetzt, was Sie von dieser Disc erfahren haben.«

»Die Amerikaner waren keine Archäologen, jedenfalls nicht alle.«

»Und Ihr Neffe?«

»Ich bin mir nicht sicher. Im Augenblick bin ich mir bei gar nichts sicher.«

Al-Asi kaufte bei 12, erhielt eine Sieben und hatte somit 19. Der Geber deckte sein Blatt auf und zeigte ein Ass und eine Sieben, also nur 18. Der Colonel strich seine Chips ein und setzte nur einen 25-Dollar-Chip.

»Ich habe die Amerikaner von Anfang an verdächtigt, Inspector.«

»Warum?«

»Weil in den Höhlen in der Judäischen Wüste nichts mehr von Bedeutung zu finden ist.«

»Die Amerikaner haben einige Tests des Erdbodens vorgenommen.«

»Bei Boden ist etwas anderes.«

»Sie haben kompliziertes Gerät und Bohrausrüstung eingesetzt. Die Israelis müssen alles demontiert haben, bevor jemand an den Tatort kam.«

Der Kartengeber präsentierte auf Anhieb eine 21 und sammelte alle Chips ein, die im Halbkreis vor ihm lagen.

»Haben Sie erwogen, die Kartengeber überwachen zu lassen?«, erkundigte sich Ben.

»Warum sollte ich mir die Mühe machen? Was sie treiben, juckt mich nicht. Ich habe ihre kleine Trickserei ziemlich genossen. Sich dumm zu stellen, ist einer der größten Vorteile, die wir Palästinenser haben.«

Beim nächsten Spiel verlor al-Asi 40 Dollar und schob seinen Stuhl vom Tisch. Er sammelte die verbliebenen Chips ein und erhob sich.

»Es wird Zeit, einen anderen Kartengeber zu überprüfen, Inspector.« Er schaute Ben an, als würde er ihn zum ersten Mal sehen. »Wie kommen Sie auf den Gedanken, dass der Mann, den Sie festgenommen haben, etwas zu Ihrer Ermittlung beitragen kann?«

»Ich wurde neulich in der Nacht von Kerlen angegriffen, auf die die Beschreibung passt, die der Mann mir gab. Sie hatten Tätowierungen auf dem Arm – rote, auf dem Kopf stehende Kreuze.«

»Haben Sie Nachforschungen darüber angestellt?«

Ben nickte. »Es gibt nirgends eine Erwähnung.«

»Im Internet?«

»Da habe ich es noch nicht versucht.«

»Dann lassen Sie mich helfen. Ich kann ziemlich gut mit einer Tastatur umgehen. Früher mussten wir Fingernägel ausreißen, um zu bekommen, was wir jetzt aus dem Internet erfahren.«

»Der Mann, der gefangen gehalten wird, hat eine Frau angegriffen, die ihn töten wollte, wie er behauptet. Sie hätte ein Messer gehabt, sagt er. Dieses Messer habe ich in einem Plastikbeutel mit den Habseligkeiten der Frau entdeckt, den sie im Krankenhaus zurückgelassen hatte.«

»Hatte sie auch diese Tätowierung?«

»Nein. Aber Männer, die im Dorf des jetzt gefangenen Mannes auftauchten. Sie haben versucht, ihn umbringen zu lassen, weil er sie wieder erkannt hatte.«

»Nach wie vielen Jahren?«

»Zweiundfünfzig.«

Al-Asi rückte seine Krawatte zurecht. »Damit kann man nicht sehr viel anfangen.«

»Vielleicht genug, um mir die Killer meines Neffen zu bringen.«

»Die nach einem halben Jahrhundert wieder erschienen sind. Ich könnte mir vorstellen, dass sie Gründe dafür haben müssen.«

»Ich auch, Colonel.«

Al-Asi sorgte für Abid Rahmans Freilassung, bevor der Nachmittag vorüber war. Nun, einige Stunden vor Sonnenuntergang, stand der Exgefangene fünf Meilen vom Dorf Bani Nai'm entfernt neben Ben in der Judäischen Wüste, und Commander Baruch vom Shin Bet starrte sie beide finster an.

»Was treiben Sie hier, Inspector?«, fragte Moshe Baruch, der gesehen hatte, dass Ben Abid Rahman über den Tatort in der Judäischen Wüste geführt hatte.

Ben blickte an Baruchs fassartiger Brust vorbei. »Ich arbeite mit einem Zeugen, Commander.«

Baruch starrte Rahman an, der nervös von einem Bein aufs andere trat. »Ein Zeuge der Morde?«

»Nicht genau«, erwiderte Ben.

»Wie meinen Sie das?«, wollte Baruch wissen.

»Er war Zeuge, als vor vielen Jahren etwas in den judäischen Höhlen vergraben wurde. Ich glaube, es war das, was zum Tod der Amerikaner führte.« Ben zögerte. »Diese Kiste, die zwei von ihnen aus der Höhle bargen. Sie können sich alles auf dieser Disc anschauen.«

Baruchs Gesicht lief rot an, als Ben ihm das Original der Disc aushändigte, von der Ari Coen eine Kopie gemacht hatte. Der Commander sog scharf den Atem ein.

»Ich sollte Sie sofort vom diesem Land jagen ...«

»Von hier oder von der West-Bank, Commander?«

»Wir können hier anfangen.«

Ben blickte sich auf dem Gelände um. »Wie ich sehe, ist es Ihnen gelungen, die Medien vom Tatort fern zu halten. Vielleicht sollte ich ein paar Anrufe machen und sehen, ob wir Sie in den Abendnachrichten bringen können. Dann erzählen Sie den Reportern vielleicht alles über das Bohrgerät, das Sie von der Armee demontieren ließen, bevor jemand eine Möglichkeit hatte, das Gerät zu sehen.«

Baruch starrte Ben wütend an. Er schloss die Hand um die kleine Disc. »Beeilen Sie sich, bevor ich es mir anders überlege.«

45.

»Sehen Sie sich um. Kommt Ihnen irgendetwas vertraut vor?«, fragte Ben Abid Rahman, nachdem sie von Baruch fort und zu den Hügeln zu gingen.

Rahman ließ den Blick langsam über das Gelände schweifen. »Ich weiß es noch nicht. Ich muss noch umhergehen, ein Gefühl für diese Stätte bekommen ... sehen, ob mir irgendetwas in Erinnerung geblieben ist.«

Zusammen gingen sie über den bewachten Wüstenstreifen, auf dem die Amerikaner ermordet worden waren. Bei jedem Schritt wurden sie von zwei Soldaten begleitet. Abid Rahman schien nach nichts Speziellem zu suchen, blieb aber aufmerksam, sogar konzentriert, sofern die Falten auf seiner Stirn, die sich vertieften, ein Anzeichen dafür waren.

Plötzlich verharrte er, als die Sonne ihn blendete, und hielt eine Hand beschirmend über die Augen. Er schien er nur auf die Sonne zu blicken; mit weit aufgerissenen Augen, ohne zu blinzeln.

»Was ist?«, fragte Ben.

»Warten Sie, bitte.« Rahman hob die Hand, um Ben davon abzuhalten, sich zu nähern. »Ich erinnere mich jetzt …«

»Sagen Sie's mir.«

»Die Art, wie der Sonnenschein auf den Hängen der Hügel gleißt und von der Wüste zurückgeworfen wird …« Rahmans Worte klangen monoton und benommen, wie im Schock geäußert. »Genauso war es, als der Teufel die Stelle fand, die er suchte. Ich werde nie das Gefühl vergessen, das ich in diesem Moment hatte, denn es war der letzte Augenblick, in dem ich wahren Frieden erlebte.« Er zog die Hand vom Gesicht und blickte Ben an. »Da, *sidi*.«

Abid Rahman deutete auf die Höhle und strebte darauf zu. Während zwei israelische Soldaten zuschauten, zögerte er kurz am Fuß der Stufen, bevor er zum Höhleneingang hinaufstieg.

Ben folgte ihm dichtauf, wollte kein Wort verpassen.

»Ich erinnere mich an diesen Hang«, sagte Rahman. »Und an die Öffnung. Sie war genauso, wie sie jetzt ist.«

»Sind Sie sicher?«

»Die Sonne schien mir in die Augen, bis wir auf halbem Weg oben waren.« Sie passierten die Mitte des Pfades und tauchten in die Schatten ein. »Dann war die Sonne fort. Der Blick ist der gleiche, der Hügelhang ist unverändert. Aber wie kommt es, dass ich diese Höhle nie wieder gefunden habe?«

»Der Teufel kann die Öffnung mit Steinen und Dreck getarnt haben, nachdem Sie davongelaufen waren«, sagte Ben und rief sich den Anblick der beiden Schutthaufen in Erinnerung, die von den Amerikanern vom Höhleneingang geräumt worden waren. »Er kann sie verdeckt haben, sodass sie mit dem Hügelhang verschmolz.«

In der Höhle fiel Abid Rahman neben der flachen Vertiefung auf die Knie, die Bens Neffe und ein anderer Amerikaner vor fast einer Woche entdeckt hatten.

»Der Teufel wollte den Rest der Höhle erkunden, doch es wurde rasch dunkel«, erinnerte sich Abid Rahman. »So vergrub er es hier. Ich erinnere mich noch, wie er diese Grube aushob.«

»Sie haben aber nie gesehen, was in seinem Packen war?«

»Nein.« Rahman wandte sich von der Grube ab. »Sagen Sie, warum sind da draußen all diese Leute?«

»Weil hier vor zwei Tagen über cin Dutzend Menschen starben. Nachdem sie gefunden hatten, was Sie den Teufel vor zweiundfünfzig Jahren vergraben sahen – was immer es gewesen ist.«

Rahmans verkrampfte sich, und er faltete die Hände wie ein Betender. »*Haududallah!* Wo ist es jetzt?«

»Das wissen wir nicht.«

Rahman klammerte sich an Bens Hosenbeine. Er zitterte am ganzen Körper. »Sie müssen es finden, *sidi*! Schnell, bevor es zu spät ist. Wer immer das hat, was der Teufel damals hier vergrub, kann unmöglich wissen, welche Macht es besitzt!«

»Es hat den Anschein, Abid, dass jemand es weiß.«

46.

Danielle saß an ihrem Schreibtisch und versuchte, gegen eine neuerliche Woge der Übelkeit anzukämpfen. Seit ihrem Telefonat mit Professor Bernstein befand Hershel Giott sich in einer Konferenz auf höchster Ebene.

»Erdöl«, hatte ihr der Professor gesagt. »Woher dieser Stein auch stammen mag, ist das Land extrem reich an Ölreserven. Eines der ergiebigsten Vorkommen, das seit Jahrzehnten gefunden wurde.«

»Sind Sie sicher?«, hatte Danielle atemlos gefragt.

»Die Konzentration des Kohlenwasserstoffs in der mir zur Verfügung gestellten Probe lässt keinen anderen Schluss zu.«

Erdöl, dachte Danielle jetzt, während sie auf Hershel Giotts Rückkehr wartete. *Das haben die Amerikaner in der West-Bank gefunden, und das hat J. P. Wynn seit seiner Ankunft vermutet.*

Erdöl …

Danielle erinnerte sich an Isser Raskins Behauptung, dass der Stein, den sie ihm zur Analyse gegeben hatte, zu ähnlichen Steinen passte, die im Panhandle von Texas gefunden worden waren. Israelische Wissenschaftler mussten die mögliche Existenz von Erdöl in der West-Bank entdeckt haben. Aus Mangel an technischer Fachkenntnis hatten sie ein amerikanisches Vermessungsteam von Geologen angeheuert und die Männer als Archäologen getarnt, damit keiner näher darüber nachdachte, was diese Amerikaner in der Wüste suchten.

Schließlich war allein das Vorkommen von Erdöl in der West-Bank kompliziert genug, bevor die Frage nach dem Eigentumsrecht ins Spiel kam. Wessen Land war es? Dieser Teil der Judäischen Wüste war kürzlich an die Palästinenser abgetreten worden, aber technisch blieb er unter gemeinsamer israelisch-palästinensischer Kontrolle. Wem gehörte also das Öl? Es hatte den Anschein, als wollte Israel es für sich beanspruchen, denn das ökonomische Potenzial war zu groß, es sich entgehen zu lassen. Die Palästinenser würden natürlich zumindest um einen stattlichen Anteil kämpfen. Aber es war schwer vorstellbar, dass Israel zuließ, dass die Palästinenser die Macht und den Wohlstand erhielten, den das Erdöl mit sich brachte. Das wiederum bedeutete, dass Israel eine Möglichkeit finden musste, wie es die gesamten Reserven für sich behalten konnte.

»Können Sie mir sagen, woher dieser Stein stammt, Chief Inspector?«, hatte Bernstein sie gefragt.

»Wie kann es so lange gedauert haben, bis das Öl entdeckt wurde?«, hatte Danielle statt einer Antwort erwidert.

»Vermutlich weil keiner sich die Mühe gemacht hat, danach zu suchen. Es gibt möglicherweise viel mehr Öl auf der Erde, als wir jemals gebrauchen können, versteckt an Orten, an denen wir nie gesucht haben. In den vergangenen Jahren waren die Reserven unter Schiefer und Salzschichten verborgen, viel zu tief, um sie zu finden. Aber jetzt verfügen wir über die Technologie, tausend Fuß und tiefer zu gelangen.« Bernstein hatte sich geräuspert. »Wenn Sie mir jetzt sagen, woher der Stein stammt …«

»Ich werde Sie später anrufen, Professor«, hatte Danielle gesagt und aufgelegt.

Es blieb immer noch so vieles unklar für sie, aber *klar* war, dass der Shin Bet nicht nur die Wahrheit über die Anwesenheit der Amerikaner gewusst hatte, sondern daran beteiligt gewesen war. Wenn jemals die Wahrheit herauskam, würden Köpfe rollen; zumindest die von Commander Baruch und Shoshanna Tavi.

Das Telefon klingelte, und Danielle riss den Hörer von der Gabel, denn sie erwartete, dass Hershel Giott am anderen Ende der Leitung war.

»Rav Nitzav?«

»Wie bitte?«, fragte eine Frauenstimme.

»Verzeihung. Ich dachte, es sei jemand anders.«

»Ja, nun, hier ist das Büro von Dr. Petroska«, sagte die Frau. Petroska war Danielles Gynäkologe. »Der Doktor möchte, dass Sie ihn aufsuchen.«

Danielle glaubte einen Kloß in der Kehle zu haben. »Gibt es … ein Problem?«

»Davon weiß ich nichts. Ich übermittle nur die Nachricht. Können Sie gleich in die Praxis kommen?«

»Sagte der Doktor ›sofort‹?«

»So bald wie möglich.«

Danielle bemerkte, dass sie zitterte. »Ja. Natürlich. Ich fahre gleich los.«

»Ich werde den Doktor informieren.«

Die Fahrt zum Ärztehaus verlief in quälend langsamem Stop-and-go-Verkehr, was für Jerusalem normal war, Danielle jedoch mehr störte denn je.

Ihre Untersuchungsergebnisse waren gekommen, und der Arzt musste etwas entdeckt haben, das ihm nicht gefiel. Davon war sie überzeugt.

Die Gedanken, mit denen sie sich zuvor beschäftigt hatte – wie das Kind aufgezogen werden sollte und dergleichen –, erschienen plötzlich unbedeutend. Vielleicht würde Dr. Petroska ihr sagen, dass sie das Baby verlieren würde. Wieder.

Es gab keine freien Parkplätze am Ärztehaus, und Danielle ließ ihren Jeep auf einem Fußgängerüberweg zurück, statt in der Straße nach einer Parklücke zu suchen. Sie war auf halbem Weg zum Eingang des Ärztehauses, als sie das Spiegelbild eines bekannten Gesichts in der Glasscheibe sah, deutlich bis auf die Narbe.

»Bleiben Sie bitte stehen und halten Sie die Hände so, dass ich sie sehen kann, Pakad«, sagte Shoshanna Tavi.

Danielle wandte sich zu ihr um. »Um was es sich auch handelt, es wird warten müssen. Ich habe einen Termin.«

»Ich weiß. Ich habe den Anruf arrangiert.«

Danielle sah, dass sich zwei Männer, die sie vor der Tür von J. P. Wynns Hotelzimmer gesehen hatte, von den Seiten näherten.

»Und in Ihrer Eile herzukommen«, fuhr Shoshanna Tavi fort, »müssen Sie Ihre Pistole in die Handtasche gesteckt haben, statt ins Schulterholster. Legen Sie die Handtasche bitte vor sich ab.« Shoshanna Tavi sorgte dafür, dass Danielle die 9mm Heckler und Koch sah, die Tavi tief an der Hüfte in der Hand hielt. »Sofort!«

47.

Die Sicherheitsmaßnahmen an dem eingezäunten Gelände außerhalb von Kiryat Arba, das Rabbi Mordecai Levs Amudei Ha'aretz gehörte, waren seit gestern verschärft worden. Ben hatte früher an diesem Tag dafür gesorgt, dass Abid Rahman zur »Beobachtung« in die palästinensische Klinik in Jericho aufgenommen worden wurde, bis er etwas Dauerhafteres finden konnte. Dann war er sofort zum Gelände der Amudei Ha'aretz gefahren und zwei Stunden nach Einbruch der Dunkelheit dort eingetroffen.

Er traf Lev wieder in der Synagoge an. Diesmal standen zwei bewaffnete Wachen am Eingang auf Posten.

»Haben Sie die Disc mitgebracht?«, fragte Lev, der wie beim letzten Mal in der ersten Bankreihe saß.

Ben drückte dem Rabbi eine zweite Kopie in die ausgestreckte Hand. »Interessantes Material.«

Lev schloss die Hand um die Kopie und wartete darauf, dass Ben fortfuhr.

»Die Amerikaner haben etwas in dieser Höhle gefunden, das stimmt. Es ist alles auf dieser Disc. Aber sie waren keine Archäologen.«

Lev schwieg.

»Die Amerikaner waren keine Archäologen, Rabbi, sondern Geologen, und Sie wussten das von Anfang an. Denn Sie erhielten bereits Kopien der Überwachungs-Disc, *bevor* Sie Gebiet sechs erreichten. Was führten Sie im Schilde, Rabbi? Und warum haben Sie sich dafür interessiert?«

»Ihre Phantasie geht mit Ihnen durch, Inspector.«

»Diese Disc beweist, dass die Amerikaner nach etwas anderem suchten als nach Reliquien. Es tut mir leid, Sie enttäuschen zu müssen, aber was sie in dieser Höhle fanden, war zweiundfünfzig Jahren vergraben, keine zweitausend.«

Levs Kopf ruckte vor. Er tastete blind nach Ben und umklammerte mit überraschend kräftiger Hand seine Schulter. »Reden Sie weiter!«

»Kurz vor dem 48er-Krieg kam ein Mann in ein palästinensisches Dorf am Rand der Judäischen Wüste und suchte einen Führer.«

»Woher wissen Sie das?«

»Ich habe diesen Führer gefunden.«

Lev umfasste Bens Schulter noch fester. Er hatte das Gefühl, in einem Schraubstock zu stecken. »Was hat er Ihnen gesagt?«

»Der Mann vergrub einen Packen mit einer Kiste in einer Höhle an der gleichen Stelle, an der die Amerikaner ermordet wurden.«

»Sie haben diese Kiste gefunden, nicht wahr?«

»Ja, das haben sie. Es ist auf der Disc zu sehen, die ich Ihnen soeben gegeben habe.«

»Die Amerikaner haben sie aus der Höhle entfernt …«

»Ja.«

Der Griff des Rabbis wurde schwächer, und er begann auf Hebräisch zu murmeln, wobei er tief den Kopf senkte. »Gibt es irgendein Hinweis auf diese Kiste?«

»Nein.«

»Dann müssen Sie sie finden, Inspector. Um jeden Preis.«

»Warum sollte ich?«

»Weil der Inhalt der Kiste für Sie so wichtig ist wie für mich.«

»Aber er ist auch für jemand anders wichtig, nicht wahr? Jemand, der Meuchelmörder losschickt, welche die Tätowierung eines auf dem Kopf stehenden roten Kreuzes auf dem Arm tragen.«

Lev wandte sich dem Schrein zu, der an der Rückseite die alten Thora-Schriftrollen enthielt.

»Diese Leute haben meinen Neffen und die anderen Amerikaner getötet, nicht wahr?«, fuhr Ben fort. »Sie sind der Grund, weshalb Sie diese Siedlung in eine Festung verwandelt haben. Diese Leute sind hinter derselben Sache her wie Sie.«

»Nein«, erwiderte Lev, die blinden Augen immer noch auf die alten Schriftenrollen des jüdischen Volkes gerichtet, »sie sind verpflichtet, sicherzustellen, dass wir sie niemals sehen, dass *niemand* sie je sieht.«

»Warum?«

»Weil der Inhalt dieser Kiste ihre Welt zerstören würde, Inspector. Und das können sie nicht zulassen.«

48.

»Segne mich, Vater, denn ich habe gesündigt ...«

Mit diesen Worten begann Gianni Lorenzo das nächtliche Ritual der Fütterung seines Vorgängers in der Zimmerflucht, die für seine Bedürfnisse speziell hergerichtet worden war und sich in der Kaserne der Schweizergarde in der Sankt-Anna-Straße befand. Der alte Mann aß immer erst, wenn es dunkel war, und verließ sich darauf, dass die Farbe des Himmels vor seinem Fenster ihm die Zeit verriet, denn die Wahrnehmung für Stunden und Minuten war ihm seit langem verloren gegangen. Das Fenster erlaubte ihm eine klare Sicht auf die kleine Privatkapelle, die für die Benutzung der Schweizergarde reserviert war. Wie oft war der alte Mann dorthin gegangen, um zu beten und seine Gedanken nur mit Gott zu teilen? Gianni Lorenzo hatte wenigstens den alten Mann, dem er sich anvertrauen konnte, obwohl die Gespäche seit dem Schlaganfall seines Vorgängers zunehmend einseitig geworden waren; Lorenzo konnte sich nicht einmal sicher sein, ob der alte Mann ihn überhaupt hörte.

»Seit meiner letzten Beichte sind drei Wochen vergangen«, sagte Gianni Lorenzo und hob ein kleines Stück Hühnerfleisch in Sahne an die Lippen seines Vorgängers. »Tausende Male habe ich mit dem Gedanken gespielt, wieder in die Wüste zu gehen, um den Fehler zu korrigieren, den ich vor zweiundfünfzig Jahren beging, aber ich habe es niemals getan. Und jetzt ist es zu spät.«

Ein wenig Hühnerfleisch und Soße liefen über das Kinn des alten Mannes. Er versuchte, beides mit der blassen, trockenen Zunge wegzulecken. Lorenzo wischte es mit einer Serviette ab.

»Und heute sehen wir uns durch meine Schuld dem möglichen Untergang unserer gesamten Lebensweise gegenüber. So beichte ich Ihnen nicht nur, was ich getan habe, sondern auch, was ich zu tun gedenke. Diejenigen, die irgendetwas von dem Geheimnis erfahren haben, das bewahrt werden muss, müssen sterben. Ich darf mich nicht von dem Fehlschlag letzte Nacht abschrecken lassen. Der Mann und die Frau und unsere anderen Feinde werden nicht entkommen, können sich nicht verstecken – das gelobe ich.«

Der alte Mann stieß einen gurgelnden Laut tief in der Kehle aus. Sein Mund öffnete sich, und seine trockenen Lippen bewegten sich auf und ab. Gianni Lorenzo bemerkte, dass er unabsichtlich das Füttern eingestellt hatte, und tauchte sofort die Gabel in die Schale auf dem Tablett vor ihm. Der alte Mann spitzte die Lippen zu einem schmalen Schlitz; es kostete ihn alle Anstrengung, sie offen zu halten.

»Blut wird an meinen Händen sein. Aber damit wird es enden«, versprach Gianni Lorenzo und führte eine weitere Gabel Hühnchen zum Mund seines Vorgängers.

Die Lippen des alten Mannes zitterten, nachdem er geschluckt hatte, und seine Augen weiteten sich. In diesem Augenblick glaubte Lorenzo, er würde etwas sagen. Doch der alte Mann rülpste nur – so heftig, dass er im Rollstuhl ein wenig verrutschte.

Gianni Lorenzo zog die abgemagerten Hände seines Vorgängers von den Haltegriffen des Rollstuhls, nahm sie in die seinen und drückte sie leicht. Selbst bei diesem sanften Druck zuckte der alte Mann zusammen.

»Heilige Mutter Gottes, hilf uns zu beten, wie unsere Väter es taten. Hilf uns, für die armen, unglücklichen Seelen zu beten, die nicht wissen, warum sie sterben müssen, bevor der nächste Tag vorüber ist.«

Mordecai Lev ertastete den Weg durch den Mittelgang in der Synagoge seiner Siedlung. Er roch die frische Politur auf den Reihen der Kirchenbänke, die mit denen in der Synagoge von Kiryat Arba identisch waren. Es gab mehr Bänke als nötig, um diejenigen aufzunehmen, die derzeit in der Siedlung wohnten, aber das alles würde sich bald ändern.

Lev spürte die Anwesenheit seines Besuchers, als er die vordere Kirchenbank erreichte. »Sind Sie das, Commander? Ich habe keine Gesellschaft erwartet.«

»Ich habe mich selbst eingelassen«, erwiderte Moshe Baruch.

»Gewiss hatten Sie einen guten Grund.«

»Ich muss erfahren, was Sie heute Nachmittag mit dem Palästinenser Kamal besprochen haben.«

»Er hat keine Ahnung von der Wahrheit«, sagte Lev, »wenn Sie das meinen.« Er ertastete sich den Weg zur Mitte der vorderen Bank und setzte sich neben Baruch. »Ich habe ihn in dem Glauben gelassen, dass es vor allem um die vermisste Schriftrolle geht.«

»Pakad Danielle Barnea hat von dem Erdöl erfahren.«

Levs Hände spannten sich um den Knauf des Stocks. »Und wenn sie über das Öl Bescheid weiß …«

»Mehr weiß sie nicht, glauben Sie mir. Und sie ist von der Bildfläche entfernt worden.«

»Natürlich um unser Geheimnis zu wahren, Commander.«

»Nur noch ein paar Tage, Rabbi. Länger wird es nicht dauern.«

Ein ironisches Lächeln spielte um Levs Lippen. »Wir haben zweitausendfünfhundert Jahre gewartet, Commander. Ich nehme an, da können wir noch ein bisschen länger warten.«

VIERTER TEIL

49.

»Komm schon, wach auf!«

Danielle hörte die Stimme und spürte gleichzeitig eine Reihe von Schlägen ins Gesicht. Sie erwachte allmählich, nahm Motorenlärm wahr und spürte ein inzwischen vertrautes Kribbeln im Magen.

Ein Hubschrauber, erkannte sie. *Aber wo bin ich? Wie bin ich hierher gekommen?*

Desorientiert bemühte sie sich, die Augen zu öffnen. Als es ihr nicht gelang, verfolgte sie ihre Gedanken zurück bis …

Konzentriere dich auf den Ausgangspunkt. Als Letztes erinnerst du dich an …

Die Erinnerung kam mit einem trockenen, sandigen Gefühl im Mund. Shoshanna Tavi und zwei Kerle des Shin Bet hatten sie vor dem Ärztehaus als Geisel genommen. Dann war eine Fahrt zu einem militärischen Luftstützpunkt in der Wüste gefolgt, wo sie und Captain Tavi an Bord eines Jets gegangen waren.

»Na los, aufwachen!«

Die erste Injektion hatte Danielle vor dem Start bekommen. Sie war fast augenblicklich betäubt gewesen, auch als sie ihre Entführer angeschrien hatte, dass es ihrem Baby schaden könnte. Irgendwo hatten sie zum Auftanken gestoppt, und irgendwann später waren sie abermals gelandet, um in diesen Hubschrauber umzusteigen.

»Wach auf, du Hure!«

Danielle schaffte es endlich, die Lider zu öffnen, und fing Shoshanna Tavis nächsten Schlag mitten in der Bewegung ab. »Das reicht jetzt.«

Shoshanna Tavi starrte sie wild an, als Danielle ihre Hand losließ. »Du hast Schande über unser Land gebracht.«

»Tatsächlich? Bin ich ebenfalls des Kidnappings schuldig?«

»Du schläfst mit einem Palästinenser, willst sein Kind zur Welt bringen, und beschuldigst *mich?*«

»Liebesaffären mit Staatsbeamten zur Förderung der eigenen Karriere. Ich finde, du hast dir selbst viele Fragen zu beantworten.«

Tavi kochte vor Zorn. »Du bist eine Schande, Pakad Barnea. Ich wünschte nur, du hättest in Israel bleiben können, wo wir für eine angemessenere Bestrafung hätten sorgen können.«

»Warum erschießt du mich nicht einfach?«

»Diese Frage habe ich mir auch gestellt, glaub mir«, sagte Shoshanna Tavi und wandte sich ab.

»Du wusstest die ganze Zeit, dass die Amerikaner in der Judäischen Wüste nach Öl suchen. Aber wer war es, vor dem der Shin Bet die Amerikaner nicht schützen konnte?«, fragte Danielle herausfordernd. »Wer war es, der sie ermordet hat?«

»Das wissen wir nicht.«

»Aber wer immer es war – er hat Wynn ebenfalls umgebracht. Nicht wahr?«

Shoshanna Tavi täuschte Desinteresse vor, ließ Danielle jedoch reden. »Es sickerte durch, nachdem wir den Auftraggeber der Amerikaner informiert hatten, was geschehen war. Wynn tauchte auf, um herumzuschnüffeln. Er wollte reich werden, indem er weitermachte, wo sie aufgehört hatten.«

»Und er wurde ermordet, bevor er eine Chance dazu bekam.«

Captain Tavi blickte Danielle wieder an. »Aber erst, nachdem er dich als Helferin benutzte, um die Dinge zu beschleunigen.«

»In derselben Nacht hat man mir in meiner Wohnung aufgelauert.«

»Schade, dass du nicht reingegangen bist.«

»Dann müsstest du jetzt nicht hier sein.«

»Stimmt.«

»Wohin fliegen wir?«

»An einen Ort, an dem wir uns eine Zeit lang keine Sorgen wegen dir zu machen brauchen«, sagte Shoshanna Tavi. »Sorg dafür, dass dein Sicherheitsgurt angelegt ist.«

Danielle wandte den Kopf und folgte Shoshanna Tavis Blick aus dem Fenster. »Natürlich«, murmelte sie, als der massive Umriss vor ihren Augen schärfer wurde, scheinbar aus den Tiefen des Meeres aufstieg.

50.

Es war nach Mitternacht, als Ben mit der Faust an die Tür des kleinen Pfarrhauses bei Father Mikes Kirche hämmerte.

»Ich komme. Einen Augenblick«, hörte er eine Stimme schläfrig sagen.

Dann öffnete sich knarrend die Tür, und Father Mike erschien in seinem Morgenmantel auf der Schwelle. Sein drahtiges Haar stand zu den Seiten hin ab. Er schaute Ben an und versuchte, seinen Haarkranz glatt zu streichen.

»Bisschen spät für eine Beichte, nicht wahr, mein Sohn?«

»Ich muss mit Ihnen reden«, sagte Ben und schob sich an ihm vorbei ins Haus.

»Warum trittst du dann nicht ein?«, fragte Father Mike ironisch.

»Machen Sie die Tür zu.«

»Was?«

»Schließen Sie die Tür. *Sofort.* Schließen Sie ab.«

Father Mike schob den Riegel vor und schob die Hände in die Taschen. »Was ist in dich gefahren, mein Sohn?«

Ben konnte nicht ruhig bleiben; sein Blick spiegelte seine Nervosität wider. »Ich habe Lev wieder gesehen.«

»Ah, den verrückten jüdischen Rabbi ...«

»Halten Sie ihn wirklich für verrückt, Father?«

»Er ist ein Fanatiker, Ben. Selbst der Rest Israels will nichts mit ihm zu tun haben.«

»Was ist an der Sache dran, dass seine Amudei Ha'aretz, die Säulen des Landes, auf den Messias warten?«

»Das tun wir ebenfalls – sozusagen, meine ich.«

»Auf das *zweite* Erscheinen.«

Bens Augen wirkten wie zwei große dunkle Murmeln in ihren Höhlen. »Was ist, wenn es kein erstes Erscheinen gab?«

Father Mike verrenkte sich den Hals und machte eine Schau daraus, ungeduldig auf die Armbanduhr zu blicken. »Es ist zu spät für eine Diskussion über Theologie.«

»Das mag sein«, erwiderte Ben.

»Wie haben Sie das gemeint, als Sie sagten, der Inhalt dieser Kiste würde Ihre Welt zerstören, Rabbi?«

Lev stützte sich auf seinen Stock und wollte aufstehen, doch Ben legte ihm eine Hand auf den Arm und drückte ihn hinunter.

»Womit soll ich anfangen ...« Levs Frage endete in einem Seufzen.

»Wie wäre es mit dem Beginn?«, fragte Ben.

Der alte Rabbi strich sich nervös übers Kinn. »Im Jahre 1948«, sagte er schließlich, »führte eine archäologische Mannschaft eine Grabung in Ephesus durch.«

Ben nickte. »Fahren Sie fort.«

»Diese Team aus zwanzig Studenten wurde von einem berühmten Linguisten und Gelehrten namens Winston Daws geleitet. Daws glaubte, die letzte Ruhestätte des großen jüdischen Historikers Flavius Josephus entdeckt zu haben, und suchte nach Beweisen in Form verlorener Schriftrollen und Urkunden. Er fand ein Grab, das eine Kiste enthielt, Inspector, genau so eine wie diejenige, die ich Ihnen bei unserer ersten Begegnung beschrieben habe.«

Ben fröstelte, als er sich die Videoaufzeichnung in Erinnerung rief, auf der sein Neffe eine ähnliche Kiste aus der Höhle in der Judäischen Wüste trug.

»Daws öffnete die Kiste«, fuhr der Blinde fort, »und fand eine alte Schriftrolle darin, eingehüllt in eine Art Tierhaut. Sie war in altem Aramäisch verfasst, und obwohl sie bemerkenswert gut erhalten war, waren Teile des Textes unleserlich geworden.«

»Wie bei den Schriftenrollen vom Toten Meer«, warf Ben ein.

»Mehr als Sie sich vorstellen können«, sagte Lev wissend. »Daws, ein Fachmann in alter Geschichte, konnte jedoch bestätigen, dass das Manuskript tatsächlich von Josephus geschrieben worden war. Daws war zwar ein brillanter Linguist, hatte jedoch Mühe, das Aramäisch zu übersetzen. Aus diesem Grund hatte er einen jungen jüdischen Gelehrten zu der Grabung mitgenommen, und mit Hilfe dieses Gelehrten machte Daws eine vorläufige Übersetzung von vielen der frühen Teile des Textes. Trotz der Lücken in der Schriftrolle reichte der Text aus, um diesen Gelehrten erkennen zu lassen, dass er etwas entdeckt hatte, das von unendlich größerer Auswirkung als die Schriftrollen des Toten Meeres war. Doch bevor sie ihre Arbeit fortsetzen konnten, wurden Daws und sein gesamtes Team überfallen und allesamt brutal getötet – bis auf den Gelehrten, der in der Anonymität verschwand, tot aber vielleicht besser dran gewesen wäre.«

Lev verstummte und atmete tief durch, bevor er zu Ende sprach.

»Denn er war erblindet.«

Sie saßen jetzt an Father Mikes Küchentisch, und die Knöchel der schwieligen Hände des Priesters stachen weiß hervor, als er eine Tasse Kaffee mit festen Griff umfasste. Sein Gesicht war bleich, abgesehen von den rötlichen Malen auf seinen Wangen, über die er vor Anspannung gekratzt hatte, als er Ben lauschte.

»Lev war Mitglied von Daws' Team«, schlussfolgerte Father Mike und bemühte sich, gleichgültig zu klingen, doch eine dünne Schweißschicht glänzte auf seiner Stirn. »Der eine Überlebende.«

»Von den Killern als tot betrachtet, denn er war nicht mehr in der Lage, irgendeinen von ihnen zu identifizieren. Zwanzig Jahre später, nach dem Sechstagekrieg, wurde er eines der Gründungsmitglieder des Amudei Ha'aretz und war dabei, als sie das Land eroberten, auf dem sie zur Zeit außerhalb von Hebron wohnen. Kiryat Arba.«

»Folglich muss Lev den Wunsch haben, dass die Übersetzung beendet wird, die er begonnen hat.«

»Mit gutem Grund«, sagte Ben.

»Die Killer schlugen in der Nacht zu«, hatte Rabbi Lev in der Synagoge weiter erzählt. »Ich war an den Rand des Lagers gegangen, um mich in unserem behelfsmäßigen Abort zu erleichtern. Als ich herauskam, waren die Wächter bereits tot. Ich erstarrte und sah die dunklen Umrisse der Mörder im Licht der Scheinwerfer durch das Lager huschen. Ich warf mich herum, wollte davonrennen und spürte so etwas wie einen Tritt an meinen Kopf. Es schmerzte schlimm, und mir wurde schwarz vor Augen. Aber ich schaffte es noch, zu einem der Gräben zu kriechen, die wir ausgehoben hatten, und mich hineinfallen zu lassen. Das Erdreich und die Dunkelheit müssen mich verborgen haben, denn die Mörder schauten nicht nach, ob ich noch lebte. Am nächsten Morgen kam ich zu Bewusstsein und dachte, es sei immer noch finster. Mir wurde erst klar, dass ich blind war, als die Sonne heiß auf mein Gesicht brannte. Da wusste ich Bescheid. Ich wusste es … Beamte von den Behörden waren bereits auf der Ausgrabungsstelle. Sie hörten meine Schreie.«

»Warum haben sie keine Ermittlungen angestellt?«

»Das haben sie, aber die Ermittlungen führten zu nichts. Ich hatte nicht genug gesehen, um ihnen helfen zu können, und die Mörder … nun, es war, als hätten sie sich in Luft aufgelöst.«

»Wie viel von der Schriftrolle haben Sie studieren können?«, fragte Ben.

Levs Stimme wurde leiser und monoton, als er den letzten Tag in Ephesus aus der Erinnerung schilderte. »Ich weiß noch, dass ich neben Professor Daws in seinem Zelt arbeitete. Wir entrollten langsam die Schriftrolle, immer nur ein kleines Stück, um die Risse nicht zu verschlimmern, die es bereits im Pergament gab. Vieles war vergilbt und hatte die Konsistenz verdorrter Blätter. Ich benutzte eine Lupe bei den verblichenen Teilen des Pergaments und tat mein Bestes, die Lücken in dem Abschnitt des Textes zu füllen, der lesbar war.

»Nach jenem Teil von Josephus' Geschichte, die Professor Daws und ich übersetzen konnten, wartete in der Nacht von Christus' Kreuzigung ein Arzt in seinem Haus. Ein paar römische Wachen brachten den schwer verletzten Mann zu ihm. Seine Wunden waren identisch mit denen, die Christus in sämtlichen Versionen der Bibel erlitten hatte. Aber der Mann lebte noch. Er *lebte*. Aus der Schriftrolle ging eindeutig hervor, dass der Arzt genau wusste, wen er behandelte, und dass er Teil einer Verschwörung war, die von den Juden, den Römern oder einer Verbindung von beiden ausgeheckt worden war.

»Jemand hatte einen Plan erdacht, um sicherzustellen, dass Jesus die Kreuzigung überlebte. Nach unserer Auslegung waren die Dinge nicht so verlaufen wie geplant; die Verschwörer hatten sowohl die Menschenmenge als auch die Schwere der Wunden unterschätzt. Etwas war schief gegangen und der ursprüngliche Plan, Christus' Überleben sicherzustellen, hatte aufgegeben werden müssen. Schließlich griffen sie, laut Schriftrolle, zu einer Verwechslung und vertauschten eine andere Leiche mit der von Jesus, bevor er in das Grab gelegt wurde. Denken Sie darüber nach!«

Genau das tat Ben bereits.

»Das würde erklären, warum sie den Eingang zur Grabstätte versperrten. Aber der Tausch würde bei einer sorgfältigen Untersuchung auffallen, und so entfernten sie seine Leiche oder – wahrscheinlicher – vergruben sie in der Höhle selbst. Sie rechneten nicht damit, dass Jesus zu diesem Zeitpunkt lebte, deshalb war das Problem rein akademisch. Doch der Arzt bewirkte ein Wunder. Jesus überlebte, verließ jedoch Jerusalem und kehrte nie zurück.« Rabbi Lev hob die blinden Augen zur Decke der Synagoge. »Sie wissen, was das bedeutet.«

»Diese Leute, die behaupteten, sie hätten Christus später auf der Straße gesehen, in einer Stadt …«

Lev nickte. »Ja, es war der leibhaftige Jesus, keine Erscheinung. Aber die Bedeutung ist noch viel, viel größer! Es steht noch viel mehr auf dem Spiel! Wenn die Schriftrolle, die Daws entdeckte, beweist, dass Christus nicht am Kreuz starb, gab es niemals eine Auferstehung! Die Fundamente der christlichen Theologie würden einstürzen!«

»Aber warum sollte Ihnen das etwas ausmachen? Sie sind der Führer einer Gruppe, die glaubt, dass der Rest der Welt zur Hölle gehen kann.«

Der Rabbi lächelte leicht. »Wer hat mich Ihrer Meinung nach blind gemacht, Inspector? Wer hat Ihrer Meinung nach Daws' gesamtes Team vernichtet?«

»Die Kirche?«, fragte Ben widerstrebend.

Lev nickte. »Genauso wie Sie Ihren Neffen ermordet hat, um das Geheimnis zu schützen.«

»Sie haben sie gesehen …«

»Nur kurz.«

»Erinnern Sie sich … an eine Art Tätowierung, die ein …«

»… rotes Kreuz zeigte?«, vollendete Lev, sonderbar emotionslos. »Es war das Letzte, das ich sah, bevor ich mich herumwarf und losrannte. Bevor einer von ihnen auf mich schoss, mich am Schädel traf und für tot liegen ließ. Die Kugel ist noch im Kopf.« Seine Hände umkrampften die Knie. »Sie haben Recht. Ihre Theologie interessiert mich nicht. Doch der Beweis, das Ihr Messias nur ein normaler Mann war, wird die bestmögliche Rache an den Leuten sein, die mir dies angetan haben. Und Josephus' Schriftrolle enthält *genau diesen Beweis*.«

»Denn ohne die Auferstehung …«

»Kann das Christentum nicht existieren, jedenfalls nicht so, wie es jetzt definiert ist. Die Kirche wird ins Chaos verfallen … dieselbe Kirche, die mir dies angetan und Ihren Neffen ermordet hat!« Levs Stimme schwoll an, als er auf seine erloschenen Augen wies. »Die Kreuzigung Christi für sich genommen, ist der schlimmste Justizirrtum, ein Missbrauch der Macht. Aber die Auferstehung macht diese Tragödie zu einem glorreichen Sieg. Ohne Auferstehung ist das Christentum nicht mehr als ein Märchen. Das Konzept der Erlösung, der Vergebung der Sünden bricht zusammen, und das Fundament der gesamten Religion stürzt ein.«

»Und Sie bekommen Ihre Rache.«

»Helfen Sie mir, und Sie bekommen Ihre ebenfalls. Man hat Ihr eigenes Fleisch und Blut ermordet, Inspector. Die Wiedererlangung dieser Schriftrolle ist die beste Möglichkeit, die Mörder für ihre Sünden bezahlen zu lassen.«

»Durch das Enthüllen der Wahrheit.«

»Wenn es das ist, Inspector, was Sie eine Zeit lang gewollt haben.«

»Wie können Sie das wissen?«

»Weil ich Sie kenne.«

51.

»Eine Ölbohrinsel«, sagte Danielle im Selbstgespräch.

Shoshanna Tavi kicherte, und der untere Rand ihrer Narbe verzog sich. »Nicht einfach eine Bohrinsel. Das ist die Ulysses GBS«, sagte sie, als der Helikopter auf die gewaltige Plattform im Nordatlantik niederschwebte.

Danielle erschauerte, als sie sah, dass die Wellen mit Eisbergen gesprenkelt waren und dicke Eischichten die nahen Landmassen bedeckten. Sie vermutete, dass das Gebiet ein Teil Neufundlands war. Aber sie hatte nie etwas von der Plattform gehört oder gesehen, die von Shoshanna Tavi Ulysses GBS genannt worden war. Sie ragte an der höchsten Stelle gut 230 Meter aus dem Meer empor, stand auf fünf Baueinheiten aus Beton und wirkte wie eine Art Robotermonster, das von Außerirdischen errichtet worden war. Der Hubschrauber bockte und schlingerte im starken Wind. Danielle konnte jedes Mal spüren, wenn er von einer eisigen Bö erfasst wurde.

»Zieh das an, wenn du nicht erfrieren willst.« Shoshanna Tavi zog einen wasserdichten Winterparka unter ihrem Sitz hervor und warf ihn Danielle zu.

Danielle legte ihn wie eine Decke über. Sie wollte den Sicherheitsgurt nicht einmal für die Sekunden lösen, die es dauerte, den Parka anzuziehen. Der Hubschrauber kämpfte weiterhin gegen die stürmischen Windböen an, als er über einem betonierten Landeplatz schwebte. Danielle glaubte es in ihren Ohren klingeln zu hören, erkannte dann aber, dass das Geräusch eine Verbindung aus den Windböen und dem mächtigen Wellengang fast 300 Meter in der Tiefe war.

»Das muss der Ort sein, den die amerikanischen Geologen als Zuhause bezeichnet haben«, mutmaßte Danielle und musste fast schreien, damit ihre Stimme auf nur anderthalb Meter Entfernung zu hören war.

»Jedenfalls die Gesellschaft, für die sie gearbeitet haben. Wir landen auf der größten Ölbohrplattform, die jemals erbaut wurde. Sie steht über einem Vorkommen von drei Billionen Barrel, die nur darauf warten, aus der Tiefe gesaugt zu werden.«

»Und wie viele Barrel gibt es in der West-Bank?«

»Es ist ein bisschen zu früh, das zu sagen.«

»Was meinten die Amerikaner?«

»Fünfzehn Billionen bei vorsichtiger Schätzung, womit es das viertreichste Ölfeld wäre, das der Planet zu bieten hat«, sagte Shoshanna Tavi stolz und genoss es, in so viele Informationen mehr eingeweiht zu sein als Danielle.

Sie landeten schließlich mit einem letzten Ruck, und Danielle konnte hören, wie die Rotorblätter langsamer wurden und schließlich verstummten.

Shoshanna Tavi löste ihren Sicherheitsgurt. »Ich bezweifle, dass du Gelegenheit haben wirst, hier draußen irgendetwas Dummes zu versuchen.«

»Ich dachte eigentlich nur daran, ein Telefonat zu erledigen.«

Die Frau vom Shin Bet schüttelte den Kopf. »Bedaure.« Sie zog ihren Parka fester um den Körper und setzte die Kapuze auf. »Du solltest deinen Parka ebenfalls anziehen, wenn du beim Einbruch der Nacht noch am Leben sein willst. Im Wind ist es unter null Grad, und heute ist noch ein relativ warmer Tag.«

Shoshanna Tavi schob die Türen zum hinteren Abteil des Hubschraubers auf, und Danielle schnappte nach Luft, als ihr die eisige Kälte entgegenschlug. Nachdem sie aus der trockenen Hitze der Wüste kam, schien ihr Atem in der feuchten Kälte des Nordatlantiks zu gefrieren. Sie wusste, dass die Wassertemperaturen auf den Gefrierpunkt fallen konnten und der Wind fast ständig eine Stärke bis zu 110 km/h erreichte.

»Ich werde es vermeiden, nahe an die Kante heranzugehen, wenn es dir nichts ausmacht«, sagte Danielle, als sie ausstieg.

Shoshanna Tavi warf kaum einen Blick zu ihr zurück. »Tu, was dir beliebt. Ich bin eine geduldige Frau.«

52.

Father Mike tupfte sich mit einer Serviette die Stirn ab. Als er fertig war, bildete sich sogleich ein neuer Schweißfilm. »Eine Weibergeschichte, ein Märchen, das seit Jahrhunderten die Runde macht. Nur in Zusammenhang mit Josephus war noch nie die Rede davon.«

»Das dachte ich mir«, sagte Ben.

»Dann musst du ebenfalls erkannt haben, dass die historischen Widersprüche und Unvereinbarkeiten offenkundig sind. *Hunderte* von Zeugen waren dabei, als Christus vom Kreuz genommen wurde. *Dutzende* haben gesehen, wie er ins Grab gelegt wurde, und die Höhle wurde *ununterbrochen* bewacht in der Zeit, bis sein Leichnam vermisst wurde.«

»Bewacht von wem, Father?«

»Von römischen Soldaten natürlich.«

»Und wenn sie Teil dieser Verschwörung waren?«

»Der Felsen, mit dem der Höhleneingang blockiert wurde, wog bis zu einer Tonne. Der konnte nicht einfach in der Dunkelheit der Nacht bewegt oder weggetragen werden, um die angeblich falsche Leiche zu vergraben, wie dein Rabbi-Freund behauptet.«

»Es sei denn, es gab eine andere Möglichkeit. Einen Tunnel, einen Geheimgang …«

Father Mike neigte sich vor, und aus der Kaffeetasse, die er zwischen seinen jetzt bleichen Händen hielt, stieg kein Dampf mehr auf. »Hat der fanatische Lev das gesagt?«

»Nein. Ich habe nur laut gedacht.«

»Mein Gott, Mann, auf wessen Seite stehst du?«

Ben schwieg.

Mordecai Lev hatte tief eingeatmet, um sich zu beruhigen. »Daws hat die Nachricht von unserer Entdeckung an ausgewählte Experten in der ganzen Welt gekabelt. Er wollte seinen Fund und die Übersetzung des Textes an der Fundstelle beglaubigen lassen, um zu vermeiden, dass man ihm Fälschung oder Manipulation vorwerfen konnte.« Die Schultern des alten Rabbiners sanken herab. »Achtundvierzig Stunden später war das gesamte Team tot, nur ich lebte noch. Und niemals wurde eine Spur von der Kiste mit der Schriftrolle gefunden. Man nahm an, dass sie von den Mördern vernichtet worden war, die man geschickt hatte, um dafür zu sorgen, dass die Welt niemals vom Inhalt der Kiste erfuhr.« Mordecai Lev schob sich auf der Kirchenbank näher zu Ben. »Und jetzt haben Sie eine Geschichte von einem Mann gehört, der genau solch eine Kiste in einer Höhle in der Judäischen Wüste vergraben hat.«

»Ein Mann mit der Tätowierung eines umgedrehten roten Kreuzes auf dem Arm«, sagte Ben. »Im Jahre 1948.«

Der Rabbi nickte und wischte sich über die blinden Augen. »Der Mann, an den Ihr Zeuge sich aus seiner Kindheit erinnert, kann von Ephesus zur West-Bank gekommen sein, um die Kiste irgendwo zu vergraben, wo man sie nie wiederfinden würde … dann aber kamen die Amerikaner und gruben sie aus.«

»Und machten den gleichen Fehler wie Daws. Sie müssen Verbindung mit Fachleuten von außerhalb aufgenommen haben, um sie über ihren Fund zu informieren.«

»Es ist zu bezweifeln, dass sie genau wussten, was sie da gefunden hatten. Aber jemand, der zuhörte und Verbindungen zur Kirche besaß, war sich seiner Sache sicher. Jemand, der entschlossen war, dafür zu sorgen, dass die Geheimnisse in dieser alten Kiste niemals enthüllt werden durften, um keinen Preis.«

»Auch nicht um den Preis eines Massenmords.«

»Die Kirche hatte es schon einmal getan, Inspector. Warum nicht noch mal?«

»Beide Male die gleichen Kräfte …«

Lev nickte. »Sie haben ihr Werk aus erster Hand gesehen. Diese Leute werden jeden töten, der nahe an die Lösung des Geheimnisses herankommt, das sie seit fast zweitausend Jahren verborgen halten. Das bedeutet, dass sie mich töten werden.« Er tastete nach Bens Schultern. »Und Sie.« Er zeigte die Andeutung eines Lächelns. »Es sei denn, wir enthüllen zuvor die Wahrheit.«

»Vielleicht haben sie die Schriftrolle diesmal für alle Zeiten vernichtet, sodass es kein Risiko mehr gibt.«

Lev schüttelte heftig den Kopf. »Sie hätten nicht versucht, Sie neulich in der Nacht umzubringen, wenn sie nichts zu befürchten hätten. Nein, Inspector, die Killer haben die Kiste am Tatort nicht gefunden. Sie ist woanders. Jemand anderer hat sie.«

»Und Sie wollen, dass ich die Kiste für Sie suche.«

Lev zog seine Hände von Bens Schultern. »Für mich, Inspector, und für Sie selbst.«

Father Mike tupfte sich die schweißfeuchte Stirn wieder mit einer zusammengeknüllten feuchten Serviette ab.

Bens Stimme klang distanziert. »Der alte Rabbi kannte mich gut, Father. So gut wie ich mich selbst kenne.«

»Wie meinst du das, mein Sohn?«

Ben blickte ihn scharf an. »Er wusste über meine Familie in Detroit und meinen Neffen hier Bescheid. Er wusste, dass ich meinen Glauben verloren habe und nicht mehr viel für mich geblieben ist, an das ich glauben kann.«

»Weil du dich dazu entschieden hast.«

»Ich nehme an, das wusste er ebenfalls, vielleicht mehr als alles andere. Nach dem, was mit meiner Frau und den Kindern geschehen ist, will ich an nichts glauben, denn wenn es einen Gott gibt, wenn er real ist, wie kann er dann zulassen, dass so etwas passiert? Meine Kinder haben gelitten, Father, und kein Geistlicher hat das vor mir rechtfertigen können.«

Father Mike ließ seine Serviette auf den Tisch fallen. »Glaube hat nichts mit Rechtfertigung zu tun.«

»Womit dann?« Bei den lebhaften, schlimmen Erinnerungen fing Ben zu zittern an. »Wenn gute Menschen auf schreckliche Weise sterben, wie können wir dann an etwas glauben, das uns nur der Glaube lehrt? Wie können wir an Gott glauben?«

»Das wusste Lev über dich ...«

»Ja.«

»Dass du durch die Dunkelheit wandelst.«

»So hat er es nicht formuliert.«

»Aber es macht dich perfekt für ihn. Du tust, was er will, weil es jetzt auch dein *eigener* Wunsch ist, nicht wahr, Ben?«

Ben starrte auf die Tischdecke. »Wenn ich diese Kiste finde und in der Schriftrolle steht, was Lev behauptet ...«

»Werdet ihr eure Rache haben, ihr zwei.«

Ben blickte auf. »Es ist mehr als das. Wenn ich diese Kiste finden kann, werden die Dinge einen Sinn ergeben, denn es wäre ein Beweis, dass es keinen Gott gibt, wie Sie und ich und alle Christen Ihn verstehen.«

»Dann willst du eine andere Art der Rache, mein Sohn. Du willst Gott bestrafen für das, was Er dir vor sechs Jahren widerfahren ließ.«

»Was ist, wenn auf dieser Schriftrolle die Wahrheit steht, Father?«

Father Mike schob seinen Stuhl zurück, dass die Beine quietschend über den alten Steinboden rutschten. »Warum bist du heute Nacht zu mir gekommen, Ben?«

»Ich weiß es nicht.«

»Zur Beichte? Zur Absolution?«

»Da ist … etwas anderes. Etwas, von dem Lev *nichts* wusste.«

»Was?«

Ben schluckte schwer. »Ich werde wieder Vater.« Es war wie die Stimme eines Fremden, die Worte eines anderen, aber sie klangen wundervoll.

»Danielle Barnea?«

Ben nickte.

Father Mike lächelte leicht. »Und was empfindest du dabei Gott gegenüber?«

»Pakad Barnea will das Kind ohne mich großziehen«, erwiderte Ben, und der Schmerz war aus seiner belegten Stimme deutlich herauszuhören.

»Und du hast es akzeptiert.«

»Sie ließ mir keine große Wahl.«

»Also gibst du auf.«

Ben zuckte mit den Schultern. »Ich respektiere ihre Wünsche.«

»Und du gibst Gott die Schuld für deine eigenen Entscheidungen? Er hat dir eine zweite Chance gegeben, mein Freund. Kannst du das nicht erkennen?«

»Er hat mir bereits zwei meiner Kinder genommen, Vater. Jetzt will er mir ein drittes nehmen. Das ist *mein* Witz. Sie sollten darüber lachen.«

Aber Father Mike lächelte nicht einmal. »Du willst also diese Schriftrolle suchen, um es Ihm heimzuzahlen.«

»Das ist das Mindeste, was ich tun kann.«

»Selbst wenn du der Kirche unwiderruflichen Schaden zufügst. Vielleicht sogar unsere Lebensweise zerstörst.«

»Die Wahrheit ist manchmal schmerzlich. Glauben Sie mir, ich weiß es.«

»Es ist auch deine Lebensweise, Ben. Das solltest du bedenken, bevor du dich mit Lev verbündest und deinen Handel mit dem …«

»… Teufel machst, Father?«

Father Mike runzelte die Stirn; dann wurde seine Miene wieder ausdruckslos. »Das kommt auf deine Perspektive an.«

»Ja«, sagte Ben, »darauf kommt es an.«

53.

Danielle lehnte sich an die Wand eines stählernen Lagerschuppens auf dem Deck der Ulysses GBS, um gegen den starken Wind anzukämpfen. Sie spürte die eisige Kälte durch den Parka, den Shoshanna Tavi ihr gegeben hatte. Es war, als bohrten sich scharfe Zähne in ihre Haut. Sie zog den Pelzkragen hoch.

»Du hast es wirklich noch nicht kapiert, Captain?«

»Ich nehme an, du bist mir wieder voraus, Pakad.«

»Wenn du mir nicht hilfst, einen Ausweg zu finden, werden wir beide hier sterben.«

Shoshanna Tavi zuckte nur die Achseln. »Wenn es dir nichts ausmacht, möchte ich erst etwas essen.«

Danielle packte sie an ihrem Parka und zog sie zu sich herum. Trotz der Handschuhe, die sie in den Taschen des Parkas gefunden hatte, waren ihre Finger vom eisigen Wind wie betäubt.

»Hör mir zu, du Pflaume. Wir sind hier mitten im Meer. Leichte Opfer, sobald sie herausfinden, wohin man mich gebracht hat. Vermutlich wissen sie es schon.«

»Wer?«

»Dieselben Leute, die in der Wüste die Amerikaner und J. P. Wynn gekillt haben. Sie haben es einmal bei mir versucht, und sie werden es wieder versuchen.«

»Hier?«

»Ja, hier.«

Shoshanna Tavi schob Danielles Hand von ihrem Parka. Sie lachte beinahe.

»Ich wusste nicht, dass Illusionen eine Nebenwirkung deiner Verfassung sind. Sieh dich um.«

Danielle schob ihre behandschuhten Hände in die Taschen und ließ den Blick über die massive Struktur der Ulysses GBS schweifen. Riesige kranartige Türme ragten in gleichem Abstand an den Ecken eines inneren Rechtecks, das einen festungsartigen Aufbau besaß. In der Tiefe, um den Fuß, waren riesige, mit Spitzen versehene Schutzwälle errichtet, um den Komplex vor den mächtigen Wogen der See, sogar vor einem Hurrikan oder dem Anprall eines Eisbergs zu schützen.

»Das hier ist eine schwimmende Todesfalle«, beharrte Danielle.

»Eigentlich schwimmen wir überhaupt nicht«, sagte Shoshanna Tavi. »GBS steht für ›Gravity Based System‹, was bedeutet, dass die Ölbohrplattform einen Betonsockel hat, der in den Meeresgrund getrieben ist. Wir stehen zweihundertdreißig Meter hoch auf einer Million Tonnen.« Sie schüttelte den Kopf. »Nein, du wirst hier nur sterben, wenn ich dich persönlich umlege.«

Danielle blickte zu den Eisbergen, die in der Ferne trieben und wie gefrorene Flecken auf einer dunklen See aus Schokolade wirkten. Ein paar große Boote kreuzten langsam von ihnen fort auf die Ulysses zu.

»Sie üben nur«, sagte Shoshanna Tavi, die Danielles Blick gefolgt war.

»Was?«

»Wenn wir eine Warnung vor einem Eisberg erhalten, werden diese Boote losgeschickt, um den Berg entweder durch Beschuss aus dem Weg zu räumen oder einzufangen, um seinen Kurs zu ändern.«

»Sagtest du ›einfangen‹?«, fragte Danielle.

»Ja, wie beim Rodeo, aber mit einem schweren Stahlseil statt mit einem Lasso. Wenn die Boote einen Eisberg eingefangen haben, schleppen sie ihn auf einen anderen Kurs, sodass er garantiert an der Ulysses vorbeitreibt.«

»Sie üben viel?«

»Ständig, soweit ich weiß. Man kann nie vorsichtig genug sein.«

Danielle ging von Shoshanna Tavi fort und lauschte, wie das Dröhnen von Maschinen mit dem Tosen des Windes um die Vorherrschaft kämpfte. Der Atem der Männer mit Schutzhelmen und Schlechtwetterkleidung wirkte wie Nebel vor ihren Mündern und Nasen, während sie aus ein paar hundert Fuß Tiefe unter dem Meeresboden Öl förderten, dessen starker Geruch die Luft erfüllte und an allem haftete, mit dem er in Berührung kam.

Danielle fuhr herum und sah Shoshanna Tavi dicht hinter sich. »Wenn du vorsichtig sein willst, dann hör auf mich, Captain. Diese Amerikaner wurden in der Judäischen Wüste nicht wegen Öl ermordet, sondern wegen etwas, das sie in der Höhle oberhalb der Ausgrabungsstelle gefunden haben. Eine Entdeckung, die jemand unbedingt geheim halten will. Deshalb wurden die Amerikaner umgebracht … und deshalb werden auch wir ermordet, wenn du nichts unternimmst.« Shoshanna Tavi wollte Danielle am Arm packen, doch Danielle wischte ihre Hand fort. »Ich bin jetzt eine Zielscheibe für sie, und du ebenfalls, denn sie nehmen an, wir sind hinter das Geheimnis gekommen, das sie zu bewahren versuchen.«

Shoshanna Tavi schien das alles beinahe lustig zu finden. »Meinst du, das würde mich jucken?«

»Ich hoffe. Du bist in ebenso großer Gefahr wie ich.«

Danielle blickte zu den Männern, die auf den Plattformen über ihr schufteten. Sie hatte das Gefühl, in einem weiten, offenen Schacht gefangen zu sein. Die schweren Maschinen dröhnten und stampften weiterhin, ummantelt von Gehäusen, die sie vor Sturm und Wasser schützten, während sie Öl aus den dunklen Tiefen pumpten. Jenseits der Maschinen befanden sich drei siebengeschossige Gebäude in Modulbauweise, errichtet in Form eines U, in dem sich die Büros und Wohnquartiere für die 300 Arbeiter befanden, die sich ständig auf der Ulysses aufhielten. 300 Arbeiter, die bald belagert oder angegriffen würden, wenn Danielles Ahnung sich bewahrheitete.

Shoshanna schob langsam die Hand unter ihren Parka. »Los, geh weiter!«

Danielle blickte auf die Waffe, die Shoshanna umfasst hatte, bereit, sie zu ziehen. »Töte mich, Captain, und du wirst demjenigen die Mühe sparen, der dort draußen ist.«

54.

Ben ahnte sofort, dass schlechte Nachrichten auf ihn warteten, als Nabril al-Asi ihn bat, sich außerhalb des Büros mit ihm zu treffen. Seine Ahnung wurde noch stärker, als der Colonel sich verspätete. Ben saß auf der Terrasse eines kleinen Cafés in Jericho, das am späten Nachmittag praktisch menschenleer war, und nippte an starkem Kaffee mit einer Spur Kardamom. Er überprüfte abermals seinen Pager für den Fall, dass er eine Nachricht von Danielle verpasst hatte.

Wo ist sie? Was ist passiert?

Seit dem gestrigen Treffen mit Ari Coen hatten sie nicht mehr miteinander gesprochen. Ben war von Father Mike in sein Apartment zurückgekehrt und hatte gehofft, eine Nachricht auf seinem Anrufbeantworter zu hören. Als das nicht der Fall gewesen war, hatte er Danielle zu Hause angerufen. Er hatte die erste Nachricht von einem Dutzend weiteren auf ihren Anrufbeantworter in der Wohnung und im Büro gesprochen – vergebens.

Nach dem Mittagessen hatte er schließlich al-Asi angerufen und den Colonel gebeten, etwas herauszufinden. Zwei Stunden später hatte al-Asi zurückgerufen und dieses Treffen vorgeschlagen.

Während Ben an seinem Kaffee nippte, sah er endlich al-Asis Mercedes vorfahren und am Bordstein halten. Der Colonel stieg aus und näherte sich Bens beschirmtem Tisch. Er begrüßte Ben nicht wie üblich mit einem Lächeln. Ben sah, dass der Colonel ein braunes Kuvert in der Hand hielt.

»Ich befürchte, es gibt schlechte Neuigkeiten, Inspector.«

Ben neigte sich vor und verschüttete fast seinen Kaffee.

»Pakad Barnea ist anscheinend verschwunden«, fuhr al-Asi fort. »Meinen Quellen zufolge wurde sie mehr als einen Tag nicht gesehen. Man hat ihren Jeep vor einem Ärztehaus in Jerusalem gefunden, aber sie ist nie hineingegangen, um einen Arzt aufzusuchen.«

Bens Mund war trocken geworden. Das Sprechen bereitete ihm Mühe. »Das ist alles?«

»Nein, leider nicht. Ein Mann, den sie flüchtig kannte, wurde vor zwei Nächten ermordet. Ein Amerikaner namens Wynn.«

»Der Schatzjäger, von dem sie mir erzählt hat.«

»Eine Kugel in den Kopf, wie ich hörte.«

»Genau wie bei den Amerikanern in der Wüste.«

»Ja, leider.« Al-Asi bemühte sich, seine Stimme hoffnungsvoll klingen zu lassen. »Aber in und um Pakad Barneas Jeep wurde kein Blut gefunden, und es gab keine Anzeichen auf einen Kampf.«

»Sie haben sie. Sie müssen sie haben.«

»Wer?«

»Ich weiß es nicht.« Ben ballte die Hände zu Fäusten, als Verzweiflung in ihm aufstieg.

»Vielleicht kann ich helfen«, erbot sich al-Asi und schob seinen Stuhl näher an den Tisch, sodass er sein Kuvert darauf ablegen konnte. Er öffnete den Umschlag und zog ein einziges Farbfoto heraus. »Kommt Ihnen das hier bekannt vor, Inspector?«

Bens Augen weiteten sich, und er riss dem Colonel das Foto aus der Hand. »Es ist das rote Kreuz, das die Killer als Tätowierung auf ihren Armen trugen«, sagte er, den Blick auf die ungehobelten, keilförmigen Balken gerichtet, die das Kreuz bildeten. »Aber es sieht irgendwie anders aus.«

»Das liegt daran, dass Sie es anders herum sehen. Bei der Tätowierung ist das Kreuz umgekehrt.«

»Das Zeichen des Teufels«, erkannte Ben. »Das Abid Rahman vor einem halben Jahrhundert und dann vorige Woche wieder identifiziert hat.«

Al-Asi nickte. »Aber es ist nicht das Zeichen des Teufels. Dieses Symbol wurde vor fast tausend Jahren von den Templern benutzt, den Tempelrittern.«

»Was sind die Tempelritter?«

»Ein soldatischer Eliteorden, der aus einer kleinen militärischen Einheit entstand, die von der Kirche gebildet wurde. Sie sollten Pilger schützen, die nach dem ersten Kreuzzug Palästina besuchten. Ihr Orden wurde vom Papst gebilligt, und die Templer wurden zur Privatarmee der Kirche. Die ersten Guerillakämpfer, so werden sie von einigen genannt. Ursprünglich trugen sie ein solches rotes Kreuz als Tuchabzeichen auf den Schultern und später an den Aufschlägen ihrer Gewänder.«

»Und jetzt?«

»Nach allem, was man hört, gibt es sie nicht mehr, jedenfalls nicht in ihrer ursprünglichen Form. Sie leben sozusagen fort als Mitglieder der Freimaurer, nicht als Soldaten. Ich glaube, man kann übers Internet beitreten. Der jährliche Mitgliedsbeitrag beträgt hundert US-Dollar. Dafür bekommt man das Abzeichen, ein Zertifikat und vier Rundschreiben pro Jahr.«

»Offenbar nehmen einige ihre Arbeit immer noch ernster.«

»Stimmt. Ich habe einige zusätzliche Erkundigungen eingezogen und Verbindung mit einigen meiner Quellen aufgenommen, die Kenntnis über paramilitärische Aktivitäten haben. Offenbar ist der Vatikan ziemlich aktiv gewesen beim Aufstellen einer Reihe von Elite-Kommandoeinheiten mit Spezialausbildung, die bestimmt nicht dazu dienen, die Ordnung bei päpstlichen Messen aufrechtzuerhalten. Diese Kommandoeinheiten gehen auf die ersten Tage nach dem Zweiten Weltkrieg zurück, als Pius einen wirklichen Grund hatte, um sein Leben zu fürchten. Alles deutet darauf hin, dass er Soldaten aus ganz Europa rekrutierte – Männer, die der Kirche ergeben waren – und die Neugründung der Tempelritter anordnete, als seine persönliche Schutztruppe. Er hat sie der Schirmherrschaft der Schweizergarde unterstellt, unter dem Mäntelchen der ehemaligen Ehrengarde, damit niemand es spitzkriegt.«

»Was hat die Ermordung von Archäologen mit dem Schutz des Papstes zu tun?«

»Nichts, denn jemand im Vatikan muss entschieden haben, dass die Templer eine andere, wichtigere Rolle spielen.« Ben spürte, wie die Kaffeetasse zwischen seinen Händen kalt wurde. »Angefangen natürlich 1948, als sie Daws' Team in Ephesus vernichteten. Dann der Mord an den Amerikanern in der Judäischen Wüste vorige Woche. Beide Male haben sie dasselbe Geheimnis geschützt. Als einer der Templer die Möglichkeit hatte, die Schriftrolle zu vernichten, die Daws gefunden hatte, brachte er es nicht über sich. Stattdessen hat er sie ein zweites Mal vergraben.«

»Was seine Rückkehr erforderlich machte. Oder die Rückkehr seiner Nachfolger.«

»Zu schade, dass wir nicht wissen, wer es ist.«

Wie auf ein Stichwort zeigte al-Asi sein vertrautes Lächeln. »Vielleicht wissen wir es.« Er zog ein einzelnes Blatt Papier aus dem braunen Kuvert, strich es glatt und reichte es Ben.

»Der Mann auf diesem Foto wurde von einem Journalisten

zufällig im Hintergrund eines Bildes aufgenommen, das 1948 in der Zeitschrift *Look* veröffentlicht wurde. Nicht, dass es jemand zur Kenntnis genommen hätte. Bis jetzt.«

Ben sah, dass die Reproduktion vergrößert und wahrscheinlich mit dem Computer bearbeitet worden war. Die Aufnahme zeigte einen stämmigen Mann, dessen Gesichtszüge wie gemeißelt wirkten und der sich der St.-Anna-Straße außerhalb des Vatikans näherte. Die Hemdsärmel des Mannes waren aufgekrempelt, und die Tätowierung des nun vertrauten roten Kreuzes war auf seinem rechten Unterarm zu sehen.

»Meinen Sie, *das* ist der Mann, Colonel?«

»Computer können heutzutage bei Gesichtern Wunder bewirken, Inspector, besonders beim möglichen Zugang zu Datenbanken, den ein Mann wie Ari Coen hat. Mit seiner Ausrüstung kann er ein Foto von 1948 nehmen und charakteristische Gesichtszüge im Verlauf der Suche unbegrenzt altern lassen.«

Noch einmal musterte Ben die körnige Aufnahme eines hageren Gesichts mit spitzem Kinn. Selbst auf der Schwarzweißaufnahme war zu erkennen, dass der Mann einen dunklen Teint und pechschwarzes kurzes Haar hatte. Das Dunkel seiner Augen schien alles Weiß geschluckt zu haben, und seine Brauen wuchsen in der Mitte fast zusammen.

»Ich habe mir die Freiheit genommen, diese Aufnahme Abid Rahman zu zeigen, Inspector«, fuhr der Colonel fort. »Als sein Schock schließlich abklang und ich ihn beruhigen konnte, identifizierte er den Mann auf dem Bild als den denselben, den er vor zweiundfünfzig Jahren als Junge in die Judäische Wüste begleitet hatte. Rahman musste mit Sedativa ruhig gestellt werden, als ich ging.«

»Wer ist der Mann auf dem Foto, Colonel?«

»Sein Name ist Gianni Lorenzo«, antwortete al-Asi, »einst Hauptmann der italienischen Armee und derzeit Kommandeur der Schweizergarde des Vatikans.«

»Ich konnte das hier ebenfalls ausfindig machen«, fuhr der Colonel fort und griff in eine Hosentasche, während Ben die mit Computer bearbeitete und vergrößerte Aufnahme von Gianni Lorenzo betrachtete. Die Hand, in der er das Foto hielt, zitterte.

Al-Asi entfaltete die Kopie eines Zeitungsartikels und reichte sie Ben. Die Protokollzeile lautete »TÜRKEI«; das Datum war mit »10. April 1948« angegeben. Ein Fotokopierer hatte einen Teil des Artikels abgeschnitten, doch das Bild war deutlich genug.

»Mit freundlicher Genehmigung der London Times«, erklärte der Colonel, »und leider das Einzige, das sie in Zusammenhang mit Winston Daws' Expedition in ihren Archiven hat.«

Das Foto zeigte Daws, eine großen, kräftigen Mann mit schütterem Haar und Brille, der inmitten der Studenten stand, die ihn nach Ephesus begleitet hatten, wo alle bis auf einen vier Wochen nach Entstehen dieses Fotos gestorben waren. Daws hatte die Arme um die Schultern der Studenten zu seinen beiden Seiten gelegt, junge Männer, die von diesem Zeitpunkt an nur noch einen Monat gelebt hatten. Eine Kamera hing am Riemen von Daws' Hals. Ben versuchte, Mordecai Lev zu entdecken, den einzigen Überlebenden, konnte sich aber nicht vorstellen, wie der Führer der Amudei Ha'aretz vor 52 Jahren ausgesehen haben mochte.

»Tut mir leid, dass ich kein besseres Material bekommen konnte«, sagte al-Asi.

Ben wollte den Zeitungsausschnitt schon einstecken, als ein neuer Gedanke seine Aufmerksamkeit wieder darauf lenkte. *Was war, wenn …*

»Wenn ich sonst noch etwas für Sie tun kann, Inspector …«

»Ja«, sagte Ben und blickte von dem Artikel auf. »Vielleicht können Sie eine Möglichkeit finden, die Korrespondenz in und aus Daws' Camp zurückzuverfolgen. Postalische Eintragungen oder so.«

»Wonach suchen Sie?«

»Empfänger, an die Daws möglicherweise Briefe, Pakete, Berichte geschickt hat – irgendwas.«

Al-Asi sah nicht sehr optimistisch aus, schrieb mit seinem MontBlanc aber eine kurze Bemerkung in sein Notizbuch, das in burgunderfarbenes Leder gebunden war. »Ich werde es überprüfen.«

»Auch Eintragungen von Telefonaten, die Daws wahrscheinlich nach irgendwo in der Türkei geführt haben muss.«

»Es ist zu bezweifeln, dass solche Eintragungen noch existieren.«

»Aber Sie werden es versuchen?«

»Selbstverständlich.«

»Und noch eins. Eine Inventur vom Tatort.«

»Da bezweifele ich ebenfalls, dass die türkischen Behörden …«

»Die Mordopfer waren britischer Nationalität, Colonel. Sie haben vielleicht mehr Glück beim Außenministerium Großbritanniens oder sogar bei Scotland Yard.«

Al-Asi nickte und schrieb wieder in sein Notizbuch. »Und was machen Sie unterdessen, Inspector?«, fragte er und blickte auf.

Ben faltete das Foto von Gianni Lorenzo dreimal und steckte es ein. »Ich besuche den einen Mann, der mir helfen kann, Lorenzo zu bekommen, bevor es zu spät ist.«

55.

Vom Café aus fuhr Ben sofort zu Rabbi Mordecai Levs Siedlung außerhalb von Hebron. Er nahm eine Abkürzung durch eine öde Ebene, auf der einst Reihen um Reihen fruchtbarer Olivenhaine gestanden hatten. Er erinnerte sich aus seiner Kindheit daran und fragte sich, was daraus geworden war. Es wäre leicht, den Israelis die Schuld daran zu geben, dass die Olivenhaine nicht mehr existierten, aber in Wahrheit hatten vermutlich Palästinenser die Felder völlig vernachlässigt und schließlich ganz aufgegeben.

Als Erstes fiel Ben die Abwesenheit von Spähern am Straßenrand auf, deren Aufgabe es war, die Wächter der Siedlung zu informieren, wenn jemand kam. Ben fand es seltsam, dass diese Männer nicht auf Posten standen; deshalb war er auf der Hut, als er sich der Siedlung näherte.

Das Tor stand offen und schwang in der Brise hin und her. Selbst von weitem konnte Ben sehen, dass die Wachtürme nicht bemannt waren und das Gelände verlassen wirkte.

Ben fuhr langsamer auf das Tor zu und rechnete immer wieder damit, dass ein Wächter auftauchte und seinen Ausweis sehen wollte. Aber niemand näherte sich dem Wagen. Der Posten war verlassen.

Ben fuhr in den Komplex hinein.

Danielle hatte die meiste Zeit des Tages in der Kabine geschlafen. Die Wirkung der Betäubungsmittel und der lange Flug hatten ihren Tribut gefordert. Um wieder munter zu werden, schritt sie in der kleinen Kabine, in die sie eingesperrt worden war, auf und ab. Nach der Ausstattung zu schließen, musste ein ranghohes Besatzungsmitglied der Ulysses GBS in der Kabine gewohnt haben. Es gab ein Feldbett, ein kleines Badezimmer und ein Sicherheitssystem mit einem Monitor, mit dem jeder Teil der Plattform überwacht werden konnte. Danielle überlegte, ob sie das Schloss der Kabinentür knacken und ihr Glück wieder an Deck versuchen sollte. Welche gegenteiligen Befehle Shoshanna Tavi auch erhalten haben mochte, Danielle war überzeugt, dass die Frau vom Shin Bet sicherstellen wollte, dass sie, Danielle, die

Ulysses GBS niemals lebend verließ. Aber sie war fast ebenso sicher, dass dieselben Kräfte, die das amerikanische Geologenteam und J. P. Wynn ermordet hatten, Shoshanna Tavi zuvorkommen würden. Danielle hatte also nichts zu verlieren; sie hatte aber auch keinen Plan, den sie zum gegenwärtigen Zeitpunkt in die Tat umsetzen konnte. Sie fragte sich, wo Ben jetzt sein mochte, und ob er mehr Glück gehabt hatte als sie.

In diesem Augenblick schrillte ein Alarm.

Ben sah die ersten Leichen in dem Moment, als er den Gestank von Kordit und Schwefel wahrnahm, der in der Luft hing. Zwei Tote lagen mit dem Gesicht nach unten im Gestrüpp. Beide waren mit mehreren Schüssen getötet worden und trugen ihre Waffen noch geschultert.

Ben ließ den Wagen stehen und eilte weiter zu den fertig gestellten Bauten. Der Geruch von Schießpulverrückständen wurde stärker. Er konnte die Kugeleinschläge von Handfeuerwaffen an Gebäuden sehen, deren Betonwände wie mit Pockennarben übersät waren. Fenster waren zertrümmert oder inmitten von geschwärztem Beton zerschossen. Ein Arm lag über dem Rand des nächsten Wachturms. Gianni Lorenzos Templer waren diesmal zweifellos weiter gegangen, als mit gezielten Kopfschüssen zu töten. Sie hatten am helllichten Tag bei einem Großangriff zugeschlagen.

Der trockene Wind pfiff, klang wie schauriges Gelächter. Ben wirbelte herum, die Pistole in der Hand, als könnte ihm das helfen, die Killer abzuwehren, die hier gewesen und verschwunden waren. Er näherte sich einem Gebäude, an dessen Fensterreihen Zeichnungen geklebt waren, Kinderbilder, gemalt mit Kreide und Fingerfarbe. Ein paar dieser Bilder zeigten Ausschnitte aus Illustrierten, die zu einer Collage zusammengeklebt waren. Rings um einige dieser kindlichen Kunstwerke waren Fensterscheiben zerschossen, und die Zeichnungen flatterten im Wind.

Die erste Stahltür, zu der Ben gelangte, war von außen verriegelt und nach außen gewölbt. Ben erschauerte, denn dies war ein klares Anzeichen dafür, dass die Angreifer jeden im Innern eingesperrt hatten, bevor sie die Granaten warfen. Er brauchte keine der zerfetzten Türen aufzubrechen, um zu wissen, dass es dahinter keine Überlebenden gab; er konnte nur hoffen, dass die Kinder es geschafft hatten, sich in unterirdischen Verstecken in Sicherheit zu bringen. Ben war überzeugt, dass die Amudei Ha'aretz solche Verstecke angelegt hatten. Auch keines der anderen Gebäude zeigte Anzeichen von Leben. Je weiter Ben sich dem Zentrum der Siedlung näherte, desto mehr Leichen fand er auf den Straßen. Fast alle Toten, die zusammengekrümmt auf dem Boden lagen, waren bewaffnet gewesen; sie hatten das Feuer der Angreifer noch erwidern können. Ben konnte nur hoffen, dass die Frauen und Kinder der Siedlung genügend Zeit gehabt hatten, Zuflucht in den unterirdischen Schutzräumen zu finden.

Die Synagoge befand sich jetzt direkt vor ihm, und Ben näherte sich ihr vorsichtig.

Als der Alarm gellte, eilte Danielle zum Überwachungsmonitor und schaltete ihn ein. Sie drückte auf die Tasten für die verschiedenen Kameras, die aus ihrem jeweiligen Winkel die Plattform überwachten, und stoppte, als der Monitor die Mitte der Ulysses GBS zeigte. Arbeiter reagierten auf den ständigen schrillen Alarm, indem sie nach allen Richtungen davoneilten. Danielle betrachtete weiterhin die Bilder aus den verschiedenen Blickwinkeln und suchte nach dem Auslöser des Alarms. Sie hielt inne, als auf dem Monitor ein Blick von der Plattform ostwärts aufs Wasser zu sehen war. Die riesigen Boote, die sie früher gesehen hatte, fuhren auf einem Kollisionskurs geradewegs auf die Ölbohrinsel zu.

Natürlich! Gab es eine bessere Möglichkeit, Zugang zu einer unzugänglichen Ölbohrplattform zu bekommen ...?

Doch wer immer die Boote steuerte, durfte nicht erwarten, dass eine Kollision ernsthaften Schaden anrichtete. Ebenso wenig konnte man annehmen, die Plattform einfach zu entern und sie aus einer solch ungünstigen Position auf See einzunehmen.

Dann begannen die Explosionen.

Das Portal der Synagoge war noch geschlossen, als Ben dort eintraf. Er hörte das Knarren, als er einen Flügel aufzog und mit schussbereiter Pistole ins Innere sprang.

Drinnen roch es sauber und nach dem frischen Leder, mit dem die Kirchenbänke vor kurzem bespannt worden waren. Offenbar war nichts durch Schüsse oder Explosionen zerstört worden. Auf den ersten Blick waren keine Spuren von Beschädigungen an dem Gebäude zu sehen; sogar die Fenster waren zum größten Teil unversehrt.

Als Ben sich genauer umschaute, sah er jedoch, dass der Schrein auseinander gerissen worden war. Das Podium lag umgeworfen am Boden; daneben lagen die losen Seiten eines Gebetbuchs verstreut. Der Schrein mit der alten Thora war aufgerissen worden; die Schriftrollen waren zerfetzt und das Pergament ausgebreitet, ausgerollt wie Toilettenpapier bei einem amerikanischen Halloween-Streich. Auch die Lederbezüge der Kirchenbänke waren aufgerissen; wie es schien, hatte jemand sie systematisch mit einem Messer aufgeschlitzt. Nicht böswillig und hasserfüllt, sondern methodisch. Man hatte irgendetwas gesucht – und Ben konnte sich gut vorstellen, was es gewesen war.

Er ging weiter und rechnete beinahe damit, die Leiche von

Rabbi Mordecai Lev an seinem Lieblingsplatz dicht beim zerstörten Schrein zu sehen. Doch als Ben die erste Bankreihe erreichte, fand er nur den Stock des alten Mannes am Boden, an einem Ende mit dem zerfetzten Streifen einer Thora-Schriftrolle bedeckt, die in perfekt geraden Zeilen hebräisch beschrieben war.

Das Papier fühlte sich wie Pergament an, ganz ähnlich der verlorenen Schriftrolle von Josephus, die Winston Daws vor mehr als 50 Jahren ausgegraben hatte und die jetzt von den Killern gesucht worden war. Aber sie hatten ebenso wenig Glück gehabt, sie hier zu finden, wie in der Judäischen Wüste, nachdem Bens Neffe die Rolle in der Höhle ausgegraben hatte.

Wo war sie dann?

Die Antwort dämmerte Ben, als er dort stand und grübelte.

Natürlich! Keiner hat das Manuskript finden können, weil …

Das Portal der Synagoge flog auf, und Ben wurde aus seinen Gedanken gerissen, ließ sich auf den Boden fallen und duckte sich unter die erste Kirchenbank, als sich pochende Schritte näherten.

56.

Danielle spürte, dass der Boden unter ihr zitterte. Sie hörte Gläser auf einem Regal in der Nähe klirren, kurz bevor sie von der nächsten Serie von Explosionen zu Boden geschleudert wurden. Sie blickte auf den Überwachungsmonitor, auf dem jedoch nur Schnee flimmerte, und sie wagte es nicht, einen anderen Blickwinkel einzuschalten. Was auf der Ulysses GBS geschah, war auch so deutlich genug.

Der Feind hatte die Boote mit Sprengstoff bestückt, der beim Zusammenstoß mit der Plattform explodierte. Aber Danielle wusste,das es nur ein Ablenkungsmanöver war, um den Weg für einen Angriff frei zu machen, nachdem die Killer aus der Wüste sie hier irgendwie aufgespürt hatten.

In dem Schränkchen im kleinen Badezimmer fand Danielle eine Pinzette. Sie verbog die Zangen und benutzte die Pinzette, um das Türschloss zu knacken, wozu sie eine knappe Minute brauchte. Dann schlüpfte sie in ihren Parka und eilte auf den Gang, stürzte in ätzenden weißen Rauch, der im Rhythmus des stetigen Heulens des Sicherheitsalarms zu wallen schien.

Eine weitere Explosion erschütterte die Ulysses, eine Vibration, die tief aus dem Inneren der Plattform zu kommen schien. Genauso hätte Danielle den Angriff geplant. Chaos schaffen, um jeder möglichen Verteidigung zuvorzukommen. Der Feind hatte seine Hausaufgaben gemacht.

Aber Danielle hatte ihren eigenen Plan, als sie die Treppe hinunter stürmte. Auf der Plattform gab es sicherlich Evakuierungsmaßnahmen für den Notfall. Die Alarmsirene verstummte. Es folgte eine auf Band gesprochene Durchsage, den Hinweisschildern zu den Rettungsbooten zu folgen. Danielle erreichte das Deck, immer noch gut 150 Meter über der Wasseroberfläche, als ein gewaltiger Donnerschlag die Plattform erschütterte und die gesamte Struktur erbebte. Riesige Feuersäulen schossen in die Höhe, als sich Öl, das aus dem Meer angesaugt wurde, durch weitere Explosionen entzündete.

Die tapfersten Arbeiter bemühten sich, das Feuer zu löschen und die Lage unter Kontrolle zu bekommen. Die wirbelnden Winde erfassten den Rauch, breiteten ihn aus wie ein Tuch, das alles verhüllte, sodass Danielle kaum die Hand vor Augen sehen konnte. Der Übelkeit erregende Gestank des Öls verschlang die eisige, salzige Luft und setzte sich in einem dicken Film auf Danielles Gesicht ab. Das Öl brannte in ihren Augen, als sie zum Rand der Plattform lief und sich die Position der Rettungsboote in Erinnerung rief.

Danielle presste sich an eine der Baueinheiten und beschirmte die Augen mit einem Arm, um sich zu orientieren. Mit der freien Hand tastete sie sich weiter und näherte sich einer Ecke, als ihr eine Gestalt in den Weg sprang.

»Zurück, wo du hingehörst!«, befahl Shoshanna Tavi und hielt Danielle eine Pistole vors Gesicht.

»Bist du verrückt? Siehst du nicht, was hier passiert?«

»Ich knall dich ab!«, schrie Shoshanna.

Bevor sie feuern konnte, prallten Geschosse einer Automatikwaffe vom Stahl dicht über ihren Köpfen ab. Beide Frauen ließen sich fallen, immer noch im Visier eines Maskierten, der auf sie zustürmte.

57.

Versteckt unter der vorderen Kirchenbank der Synagoge, zog Ben lautlos seine Beretta. Es widerstrebte ihm, die Waffe einzusetzen, weil die Schüsse sicher zusätzliche Gegner anlocken würden. Noch hörte er Schritte von nur zwei Personen, mit denen er notfalls fertig werden konnte, ohne schießen zu müssen.

Aber wie?

Nur ein paar Zentimeter entfernt, gerade in Reichweite, lag Rabbi Mordecai Levs Stock. Ben verlagerte seinen Oberkörper ein wenig und streckte eine Hand nach dem Stock aus, um ihn an sich zu ziehen.

Bens Finger hatten sich gerade um den Knauf des Stocks geschlossen, als er etwas anderes bemerkte. Zuerst glaubte er, seine Augen spielten ihm einen Streich, dann aber schaute er genauer hin und sah, dass eine Art Falltür in den Schrein eingebaut war; sie war zum Vorschein gekommen, als die Killer das Podium umgekippt hatten. War der alte Rabbi durch diese Falltür entkommen?

Das Paar, das die Synagoge soeben betreten hatte, schritt

langsam durch den Mittelgang. Ben war sicher, dass die beiden methodisch jede Bank überprüften und vermutlich nach Lev Ausschau hielten, weil man ihn bei der ersten flüchtigen Suche nicht entdeckt hatte. Bens Versteck würde bei einer solch genauen Suche rasch aufgefunden werden, und so bereitete er sich darauf vor, blitzschnell zu handeln, sobald der erste Mann nahe genug heran war.

Der Stock verschaffte Ben einen Meter zusätzliche Reichweite – und die wollte er nutzen, in der Hoffnung, dass es ihm den Einsatz der Beretta ersparte. Einer der Männer ging weit genug vor dem anderen, sodass Ben den Stock wie einen Speer bereithalten konnte, um damit zuzustoßen und den Mann von den Beinen zu holen.

Der Fuß des vorderen Mannes geriet in Reichweite des Stocks, und Ben schlang schnell das gebogene Ende darum. Er nahm die andere Hand zu Hilfe und riss an dem Stock, als der Mann nach unten blickte. Mit einem Ruck zog Ben an dem Bein. Der Mann stürzte und schlug hart mit dem Hinterkopf auf den Boden.

Sein erschreckter Kumpan erstarrte für einen Moment – und in dieser Sekunde rollte Ben sich aus der Deckung der Bank und landete auf den Knien. Der zweite Mann riss seine Waffe hoch und feuerte. Die Kugel fetzte Splitter aus dem Holz der Bank hinter Bens Kopf. Die aufgewirbelten Splitter brannten in seinen Augen, und beim Krachen des Schusses hatte Ben das Gefühl, jemand hätte Schrotkörner aus Eis in seinen Schädel gejagt. Doch Ben konnte seine Pistole hochreißen und feuern. Er schoss immer noch, als der zweite Mann zusammenbrach.

Bens erster Gedanke war, die Arme der Männer nach der Tätowierung der Templer zu überprüfen. Dann sah er den Burschen, den er niedergeschossen hatte, zum ersten Mal deutlich.

Es war ein israelischer Soldat, kaum über 20. Seine Lippen zitterten, und die Augen waren vor Entsetzen weit aufgerissen.

Was habe ich getan?

Ben gab die Gedanken an Flucht durch die Falltür auf und eilte zu dem Soldaten. Er drehte ihn behutsam auf den Rücken, um seine Wunden zu untersuchen, bereit, Hilfe herbeizurufen.

Er hatte den Soldaten zweimal getroffen, tief in den Oberschenkel und unterhalb der rechten Schulter. Die Schulterwunde war schlimmer, blutiger, und Ben riss sein eigenes Unterhemd vom Leib, um es für einen Druckverband zu benutzen.

Die israelische Patrouille musste eingetroffen sein, kurz nachdem Ben die Synagoge betreten hatte, vielleicht alarmiert von einem Überlebenden oder einem verzweifelten Hilferuf über ein Telefon oder Funkgerät. Die Soldaten hatten sich nicht angekündigt und nichts getan, um Ben wissen zu lassen, dass sie alles andere als die Templer waren, die die Siedlung der Amudei Ha'aretz angegriffen und die Bewohner skrupellos ermordet hatten.

Ich brauche Hilfe.

Ben drückte das zusammengeknüllte Unterhemd auf die Schulterwunde des jungen Soldaten, um die Blutung zu stoppen. Aber er hatte wenig Sanitätsausbildung und konnte auf keinen Fall länger in der Synagoge bleiben.

Ja, Euer Ehren, ich habe den Soldaten erschossen. Mit zwei Kugeln. Und der andere liegt hier mit eingeschlagenem Schädel; auch dafür bin ich verantwortlich.

Der junge Mann, den er niedergeschossen hatte, würde sterben, wenn er nicht schnell von jemandem behandelt wurde, der ärztliche Kenntnisse besaß. Ben war so sehr auf die Verletzung des Soldaten konzentriert gewesen, dass er jetzt erst das Walkie-Talkie an dessen Koppel bemerkte. Er presste das blutgetränkte Unterhemd des Mannes weiterhin auf die Wunde, löste das Funksprechgerät vom Koppel des Soldaten und hielt es an den Mund.

Qualitätsarbeit, neueste Technik, hervorragende Leistungsfähigkeit – ein Gerät, das die Palästinenser vermutlich ein Jahrzehnt oder sogar noch länger nicht in ihrem Bestand haben würden.

»Mann verletzt!«, sagte Ben in das Walkie-Talkie. »Synagoge, hinteres Viertel des Geländes. Ich brauche Hilfe!«

Er legte das Gerät zu Boden und drückte die Hand des Soldaten über das Unterhemd, bevor er selbst die Hand von der Wunde fortzog.

»*Wiederholen!«,* quäkte es aus dem Funkgerät. »*Wiederholen Sie, und identifizieren Sie sich!«*

»Drücken Sie den Stoff auf die Wunde, so gut Sie können«, sagte Ben zu dem jungen Soldaten. »Gleich kommt Hilfe.«

»*Identifizieren Sie sich!«,* ertönte es wieder aus dem Walkie-Talkie.

Ben stemmte sich vom Boden auf. Er ging zu dem Schrein und suchte im Halbdunkel nach der Falltür. Aus der Nähe war sie nicht so leicht zu entdecken, und Ben glaubte sogar schon, er hätte sich die Falltür nur eingebildet, als er den Rand ertastete.

Er ruckte daran, und die Falltür klappte auf und gab den Blick auf eine Leiter frei; dahinter war Dunkelheit. Ben ließ sich auf die Sprossen nieder und zog die Falltür zu, bevor er sich an den Abstieg machte. Er fragte sich, wie lange es dauern würde, bis die Israelis seinen Fluchtweg finden und die Verfolgung aufnehmen würden.

58.

Shoshanna Tavi, die mit dem Rücken auf dem Deck der Plattform lag, drehte ihre Pistole von Danielle weg und feuerte mehrmals auf den heranstürmenden Maskierten. Er taumelte unter den Kugeleinschlägen und schoss im Zusammenbrechen wild in die Luft. Danielle hoffte, dass die Frau vom Shin Bet durch die gemeinsame Gefahr weich würde und die Verzweiflung zu einem Zweckbündnis zwischen ihnen führte.

Stattdessen richtete Shoshanna Tavi wieder die Pistole auf Danielle. Bevor sie abdrücken konnte, rammte Danielle ihr die Faust unter den Ellbogen und schlug ihr die Waffe aus der Hand. Eine Kugel pfiff an ihrem Ohr vorbei, und die Pistole fiel außer Reichweite aufs Deck. Danielle schmetterte die freie Hand auf Shoshanna Tavis Nase, während die Frau vom Shin Bet sie am Haar packte und daran zerrte.

Die ölige Luft hatte Shoshanna Tavis Gesicht geschwärzt, einschließlich der Narbe, die an einer Seite wie die Bahn einer Träne verlief. Ihr Blick war wild und verschwommen. Sie atmete keuchend. Da ihre Waffe außer Reichweite war, drosch sie mit einer Serie von Hieben auf Danielle ein, doch der dicke Parka nahm den Schlägen die Wucht. Danielle zahlte es ihr mit einem Kniestoß in den Bauch heim und schickte einen Fausthieb hinterher, der Shoshanna Tavis Kopf nach hinten riss.

Aus der Bewegung heraus taumelte Danielle nach vorn; der Schwung erlaubte ihr, Shoshanna Tavis Kopf gegen das Eisengeländer hinter ihr zu schmettern. Shohannas Augen wurden glasig, und sie sackte zusammen. Danielle schnappte sich die Pistole und schleifte Shoshanna mit sich über die Plattform.

Die Frau vom Shin Bet kam zu sich und nahm den Kampf wieder auf.

»Hör auf! Sie werden uns sehen!«, warnte Danielle.

Doch Shoshanna Tavi gab nicht auf, wollte sich aus Danielles Griff befreien.

»Ich versuch dir zu helfen, du blödes Weib!«

Doch Shoshanna trat und schlug um sich, bis Danielle ihr den Griff der Pistole an die Schläfe hämmerte. Die Frau vom Shin Bet erschlaffte und stürzte auf den vergitterten Bereich der Plattform.

Danielle ließ sie dort liegen und rannte durch den schwarzen, wirbelnden Rauch, der sie zu ersticken drohte. Wenn sie husten musste, hielt sie einen Ärmel vor den Mund und hoffte, das Geräusch zu dämpfen. Der Wind und öliger Rauch brannten in ihren Augen, die zu tränen begannen, während sie zu den Rettungsbooten eilte.

Voraus konnte sie jetzt Crewmitglieder sehen, die sich verzweifelt an den Booten zu schaffen machten und sich mühten, die Hydraulik zu betätigen, mit der sie per Knopfdruck zu Wasser gelassen werden konnten. Aber es hatte den Anschein, als hätte die Wucht der Explosionen die Leitungen und Generatoren beschädigt. Danielle sah, dass Männer der Crew versuchten, zwei der Rettungsboote von Hand hinunterzulassen.

Die Ulysses erbebte wieder, als eine der Rohrleitungen barst und eine riesige Fahne aus Flammen und Rauch in die Höhe schoss. Danielle verlor das Gleichgewicht und klammerte sich an ein Kabel, das unter ihrem Gewicht abriss. Das Deck schien ihr entgegenzurasen, zu schnell, um den Sturz zu dämpfen. Sie landete hart und sah über sich den Himmel, der vom schwarzen Rauch verschleiert war, während sich rings um sie Flammen ausbreiteten. Sie beobachtete entsetzt, wie die beiden Rettungsboote in die Tiefe stürzten. Nichts verlangsamte ihren Fall, erst die See. Es war, als stürzten sie zehn Stockwerke tief auf einen Bürgersteig. Die Männer in den Booten schrien, als sie an Danielle vorbei in die Tiefe rasten; dann verschluckte der Wind ihre gellenden Schreie und den Aufprall der Boote auf dem Wasser.

Danielle hatte sich gerade auf die Ellbogen gestemmt und die Beine angezogen, um sich aufzurappeln, als sie den stählernen Glanz einer Maschinenpistole im Rauch sah. Sie stieß Shoshanna Tavis Pistole vor, kämpfte gegen das Zittern ihrer Hand und feuerte dreimal, bis sie hörte, dass ein Körper dumpf aufs Deck schlug.

Danielle sprang auf und taumelte durch den öligen Rauch zu dem Mann, den sie niedergeschossen hatte. Eine ihrer Kugeln hatte sein Gesicht zerschmettert. Sie sah es deutlich, als sie den Schulterriemen der Maschinenpistole losriss und die Waffe an sich nahm. Am Griff klebte der Schweiß des Mannes, den sie getötet hatte. Sie wischte den Schweiß an ihrem Parka ab und hetzte weiter.

Das Deck der Ulysses war feucht und glitschig; zu allen anderen Problemen kam noch hinzu, dass Danielle Acht geben musste, nicht auszurutschen. Als die Seeluft den öligen Rauch näher an den Rand der Plattform trieb, sah sie, dass sämtliche Rettungsboote verschwunden waren; alle waren aus ihren Halterungen gerissen oder zu Wasser gelassen worden.

Dennoch setzte Danielle den Weg fort, lauschte den stakkatoartigen Feuerstößen von MPi-Schüssen, die durch den Wind und das Prasseln der Flammen drangen. Das Durcheinander der Geräusche und der wirbelnde Rauch schienen sich gegen sie verschworen zu haben, damit sie die Orientierung verlor.

Doch als sie näher an den Rand der Plattform gelangte, sah sie irgendetwas im Wind flattern. Zuerst nahm sie an, es wäre nur ein abgebrochenes Bauteil, doch bei näherem Hinsehen erkannte sie durch den öligen Rauch, dass es ein Rettungsfallschirm war, ein sogenannter »Sea-Scape«. Er musste sich bei dem Alarm automatisch aufgeblasen haben, ein gebogener, miteinander verbundener Plastikring in S-Form. Wenn sie von oben hineinkletterte und den Haltegriffen folgte, würde der Sea-Scape sie den ganzen Weg bis zur Wasseroberfläche tragen, auf der ein paar Rettungsboote zu sehen waren, die noch intakt zu sein schienen.

Aber die Wucht der Explosionen hatte den Sea-Scape vom Deck fortgedreht, und zwischen dem Oberteil des Fallschirms und dem Deck klaffte eine Lücke. Danielle zerrte an dem Rettungsfallschirm, doch es gelang ihr nicht, ihn nahe genug heranzuziehen. Es würde ihr nichts anderes übrig bleiben, als sich an dem Strick hinüberzuhangeln, mit dem der Fallschirm an der

Ulysses festgebunden war. Danielle wusste, dass sie nur diese eine Chance hatte. Sie sprang hoch und packte den Strick.

In diesem Moment gab es nichts als grauschwarze Luft zwischen ihr und der eisigen See in der Tiefe. Danielle spürte, wie die Ulysses unter einer weiteren Explosion erzitterte, und hangelte sich weiter, um zum Sea-Scape zu gelangen.

59.

Als Ben durch den unterirdischen Gang kletterte, hatte er das Gefühl, durch eine Gruft zu steigen. Rabbi Mordecai Lev hatte seine Festung für uneinnehmbar gehalten. Doch irgendwie hatte die Streitmacht, die Abril al-Asi zufolge aus Tempelrittern bestand, die Festung in einem brutalen Handstreich erobert; sämtliche Siedler waren ihrer Gnade ausgeliefert gewesen.

Der unterirdische Gang war vom matten Schein sporadisch angebrachter nackter Glühbirnen beleuchtet, die an der Decke hingen. Ben hörte keine Anzeichen auf eine Verfolgung und nahm an, dass der israelische Soldat, den er niedergeschossen hatte, bewusstlos geworden war, bevor er seine Kameraden auf die Falltür hatte hinweisen können.

Ben eilte weiter. Er hatte keine Ahnung, welche Entfernung er noch zurücklegen musste. Inzwischen bewegte er sich wie automatisch und wusste nicht mehr, welche Strecke er bereits zurückgelegt hatte. Er versuchte, sich auf das Bild zu konzentrieren, das sich ihm zuvor geboten hatte. Die Killer hatten die Synagoge durchsucht, weil sie nicht gefunden hatten, was die Amerikaner an ihrer »Grabungsstelle 6« in der Judäischen Wüste entdeckt hatten. Auch Rabbi Lev besaß es gewiss nicht, ebenso wenig hatten es die Israelis. Ben hätte sogar angezweifelt, dass der Fund existierte, hätte er nicht mit eigenen Augen seinen Neffen auf dem Video gesehen, die Kiste in Händen: Aufnahmen, die ein Wächter heimlich gemacht hatte, der von Commander Moshe Baruch vom Shin Bet in das Team eingeschleust worden war.

Wo war die verschwundene Schriftrolle? Wo konnte sie sein?

Schließlich erkannte Ben, dass es nur eine Möglichkeit gab – und nun er war unterwegs dorthin.

Es gelang Danielle, die Beine über den Rand des Rettungsrings aus Plastik zu schwingen. Sie zog den Sea-Scape näher zu sich heran, während sie den Strick umklammert hielt. Den Körper schmerzhaft verkrümmt, ließ sie den Strick schließlich los und fiel in den Sea-Scape, dessen Plastik unter ihrem Gewicht nachgab. Ihr Kinn schlug gegen den Rand. Für einen Moment war sie benommen, konnte sich jedoch an den Seiten des Plastikringes festhalten.

Die Benutzung des Sea-Scape war wie der Gang über eine scheinbar endlose Folge leicht verwinkelter, miteinander verbundener Rampen hinunter, die sich bis zur Wasseroberfläche erstreckten. Die Mitte des Rings war breit genug, um Danielle aufzunehmen, und sie stützte sich mit den Armen an den Seiten ab, als sie sich an den Abstieg machte. Immer noch konnte sie mindestens zwei Rettungsboote im Meer schwimmen sehen. Doch während sie beobachtete, stürzte ein großes Stück Beton auf eines der Boote und zerschmetterte es wie ein Kinderspielzeug in einer Badewanne. Jetzt blieb nur noch ein intaktes Boot.

Danielle wurde rasch schneller und entwickelte einen Rhythmus beim Abstieg, indem sie lernte, die behandschuhten Hände richtig gegen das Plastik zu stemmen. Plötzlich knallte es über dem Plastikring. Danielle wusste, dass es Schüsse waren, zum Glück aus zu großer Entfernung abgefeuert, denn sie befand sich außer Reichweite der Waffen, mit denen der Stoßtrupp ausgerüstet war. Natürlich konnte sie durch einen Glücksschuss getroffen werden, doch die Entfernung des Sea-Scape von der Plattform schützte sie vor Blicken, je mehr sie sich der See näherte. Es gab jedoch ein anderes Problem. Ein Mensch konnte nicht länger als eine Minute im eisigen Wasser des Nordatlantik überleben – und genau dort würde sie landen. Sie würde sich vom Sea-Scape aus sofort zu dem einen verbliebenen Rettungsboot durchkämpfen müssen. Vor ihrer Flucht hatte sie keine Zeit gehabt, eine der orangefarbenen Schwimmwesten anzulegen; dieses Versäumnis würde sie das Leben kosten, wenn sie sich verschätzte und den geringsten Fehler beging.

Der Sea-Scape schaukelte im starken Wind, und die Wellen tosten um das Ende des Plastikrings, genau an der Stelle, an der Danielle landen würde. Sie schätzte, das verbliebene Rettungsboot würde immer noch drei bis vier Meter entfernt sein. Vier Meter durch eisiges Wasser. Unter sich konnte Danielle Stücke eines kleinen Eisbergs sehen, die sich durch die Explosionen der sinkenden Boote gelöst hatten. Sie begrüßte die Flammen, die aus den Wracks dieser Boote aufstiegen, wegen der trügerischen Wärme, die sie spendeten, was sie von dem Gedanken an das tödlich kalte Wasser ablenkte.

Dann schaute sie sich die Eisstücke genauer an. Sie bemühte sich, nicht daran zu denken, was dies alles bei ihrem Baby anrichten würde; stattdessen stellte sie sich einen flüchtigen Augenblick lang vor, Ben würde unter ihr stehen, bereit, sie mit offenen Armen aufzufangen.

Sie verharrte kurz vor dem Ende des Sea-Scape und wartete, bis sich eine große Eisscholle näherte, auf einem Kurs, der sie zwischen den Fallschirm und das Rettungsboot brachte. Als das Eis unter ihr war, ließ Danielle sich darauf fallen. Das Eis war steinhart und spiegelglatt, doch es gelang ihr, sich darauf zu halten und sich weiterzuschieben, bis sie die letzten beiden Meter über die kalte, dunkle See auf die Plastikplane springen konnte, die auf dem Deck des Rettungsboots lag.

Danielle klammerte sich mit einer Hand fest, ertastete den Reißverschluss der Plane und zog ihn auf. Dann ließ sie sich unter der Plane ins Rettungsboot fallen.

Ben tauchte aus dem unterirdischen Gang auf und schätzte, dass er fünf-, sechshundert Meter von der Siedlung entfernt war. Trotz seiner Eile schloss er die Luke hinter sich und tarnte sie mit Erde.

In der schwindenden Hitze der Abenddämmerung ging er südwärts. Er stieß auf keine Spuren von Menschen, bis er zum Rand einer anderen Siedlung der Amudei Ha'aretz gelangte, die sich inmitten des Baulands jenseits des ursprünglichen Kiryat Arba befand. Ben glaubte sich zu erinnern, dass dies Teil einer großen Expansionsoffensive in der West-Bank war, die man unternommen hatte, um Israels politische Rechte zu besänftigen und sie für die Konzessionen zu entschädigen, die vor kurzem bei der Abtretung von Land an die Palästinenser gemacht worden waren. Eines dieser Gebiete war der Bereich der Judäischen Wüste, der das Gelände einschloss, auf dem die Amerikaner ermordet worden waren und das jetzt Bens Ziel war.

Auf der Baustelle bemerkte er einen Pickup-Truck, auf dem in Hebräisch der Name der Baufirma stand. Lautlos kletterte er ins Führerhaus. Bauarbeiter lungerten in der Nähe herum und hatten es anscheinend nicht eilig, den Tag hinter sich zu bringen. Ben duckte sich tief unter das Armaturenbrett, bis er den Schlüssel des Lastwagens auf der Konsole liegen sah. Er schob den Schlüssel ins Zündschloss und ließ den Motor an. Dann fuhr er gemächlich los. Die Arbeiter in der Nähe bemerkten den davonfahrenden Wagen erst, als Ben den Arm ausstreckte, um den Rückspiegel zu verstellen.

Als Danielle im Rettungsboot lag, sah sie als Erstes einen ordentlichen Stapel Schwimmwesten in einer Plastikhülle in der Ecke. Das kleine Boot schaukelte heftig auf den Wellen, während sie die Plastikhülle abstreifte und eine der Schwimmwesten anlegte. In der dicken, wärmenden Weste fühlte sie sich auf Anhieb behaglicher. Das Material war gummiartig und glatt. Danielle entdeckte schnell die Reißleinen, mit denen die Lufttaschen in Brusthöhe aufgepumpt wurden, falls sie über Bord fiel.

Sie schob sich zu dem Sitz vor dem Steuerrad und drückte auf den Knopf des Anlassers. Zuerst sprang der Motor nicht an, erwachte dann aber nach kurzem Stottern zum Leben. Danielle schob den Gashebel nach vorn, und das Boot durchpflügte die See. Die Ulysses GBS blieb in seinem Kielwasser zurück.

60.

Was die Amerikaner »Gebiet 6« in der Judäischen Wüste genannt hatten, sah jetzt sonderbar leer aus. Außer den großen Lastwagen, die seltsamerweise immer noch dastanden, war sämtliche Ausrüstung entfernt worden. Ben parkte den Pickup so nahe beim Höhleneingang wie möglich. Zwei gelangweilt wirkende israelische Soldaten näherten sich. Der Anblick der weißen israelischen Nummernschilder des Trucks schläferte ihre Wachsamkeit lange genug ein, dass Ben seine Pistole ziehen und die Waffe auf sie richten konnte, bevor die Männer eine Chance hatten, ihre Gewehre auf ihn anzulegen.

Er benutzte Stricke von der Ladefläche des Trucks, um die Soldaten zu fesseln und an die Heckklappe zu binden. Auf der Ladefläche fand er außerdem eine Schaufel und eine Taschenlampe. Damit eilte er die Stufen hinauf, die zum Eingang der Höhle führten. Bald brach die Dunkelheit an, und Ben wollte nicht ohne Licht in der Höhle gefangen sein. Er würde eine Weile darin bleiben; er war entschlossen, sie erst zu verlassen, wenn er gefunden hatte, was er suchte.

Die geheimnisvolle Kiste mit der verlorenen Schriftrolle des Josephus.

In der Höhle war es finster. Ben schaute sich um und wartete darauf, dass seine Augen sich an das Dunkel gewöhnten. Sie muss hier sein!, sagte er sich und begann in einem Bereich zu graben, der ein wenig abseits von der Stelle lag, an der sein Neffe die Kiste ursprünglich ausgegraben hatte. Rabbi Levs Leute besaßen die Schriftrolle nicht, Gianni Lorenzos Templer suchten noch danach, und die Israelis hatten nicht einmal von ihrer Existenz gewusst und waren lediglich daran interessiert, die Wahrheit über die Mission der Amerikaner zu vertuschen.

Zeit verstrich. Vor der Höhle senkte sich die Dämmerung über die Wüste. Ben war entschlossen, bis zum Morgengrauen und darüber hinaus zu graben, wenn es so lange dauern würde, selbst wenn er sich in die tiefen, unerforschten Winkel der Höhle wagen musste, vor denen Abid Rahman ihn gewarnt hatte.

Sein eigenes Schicksal schien auf dem Spiel zu stehen. Ben ging mit der Besessenheit und Energie eines Mannes an die Aufgabe heran, der nicht nur etwas beweisen wollte, sondern auch etwas zu gewinnen hatte. Er wollte beweisen, dass Christus nur ein gewöhnlicher Mann gewesen war. Er wollte das Bild, das die Menschen sich von Jesus machten, für immer zerstören. Er wollte beweisen, dass er die ganze Zeit Recht gehabt hatte, als er seinen Glauben aufgab. Es gab kein Licht am Ende der Finsternis – das war der Streich, den die Propheten und Priester der Menschheit seit Jahrhunderten gespielt hatten. Die Finsternis bestand weiter, und ein Glaube, der bald als unbegründet aufgedeckt sein würde, ließ die Menschen hindurchgehen ins Nichts.

Ben spürte, wie der Staub und Schmutz der Höhle an seinem Gesicht hafteten, wobei sein Schweiß wie eine klebrige Schicht wirkte. Als er weitergrub, tanzten Staubkörner vor dem Lichtstrahl der Taschenlampe. Er hatte die Lampe auf den Boden der Höhle gelegt und richtete sie bei jeder neuen Grabungsstelle anders aus, überzeugt, dass sein Neffe die Kiste in dieser Höhle von neuem vergraben hatte, um sie sicher zu verwahren. Keiner würde auf den Gedanken kommen, ausgerechnet hier danach zu suchen.

Bens Schultern schmerzten schlimm, doch er hörte nicht auf, wie besessen zu graben. Heißer Staub bedeckte ihn und machte ihm das Atmen schwer. Er hatte das Gefühl, Glas geschluckt zu haben, und ein paar Mal glaubte er fast, zu ersticken. Jedes Husten verschlimmerte den Schmerz. Bald arbeitete er ohne jede Methode, ohne Ordnung. Er grub einfach an Stellen, an denen er noch nicht gesucht hatte, und weigerte sich einzugestehen, dass ihm ein Erfolg versagt blieb. Sein Neffe hatte die Entdeckung gewiss schützen wollen, hatte Vorsichtsmaßnahmen ergriffen und die Kiste versteckt, wo niemand sie vermutete.

Und was war, wenn …

Ben war plötzlich wie elektrisiert.

Natürlich!

Er richtete den Lichtstrahl der Taschenlampe auf den vorderen Teil der Höhle und ging zu der flachen Vertiefung, die er und Danielle vor zwei Tagen untersucht hatten, zu der Grube, aus der die Kiste ursprünglich von den Amerikanern geborgen worden war.

Ben stieß die Schaufel auf den Grund der kleinen Grube und fuhr mit dem Schaufelblatt am Rand entlang, entfernte zuerst nur dünne Schichten Erde, bis er schneller grub. Er war etwa 15 Zentimeter tief, als die Schaufel auf etwas Hartes stieß.

Zitternd vor Anspannung legte er die Schaufel beiseite und fiel auf die Knie. Dann schob er die Hände in das vertiefte Loch und entfernte den Rest Erde mit den Fingern.

Die Kiste lag im Schein der Taschenlampe vor ihm. Schiefergraue Erde bedeckte die Oberfläche; das Eisenschloss war nur ein einfacher Bolzen, der durch einen Schlitz geschoben war. Ben löste den Bolzen behutsam und hob die Kiste an.

Als er sie ein wenig kippte, bewegte sich etwas darin, schlug dumpf gegen die Innenwände. Ben stockte der Atem.

Er wusste nicht, wie lange er dort mit der Kiste auf dem Schoß saß. Er war klug genug, sie nicht zu öffnen, denn er befürchtete, dass plötzliche Luftzufuhr dem empfindlichen Inhalt schaden könnte. Ben verschloss die Kiste wieder mit dem Bolzen.

Eine Woge der Benommenheit erfasste ihn. Ein grelles Licht brannte in seinen Augen, und er glaubte das Bewusstsein zu verlieren. Doch ein zweites Licht gesellte sich zum ersten, gefolgt von einem dritten. Stimmen, die er nicht verstehen konnte, wechselten Worte, und dann trat eine große Gestalt am Höhleneingang in den Schein des grellen Lichts.

»Ich werde das nehmen«, sagte Commander Moshe Baruch.

61.

Erschöpft klammerte Danielle sich an das Steuer des Rettungsboots. Die mächtigen Wellen hatten es durch die See gepeitscht und verschluckt, um es wieder auszuspucken. Ein schweres Boot mit geringerer Schwimmkraft wäre sicherlich verloren gewesen. Doch die Schwimmfähigkeit dieses Rettungsboots erlaubte es Danielle, aus der wirbelnden Gischt zu gelangen, die von den Wellen verursacht wurde und ins Bootsinnere spülte.

Dennoch hätte das Meer die Arbeit der Killer beinahe zu Ende gebracht. Als Danielle ruhigeres Wasser erreichte, lag das Boot alarmierend tief.

Plötzlich tauchte zur Rechten Land auf; die felsige Küstenlinie war von Mondlicht erhellt, das durch die Wolken fiel. Danielle versuchte, das Boot dorthin zu lenken, doch das Ruder schien sich gegen ihre Bemühungen zu stemmen. Mit aller Kraft schaffte sie es dennoch; dann aber gab der Motor des Rettungsboots etwa 400 Meter von der Küste entfernt auf, unmittelbar nachdem Danielle eine Leuchtkugel in den Nachthimmel abgefeuert hatte.

Danielle hatte keine Wahl. In ihrer Schwimmweste sprang sie ins Meer und fühlte sich sonderbar warm. Ihre Körperhitze staute sich in der Überlebensausrüstung und verhinderte ein Erfrieren. Sie zog beide Reißleinen. Die Luftkammern füllten sich schlagartig, und Danielle war halbwegs in der Lage, auf dem Rücken zu schwimmen.

Mit der Überlebensausrüstung konnte sie unter diesen Bedingungen 90 Minuten durchhalten. Sie fragte sich, ob sie in dieser Zeit den Strand erreichen würde. Es gelang ihr, mit den Armen zu paddeln und die Strömung zu nutzen, und so schaffte sie es schließlich und landete am Strand. Nach der langen Zeit im Wasser waren ihre Bewegungen langsam und lethargisch, und ihre Muskeln schmerzten so sehr, dass sie kaum gehen oder die Arme heben konnte.

Danielle ließ die Luft aus der Schwimmweste und brach am felsigen Strand entkräftet zusammen, war jedoch sicher vor den Wellen und wurde immer noch gewärmt von der Überlebensausrüstung, die wie ein Raumanzug wirkte. Sie hoffte, dass die Sonnenwärme sie am Morgen beleben und ihr neue Kraft geben würde.

Doch das erste Boot kam viel eher. Danielle sah sein Licht über den Strand streichen, bevor sie das Motorengeräusch im Tosen der Wellen vernahm. Sie setzte sich auf und versuchte, die Arme zu schwenken, doch ihr fehlte die Kraft. Aber die Besatzung musste sie gesehen haben, denn sie warf Anker; dann kamen mehrere Crewmitglieder in einem Schlauchboot an Land.

Als Danielle die Augen der beiden eintreffenden Männer sah, wusste sie auf Anhieb Bescheid. Dies waren keine Retter, die sich zufällig in diesem Gebiet aufhielten. Diese Männer gehörten zu der Verbrecherbande, die den Angriff auf die Ulysses GBS unternommen hatte, nur um ihr Geheimnis zu wahren.

Ich habe meine eigenen Henker gerufen!

Danielle fand die Kraft, sich zur Seite zu drehen und einen gezackten Stein zu ergreifen, um damit nach dem ersten Mann zu schlagen, der sich zu ihr bückte, als ein schwerer Stiefel ihr schmerzhaft auf das Handgelenk trat. Sie schrie auf und versuchte verzweifelt, freizukommen.

Der andere Mann zog eine großkalibrige Pistole unter dem Gürtel hervor und richtete sie auf Danielle.

62.

Ben war wie benommen und drückte die Kiste fester an sich.

Baruch war näher an ihn herangetreten. »Ich rate Ihnen, Inspector Kamal, die Dinge nicht noch schlimmer zu machen, als sie schon sind. Wir wissen, dass Sie die beiden Wächter, die hier Dienst hatten, gefangen genommen haben. Und Sie werden ebenfalls verdächtigt, in der Siedlung der Amudei Ha'aretz zwei israelische Soldaten niedergeschossen zu haben.« Er starrte Ben voll Abscheu an. »Muss ich annehmen, dass Sie an dem dortigen Massaker ebenfalls beteiligt waren?«

»Wie viele?«, krächzte Ben.

»Was?«

»Wie viele Menschen wurden getötet?«

»Ich weiß es nicht. Wir haben Dutzende gefunden, die in unterirdischen Bunkern versteckt waren. Vor allem Kinder.«

Ben atmete erleichtert auf und blickte den Commander an. Seine Stimme klang immer noch, als würde Sandpapier über seine Stimmbänder schmirgeln. »Woher wissen Sie, dass ich dort war?«

»Das Unterhemd, das wir auf der Wunde eines Soldaten fanden, trug Ihr Namensschildchen von einer Wäscherei.«

»Ich habe versucht, den Mann zu retten.«

»Sie stecken voller Widersprüche, Inspector. Ich muss ebenfalls annehmen, dass Sie das Fahrzeug, das draußen parkt, von einer israelischen Baustelle gestohlen haben, und jetzt sind Sie gewaltsam zum Tatort eines Verbrechens vorgedrungen und wollten Dinge entfernen, die Beweismittel sein könnten.«

»Möchten Sie, dass ich es zurücklege?«

»Ich möchte, dass Sie es mir geben. Anschließend werde ich Sie verhaften.«

Ben hätte an diesem Punkt vieles tun und auf vielerlei Weise reagieren können. Aber er lächelte nur und rührte sich nicht von der Stelle.

»Müssen Sie die Sache unnötig erschweren, Inspector?«

Schweigen.

Irgendetwas hielt Baruch davon ab, noch näher an Ben heranzutreten. »Ich werde unverzüglich Kontakt mit Ihrem Volk aufnehmen, damit wir vermeiden können, dass dieser Zwischenfall noch größer wird, als er bereits ist.«

Ben hob die Kiste an, als wollte er sie genauer betrachten. »Haben Sie eine Ahnung, was darin ist?«

Baruch schüttelte den Kopf. Er wirkte beinahe erfreut. »Sie haben immer noch nicht erkannt, was sich hier wirklich abspielt, nicht wahr?«

»Ich weiß vieles darüber.«

»Nicht annähernd genug.«

»Was haben Sie mit Danielle gemacht?«, fragte Ben.

»Ich weiß nicht, wovon Sie reden …«

»Doch, das wissen Sie. Haben Sie Danielle umgebracht? Dann werde ich Sie töten, das schwöre ich.«

Zwei andere Männer gesellten sich zu Baruch in die Höhle, die Finger am Abzug ihrer Uzi-Maschinenpistolen.

»Geben Sie mir die Kiste, Inspector.«

Ben blickte zu den Männern mit den MPis und schaute dann wieder Baruch an. Der Anblick, wie er vor ihnen kniete, wirkte beinahe lächerlich. Er hielt Baruch die Kiste hin. Der Commander riss sie ihm aus den Händen, bevor Ben sich anders besinnen konnte.

»Ich würde sie an Ihrer Stelle nicht öffnen, Commander.«

Ein rasches Nicken von Baruch, und seine beiden Untergebenen packten Ben an den Armen und rissen ihn hoch. Eines seiner Beine war eingeschlafen. Er konnte es nicht belasten. Als es nachgab, versetzte ihm der Israeli einen Tritt ans Schienbein.

Ban humpelte noch immer, als er zwischen den beiden Männern vom Shin Bet die Dunkelheit der Höhle verließ. Draußen warteten vier weitere Bewaffnete. Auf halbem Weg die Stufen hinunter gesellte Baruch sich zu ihnen, der zweifellos bereit war, Ben zu verhaften. In diesem Augenblick näherte sich auf der staubigen Wüstenstraße ein Fahrzeugkonvoi.

Baruchs Männer wurden wachsam und hoben die Waffen, als sie vom nahenden Scheinwerferlicht erfasst wurden. Sie fächerten auseinander, warteten schussbereit.

Die eintreffenden Wagen – es waren fünf – fuhren zu einer ordentlichen Reihe auf und hielten vor den Agenten des Shin Bet, jeweils zehn Meter voneinander entfernt. Selbst in der Dunkelheit erkannte Ben den Mercedes von Colonel Nabril al-Asi an der Spitze der Wagen. Die hintere Tür wurde geöffnet, und al-Asi stieg lässig aus. Er war allein.

Die Haltung der Männer vom Shin Bet wurde angespannt, und sie entsicherten ihre Waffen. Al-Asi wirkte unbeeindruckt. Er knöpfte sein zweireihiges Jackett zu, ging allein und entschlossen auf die Bewaffneten zu und schien jeden außer Moshe Baruch zu ignorieren.

Erst als der Colonel den Fuß der Stufen erreichte, die zur Höhle führten, blickte er zu Ben. Dann stieg er gemächlich die

Stufen hinauf, vorbei an den Männern des Shin Bet, die ihre Waffen zu ihm schwenkten, und blieb dicht vor Commander Baruch stehen.

»Guten Abend … oder eher schon guten Morgen, Commander«, grüßte al-Asi, griff lässig in die Tasche und nahm ein dreifach gefaltetes Dokument hervor. »Das ist ein Gerichtsbeschluss, der bestätigt, dass dieses Gebiet an die Palästinenser abgetreten wurde, und der Sie anweist, unverzüglich von hier abzuziehen.«

Baruch fletschte die Zähne wie ein angriffslustiger Hund. »Palästinensische Gerichte erkennen wir nicht an.«

Al-Asi reichte ihm gelassen das Dokument. »Das hier ist von einem israelischen Gericht unterzeichnet.« Der Colonel heftete den Blick auf die Kiste, die Baruch unter einen Arm geklemmt hielt. »Sie wissen bestimmt, dass alle Objekte, die auf diesem Gebiet gefunden oder von ihm entfernt werden, Besitz des palästinensischen Volkes sind, ja?«

Baruch betrachtete das Dokument im Scheinwerferlicht, das bis zu ihm fiel. Als er zu Ende gelesen hatte, knüllte er die Seiten zusammen und stieß die Kiste zu al-Asis Brust hin.

Der Colonel packte sie, bevor sie ihn treffen konnte. »Ebenso verstehen Sie gewiss, Commander, dass nach dem Abkommen zwischen unseren Regierungen für eine Festnahme auf unserem Territorium eine schriftliche Vereinbarung oder offizielle Billigung erforderlich ist. Ich schlage vor, Sie übergeben mir Inspector Kamal, bis wir entscheiden können, was mit ihm geschieht.«

Baruch nickte und forderte die Männer, die Ben festhielten, mit einem Wink auf, ihn loszulassen. Dann richtete er sich zu seiner vollen Größe auf und stürmte die Stufen hinab, dicht gefolgt von seinen Männern.

Al-Asi und Ben beobachteten, wie sie hinunterstiegen.

»Danke, Commander«, rief al-Asi Baruch nach. »Möge dies

ein Höhepunkt im Geist der Zusammenarbeit zwischen unseren Völkern sein.«

Colonel al-Asi gab Ben die Kiste zurück, als sie auf dem Rücksitz seines Mercedes saßen. Aber er sprach erst wieder, als Moshe Baruchs Jeeps an ihnen vorbeigefahren waren. Ben bemerkte, dass der Colonel sich mit einem batteriebetriebenen Pokerspiel beschäftigte.

»Die Verwaltungsgesellschaft unseres Kasinos hat mir ein paar davon als Geschenk für meine Kinder gegeben«, sagte der Colonel, ohne von dem kleinen Bildschirm des Videospiels aufzublicken.

»Das muss sie bei den Nachbarskindern sehr beliebt gemacht haben.«

»Leider sind andere Kinder nicht gerade versessen darauf, mit meinen Sprösslingen zu spielen. Wir geben Partys, aber keiner kommt. Die Eltern wissen offenbar, wer ich bin. War es bei Ihnen in den Vereinigten Staaten ebenso?«

Ben schüttelte den Kopf. »Ich war mit anderen Cops befreundet. Die Kinder pflegten sich allerdings zu streiten, wer von uns der Härteste war.«

»Ich würde auf Sie wetten.«

Ben bemühte sich zu lächeln. »Das haben nicht mal meine Kinder getan.«

Al-Asi widmete sich wieder seinem Videospiel. »Wir überlegen, ob wir diese Dinger im Oasis Casino aufstellen sollen, in viel größerem Maßstab natürlich. Ich hielt es für das Beste, eines auszuprobieren, bevor ich eine Meinung dazu äußere.«

»Und was meinen Sie?«

»Ich versuche es immer noch«, sagte al-Asi und wartete, dass sein Blatt digital aufgeblättert wurde. Er löschte es, ohne zu wetten, nachdem er nicht mal ein Paar bekommen hatte.

»Ist es das einzige Spiel, das Sie heute Nacht gespielt haben?«, fragte Ben.

»Sie spielen gewiss auf den Gerichtsbeschluss an, den mir ein israelischer Richter unterzeichnet hat. Er ist Gast des Oasis – einer der besten Gäste, die wir haben. Hat einen Kredit von fünfzigtausend Shekel und alles verspielt.« Al-Asis Miene blieb ausdruckslos. »Ich konnte reinen Tisch für ihn machen.«

»Sie sind ein bemerkenswerter Mann, Colonel.«

Al-Asi betrachtete das elektronische Spiel genauer. »Wissen Sie, die israelischen Gerichte hatten ihren Bürgern ursprünglich untersagt, das Oasis zu besuchen. Immerhin ist Glücksspiel in Israel illegal. Sie befürchteten, als Scheinheilige betrachtet zu werden, bis ein paar Richter, wie zum Beispiel unser Freund, zur Vernunft kamen. Eine gute Sache, wie sich herausgestellt hat. Es ist eine Ironie, dass dieselben Israelis, die unsere Häuser mit Planierraupen plattgewalzt haben, jetzt ihre eigenen Häuser im Spielkasino an uns verlieren.«

»Wir müssen fahren.«

»Wohin, Inspector?«

Ben wiegte die alten Holzkiste und dachte an Danielle. »Ich muss etwas abliefern.«

FÜNFTER TEIL

63.

Danielle träumte von ihrer Familie. Ihr Vater saß am Freitagabend einem Sabbat-Essen vor, während ihre Mutter ständig zwischen der Küche und der Familie hin und her pendelte und selten länger als eine Minute am Tisch sitzen blieb. Danielles Platz war der neben ihrem jüngeren Bruder Yakov; ihr älterer Bruder Jonathan saß ihnen gegenüber. Beide Brüder waren inzwischen tot.

Im Traum empfand Danielle denselben Frieden und die Sicherheit, die sie stets an solchen Abenden empfunden hatte. Doch der heutige Traum war sogar noch schöner, noch deutlicher, denn zwei neue Gesichter hatten sich zu ihr an den Tisch gesellt. Danielle hielt ein Baby auf dem Schoß, das sich an ihre Brust schmiegte, weich und süß. Und neben ihr saß Ben Kamal und plauderte und lachte im Traum mit ihrer Familie, wie er es in der Wirklichkeit nie tun würde. Er streichelte seinem Kind zärtlich den Kopf und lächelte glücklich. Danielle küsste ihn leicht auf die Lippen; und sie klammerte sich so fest an diesen Augenblick, als wüsste sie, dass er mit dem Traum enden würde.

Warum konnten die Dinge nicht tatsächlich so sein? Warum konnte ihre Familie nicht noch leben und den Mann, den sie liebte, akzeptieren?

Wie kann ich das von ihnen erwarten, wenn ich nicht bereit bin, Ben in meinem Leben zu akzeptieren?

Mit diesem Gedanken erwachte sie und erinnerte sich an den Moment, als sie am felsigen Strand der Insel gelegen hatte, von der Waffe eines Killers bedroht, und damit rechnete, sterben zu müssen – als zwei Suchscheinwerfer die Szenerie plötzlich in gleißendes Licht tauchten.

Zwei Fischerboote waren binnen Sekunden nacheinander in Sichtweite des Strandes aufgetaucht, alarmiert von Danielles Leuchtkugel. Sie hatten zu beiden Seiten des Bootes angelegt, das zuerst geankert hatte, und ihre Scheinwerfer auf den Strand gerichtet, bevor der Killer abdrücken konnte.

Männer hatten in gebrochenem Englisch über Megaphone herübergerufen. Danielles verhinderten Mördern war keine andere Wahl geblieben, als ihre scheinbare Rettung fortzusetzen. Sie hatten sie zu ihrem Boot gebracht. Die Besatzungen der Fischerboote, die andere Überlebende der Ulysses an Bord genommen hatten, waren dem kleineren Boot dann nach St. John's Harbor auf Neufundland gefolgt, wo sich unzählige Medienvertreter auf den Kais versammelt hatten, um über die größte Katastrophe auf See zu berichten, die sich je ereignet hatte.

Nachdem die Entführer Danielle an Bord getragen hatten, war sie von ihnen mit Drogen betäubt worden und zu benebelt gewesen, um zu flüchten oder auch nur die Aufmerksamkeit auf sich zu lenken. Zu ihrer Bestürzung hatten die Kerle sie seither unter Drogen gehalten; zwischen den Träumen hatte Danielle nur wenige lichte Augenblicke. Schlimmer noch, die angenehme Sicherheit, die ihr in diesen Träumen vorgegaukelt wurde, führte dazu, dass es ihr widerstrebte, ihr Ende zu erleben. Immer mehr zog sie die Betäubung der Wirklichkeit vor.

Aber allein die Wirklichkeit konnte sie jetzt noch retten. Niemand wusste, wo sie sich befand. Ihre Entführer waren Profis, die nicht mit sich handeln ließen. Danielle wurde klar, dass sie sich zwingen musste, sich auf eine Flucht zu konzentrieren, und dass sie all ihre Willenskraft aufbieten musste, die Wirkung der Droge zu überwinden.

An diesem Morgen erwachte sie früher, als die Entführer es offenbar erwartet hatten, und stellte fest, dass ihre Arme und Beine ans Bett gefesselt waren. Sie hatte gerade mit dem Versuch begonnen, sich von den Stricken zu befreien, als ein Schlüssel im Schloss gedreht und die Tür geöffnet wurde.

Danielle schloss die Augen und stellte sich bewusstlos. Sie erkannte die beiden Männer, die ins Zimmer kamen, an ihrem Geruch nach abgestandenem Schweiß, vermischt mit den Rückständen von Meerwasser. Sie sprachen selten in Danielles Beisein, doch an diesem Morgen hörte sie einen kurzen Wortwechsel, während einer der Männer einen ihrer Arme losband.

Italienisch! Sie sprechen Italienisch!

Es kostete Danielle all ihre Willenskraft, die Augen geschlossen zu halten und vorzutäuschen, dass die Droge immer noch wirkte. Sie spürte, wie ihr Arm grob hochgerissen und ihr Ärmel nach oben geschoben wurde.

In diesem Augenblick, bevor ihr von neuem Drogen injiziert wurden, spielte Danielle mit dem Gedanken, die beiden Männer anzugreifen. Schließlich hatte sie eine Hand frei, und das Überraschungsmoment war auf ihrer Seite. Doch ihre Beine und der andere Arm blieben ans Bett gefesselt. Unmöglich, mit diesem Handicap einen Entführer zu überwältigen, geschweige denn diese Profis.

Danielle spürte den scharfen Stich, als die Nadel in ihren Unterarm gestoßen wurde, und zuckte zusammen, als der Inhalt der Spritze in ihre Blutbahn gepumpt wurde. Zuvor hatte sie sich zwingen müssen, die Augen nicht zu öffnen – nun konnte sie es gar nicht mehr. Sie hatte das Gefühl, davonzuschweben, verspürte nur noch den Wunsch, die Arme auszustrecken und mit dem Wind in dem Meer aus Baumwolle zu schwimmen.

Und die beiden Männer sprachen wieder Italienisch miteinander.

Wir müssen das Boot vorbereiten – etwas in der Art. *Nur noch eine Stunde, und sie wird …*

Den Rest verstand Danielle nicht mehr. Sie trieb davon.

64.

»Vor unserer Landung auf dem Flughafen Leonardo da Vinci in Rom …«

Ben Kamal hörte, wie die Stewardess die Passagiere auf Englisch aufforderte, die Sicherheitsgurte anzulegen. Dann wiederholte sie ihre Anweisungen auf Italienisch und Hebräisch. Ben packte die Ledertasche fester, die er auf dem gesamten Flug von Tel Aviv auf dem Schoß gehalten hatte. Es hatte einen Zwischenstopp in Athen gegeben, doch Ben war im Flugzeug geblieben. Die Verzögerung war nervenaufreibend für ihn gewesen; während des halbstündigen Aufenthalts hatte er sich immer wieder gefragt, ob Männer in schwarzen Anzügen an Bord der Maschine kämen und ihn verschwinden ließen, bevor irgendjemand es bemerkte. Er atmete erst auf, als das Flugzeug nach Rom weiterflog. Dann musterte er verstohlen die neuen Passagiere, die an Bord gekommen waren.

Vor der Landung würde Ben die Tasche unter dem Sitz vor ihm verstecken müssen, aber er würde sie nicht aus den Augen lassen. Sie enthielt die kleine Kiste mit Josephus' Schriftrolle, die sein Neffe ausgegraben und dann an fast derselben Stelle wieder vergraben hatte. Die Kiste selbst war unscheinbar und zeigte nach all den Jahren unter der Erde Anzeichen von Verfall. An einigen Stellen waren Risse, und der primitive Verschluss hatte sich verzogen und passte nicht mehr richtig. Die Kiste fühlte sich leicht und zerbrechlich in Bens Händen an, stachelig von den Splittern an den Stellen, wo das Holz abgeblättert war.

Die Papiere, die al-Asi ihm verschafft hatte, erlaubten Ben, problemlos durch die Passkontrolle und den Zoll zu gelangen und in den warmen Sonnenschein vor dem Leonardo da Vinci International hinauszutreten. Dort stieg er in einen Expressbus nach Vatikanstadt. Ursprünglich hatte er ein Taxi nehmen wollen, doch als er die Zielangabe des Busses las, war er eingestiegen, statt sich in die lange Schlange der Wartenden am Taxistand einzureihen.

Wie sich herausstellte, musste Ben auch im Bus warten, doch zum Glück hatte er bis kurz vor der Abfahrt eine ganze Sitzbank für sich allein. Wieder hielt er die Tasche mit der Kiste auf dem Schoß fest, sodass er sie während der Fahrt in sicherem Gewahrsam wusste. Er bemerkte zwei junge Taschendiebe, die die Fahrgäste des Busses um ihre Brieftaschen erleichterten; da er unverkennbar Ausländer war, befürchtete Ben, sie könnten ihn ebenfalls als Opfer auserwählen.

Der Verkehr stockte zu dieser Tageszeit, und so dauerte es eine halbe Stunde, bis der Bus die Fahrgäste am Petersplatz absetzte, auf dem es von Tausenden Touristen wimmelte. Doch Ben hatte keinen Blick für die Sehenswürdigkeiten. Er ging zur Porta Sant'Anna, einem Eingang zu den nicht öffentlichen Bereichen der Vatikanstadt. Dort war das Foto entstanden, das Gianni Lorenzo zeigte und das Colonel al-Asi aufgetrieben hatte. Männer der Schweizergarde standen in ihren blauen Uniformen hinter einem Tor mit Stahlgittern und posierten gelegentlich für Fotos, die ein Tourist vom Bürgersteig aus machte.

Ben schob sich bis zum Tor vor, als es eine Lücke in der Menge gab, neigte sich ans Gitter und lächelte den am nächsten stehenden Gardisten an. »Entschuldigung, ich möchte den Kommandanten der Schweizergarde sprechen«, sagte er unschuldig, drückte die Tasche fest an sich und hoffte, dass der Mann Englisch sprach.

Der Gardist schüttelte leicht den Kopf, als verstehe er nicht. »Signore?«

»Den Kommandanten der Schweizergarde – Gianni Lorenzo. Ich möchte mit ihm sprechen.«

Jetzt erwiderte der Gardist Bens Lächeln. »Der Kommandant ist für Touristen leider nicht zu sprechen, Signore.«

Ben setzte eine erstaunte Miene auf. »Oh, ich bin kein Tourist. Ich bin ein alter Freund.«

»Haben Sie einen Termin?«

Ben schüttelte den Kopf. »Nein, aber sagen Sie bitte Colonnello Lorenzo, dass Winston Daws hier ist und mit ihm reden möchte.«

65.

Danielle erwachte mit dem Gefühl, wieder auf See zu sein. Der plötzliche Ruck eines Bootes, das Fahrt aufnahm, hatte sie geweckt.

Zuerst glaubte sie, die Augen nicht öffnen zu können. Dann wurde ihr klar, dass ihre Augen offen waren. Doch sie konnte nichts sehen, weil es nichts zu sehen gab: Danielle befand sich in einer Art Container, und ein schnelles Abtasten der Innenwände verriet ihr, dass der Behälter aus Plastik bestand, nicht aus Holz oder Metall.

Ihr Kopf wurde ein wenig klarer. Sie tastete weiterhin an den Wänden des Behälters, suchte nach einer Naht oder einem Riss, wo sie die Finger hindurchschieben und vielleicht die Wandung aufstemmen konnte. Doch sie fand nichts. Stattdessen spürte sie, dass der Rumpf des Bootes gegen die Wellen klatschte.

Die Entführer brachten sie aufs Meer zurück. Offenbar wollten sie ihre Leiche zwischen all den anderen versenken, die nach dem Angriff auf die Ulysses GBS unter Wasser verschwunden waren. Was bedeutete schon eine weitere Leiche, die identifiziert werden musste, wenn sie schließlich an Land gespült wurde? Wenn die Fische und Parasiten mit ihr fertig waren, würde niemand je ihre Identität ermitteln können.

Danielle bemühte sich, klar zu denken und ihre missliche Lage mit der kühlen Präzision eines Soldaten zu betrachten. Die Tatsache, dass dies ein kleines Boot war, bedeutete, dass nur ein paar Feinde an Bord sein konnten. Ihr Plan würde vorsehen, die Gefangene nach Erreichen eines vorherbestimmten Ziels über Bord zu werfen. Natürlich würden sie zuvor den Behälter öffnen müssen – und genau dann wollte Danielle zuschlagen. Wenn sie Glück hatte, würden einer oder mehrere Männer beschäftigt sein. Und wenn sie *großes* Glück hatte, war irgendetwas in Reichweite, das sie als Waffe benutzen konnte.

Danielle spürte, wie das kleine Boot schneller, härter die See pflügte. Bei jedem Aufklatschen auf den Wellen wurde sie in ihrem Gefängnis hin und her geworfen, ohne sich abstützen zu können. Sie dachte an Ben, an den Ausdruck auf seinem Gesicht, als sie ihm gesagt hatte, dass sie schwanger war. Wie glücklich er gewirkte hatte – bis sie ihm von ihren Plänen für das Baby erzählte.

Ben, sagte Danielle laut, während das Boot weiterhin durch die Wellen pflügte.

66.

»Möchten Sie, dass ich bleibe, Colonnello?«, fragte der Schweizergardist, der Ben die Treppe hinauf zu Gianni Lorenzos elegantem Büro im Regierungspalast geführt hatte.

Lorenzo blickte von Bens Augen zu der Tasche, die er unter dem rechten Arm hielt. »Das wird nicht nötig sein.«

»Selbstverständlich, Comandante«, sagte der Gardist, nahm Haltung an, machte zackig kehrt und verließ das Büro. Ben schloss die Tür hinter ihm.

»Hat er die Tätowierung eines Kreuzes auf dem Arm, Colonnello Lorenzo?«, fragte Ben und konnte die Bitterkeit in seiner Stimme nicht verbergen.

Der Kommandant der Schweizergarde schätzte ihn weiterhin ab. Dann schob er die Ärmel seines Gewandes hoch. »Sie meinen so eines, Inspector Kamal?«

»Ich brauche mich also nicht vorzustellen«, sagte Ben und verrenkte sich beinahe den Hals, um die Tätowierung besser sehen zu können. Die Front des großen, holzgetäfelten Büros war dunkel, und er konnte das Abzeichen kaum erkennen, das in Gianni Lorenzos Arm eingebrannt war. Lorenzos Muskulatur war erschlafft, sodass die Ränder des Kreuzes auf seinem Unterarm verformt waren; an den runzligen Stellen der Haut waren sie fast verdeckt.

»Sie sollten eigentlich tot sein«, sagte Lorenzo.

»Tut mir leid, wenn ich Ihre Pläne gestört habe.«

»Dass Sie den Namen Winston Daws benutzt haben, um sich Zugang zu verschaffen, lässt darauf schließen, dass Sie weit mehr wissen, als ich dachte.«

»Ich weiß auch von Ihrem Raubzug in der Judäischen Wüste vor zweiundfünfzig Jahren, Colonnello. Und ich weiß, was Sie zurückgelassen haben.«

Lorenzo bemühte sich, seine Überraschung zu verbergen. »Kompliment, Inspector. Darf ich fragen, woher Sie davon wissen?«

»Ein Junge hat Sie damals in die Wüste geführt. Nach all diesen Jahren erinnert er sich noch ganz deutlich an diesen Tag.«

Lorenzo schüttelte bedauernd den Kopf. »Ich hätte ihn damals töten sollen.«

»Ich bin überzeugt, dass Sie es getan hätten, wäre der Junge nicht fortgerannt. Ihr Fehler war, den Befehl zu erteilen, ihn in der vergangenen Woche zu töten. Hätten Sie das nicht getan, wäre ich jetzt wahrscheinlich nicht hier.«

Der Blick des Kommandanten der Schweizergarde fiel wieder auf die Tasche, die Ben immer noch unter den Arm geklemmt hielt. »Dann habe ich etwas Gutes getan. Er muss Sie zu dem geführt haben, was in dieser Tasche ist.«

»Offenbar kann keiner von euch der Vergangenheit entkommen. Und es geht nur um die Vergangenheit, nicht wahr?«

»Zeigen Sie mir, was Sie in Ihrer Tasche haben, Inspector.«

Ben öffnete die Tasche, nahm die Kiste heraus und hielt sie Lorenzo so hin, dass er den Namen »Flavius Josephus« in hebräischer Schrift auf dem Deckel sehen konnte. »Warum haben Sie die Schriftrolle nicht vernichtet, nachdem Sie Winston Daws ermordet hatten, Colonnello?«

Gianni Lorenzos Augen quollen beim Anblick der Kiste hervor. Sein Blick konzentrierte sich auf den Namen Flavius Josephus; er betrachtete ihn mit einer sonderbaren Mischung aus Verlangen und Abscheu. »Weil ich das nicht über mich brachte. Ich hatte das Gefühl, es wäre … Sünde.«

Ben konnte nicht glauben, was er soeben gehört hatte. »Sie hatten kurz zuvor die Ermordung von zwei Dutzend unschuldigen Menschen geleitet.«

»Diese Menschen waren nicht mehr unschuldig, Inspector. Sie waren es in dem Augenblick nicht mehr, als sie diese Kiste fanden und öffneten.«

»Kriegsverluste? Ziehen Sie es vor, es so zu bezeichnen? Haben Sie es so betrachtet?«

»Ja, ich befürchte, so habe ich es gesehen – und so sehe ich es noch *heute*. Verluste in einem Krieg, der seit Jahrhunderten tobt. Ein Krieg, der von denjenigen geführt wird, die vor nichts zurückschrecken, um die Vernichtung der Kirche zu erleben.« Lorenzo ließ die Kiste nicht aus den Augen. »Sie halten die Mittel dazu in Händen, Inspector, genauso wie Winston Daws vor zweiundfünfzig Jahren.«

»Sie trauen der Kirche nicht genug zu, Colonnello.«

»Einige von uns können sich nicht erlauben, Risiken einzugehen.«

»Dann habe ich wohl Glück, dass ich lebend hier stehe. Da befinde ich mich in sehr seltener Gesellschaft.«

Gianni Lorenzo zog sich in die Mitte seines großen Büros zurück, und seine Füße schlurften über den dicken orientalischen Teppich. Ein für diese Jahreszeit ungewöhnlicher Kälteeinbruch hatte ihn davon abgehalten, in den letzten Tagen die Fenster des Büros zu öffnen, und so war der Raum von einem modrigen Geruch erfüllt. Der Gestank jener schrecklichen Dinge, die Männer getan hatten, die von hier aus losgeschickt worden waren.

»Wenn Sie das wissen, Inspector, warum sind Sie dann zu mir gekommen?«

»Ich bin hier, um einen Handel zu machen.«

»Einen Handel?«

Ben nickte langsam. »Der Inhalt dieser Kiste im Austausch für das Leben von Pakad Danielle Barnea von Israels Nationalpolizei.«

»Wir nehmen keine Geiseln, Inspector.«

Ben folgte dem Kommandanten der Schweizergarde auf den kostbaren Teppich. »Diesmal sollten Sie es hoffen, Colonnello.«

»Ich glaube, ich bin über Danielle Barnea informiert worden, über all die ungewöhnlichen israelischen Aktivitäten.«

»Ungewöhnlich? Ein Dutzend Amerikaner wurde ermordet! Was haben Sie von der israelischen Polizei erwartet?«

»Bei Archäologen nicht annähernd so viel.«

»Nein, Colonnello. Nur zwei waren Archäologen«, sagte Ben. »Die übrigen waren Mitglieder eines Geologenteams.«

Ben sah ihm die Überraschung an. Lorenzos Lippen bebten, und die Lider flatterten.

»Sie wussten es nicht«, stellte Ben fest. Er war überraschend ruhig und gelassen. »Genauso wenig konnten Sie wissen, dass einer der Ermordeten mein Neffe war. Das macht Sie für seinen Tod verantwortlich. Und ich sage Ihnen noch etwas: Danielle Barnea ist schwanger – mit meinem Kind. Wenn ihr irgendetwas passiert … nun, ich glaube, die Bibel hat viel über solche Dinge zu sagen.«

Furcht schlich sich auf Lorenzos Gesicht. »Sind Sie hergekommen, um mich zu töten, Inspector?«

»Ich habe etwas viel Schlimmeres vor, wenn Sie nicht mit mir zusammenarbeiten. Die Archäologen waren nur zur Tarnung bei den Geologen. Sie sollten eigentlich gar nichts finden. Ich bin mir sicher, dass die Entdeckung dieser Schriftrolle für diese Leute eine ebenso große Überraschung war wie für Sie.«

»Aber sie müssen gewusst haben, was sie ausgegraben haben. Sie haben Experten kontaktiert.«

Ben betrachtete Lorenzo kalt. »Und diese Experten haben Verbindung mit Ihnen aufgenommen, nicht wahr?«

Der Kommandant der Schweizergarde nickte. »Das erste Glied in der Kette.«

»Nun, Ihre Kette zerfällt, ebenso Ihre Welt.« Ben trat einen Schritt näher, dann noch einen. »Aber ich kann Ihnen helfen, Colonnello. Ich kann Ihnen helfen, den Fehler gutzumachen, der Sie die meiste Zeit Ihres Lebens verfolgt hat.« Er hob die Kiste ein wenig an. »Vernichten Sie den Inhalt dieser Kiste, und Sie brauchen sich nie wieder Sorgen zu machen, jemand könnte den Beweis finden, dass Christus nicht am Kreuz gestorben ist und dass es niemals eine Auferstehung gab.«

Bens letzte Äußerung schien Gianni Lorenzo zu erzürnen. Er

stürmte vorwärts. Für einen Moment, nur für einen winzigen Augenblick glaubte Ben den jungen Mann zu sehen, der vor 52 Jahren zwei Dutzend unschuldige Menschen ermordet hatte. »Lassen Sie mich das sehen!«

Ben drehte sich von Lorenzo fort und wich zurück. »Noch nicht. Erst erzählen Sie mir von Danielle Barnea.«

»Also gut, also gut. Wir haben sie auf See gerettet.«

»Was?«

»Unsere Leute haben Barneas Spur zu einer Ölbohrplattform im Nordatlantik verfolgt. Die Israelis hatten sie dorthin gebracht.«

»*Öl*bohrplattform«, wiederholte Ben.

»Diese amerikanischen Geologen müssen nach Öl gesucht haben«, sagte Lorenzo. »Es ergab zuvor keinen Sinn, aber jetzt ...«

»Und ich glaube, wir können sicher davon ausgehen, dass sie dieses Öl gefunden haben, Colonnello. Jeder sonst nimmt an, dass es nur darum geht. Man weiß nicht, dass etwas viel Wertvolleres auf dem Spiel steht.«

»Die Schriftrolle!«

»Nein – Danielle Barnea.« Ben stellte fest, dass seine Gefühle für sie stärker waren denn je, trotz ihrer Entfremdung, trotz Danielles Absicht, das Kind ohne ihn aufzuziehen. Es war, als ob er sie deswegen nur noch mehr begehrte, noch dringender brauchte. »Zuerst veranlassen Sie ihre Freilassung«, fuhr er fort. »Zuerst bringen Sie Danielle Barnea her. Erst dann bekommen Sie die Schriftrolle.«

Lorenzos Züge nahmen eine kalte Härte an. »Schauen Sie sich um, Inspector. Sie sind kaum in der Position, Forderungen zu stellen.«

»Weil Sie mir die Kiste einfach abnehmen lassen könnten?«

Lorenzo nickte.

Ben zuckte mit den Schultern und hielt ihm die Kiste mit beiden Händen hin. »Nur zu. Nehmen Sie.«

Gianni nahm sie ihm fast dankbar ab und hielt sie auf Armlänge von sich, während er zu seinem Schreibtisch schritt. Er stellte die Kiste auf die polierte Holzplatte, öffnete den Verschluss und dachte an die beiden anderen Male, die er sie in Händen gehalten hatte. Er schaute in die Kiste hinein, doch als er aufblickte, zeigte seine Miene eine Mischung aus Enttäuschung und Zorn.

»Sie ist leer!«

»Natürlich«, erwiderte Ben.

»Wo ist die Schrift?«

»Wo ist Chief Inspector Barnea?«

»Sie Bastard!«

»Na, na. Eine solche Ausdrucksweise, Colonnello Lorenzo? Ist das nicht eine Sünde?«

»Wo ist Josephus' Schriftrolle?«

»Sie ist hier. In Rom. Aber Sie bekommen sie nur, wenn ich Danielle Barnea bekomme.«

Lorenzos Lippen zitterten. Er kochte vor Zorn. »Darauf habe ich keinen Einfluss.«

»Zu schade. Für uns beide.«

»Ich könnte Sie foltern lassen, Ben Kamal. Sie würden reden. Letzten Endes tut das jeder.«

Bens Gesichtsausdruck blieb wie aus Stein gemeißelt. »Es könnte zu lange dauern, als dass es Ihnen etwas nützen würde.« Er machte eine Schau daraus, den Ärmel zurückzuziehen und einen Blick auf die Armbanduhr zu werfen. »Sie haben acht Stunden. Wenn ich bis dahin den Inhalt der Kiste nicht zurückhole, werden Sie ihn niemals sehen. Aber jemand anders wird ihn zu sehen bekommen: Rabbi Mordecai Lev. Es ist alles vorbereitet.«

Lorenzo bemühte sich, die Fassung zu wahren, wirkte jedoch verunsichert.

»Er wird tot sein, bevor die Schriftrolle jemals zu ihm gelangt, Inspector.«

»Sie haben Ihre Chance bei Lev bereits verpasst – zweimal.«

»Was meinen Sie mit zweimal? Wovon reden Sie?«

»Sie haben ihn in Ephesus am Leben gelassen, Colonnello. Er war erblindet, aber er hat überlebt.«

Gianni Lorenzo klammerte sich Halt suchend an einen Stuhl in der Nähe. »Der einzige Überlebende …«

»Pech für Sie, ja.«

»Und was will dieser religiöse Fanatiker?«

»Religion hat nichts mit seinem Wunsch zu tun, die Wahrheit zu enthüllen«, sagte Ben. »Sein Kreuzzug, sein Verlangen nach Rache, ist rein persönlich. Genauso wie jetzt meines.«

Lorenzo schüttelte ungläubig den Kopf. »Sie sollten wissen, was dieser Mann für die Palästinenser empfindet, Inspector.«

»Genau wie Sie wissen sollten, was ich für Danielle Barnea empfinde.«

»Ich könnte dafür sorgen, dass Sie den Vatikan nicht lebend verlassen«, drohte Lorenzo, doch es klang nicht sehr überzeugend.

»Dann nehme ich an, es war noch nicht die letzte Mordorgie Ihrer Tempelritter. Wie viele weitere unschuldige Menschen müssen sterben, Colonnello?«

Lorenzo schaute ihn lange an. »Sie sind nicht unschuldig, Inspector.«

»Töten Sie mich, und Rabbi Lev wird noch vor Beginn des morgigen Tages das Manuskript erhalten – Munition, die in seinen Händen viel mächtiger ist als alle Ihre Waffen. Er hat nichts zu verlieren, Colonnello. Sie wissen, was er mit der Schriftrolle tun wird.« Ben legte eine Pause ein, um seine Worte einwirken zu lassen. »Es liegt an Ihnen, und ich schlage vor, Sie treffen Ihre Entscheidung schnell. Sonst werden Sie Seiner Heiligkeit eine Menge erklären müssen.«

Danielle war bereit, als sie Schritte in der Kabine hörte, gefolgt von Stimmen. Sie lauerte auf ihre Chance, seit das Boot gehalten hatte und der Motor verstummt war. Die Stimmen klangen gedämpft in ihr Gefängnis. Sie spürte, dass zwei ihrer Entführer den Behälter vom Boden anhoben. Dann ging es zwei Stufen hinauf, und der Behälter wurde wieder abgesetzt, offenbar auf Deck. Danielle bereitete sich darauf vor, aus ihrem Gefängnis zu springen, sobald der Deckel geöffnet wurde.

Sie streckte die Finger, um die Blutzirkulation anzuregen und wieder Kraft in die Hände zu bekommen. Dann zwang sie sich, sämtliche Gedanken zu verbannen und sich vom Instinkt leiten zu lassen, sobald der Deckel angehoben wurde und die Kerle sie herausholen wollten.

Sie spürte, dass Hände an der Außenseite des Behälters schabten, und spannte sich in nervöser Erwartung an. Ihr Herz klopfte so heftig, dass sie überzeugt war, ihre Entführer müssten es hören.

Dann wurde der Behälter plötzlich angehoben und in so scharfem Winkel gekippt, dass Danielle mit dem Kopf anstieß.

Sie wollen mich gar nicht herausholen! Sie werfen mich mitsamt dem Behälter ins Wasser!

Danielle spürte einen Aufprall, als ihr Gefängnis auf die Reling gewuchtet wurde, bevor die Entführer ihm den letzten Stoß versetzten.

Sie flog durch die Luft und stürzte mit dem Kopf nach unten in die Tiefe. Der Behälter klatschte aufs Wasser und wippte kurz auf und ab, bevor er zu sinken begann.

Ben beobachtete, wie Gianni Lorenzo langsam den Hörer auflegte. »Ich habe getan, was ich konnte.«

»Dann sollten Sie hoffen, dass es genügt, Colonnello.«

»Das werde ich erst in einiger Zeit erfahren.«

Ben blickte wieder demonstrativ auf die Armbanduhr. »Sie haben etwas mehr als sieben Stunden und fünfundfünfzig Minuten.«

»Und wenn ich Danielle Barnea nicht rechtzeitig hier haben kann ...«

»Werden Sie den Inhalt dieser Kiste, den Sie unbedingt haben wollen, niemals zu Gesicht bekommen.«

»Sie sind Christ, nicht wahr, Inspector?«

»Ein Christ, der Sie und Ihre Privatarmee für die sinnlosen Massenmorde liebend gern bloßstellen würde.«

Lorenzo wirkte kein bisschen reumütig. »Es geschah für den Erhalt der Kirche. Ich bedaure, dass Sie meine Aktionen missbilligen.«

»Ich sprach nicht nur von Ihnen persönlich, Colonnello. Ich meine die Lehre, die Sie vertreten. Wenn Ihr Glaube auf einer Lüge beruht, haben Ihre Anhänger ein Recht darauf, das zu erfahren.«

»Und Sie wollen es ihnen sagen.«

»Wenn es die Wahrheit ist, warum nicht?«

Gianni Lorenzo blickte Ben lange an. »Sie reden, als wären Sie so sehr auf Rache versessen wie Mordecai Lev.«

»Sie haben meinen Neffen umgebracht, Colonnello.«

Lorenzo bemühte sich um eine zuversichtliche Miene, doch er blinzelte nervös, und sein Atem ging schneller. »Und woher soll ich wissen, dass Sie den Inhalt dieser Kiste tatsächlich haben, um ihn gegen Ihre israelische Freundin auszutauschen?«

»Weil ich es schwöre«, sagte Ben. »Ich schwöre bei Gott.«

67.

Ben wählte die Villa Borghese in Rom für ihr Treffen, das an diesem Abend um 21 Uhr stattfinden sollte. Das Gelände der Villa Borghese erstreckt sich über fast zehn Quadratkilometer nördlich der berühmten Spanischen Treppe und der Via Veneto und besteht aus kühlen schattigen Wegen, architektonischen Gärten, malerischen Terrassen und zahlreichen Springbrunnen und Statuen, die als willkommene Oase der Ruhe vor dem Lärm und Betrieb der Stadt draußen vor den Toren des Geländes dient. Für Ben würde diese Szenerie eine ausgezeichnete Deckung und ein gutes Versteck sein, sollten die Dinge an diesem Abend schief gehen.

Er hatte noch keine Fluchtroute geplant. Er hatte nicht einmal überlegt, was er tun würde, wenn Gianni Lorenzo nicht in der Lage war, ihm Danielle Barnea zu übergeben. Er wusste, dass er sie oder das Kind, das sie unter dem Herzen trug, niemals wieder sehen würde, wenn sie heute Abend nicht im Park war – Gedanken, die Ben nicht ertragen konnte.

Lorenzo versuchte, ihn vom Vatikan aus verfolgen zu lassen. Doch im Gewimmel der Passanten auf den Bürgersteigen und im Verkehr, der sich in den Straßen staute, war es leicht für Ben, die Verfolger abzuschütteln. Darüber hinaus waren sämtliche Männer, die Lorenzo losschickte, uniformiert, und Ben vermutete, dass keiner von ihnen Mitglied der elitären Tempelritter war.

Offenbar hatte Lorenzo woanders wichtigere Arbeit für sie.

Dennoch wartete Ben bis zum Einbruch der Dunkelheit, bevor er zum Flughafen Leonardo da Vinci zurückkehrte. Dort – in einem viereckigen Abfalleimer, der als Pflanzenkübel verkleidet war – hatte er den Inhalt der Kiste in einem wasserdichten Beutel deponiert. Die Frist, die er Lorenzo gesetzt hatte, beruhte auf dem Wissen, wann diese Abfalleimer täglich geleert wurden. Natürlich war keine Kopie vorbereitet worden, um sie Mordecai Lev zu schicken. Aber das wusste Lorenzo nicht, und er konnte nicht das Risiko eingehen, dass dem alten Rabbi das Manuskript in die Hände fiel.

Für seine Rückkehr zum Flughafen hatte Ben eine betriebsame Zeit gewählt. Es herrschte so viel Hektik, dass niemand Notiz von einem Mann nahm, der in einem Abfallbehälter wühlte. Ben hob einfach das quadratische Oberteil mit dem Deckel des Pflanzenkübels ab und legte es auf den Boden. Dann tauchte er die Hand in den Abfall und suchte zwischen Limodosen, Bonbonpapier, halb gegessenen Sandwiches und weggeworfenen Illustrierten nach dem fest eingewickelten Päckchen, das er tief zwischen dem Müll versteckt hatte.

Er fand es nach wenigen Sekunden. Der Beutel war klebrig und feucht, doch der Inhalt würde dank der wasserdichten Hülle unversehrt und perfekt konserviert sein. Ben steckte das Päckchen in die kleine Tragetasche, die er bei der Ankunft auf dem Flughafen gekauft hatte, legte das Oberteil des Abfallbehälters sorgfältig wieder an seinen Platz und fuhr dann mit einem Taxi zurück zur Stadt.

Ben wartete bis 20 Uhr, bevor er den Park betrat, der vor fast zwei Stunden, bei Einbruch der Dunkelheit, offiziell geschlossen worden war, sodass jeder auffiel, der ihn jetzt noch betrat.

Er beobachtete von gegenüber der Straße aus den Schatten und fragte sich, ob bereits jemand im Park lauerte und auf sein Erscheinen wartete. Von diesem Moment an war er am anfälligsten, denn Lorenzos Männer brauchten ihn nur zu töten und seine Tragetasche mit der Schriftrolle an sich zu nehmen. Das würde den Austausch überflüssig machen und Danielles Schicksal besiegeln.

Sofern sie noch lebte.

Ben wusste nicht genau, worauf er wartete, bis sich eine Horde ausgelassener Teenager dem Parkeingang näherte. Einer warf eine Flasche auf den Bürgersteig. Zwei andere blieben stehen, um sich Zigaretten anzuzünden. Ben hörte Gelächter und Fluchen. Die Jungen, vielleicht ein Dutzend, bogen schwankend in den Park ab. Ben beobachtete, wie ein Nachzügler den Rest seines Biers hinunterkippte und die Flasche dann auf den Bürgersteig schmetterte.

Von diesem Zeitpunkt an zögerte Ben nicht mehr. Er stellte den Kragen auf und verließ sein Versteck, als wären die Jungen genau das, worauf er gewartet hatte. Er hob eine leere Hand an die Lippen und flüsterte hinein, gab vor, in ein Walkie-Talkie zu sprechen. Jeder Beobachter in der Dunkelheit würde annehmen, dass er ein Polizist in Zivil war, der seinen Job tat. Die Tragetasche würde seine Tarnung verraten, und so warf er sie fort, bevor er die Straße überquerte; das Päckchen, das immer noch klebrig war vom Abfall, steckte er unter sein Hemd. Dann zog er den Reißverschluss seiner Jacke zu, um das Päckchen fest an Ort und Stelle zu halten.

Ben betrat den Park und tat so, als folge er der Horde von Halbwüchsigen zwischen den Pinien hindurch, die den Weg säumten, der durch die architektonischen Gärten führte. Am Tag spendeten diese Bäume Schatten für Spaziergänger und Jogger. Nachts verdunkelten sie das ohnehin schwache Licht der sporadisch angebrachten Laternen.

Ben blieb lange genug hinter den ausgelassenen Halbwüchsigen, bis jeder mögliche Beobachter das Interesse an ihm verloren haben musste. Dann bog er ab und ging südwestlich zum Pincio-und-Moses-Springbrunnen am Fuß eines Hügels mit üppigem Buschwerk.

Er hielt sich in den Schatten, als er sich näherte, wartete auf irgendein Anzeichen, das auf die Anwesenheit des Feindes hindeutete. Er fühlte sich ein bisschen sicherer, blieb jedoch wachsam und versteckte sich hinter einigen Bäumen, um sich erst zu zeigen, wenn es einen Grund dafür gab. Falls Gianni Lorenzo ohne Danielle erschien, wusste Ben, dass sein Plan gescheitert war.

Als noch eine gute viertel Stunde bis 21 Uhr blieb, hörte Ben das schwache Geräusch sich nähernder Schritte und beobachtete, wie ein Paar junge Männer an ihm vorüberkam. Sie hielten Händchen; offenbar waren sie Geliebte bei einem romantischen Abendspaziergang. Doch ihre Blicke waren überallhin gerichtet, nur nicht auf den anderen, so sehr sie es auch zu verbergen versuchten. Die beiden mussten Gianni Lorenzos Vorhut sein, zumindest ein Teil davon.

Das Homopärchen setzte sich auf den Rand des Springbrunnens, der mit einer Statue geschmückt war, die Moses als Säugling in einem Korb aus Granit zeigte. Die beiden jungen Männer küssten sich sanft und erhoben sich dann, um sich in die Deckung von Bäumen und Büschen zurückzuziehen.

Irgendwo in der Ferne schlug neunmal eine Glocke, und weitere Schritte näherten sich auf dem Weg. Ben verharrte in der Dunkelheit und hielt den Atem an, als ein einzelner Mann vor seinem Versteck stehen blieb. Doch der Mann setzte fast sofort seinen Weg fort, und weitere Schritte folgten ihm. Ben erkannte Gianni Lorenzo, der von einer kleineren Gestalt begleitet wurde, die jetzt neben ihm ging. Ben hielt diese Gestalt der Kleidung nach zuerst für einen Mann, doch als das Licht einer Laterne auf ihr Gesicht fiel, erkannte er, dass es eine Frau war.

Danielle Barnea.

68.

Stunden zuvor und eine halbe Welt entfernt, hatte Danielles Gefängnis sich nach und nach mit dem eisigen Wasser des Nordatlantiks gefüllt, als der Behälter plötzlich aufwärts ruckte. Die Flut verlangsamte sich, doch wegen des steilen Winkels kippte Danielle mit dem Kopf nach unten in das Wasser, das sich auf dem Boden angesammelt hatte. Sie spürte, dass der Behälter wackelte und bemühte sich, so viel Luft zu schöpfen, wie sie konnte.

Schließlich lag der Behälter gerade und wurde in einer Reihe von Stopps und Starts aus dem Wasser gehievt.

Was ist los? Haben meine Entführer es sich anders überlegt? Wollen sie mich doch nicht umbringen?

Als der Behälter wieder an Bord war, wurde der Deckel geöffnet, doch Danielle war nicht in der Verfassung, irgendwelchen Widerstand zu leisten, wie sie es erwogen hatte. Das meiste von ihrem Körper war immer noch in Wasser getaucht, und von den eisigen Temperaturen des Nordatlantik war sie betäubt und entkräftet.

Zwei Männer, zu denen sich bald ein dritter gesellte, sprachen schnell auf Italienisch miteinander, offenbar erleichtert darüber, dass Danielle noch lebte. Sie wurde aus dem Wasser gehoben und unter Deck gebracht, wo ihr die eisige Kleidung ausgezogen und durch Handtücher und Decken ersetzt wurde. Sie erkannte, dass die Männer in all der Aufregung vergaßen, ihr die Hände zu fesseln, doch der Unterkühlung wegen war Danielle immer noch zu sehr geschwächt, etwas unternehmen zu können. Doch eine Flucht war nicht mehr dringend nötig; irgendetwas hatte sich geändert. Trotz der vielen Decken, in die Danielle gehüllt war, zitterte sie weiterhin vor Kälte.

Sie fuhren mit dem Boot schnell zurück zum Strand. Zuerst fehlte Danielle die Kraft, die schlecht sitzende Kleidung, die ihr die Männer gaben, selbst anzuziehen. Doch sie schaffte es schließlich, die Sachen überzustreifen, bevor das Boot anlegte. Die Hose sank an ihren Hüften hinab, und das Hemd war wie ein Zelt und schlotterte ebenfalls an ihrem Körper. Sie benutzte eine feuchte Decke als Mantel und war überglücklich, als sie von Bord des Bootes gehen konnte. Zwei gut gekleidete Männer, deren Anzüge ihre mächtige Statur nicht verbergen konnten, erwarteten sie.

Einer erklärte in verständlichem Englisch, dass sie heimgebracht und ein Lösegeld für sie gezahlt würde.

Welches Lösegeld? Und *wer* bezahlt es?

Während des Fluges mit einem Privatjet wurde Danielle nicht betäubt; es wäre auch nicht nötig gewesen. Sie schlief vor Erschöpfung und von den Nachwirkungen der Unterkühlung ein, bevor der Privatjet startete. Sie erwachte erst wieder bei der Landung und rechnete beinahe damit, aus dem Fenster zu blicken und Tel Aviv zu sehen.

Stattdessen sah sie den Flughafen Leonardo da Vinci in Rom und war verwirrter denn je. Vier Männer warteten auf dem Rollfeld, brachten sie zu einem Wagen und fuhren sie geradenwegs zu einem Park. Auf einem Schild stand VILLA BORGHESE.

Die Männer führten Danielle in den Park zu einem anderen Mann in einer schlecht sitzenden militärischen Uniform, der sie erwartete. Er war groß und hager, mit länglichem Gesicht und scharfen Zügen, und die anderen behandelten ihn mit äußerster Ehrerbietung.

»Willkommen in Rom, Chief Inspector Barnea«, begrüßte er sie und ergriff ihren Arm. »Ich bin Gianni Lorenzo. Kommen Sie, wir müssen uns beeilen …«

Sie widersetzte sich nicht, und ein paar Minuten später gelangten sie auf eine große Lichtung mit einem eindrucksvollen Springbrunnen. Danielle spürte, wie Gianni Lorenzo sie fester am Arm packte, als sie zurück zum Weg gingen.

»Inspector Kamal? Sie können jetzt herauskommen, Inspector.«

Und Danielle sah Ben hinter einer Baumgruppe hervortreten. Sie wusste sofort, dass er der Grund dafür war, dass sie noch lebte. Sie hätte sich glücklich fühlen, jubeln müssen, stattdessen wurde sie von einer Woge von Schuldgefühlen erfasst.

Irgendwie hatte Ben ihre Freilassung bewirkt. Ben Kamal, der Mann, den sie aufgeben wollte, um ihren guten Namen und ihr Erbe zu wahren, wenn das Baby erst geboren war. Danielle schaute wieder in Bens Augen und sah eine unbarmherzige Entschlossenheit darin, die sie nie zuvor bei ihm gesehen hatte. Sie wusste, dass er kämpfte, um etwas zu retten, was sie ihm versagen wollte.

Die drei Männer, die Gianni Lorenzo in den Park begleitet hatten, schlossen sich um ihn zusammen. Er schob sich hinter sie und packte sie auch noch am anderen Arm.

»Kommen wir zum Geschäftlichen«, sagte Lorenzo.

69.

»Guten Abend, Colonnello«, sagte Ben.

Er sah, dass Gianni Lorenzo eine schwarze Uniform trug, deren Brust mit Orden behängt war. Hose und Uniformrock waren zu weit. Ben nahm an, dass es Lorenzos alte Militäruniform war. Vielleicht dieselbe, die er getragen hatte, als man ihn im Auftrag der Schweizergarde zur Ausbildung zum Tempelritter geschickt hatte. In dem dicken Stoff, der seinen einst kräftigen Körper bedeckte, wirkte er jetzt irgendwie verloren. Eine skelettartige Gestalt in einem wandelnden Sarg, der Danielle umklammert hielt.

Ben konnte die männlichen »Geliebten« nicht mehr sehen und wusste, dass er jetzt handeln musste, ohne zu wissen, wo sie sich befanden. Es waren äußerst gefährliche Aussichten, doch er hatte zu diesem Zeitpunkt keine Wahl. Das Gute war, dass die Zahl der Feinde sich nur um zwei vergrößert hatte, auf insgesamt sechs, wenn er die drei Männer der Schweizergarde dazuzählte, die Lorenzo und Danielle in den Park begleitet hatten.

Ben hielt seine Hände so, dass sie zu sehen waren, als er sich durch den Schein der Laternen Gianni Lorenzo näherte. Er bemühte sich, nur den Colonnello anzuschauen, doch sein Blick schweifte immer wieder zu Danielle. Sie sah blass und schwächlich aus, schien ansonsten aber wohlauf zu sein.

»Wie Sie sehen können, Ben Kamal, habe ich meinen Teil des Handels erfüllt«, sagte der Kommandant der Schweizergarde. Er schob Danielle ein kleines Stück von sich. »Chief Inspector Barnea lebt, ist wohlauf und steht vor Ihnen. Also, wo ist der Inhalt der Kiste? Erfüllen Sie Ihren Teil des Handels, und geben Sie mir Josephus' Schriftrolle.«

Ben griff langsam unter sein Hemd, um den Beutel hervorzuziehen, der den Tag in einem Abfallbehälter auf dem Flughafen verbracht hatte.

»Nehmen Sie ihm das ab«, befahl Lorenzo einem seiner Gardisten.

»Interessante Wahl der Kleidung«, bemerkte Ben.

»Ich hielt sie für passend.«

Der Gardist nahm den Beutel aus Bens ausgestreckter Hand und zog sich damit zu Lorenzo zurück.

»Lassen Sie jetzt Inspector Barnea frei«, verlangte Ben.

Lorenzo ließ Danielle los und nahm von dem Gardisten den Beutel entgegen. Er duckte sich, um den Inhalt der Kiste zu betrachten, die er vor 52 Jahren in der Judäischen Wüste vergraben hatte, und seine Hände zitterten so sehr, dass sie den Beutel kaum halten konnten.

Danielle eilte zu Ben. Er sprang ihr den letzten Schritt entgegen und schloss sie in die Arme, drückte sie kurz an sich, bevor er sie hinter sich schob. Ihre Haut fühlte sich eiskalt an, und er spürte das Zittern ihres Körpers.

»Bringt mir eine Taschenlampe«, befahl Lorenzo seinen Leuten.

Ein anderer Mann der Schweizergarde trat zu ihm und hielt den Lichtstrahl einer Taschenlampe über die Schulter des Colonnellos. Gianni Lorenzo hielt den ausgepolsterten Beutel auf dem Arm und öffnete ihn. Er entnahm ihm die gleiche Tierhaut, in der die Schriftrolle vor mehr als einem halben Jahrhundert eingehüllt gewesen war. Dann entfernte er die Tierhaut und hielt den Inhalt in den Lichtstrahl der Taschenlampe.

Seine Augen quollen hervor. Er blickte zu Ben auf, und Zorn lag auf seinem Gesicht.

»Was hat das zu bedeuten?«

Er stürmte vorwärts und blieb einen Schritt vor Ben und Danielle stehen. Dann schüttete er den Inhalt der ausgetrockneten Tierhaut auf den Asphalt des Weges.

Staub und zerfetzter Abfall rieselten auf den Weg. Zwei verblichene, verfallene Holzstäbe, die einst das Pergament auf jeder Seite der Schriftrolle gestützt hatten, fielen als Letztes heraus und landeten zu Lorenzos Füßen.

»Wo ist der Inhalt der Kiste? Wo ist die verlorene Schriftrolle?«

»Das ist sie«, sagte Ben. »Es wurde nichts angerührt.«

»*Was*?«

»Sie haben soeben die verlorene Schrift von Josephus ausgeschüttet, Colonnello. Genauso wie ich sie gestern in der Höhle gefunden habe, in der Sie sie vergraben haben.«

Der Kommandant der Schweizergarde sank auf die Knie und wühlte mit den von Altersflecken übersäten Händen in Staub und winzigen Fragmenten dessen, was einst die pergamentene Schriftrolle gewesen war, die er nur einmal zuvor gesehen hatte.

»Was haben Sie getan!«, sagte er, ohne aufzublicken.

»Nicht ich, Colonnello – Sie. Als Sie die Schriftrolle wieder einhüllten, haben Sie die Haut offenbar nicht fest genug verschlossen. Sie haben die Luft der Judäischen Wüste herangelassen, und nach mehr als fünfzig Jahren ...«

Gianni Lorenzo stemmte sich schwerfällig auf die Füße. Er schwankte leicht. »Lügner! Wo ist die Schriftrolle? Ich warne Sie, Mann. Reden Sie!«

Ben wich ein Stück zur Seite, um Danielle abzuschirmen. Ihre Blicke begegneten sich für einen Moment – lange genug, um eine stumme Botschaft zu übermitteln.

Wenn ich handle, musst auch du handeln.

Außer Lorenzo waren nur drei Gegner zu sehen, und hinzu kamen die unsichtbaren männlichen Geliebten. Das verschaffte ihnen eine bessere Chance, als sie erwarten konnten. Bei sechs Gegnern und der Dunkelheit hatte Ben das Gefühl, dass er und Danielle es schaffen konnten. Das Problem war Danielles Verfassung. Ihrem Aussehen nach bezweifelte Ben, dass sie zu einer schnellen Flucht fähig war. Und hier stand noch ein *drittes* Leben auf dem Spiel, das ihres Babys.

»Mein Neffe mag vermutet haben, dass er etwas Legendäres gefunden hatte, Colonnello«, sagte Ben schließlich, »aber er konnte es niemals beweisen. So war seine Ermordung, so waren *all* die Morde sinnlos. Und jetzt ist es vorüber«, fuhr er fort, und eine Spur von ehrlichem Bedauern schlich sich in seine Stimme. »Sie und Ihr Glaube brauchen sich keine Sorgen mehr zu machen. Der Beweis, der beides hätte vernichten können, ist selbst vernichtet. Es ist vorbei.«

Lorenzos Haltung straffte sich. »Leider. Ich hatte gehofft, dies heute Abend ein für alle Mal zu beenden. Jetzt ist es das Beste, die beiden verbliebenen Zeugen der Wahrheit auch noch zu eliminieren.«

Ben reagierte nicht. »Wann werden Sie es enden lassen, Colonnello? Haben Sie immer noch nicht begriffen? Ihre Tempelritter werden nicht mehr gebraucht. Keine weiteren Massenmorde, um die Wahrheit zu verbergen. Keine Sorge mehr wegen irgendetwas, das Sie vor einem halben Jahrhundert nicht wie befohlen zerstört haben.«

»Das mag sein«, erwiderte Gianni Lorenzo. »Trotzdem ...«

Er beendete seine Bemerkung mit einem Schulterzucken, das Ben als eine Art Signal deutete. Er blickte zu Danielle, um ihr sein eigenes Zeichen zu geben, als es im nahen Gebüsch raschelte und sich Schritte näherten.

Die Horde Halbstarker, der Ben in den Park gefolgt war, tauchte von allen Seiten auf und umzingelte sie.

Ich habe Lorenzo regelrecht in die Hände gespielt, verdammt!

Aus der Nähe sah Ben, dass es gar keine Teenager waren, sondern Männer, die sich als Jugendliche verkleidet hatten, damit niemand Notiz davon nahm, wenn eine solch große Gruppe den Park betrat. Lorenzo war ihm die ganze Zeit einen Schritt voraus gewesen!

Der Kommandant der Schweizergarde lächelte, als Ben ihn wieder anblickte.

»Lassen Sie uns gehen, Colonnello.«

»Das kann ich nicht. Tut mir leid.«

»Dann wenigstens die Frau. Ich habe Ihnen gegeben, was Sie wollten. Es ist vorüber. Wir können Ihnen nicht mehr schaden. Niemand kann das.«

Lorenzo wirkte kein bisschen reuevoll. »Ich befürchte, wir können dieses Risiko nicht eingehen. Ich habe vor einem halben Jahrhundert einen Eid geschworen, unseren Glauben um jeden Preis zu schützen und zu wahren. Sie zu eliminieren ist nur ein kleiner Preis, Inspector. Ich bin bloß ...«

Pop ...

Ben hörte das Geräusch, als die Gestalt neben Lorenzo gegen

den alten Mann taumelte und zusammenbrach. Unter dem Anprall verlor der Kommandant der Schweizergarde das Gleichgewicht und fiel unter den Stürzenden. Als er die Hände unter der Gestalt hervorzog, waren sie mit etwas Dunklem, Feuchtem bedeckt.

»Blut«, stieß Lorenzo verblüfft hervor.

Beim zweiten schallgedämpften Schuss wurde eine andere Gestalt emporgerissen, und für einen Moment war ein großes Loch in ihrer Brust zu sehen, bevor es in Dunkelheit eingehüllt wurde und die Gestalt zusammensank. Beim dritten schallgedämpften Schuss prallte Ben gegen Danielle und warf sie hart auf den asphaltierten Weg. Selbst als sie unter ihm lag, konnte er spüren, wie langsam und lethargisch sie geworden war; sie hatte zu viel durchlitten.

»Was ist los?«, keuchte sie.

Weitere Schüsse fielen, und die dritte und vierte Gestalt stürzten fast gleichzeitig zu Boden, während die übrigen von Lorenzos Männern ihre Waffen zogen.

»Ein Scharfschütze im Hinterhalt«, sagte Ben und fragte sich, wer ihr Retter sein mochte, als er in die Dunkelheit des Pincio hinaufspähte, des ursprünglichen Hügels der Gärten.

Er hatte richtig vermutet. Als er wieder einen gedämpften Knall hörte, wurde dieser von einem kurzen Aufblitzen begleitet. Wer immer dort oben war, musste ein sehr guter Schütze sein, der ein halbautomatisches Gewehr mit Infrarotzielfernrohr benutzte.

Gianni Lorenzos Soldaten hatten sich weit genug vom Schock erholt, um den letzten Mündungsblitz ebenfalls zu sehen. Wie auf ein Kommando fuhren sie zum Pincio herum. Drei weitere Gardisten, die als Halbstarke verkleidet waren, stürzten in rascher Folge zu Boden, bevor die übrigen einen verrückten Sturmangriff auf den Hügel begannen. Die beiden Gardisten, die Lorenzo in den Park begleitet hatten, konnten ihn unterdessen unter der Leiche des Mannes hervorziehen, der als erster gestorben war, und in Sicherheit zerren.

»Komm«, zischte Ben und riss Danielle auf die Füße.

»Nein!«, brüllte Lorenzo die Männer an, die ihn beschützten. »Haltet sie auf! Sie dürfen nicht entkommen!«

Die Gardisten wandten sich Ben und Danielle zu. Doch bevor sie handeln konnten, fiel ein weiterer Schuss, und der Kopf eines der Gardisten schien zu explodieren. Blut und Hirnmasse spritzten über Gianni Lorenzo. Er drehte sich zu einer Seite, dann zur anderen, bevor mehrere seiner Männer ihn auf den Asphalt stießen und ihm mit ihren Körpern Deckung gaben.

»Los!«, drängte Ben.

»Der Schütze wird uns töten!«, keuchte Danielle.

»Hätte er es darauf angelegt, wären wir schon tot.«

»Dann ...«

Ben ließ Danielle ihren Gedanken nicht zu Ende führen. Er packte sie am Arm und zog sie mit sich. Sie schleppte sich mehr dahin, als dass sie rannte. Jeder Schritt war schwerfällig wie der einer Marionette, an der die falschen Fäden gezogen wurden.

»Schneller!«, drängte Ben.

Schreie hatten die schallgedämpften Schüsse abgelöst. Ben hatte während seiner Zeit als Polizist in Detroit ein paar Scharfschützen gekannt. Er wusste, dass sie eine Gattung für sich waren, buchstäblich einer von einer Million; Männer, die über die Reflexe und Instinkte, die Scharfsichtigkeit und die Entschlusskraft verfügten, die in ihrem Job erforderlich waren. Er erinnerte sich, gesehen zu haben, wie einer einem Drogensüchtigen, der in einer Schule Geiseln genommen hatte, eine Kugel durchs Auge geschossen hatte. Der Süchtige war mit jeweils einem Kind im Arm aus dem Gebäude gekommen und hatte die Geiseln als Schutzschild vor sich gehalten. Der Scharfschütze hatte nur zwei, drei Zentimeter auf jeder Seite des Kopfes als Zielbereich; dennoch hatte er den Junkie mit tödlicher Präzision getroffen.

Wer immer auf dem Hügel war, musste ein mindestens so guter Schütze sein, vermutlich sogar ein besserer, da er mehrere Schüsse binnen kürzester Zeit abfeuern musste; ihm blieben nur Sekundenbruchteile, von neuem zu zielen und wieder abzudrücken.

»Wer war das dort hinten?«, stieß Danielle hervor, als sie schließlich atemlos anhielten. Sie stemmte die Hände auf die Knie und rang um Atem. »Wer hat uns gerettet?«

»Ich weiß es nicht«, sagte Ben. »Ich weiß es nicht.« Er umfasste ihre Schultern. »Aber er wird sie nicht alle erwischen. Wir müssen von hier verschwinden.«

70.

Ben und Danielle eilten durch den Park. Manchmal hielten sie das Rascheln von Blättern oder das Knacken von Ästen im Wind für die Schritte. Doch es gab keine Anzeichen auf Verfolger, überhaupt keine anderen Geräusche. Sogar die gellenden Schreie hinter ihnen waren verstummt. Ben vermutete, dass der Scharfschütze entweder sein Werk vollendet hatte oder selbst getötet worden war.

Danielle hatte das Gefühl, während ihrer Flucht wieder zum Leben zu erwachen. Ihr Kopf wurde klarer, und sie konzentrierte sich darauf, so schnell zu laufen, wie sie konnte, und gegen die Müdigkeit anzukämpfen, die sie zu überwältigen drohte.

Ben eilte voran durch einen Komplex von Gebäuden, in denen verschiedene Museen untergebracht waren. Sie gelangten zum Giardino del Lago, dem Garten des Sees. Das Wasser spiegelte den Mondschein und das Laternenlicht wider, und die Nacht wirkte hier viel heller. Bei einer dichten Baumreihe zog Ben Danielle vom Weg und hinein in die schützende Dunkelheit.

»Was ist?«, flüsterte Danielle.

»Ich weiß es nicht. Ich glaube, ich habe etwas gehört. Aber ich bin mir nicht sicher. Jedenfalls müssen wir von hier verschwinden – so viel steht fest. Schnell, hier entlang!«

Die Tore des Giardino Zoologico, des Tierparks, waren geschlossen, jedoch nicht verriegelt. Ben führte Danielle hinein und verschloss die Tore von innen.

Die Ausdünstungen der vielen Tiere und der scharfe Geruch von Dung hingen in der Luft. Reflektierende Schilder wiesen den Weg zu den Antilopen, Wölfen, Giraffen, Tigern und Elefanten. Einige der Tiere in ihren Käfigen waren unruhig und machten Geräusche, was gut war für Ben und Danielle, denn die Tiere übertönten jeden Laut, den sie auf ihrer Flucht verursachten.

»Dieser Weg muss zu einer Straße auf der anderen Seite des Parks führen«, sagte Danielle leise.

»Und zu einem Ausgang.«

Sie setzten den Weg fort, argwöhnisch und angespannt bei jedem Schatten und jedem Geräusch. Aber Ben fühlte sich wie befreit, fast schwerelos. Sie waren wieder zusammen, brauchten sich nur aufeinander zu verlassen. In diesen Augenblicken machte die Kluft zwischen ihnen nichts aus. Die Entscheidung, die Danielle getroffen hatte, zählte nicht, obwohl Ben jedes Mal, wenn er daran dachte, von der Hoffnung erfüllt war, sie würde sich anders besinnen.

Was muss ich noch tun, um mich ihr zu beweisen?

War er deshalb zum Vatikan gereist? Hatte er mehr um sein ungeborenes Kind gebangt als um Danielle, als er von ihrem Schicksal erfahren hatte? Ben wusste es nicht mehr.

Sie waren ein gutes Stück an den Löwenkäfigen vorbei, als Ben ein paar der großen Katzen knurren hörte, ein tiefes, unheilvoll klingendes Grollen. Ben blickte kurz zurück.

»Sie kommen«, wisperte er Danielle zu und ließ den Blick wieder über die Szenerie schweifen, lauschte den Geräuschen des Verkehrs. »Da verläuft eine Straße direkt vor uns, ein Stück rechts. Es gibt einen fast drei Meter hohen Zaun, kein Tor.«

»Wir können es schaffen«, versicherte Danielle.

»Oben auf dem Zaun ist Stacheldraht.«

»Zieh deine Jacke aus«, riet Danielle und entledigte sich bereits der ihren. »Schütz damit deine Hände.«

Um zum Zaun zu gelangen, mussten sie eine ebene freie Fläche überqueren, ganz gleich welche Route sie wählten. Der kürzeste Weg verlief zwischen zwei Gebäuden, auf denen die Nachtbeleuchtung brannte, und sie entschieden sich für diese Richtung.

Ben und Danielle rannten aus der Dunkelheit ins Licht und sprangen auf den Zaun, die Jacken bereit, um ihre Hände vor dem Stacheldraht zu schützen. Die Schüsse krachten, als sie oben auf dem Zaun waren und sich hinüberschwangen, wobei sie sich mit den bedeckten Händen am Stacheldraht festklammerten. Ben spürte die scharfen Spitzen, die sich durch den Stoff bohrten und ihm in die Handflächen schnitten. Er riss sich von dem Stacheldraht los, hangelte sich ein Stück an den Maschen hinunter und sprang zu Boden. Der dumpfe Aufprall verschlug ihm den Atem.

Danielle landete neben ihm. »Bist du getroffen worden?«

»Ich hab mir nur die Hand aufgerissen«, sagte Ben, immer noch außer Atem.

Von neuem peitschten Schüsse aus dem Zoo, und dunkle Gestalten stürmten schießend voran.

»Wir müssen weg!«, keuchte Danielle und half Ben auf. Sie eilten zur Straße, wo Ben sich vornüber krümmte, die Hände auf die Knie stemmte und nach Luft schnappte.

Sie hörten, dass Männer über den Zaun kletterten und rasch näher kamen. Verzweifelt überlegten Ben und Danielle, in welche Richtung sie flüchten sollten, als ein dunkler Wagen mit quietschenden Reifen quer vor ihnen zum Halten kam.

»Einsteigen!«, ertönte eine Stimme hinter dem Lenkrad, die Ben irgendwie bekannt vorkam. »Schnell, wenn Sie überleben wollen!«

Eine Kugel schlug in den hinteren Kotflügel. Eine andere traf die Heckscheibe. Ben zog Danielle mit sich auf den Rücksitz und knallte die Tür zu.

»Bleiben sie unten!«, befahl der Fahrer. »Die Köpfe runter!«

Die Stimme wurde Ben bei jedem Wort vertrauter. Aber erst als der Fahrer den Kopf wandte, um nach ihnen zu sehen, und Ben das Gesicht mit dem Muttermal auf der linken Augenbraue sah, erinnerte sich:

Das ist der Mann, der mich vor einer Woche im Auftrag von Mordecai Lev vor den israelischen Soldaten gerettet hat! Er ist ein Mitglied der Säulen des Landes!

Der Israeli bog mit kreischenden Reifen um eine Ecke.

Ben sah ein langes, schwarzes Gewehr mit Infrarotzielfernrohr auf dem Beifahrersitz liegen. »Sie waren der Schütze im Park!«

»Ja. Ich bin Ihnen im Auftrag von Rabbi Lev gefolgt.«

»Lev?«

»Er will immer noch die verlorene Schriftrolle haben, Inspector, die ihn sein Augenlicht gekostet hat.«

»Sie ist verschwunden«, sagte Ben, wobei er Danielles Hand umklammerte, weil er befürchtete, sie könnte ihm wieder fortgenommen werden, wenn er sie losließ. »Zu Staub zerfallen.«

»Nicht ganz«, sagte der große Mann zuversichtlich.

»Wie meinen Sie das?«

Der Mann schlängelte den Wagen durch den dichten Verkehr und wäre fast mit einem Dutzend Fahrzeugen zusammengestoßen, bevor er bei Rot gerade noch über eine Kreuzung raste. In der Gewissheit, nicht verfolgt zu werden, fuhr er langsamer und blickte zurück zu Ben.

»Winston Daws hat Fotos gemacht, Inspector. Irgendwo gibt es noch Aufzeichnungen.«

SECHSTER TEIL

71.

»Wie schön, Ihre Stimme zu hören, Inspector«, sagte Colonel al-Asi, als Ben ihn über das Handy erreichte, das al-Asi ihm vor seiner Abreise nach Rom gegeben hatte.

Levs Scharfschütze fuhr weiterhin durch die Nacht, während Ben telefonierte, wobei er sich stets bewusst war, dass der Fahrer, der sich als Asher Katz vorgestellt hatte, ihn im Rückspiegel beobachten konnte. Katz hatte dunkle Haut und den harten Ausdruck in den Augen, den Ben bei Scharfschützen nur zu oft gesehen hatte. Sein kurzes Haar war strähnig und wirr von der Scharfschützenmaske, die er offenbar getragen hatte, als er auf dem Hügel im Park der Villa Borghese kauerte. Haare wuchsen wild aus seinen Ohren und der Nase, und seine Augenbrauen waren dick und buschig, mit Ausnahme des fleischigen Mals in der linken Braue, an das Ben sich von ihrem früheren Treffen in Israel erinnerte.

»Sie hören sich müde an, Colonel«, fuhr Ben fort. Seine Hände schmerzten noch von dem Desinfektionsmittel, das Katz ihm aus einem Erste-Hilfe-Kasten gegeben hatte. Ben hatte sein Bestes getan, um sie mit Gaze zu verbinden, doch die Verbände hafteten nicht richtig. »Tut mir leid, wenn ich Sie geweckt habe.«

»Das haben Sie nicht. Ich war im Kasino. Die Israelis beschweren sich, dass das Rouletterad manipuliert ist. Bis jetzt scheint alles in Ordnung zu sein. Haben Sie eine Lieblingszahl?«

»Warum?«

»Schon gut, vergessen Sie's, Inspector.«

»Haben Sie sonst noch etwas über Winston Daws erfahren können? Gibt es vielleicht irgendeinen Bericht, in dem seine persönlichen Dinge bei der Ausgrabungsstätte in Ephesus aufgelistet wurden, oder irgendeine Aufzeichnung seiner Korrespondenz?«

»Natürlich habe ich was. Aber sagen Sie mir zuerst, wie es Chief Inspector Barnea geht.«

Ben blickte zu Danielle. »Sie sitzt neben mir.«

»Wirklich wunderbare Nachrichten. Als ich erfuhr ... darf ich jedenfalls daraus schließen, dass Glückwünsche angebracht sind? Wie sagen die Juden? *Mazel tov!*«

»Danke, Colonel«, sagte Ben und glaubte, einen Kloß in der Kehle zu haben.

»Ich habe Ihnen von meinen Kindern erzählt«, fuhr al-Asi fort. »Nach der letzten Geburtstagsfeier, zu der niemand kam, habe ich ihre Namen ändern lassen, damit sie keine Zielscheiben sind und Freunde haben können. Ich sehe sie kaum noch. Es ist schrecklich, wenn man so leben muss.«

»Ja, das ist wahr.«

»Es waren die Israelis, die ein Attentat der Hamas gegen meine jüngsten Söhne vereitelten. Sonst wären sie jetzt tot. Man kann gut mit den Israelis zusammenarbeiten. Sehr zuverlässig und verantwortungsbewusst, aber auch sehr stur. Das halte ich mir bei allem Umgang mit ihnen stets vor Augen. Sie wären gut beraten, das ebenfalls zu tun«, fügte al-Asi hinzu.

»So viel habe ich schon gelernt, glauben Sie mir. Was ist nun mit Winston Daws, Colonel?«

»Fangen wir mit der Inventur an, die am Tatort in Ephesus sichergestellt wurde. Woran sind Sie besonders interessiert, Inspector?«

Ben erinnerte sich an die Kamera, die auf dem Foto vor Winston Daws' Brust gehangen hatte, und verband diesen Gedanken mit Mordecai Levs Erinnerung daran, dass Daws vor dem Massaker Aufnahmen gemacht hatte. »Eine Kamera.«

»Moment, ich habe eine Kopie der Liste in der Tasche. Die türkische Polizei war nicht sehr hilfreich, aber Sie hatten Recht, dass die Briten ihre eigene Ermittlung vornahmen … Hier ist es. Eine Kamera, sagten Sie?«

»Ja.«

»Leider wurde keine Kamera bei Daws' persönlichen Dingen gefunden. Das überrascht mich nicht. Eines muss man Gianni Lorenzo lassen – er ist sorgfältig.«

»Aber Winston Daws kann trotzdem Fotos von der Schriftrolle gemacht und sie vor seiner Ermordung fortgeschickt haben. Was mich auf die Korrespondenz ins Lager hinein und aus dem Lager heraus bringt …«

»Die Briten müssen zu demselben Schluss gelangt sein, Inspector. Sie haben herausgefunden, dass eine Postsendung das Camp in der Zeit zwischen Daws' Fund und der Ermordung des Teams verlassen hat. Ein Empfänger war nirgends eingetragen, und so erwies es sich als Sackgasse.«

»Telefonate?«, sagte Ben, und seine Hoffnung schwand.

Er glaubte beinahe, al-Asi am anderen Ende nicken zu sehen. »Die Briten konnten einige Anrufe zurückverfolgen, die Daws vor Beginn seiner letzten Expedition geführt hat, und ein paar während dieser Ausgrabung. Aber keine der Personen, mit denen er telefonierte, erhielt irgendwelche Fotos.«

Ben war überzeugt, dass es jetzt aus war. Er hatte keine Hoffnung mehr und wollte nur noch heim. »Weitere Sackgassen.«

»Nicht ganz, Inspector. Wissen Sie, die britischen Behörden waren nur daran interessiert, Anrufe zurückzuverfolgen, die nach Großbritannien geführt wurden. Ich konnte jedoch in Erfahrung bringen, dass Daws eine Schwester in den Vereinigten Staaten hatte. Außerhalb von Boston, genauer gesagt.«

Ben spürte, wie neue Hoffnung in ihm aufstieg. »Hervorragend, Colonel. Wie haben Sie das herausgefunden?«

»Ich habe eine Kopie von Daws' Todesanzeige gelesen. Das war alles.«

»Der Name der Schwester lautet Florence«, fuhr al-Asi fort. »Ich konnte herausfinden, dass Daws Telefonate mit einem Teilnehmer in Lexington, Massachusetts, geführt hat. Der Anschluss existiert nicht mehr. Ich habe nur eine Adresse.«

»Das genügt.«

Al-Asi zögerte, bevor er sagte: »Es ist über fünfzig Jahre her, Inspector. Ich halte es für unwahrscheinlich, dass sie noch dort lebt.«

»Aber es ist einen Versuch wert, Colonel. Und das ist alles, was uns bleibt.«

72.

»Du brauchst nicht mitzukommen, weißt du«, sagte Ben zu Danielle. Katz hatte angehalten, um Verbindung mit einem Vertrauten von Mordecai Lev herzustellen, und sie saßen allein auf der Rückbank. »Katz kehrt nach Israel zurück, und du kannst mit ihm nach Hause fliegen.«

»Und warum musst du nach Amerika?«

»Um Daws' Fotos zu finden, falls sie noch existieren. Das weißt du. Das ist jetzt mein Kampf.«

»Was macht es zu *deinem* Kampf?«

»Lorenzo und seine Privatarmee von Tempelrittern haben meinen Neffen ermordet. Ich weiß nicht, ob ich sie jemals ans Messer liefern kann, aber mit diesen Fotos kann ich die Wahrheit enthüllen, die sie so verzweifelt zu schützen versuchen.«

Danielle dachte einen Moment nach, bevor sie antwortete. »Wem willst du eigentlich schaden?«

»Das habe ich dir gerade gesagt.«

»Nein, hast du nicht. Diese Fotos können die christliche Religion vernichten, das Bild der Menschen von Gott verändern.«

»Die Welt hat ein Recht darauf, die Wahrheit zu erfahren. Jeder soll seine eigenen Schlüsse ziehen und sich sein eigenes Urteil bilden, statt irregeleitet und zum Narren gehalten zu werden.«

Danielle schwieg einen Augenblick, bevor sie antwortete. »Es ist nicht die Kirche, die du zu bestrafen versuchst, Ben, du willst *mich* bestrafen. Indem du dich verletzen oder töten lässt und mir die Schuld aufladst, dich allein gelassen zu haben.«

»Das hat nichts mit dir zu tun, Pakad.«

»*Alles* hat mit mir zu tun!«

»Wegen des Öls?«

»Deswegen ist dein Neffe in Wirklichkeit gestorben. Milliarden und Abermilliarden Barrel Öl. Einer der größten Erdölfunde in der modernen Geschichte.«

»Was Israel natürlich vor den Palästinensern geheim halten will«, sagte Ben bitter.

Danielle nickte. »Ein Job, den man Moshe Baruch gegeben hat, der mich zu dieser Ölbohrplattform bringen ließ, wo ich fast umgekommen wäre.«

»Du wirst Baruch in Israel finden, Pakad, nicht dort, wo ich hinfliege.«

»Das ist der springende Punkt! Du hast es selbst gesagt: Die Amudei Ha'aretz haben die Amerikaner die ganze Zeit beobachtet. Das bedeutet, dass Lev und Baruch gemeinsame Sache machen. Und es bedeutet weiter, dass Lev die ganze Zeit wusste, was die Amerikaner wirklich in der Judäischen Wüste getan haben.«

»Warum sollte Mordecai Lev sich dafür interessieren, ob Öl in der West-Bank gefunden wird?«

»Welchen Grund er auch hat – er und Baruch können sich nicht erlauben, dass seine Existenz publik wird. Du wolltest wissen, weshalb ich mit dir in die Vereinigten Staaten fliegen muss? Weil wir beide von dem Öl wissen und ich in ebenso großer Gefahr bin wie du.« Sie zögerte. »Und das Baby ebenfalls.«

»Schließt du mich in eine Diskussion über sein Wohlergehen ein, Pakad?«

»Wenn es leben wird, wenn *wir* überleben werden, dann wegen dem, was uns in Amerika erwartet. Baruch und Lev können sich nicht leisten, dass einer von uns mit der Wahrheit nach Hause kommt, und keiner von uns kann es allein zurück schaffen.« Danielles Stimme wurde weicher, ihr Tonfall beinahe flehend. »Wir können sie nur gemeinsam besiegen.«

Katz stieg in den Wagen und zog die Tür hinter sich zu. »Seid ihr zwei bereit?«

Die Fahrt vom Logan Airport in Boston zur Vorstadt von Lexington, Massachusetts, dauerte eine halbe Stunde. Ben und Danielles Maschine traf planmäßig am frühen Samstagmorgen ein. In ihrer Erschöpfung hatten sie während des gesamten Fluges geschlafen. Colonel al-Asi hatte dafür gesorgt, dass ein Mietwagen auf dem separaten Parkplatz der Verleihfirma neben dem Hauptparkplatz wartete.

Lexington, Massachusetts, hatte sich die ländliche Atmosphäre aus der Kolonialzeit bewahrt. Die Hauptstraße quer durch die Stadt war von alten Häusern mit schmucken Vorgärten gesäumt, deren Zäune so niedrig waren, dass die Nachbarn sich darüber hinweg unterhalten konnten. Das Geschäftszentrum befand sich an einem altehrwürdigen Marktplatz, wo das Parken kaum einen Dollar für den ganzen Tag kostete. Die Geschäfte mit den Holz- und Ziegelsteinfassaden reihten sich an einer Art Promenade aneinander. Wenn die Wagen und die modische Ausstattung von Läden wie Starbucks nicht gewesen wären, hätte man sich um hundert Jahre in der Zeit zurückversetzt fühlen können.

Sie mussten dreimal anhalten und sich nach dem Weg erkundigen, um zu der Anschrift zu gelangen, die Colonel al-Asi ermittelt hatte. Schließlich wurde ihnen klar, warum sie Florence Daws' Adresse nicht finden konnten: Es gab sie nicht mehr. Das Haus, in dem sie einst gewohnt hatte, und ein paar andere in der Umgebung waren vor Jahrzehnten abgerissen worden, um Platz für die Erweiterung des Geschäftsviertels zu schaffen. Das Rathaus war an Samstagen geschlossen, und niemand in einem der Läden, die sich jetzt auf dem Gelände befanden, konnte Auskunft darüber geben, was aus dem Gebäude geworden war, das dort gestanden hatte.

Ben und Danielle trennten sich, um die Gegend abzuklappern. Sie verabredeten, sich in einer Stunde im Starbucks zu treffen, das auf Danielle identisch mit dem kürzlich eröffneten Geschäft der Ladenkette in Tel Aviv wirkte. Der zweite Laden auf Bens Liste war eine Bücherei namens Waldenbooks, die eingezwängt in einer Einkaufspassage lag. Als keiner der Angestellten eine Information über das Gebäude geben konnte, das einst auf dem nahen Platz gestanden hatte, konzentrierte Ben sich darauf, ein Buch über die Stadtgeschichte zu finden, das ihm vielleicht Auskunft geben konnte. Er wiederholte seinen Wunsch bei einer jungen, Kaugummi kauenden Angestellten, als eine Frau auf dem nächsten Gang das Gespräch hörte.

»Sie reden von der Monsignore Alley School«, sagte sie und spähte über den Buchverkaufsstand hinweg.

»School?«

Die Frau nickte. Sie war Anfang 50, trug eine Brille mit dicken Gläsern und lächelte freundlich. »Ein trauriger Tag für viele von uns, als die Schule 1972 abgerissen wurde. Aber die Zahl der Schüler war rapide gesunken, und die Kirche konnte es sich nicht leisten, sie weiterhin geöffnet zu halten. Die ehemaligen Schüler haben versucht, die Schule zu retten, aber wir …«

»Wir?«, unterbrach Ben. »Sie haben diese Schule besucht?«

Die Frau nickte abermals. »Klasse eins bis sechs. Vor tausend Jahren, so kommt es mir vor.«

»Haben Sie jemals eine Frau namens Florence Daws gekannt?«

Sie lachte. »Das kann man wohl sagen. Sie hat die Klassen vier und fünf unterrichtet, so hart es auch war. Wir alle liebten ihre Art zu sprechen. Die Jungs machten sich lustig darüber.«

»Über ihren britischen Akzent.«

»Genau. Zuerst hatten wir Probleme, sie überhaupt zu verstehen.«

»Haben Sie noch Verbindung mit Florence Daws?«

»Nein«, sagte die Frau, und es klang bedauernd. »Nachdem die Schule schloss, haben die meisten sich aus den Augen verloren. Das war drei Jahre, bevor die Stadt das Grundstück kaufte. Aber es dürfte nicht schwer sein, Florence Daws zu finden, wenn sie noch lebt. Fragen Sie einfach in der Kirche.«

»In der Kirche?«

»In der First Parish«, erklärte die Frau und lächelte. »Sie liegt gleich am Ende dieser Straße. Florence war dort die Stellvertreterin des Pastors.«

73.

In der First Parish Church, die wie ein altes Schlösschen wirkte, erinnerte sich ein junger Pastor daran, Florence Daws einmal gesehen zu haben. So weit er wusste, wohnte sie jetzt in Mountainview, einem Altenheim westlich von Lexington in den Berkshire Mountains. Er nahm an, dass sie noch lebte.

Es war eine lange, aber angenehme Fahrt über die Mautstraße

in die Berkshires, kurz hinter der Grenze des Staates New York. Danielle und Ben hielten in der Stadt und fragten nach dem Weg; dann hatten sie das Altenheim schnell gefunden, indem sie den Schildern der Tanglewood Music Company folgten, deren Zentrale sich in der Nähe befand, wie man ihnen erklärt hatte. Eine lange Schotterpiste führte zu einem kreisförmigen Zufahrtsweg und einem kleinen Besucherparkplatz. Das Gelände des Altenheims wurde von Zierbäumen und Blumenbeeten geschmückt, und die Rasenflächen wirkten sehr gepflegt. Es duftete nach Flieder und frisch gemähtem Gras.

In der tiefen Stille wagte Ben es kaum, lauter als im Flüsterton zu sprechen. Danielle hatte vorgeschlagen, dass er von nun an allein ermitteln sollte. Zu viele Fremde konnten die alte Frau abschrecken – Florence Daws musste nach Bens Schätzung über 90 sein.

Als Ben das Altenheim betrat, sah er, dass sich an allen Wänden in Rollstuhlhöhe Geländer befanden. Hinter einem Empfangspult saß eine Frau.

»Kann ich Ihnen helfen?«, fragte sie freundlich.

»Ich möchte Florence Daws besuchen.«

Die Empfangsdame betrachtete ihn mit plötzlichem Misstrauen. »Sie sind kein Verwandter.«

»Stimmt.«

»Ein Freund?«

»Ein ehemaliger Schüler«, sagte Ben lächelnd. »Als Freund würde ich mich angesichts der miesen Noten, die sie mir gab, nicht gerade bezeichnen.«

»Ihr Name?«

»Ben Kamal.«

Das Misstrauen verschwand aus der Miene der Empfangsdame. Sie lächelte herzlich. »Dann werde ich mal auf der Etage anrufen und fragen, ob sie Besuch empfangen möchte. Wenn Sie bitte einen Augenblick Platz nehmen ...«

Ben setzte sich in einen kleinen Empfangsbereich und blätterte geistesabwesend in einer Illustrierten, während die Frau telefonierte.

»Mr. Kamal«, rief sie schließlich und legte den Hörer auf.

Ben erhob sich und ging wieder zum Empfang.

»Sie können den Lift zur vierten Etage nehmen. Dort wird Ihnen jemand weiterhelfen.«

In der vierten Etage wurde Ben in das letzte Zimmer rechts am Flur geführt. Die Tür stand offen, und der süße Geruch eines soeben versprühten Raumsprays, ein Blumenduft, drang auf den Flur.

»Pastorin Florence?«, sagte die diensthabende Schwester auf der Türschwelle, »Ihr Besucher ist hier.«

Die Schwester lächelte, als Ben an ihr vorbei das Zimmer betrat. Der Blumenduft des Raumsprays hatte die abgestandene Luft im Zimmer überdeckt, jedoch nicht beseitigt. Pastorin Florence Daws saß in einem Rollstuhl am Fenster, das trotz des strahlenden Tages geschlossen war. Ein pinkfarbenes Umhängetuch lag um ihre Schultern, und ihr graues Haar war so dünn, dass es kaum eine Anzahl kahler Stellen überdecken konnte.

»Ich hatte niemals einen Schüler namens Ben Kamal«, sagte Florence Daws mit überraschend fester Stimme, ohne sich vom Fenster abzuwenden.

»Ich habe unten am Empfang gelogen.«

»Was ist die Wahrheit?«

»Ich bin wegen Ihres Bruders hier.«

Sie wandte den Kopf und schaute Ben zum ersten Mal an. Eines ihrer Augen war mit einer milchigen Schicht überzogen, das andere blickte scharf und war dunkelblau. Ihre Haut wirkte wie dünnes, verknittertes Papier. »Sie sind nicht alt genug, um einer seiner Schüler gewesen zu sein, also lügen Sie nicht hier oben schon wieder. Wie alt sind Sie?«

»Vierzig.«

»Sie junger Schnösel ...«, begann die alte Frau zu spotten und bekam einen Hustenanfall. »Mein Bruder war schon tot, bevor Sie geboren wurden.«

»Einiges von seiner Arbeit hat ihn vielleicht überlebt.«

Mit großer Mühe drehte Florence Daws ihren Rollstuhl zu Ben herum und starrte ihn an. »Diese Arbeit hat ihn das Leben gekostet.« Ihre Stimme brach. Ihre Hände auf den Haltegriffen des Rollstuhls wirkten wie fleischfarbene Knochen. »Wofür? Für nichts.«

»Ja, ich weiß«, sagte Ben und dachte an seinen Neffen und eine andere Ausgrabung. »Er wurde in Ephesus umgebracht.«

»Sind Sie deswegen gekommen?«

»Waren andere deswegen hier?«

»Seit langer Zeit ist keiner mehr hier gewesen. Der letzte Besuch liegt sehr lange zurück.« In ihrem gesunden Auge spiegelte sich Trauer. »Ich wünschte, Sie wären tatsächlich ein ehemaliger Schüler von mir ...«

»Ich auch. Dann wäre ich in der Schule vielleicht besser gewesen.«

»Woher stammen Sie?«

»Dearborn, Michigan.«

»Und ursprünglich?«

»Palästina. West-Bank. Ich bin vor fünf Jahren wieder dorthin gezogen.«

Florence Daws neigte sich im Rollstuhl vor. »Da haben Sie einen weiten Weg gemacht, um mich wegen eines Mannes zu besuchen, den Sie nie kennen gelernt haben.«

»Ich bin wegen des Films hier, den er Ihnen kurz vor seiner Ermordung aus Ephesus geschickt hat.«

Der Mund der alten Frau klaffte auf, und Ben sah ein künstliches Gebiss, das glänzend und perlweiß war und nicht zu dem runzligen Gesicht passte. »Niemand hat mich je danach gefragt.«

Ben wurde von Aufregung erfasst. Er spürte plötzlich, dass es Hoffnung gab. Obwohl der Inhalt der Kiste für immer verloren, die Schriftrolle zu Staub zerfallen war, konnte er vielleicht noch den Beweis für Winston Daws' Entdeckung finden.

»Es war der größte Fund seiner Laufbahn«, sagte er. »Er schickte Ihnen diese Aufnahmen zur Aufbewahrung für den Fall, dass ihm etwas zustoßen sollte.«

»Das hat er in seinem Brief aber nicht geschrieben, Mr. Kamal. Er schrieb, ich soll die Fotos für immer verstecken, wenn ihm etwas zustößt, damit niemand sonst zu Schaden käme. Er hatte schreckliche Angst. In meinem Antwortbrief bat ich ihn, heim nach London zu kommen.« Florence Daws schaute auf ihren Schoß und blickte dann wieder auf. »Er hat den Brief nie gelesen.«

»Haben Sie seine Anweisungen befolgt?«

»Ich sollte nicht mit Ihnen darüber reden ...«

»Ihr Bruder verdient die Ehre, die ihm für seine Entdeckung seit langem gebührt. Er verdient ein Vermächtnis.«

»Mein Bruder studierte Geschichte, Mr. Kamal. Er hatte nicht den Wunsch, ein Teil davon zu werden.«

»Er wurde ein Teil davon, als man ihn vor zweiundfünfzig Jahren ermordet hat, Pastorin Daws. Erinnern Sie sich, was Sie mir vor ein paar Minuten gesagt haben?«

Die alte Frau presste die Lippen zusammen. Ben konnte jetzt ihre Atemzüge hören: schwache, keuchende Laute.

»Glauben Sie wirklich, Ihr Bruder ist für nichts gestorben, wie Sie vorhin sagten?«

»Sie meinen ...?«

»Ich meine, es muss nicht so sein. Wir können es immer noch in Ordnung bringen.«

»Aber wie?«

»Er wurde wegen seines Fundes in Ephesus von Männern ermordet, die seither ein Geheimnis schützen, das Ihr Bruder entdeckt hat. Es ist in den Fotos verborgen, die er Ihnen schickte.«

Die Lippen der alten Frau zitterten. »Ich habe getan, was er mir auftrug. Es waren nur zwei Filmrollen. In seinem Brief stand, dass ich sie entwickeln lassen und die Fotos an einem Ort verstecken sollte, wo niemand sie je finden würde. Dann sollte ich vergessen, dass sie existieren, bis ich wieder von ihm höre.« Ihre Stimme wurde leiser. »Ich habe nie wieder von ihm gehört.«

»Wo haben Sie die Fotos versteckt?«

»Ich habe versucht, es zu vergessen. All die Jahre ...«

»Sagen Sie es. Um Ihres Bruders willen, Pastorin Daws. Das ist die letzte Chance, die Sie jemals bekommen werden, ihm zu helfen. Wo sind diese Fotos?«

Florence Daws leckte sich mit der Zunge über die trockenen Lippen und begann zu erzählen.

74.

»Die älteste Baptistenkirche des Landes?«

»Sie heißt eigentlich ›First Baptist Church in America‹ und wurde 1638 erbaut«, erklärte Ben und stieg aus dem Wagen. »Dorthin wurde Florence Daws versetzt, kurz nachdem sie das Päckchen von ihrem Bruder erhalten hatte. Schließlich kehrte sie nach Lexington zurück, doch die Fotos blieben dort in dem Versteck.«

»Und du meinst, sie sind nach so vielen Jahren immer noch dort?«

Ben nickte.

Sie fuhren über die Mautstraße zurück, diesmal Richtung Providence, Rhode Island, wo sich die Kirche befand. Als sie eine Stunde nach Einbruch der Dunkelheit in Providence eintrafen, gerieten sie in ein Verkehrschaos, weil die Straßen rings um das Zentrum wegen eines Festivals verstopft waren, das »WaterFire« hieß und Tausende Besucher angelockt hatte. Danielle fand schließlich auf einem steilen Hügel unweit der gesuchten Kirche eine Parklücke und zwängte den Wagen hinein.

Bei der majestätisch wirkenden Kirche aus weiß angestrichenem Holz übernahm Ben die Führung. Sie fanden einen Seiteneingang, der während des Festivals am heutigen Abend geöffnet war. Drinnen ging Ben voran und stieg die Treppe zu einem Vortragsaal hinauf, in dem Gottesdienste abgehalten wurden und aus dem leises Orgelspiel klang.

Der Vortragssaal, erbaut 1775, spiegelte den typischen schlichten Stil von Gemeindesälen New Englands wider. Er war in einem einfachen, großen Rechteck angelegt, hatte weiße Wände und hohe, helle Fenster und enthielt weder Kreuze noch Statuen oder Heiligenbilder. Die geriffelten Pfeiler, die sich an zwei Mittelgängen zu beiden Seiten der Kirchenbänke erhoben, wirkten wie klassische Säulen. Ein Balkon vergrößerte die Sitzplatzkapazität auf über 1200 – eine atemberaubende Zahl für Kolonialzeiten. Doch keiner dieser Plätze war besetzt.

Eine Reihe der Kirchenbänke war nummeriert und privat, was auf die Zeit zurückging, als sie gepachtet oder gekauft werden konnten. Sie waren mit einem einfachen Riegel verschlossen, und viele waren vor den gepolsterten Sitzen mit kleinen verborgenen Schränkchen ausgestattet, in denen die ursprünglichen Besitzer persönliche Dinge hatten aufbewahren können, zum Beispiel Brillen.

Ben verharrte vor Platz 95, wie Florence Daws ihn angewiesen hatte, und schob den kleinen Riegel zurück, um die hüfthohe Tür zu öffnen. Sie schwang nach innen, und Ben trat ein, ließ Danielle als Beobachterin zurück, während er sich rasch vor das Schränkchen duckte.

Ben zog die Schublade aus dem Schränkchen heraus und legte sie auf das Polster der Bank, bevor er in den freigelegten Raum im Inneren des Schränkchens griff. Er tastete herum, bis er den Umschlag berührte, den Florence Daws an das Holz oben ins Schränkchen geklebt hatte. Es war bemerkenswert, dass das Klebeband ein halbes Jahrhundert und zumindest eine größere Renovierung in der Kirche überdauert hatte. Ben löste den Umschlag und wischte den Staub ab. Der Umschlag war mit einer Kordel zusammengebunden, die sich sofort löste, als er an der Schleife zog. Er öffnete das Kuvert und nahm den Inhalt hervor.

Die Fotos waren klein und schlicht, die Farbe kräftig und die Aufnahmen scharf; sie zeigten Abschnitt um Abschnitt jener Schriftrolle, die der Archäologe Winston Daws vor 52 Jahren in Ephesus ausgegraben hatte. Die Fotos waren sorgfältig geordnet, und Ben achtete genauestens darauf, die Reihenfolge nicht zu verändern, als er gut 50 Fotos zählte.

Selbst wenn er in der Lage gewesen wäre, das Hebräisch oder Aramäisch der Schriftrolle zu lesen – die Worte waren zu klein, um sie mit bloßem Auge zu erkennen. Ein Vergrößerungsglas oder – wahrscheinlicher – ein Mikroskop würde dieses Problem lösen, obwohl er nur hoffen konnte, dass Daws' alte Kamera alles von der verblichenen Schrift auf dem alten Pergament hatte einfangen können, das nun zu Staub zerfallen war.

Danielle passte hinter ihm auf, doch Ben nahm ihre Anwesenheit kaum wahr. Er war überzeugt, den Beweis in Händen zu halten, dass die Religion, an die er einst geglaubt hatte, auf einer Täuschung beruhte. Konnte das Christentum die Enthüllung überleben, dass Christus die Kreuzigung überlebt hatte? Ben wusste es nicht, und es war ihm auch gleichgültig. Aber diese

Fotos konnten erklären, warum so viele unschuldige Menschen, einschließlich seines Neffen, von Lorenzos abtrünniger kirchlicher Clique ermordet worden waren.

Ben steckte den Umschlag mit den Fotos in die Tasche, verließ den Platz auf der Kirchenbank und ging Danielle voran über den Mittelgang. Sie nahmen die Treppe zurück zum Seitenausgang der Kirche, durch den soeben ein Mann und eine Frau hinaus in die Dunkelheit getreten waren.

Ein Schrei ertönte, als Ben und Danielle dem Paar folgen wollten. Ben stürmte vor Danielle durch die Tür und sah, wie der Mann sich über seine gestürzte Gefährtin beugte.

»Sie blutet«, stieß der Mann hervor und zog seine blutbefleckte Hand zurück. »Ich glaube, jemand hat auf sie geschossen! Jemand hat sie getötet!«

Leute eilten vom Bürgersteig herbei, um zu sehen, was geschehen war. Inmitten des Durcheinanders weckte irgendetwas Danielles Aufmerksamkeit – eine kurze Bewegung nur, die sofort verschwand. Rasch zog sie Ben in die tiefen Schatten des Kirchengebäudes.

»Der Schütze hat mich verwechselt«, flüsterte sie. »Er wollte *mich* erschießen.«

»*Was*?«

»Und dich gleich nach mir.«

»Gianni Lorenzos Killer hätten nicht gewartet, bis wir draußen sind.«

»Nein, aber *israelische* Killer würden warten.«

Ben zog sie hinter sich und suchte die Umgebung ab. »Ich habe dich gewarnt, mitzukommen!«

»Lass uns von hier verschwinden, ja?«

Ben nickte und wollte sie tiefer in die Schatten ziehen.

»Nein!« Danielle hielt ihn am Arm fest. »Hier entlang, wo die Leute sind!«

Sie übernahm die Führung über den Kirchenweg und schloss

sich der Menge der Spaziergänger an, die auf dem Weg zum Festival waren. Die Luft war frisch und kühl und mit dem Geruch von Holzrauch erfüllt, der von Providences Stadtmitte heranwehte, die das Ziel der Menschenmengen war.

»Wie können sie uns gefunden haben?«, fragte Ben.

»Keine Ahnung. Eine undichte Stelle. Irgendwo.«

»Unmöglich.«

»So? Asher Katz wusste, dass wir nach Amerika kommen. Und warum.«

»Aber Katz steht loyal zu Mordecai Lev, und Lev ist genauso scharf auf die Fotos wie ich.«

»Was erklärt, warum die Israelis gewartet haben, bis wir die Fotos in unserem Besitz hatten, bevor sie zuschlugen. Sie haben auf Befehl von Moshe Baruch gehandelt.«

»Der irgendeine Verbindung zu Lev hat«, fügte Ben hinzu.

»Genau. Erdöl. Es läuft alles auf das Öl hinaus.«

»Aber warum sollte *Lev* sich dafür interessieren?«

»Ich weiß es nicht. Aber Moshe Baruch hat ein Interesse daran und kann nicht riskieren, dass ich der Welt von seiner geheimen Operation erzähle.«

»Lev hat kein Interesse an dem Öl, und Baruch interessiert sich nicht für die Schriftrolle.«

»Das stimmt.«

»Was hat sie dann zusammengebracht, Pakad? Was bezwecken sie wirklich?«

»Wir müssen von hier verschwinden, um das herauszufinden, Inspector.«

Sie setzten den Weg zur Innenstadt fort und gerieten in noch größere Menschenmassen. Es herrschte ein solches Gedränge in den Straßen, dass es einen regelrechten Fußgängerstau gab. Die Menschentrauben versuchten, sich ihren Weg entlang der Pfade zu bahnen, die zu den Fußgängerbrücken führten. Der Geruch von Holzfeuer wurde stärker, die ferne Musik lauter.

»Wir müssen in der Menge bleiben und ihr folgen, um zu entkommen«, sagte Danielle.

Die Leute strömten über die Rasen eines Parks auf eine Menschenmenge zu, die sich vor einer Schauspielertruppe versammelt hatte, die auf der Treppe eines monolithartigen Kriegsdenkmals auftraten. Ben und Danielle verschmolzen mit der Menge, als die Zuschauer applaudierten.

Die größten Ansammlungen von Festivalbesuchern – die beste Tarnung – strömten in beide Richtungen über einen Verbindungssteg am Flussufer. Ben erkannte, dass die Musik von dort heraufklang und schloss sich mit Danielle einem der beiden Menschenströme an.

Als sie sich dem Fluss näherten, sahen sie das dunkle Wasser wie Glas schimmern, von dem ein unheimliches orangefarbenes Glühen aufstieg. Kanufahrer paddelten gemächlich vorüber. Ein Wassertaxi voller Wein trinkender Passagiere glitt vorbei, gefolgt von einem Boot, das wie eine Gondel aus Venedig aussah.

Bens Aufmerksamkeit wurde jedoch mehr vom Ursprung des orangefarbenen Glühens angezogen, das sich auf der Wasseroberfläche spiegelte. Jetzt konnte er den Geruch von Holzrauch als den von Pinien- und Zedernholz identifizieren, als er das Prasseln von Flammen hörte, während er und Danielle eine Treppe hinunterstiegen und auf eine Promenade gelangten, die am Fluss entlangführte.

Vor ihnen schien eine Kette von Freudenfeuern aus dem Wasser zu steigen – daher das Motto des Festivals: »WaterFire« – und sich entlang der gesamten Biegung der Promenade zu erstrecken. Ben sah jetzt, dass die Quelle dieser Freudenfeuer an die hundert Eisenbehälter oder Kohlenpfannen waren, die mit brennendem Holz auf dem Wasser vertäut waren und ständig von Arbeitern mit schwarzer Kleidung von einem pontonartigen Boot aus geschürt wurden.

Die Lichterkette der Feuer auf dem Wasser erstreckte sich

scheinbar endlos in die Dunkelheit und konzentrierte sich hauptsächlich in die andere Richtung. Ben und Danielle gingen weiterhin mit der Menge und hielten sich an der kniehohen Staumauer zu ihrer Rechten. An Ständen, die oberhalb der Flusspromenade an Straßen und auf Bürgersteigen aufgebaut worden waren, wurden Essen, Getränke und Souvenirs verkauft. Das Gewimmel bot jedem Schützen, der dort lauerte, hervorragende Deckung.

Ben spürte Bewegung in der Menge hinter ihm – leicht nur, doch unverkennbar. Jemand bahnte sich einen Weg und störte den Rhythmus, den der Menschenstrom gefunden hatte. Er wandte den Kopf und sah den Lauf einer Pistole mit Schalldämpfer, der soeben hinter Danielle angehoben wurde. Der Stahl glänzte nur matt in der Dunkelheit, nahe genug, um ihn zu berühren. Ben sprang auf die Waffe zu und riss sie zur Seite, bevor er die Person deutlich sehen konnte, die sie in der Hand hielt.

Ein gedämpfter Schuss fiel, und ein Jugendlicher in der Nähe stürzte schreiend zu Boden. Der heiße Stahl des Waffenlaufs verbrannte Bens Haut, doch er hielt ihn fest, während Danielle ebenfalls herumfuhr und sich der Person gegenüber sah, die geschossen hatte. Als erstes sah sie die Narbe, ein langer blasser Streifen, auf den der Widerschein der fernen Feuer fiel.

Unmöglich!

Es war Shoshanna Tavi.

75.

Danielle blieb keine Zeit zu überlegen, wie es möglich war, dass die Frau vom Shin Bet den Angriff auf der Ulysses GBS überlebt hatte. Sie schlug mit der Faust nach Shoshanna Tavi und traf sie an der Schläfe. Captain Tavi taumelte zurück, benommen von dem Hieb, und Ben konnte ihr die Pistole entreißen. Er stand günstiger als Danielle bei Shoshanna Tavi, packte sie an den Schultern und stieß sie über den Beton der Staumauer in den seichten Fluss unterhalb.

Die Fahrgäste eines Wassertaxis spähten im Vorbeifahren über die Reling auf die durchnässte Gestalt im Wasser, ohne beim Weintrinken innezuhalten.

Danielle nahm Ben die Pistole aus der Hand und steckte sie in ihre Jacke. »Sie wird nicht allein sein, komm!«, sagte sie drängend und änderte die ursprüngliche Richtung, eilte jetzt in Richtung Stadtzentrum von Providence, wo die Flut der Passanten viel dichter war.

Sie beschleunigten ihre Schritte, waren sich bewusst, dass jetzt Aufmerksamkeit auf dieses Gebiet und vielleicht sogar auf sie gezogen worden war. Sie schoben sich durch die Menge, so gut sie konnten. In ihrer Angst, getrennt zu werden, überquerten sie die Straße entgegen dem Kommando eines Polizisten, der sie zum Glück nicht anhielt.

Sie folgten dem größten Andrang der Leute zum Feuer auf die andere Straßenseite und bahnten sich einen Weg entlang der Route, wo die Feuer auf dem Fluss eine Biegung beschrieben. Die Uferpromenade verengte sich leicht, und der Strom der Fußgänger wurde noch dichter und zwang sie, sich an einer Reihe von Esstischen im Freien vorbeizuschieben, die auf der Terrasse eines Restaurants direkt oberhalb von ihnen aufgestellt worden waren.

Ihr Weg führte sie unter dem Bogen einer Brücke entlang. Ihre Anspannung wuchs, als sie und alle ringsum in Dunkelheit gehüllt waren. Als der Brückenbogen hinter ihnen lag, sahen sie ein Wassertaxi nahen. Es hatte weniger Passagiere als das andere, das sie zuvor gesehen hatten.

»Setzen Sie sich bitte. He, Sie dürfen nicht aufstehen!«

Die ärgerlichen Worte des Fahrers ließen Danielle und Ben aufmerksam werden, und als sie zu ihm hinschauten, sahen sie, wie ein männlicher Passagier eine Maschinenpistole unter seiner Jacke hervorriss. Er eröffnete sofort das Feuer, jagte Feuerstöße zu Ben und Danielle, die sich auf den kalten Asphalt der Promenade warfen, während Menschen rings um sie zu Boden stürzten. Schreie gellten. Querschläger fetzten Splitter aus dem Boden. Leute jammerten und schrien.

Ben und Danielle rappelten sich auf und schoben sich durch die in Panik geratene Menge. In dem Chaos wurden Leute von der Promenade auf eine große, planierte Baustelle zur Rechten abgedrängt oder stürzten in das Wasser zur Linken.

Ben und Danielle eilten weiter, von hinten geschoben. Beim Dröhnen eines näher kommenden Motorboots glaubten sie, die Polizei sei gekommen, um für Ordnung zu sorgen, dann aber hämmerte von unten wieder MPi-Feuer, abgefeuert vom Fahrer des Motorboots, der auf gleiche Höhe wie sie gelangt war, während sie von der Menge weitergedrängt worden waren.

Danielle zog die Pistole aus ihrer Jacke und feuerte zurück, und ihre Einzelschüsse klangen in einem absurden Rhythmus zu den Salven, die vom Fluss heraufgeschickt wurden. Wieder warfen Passanten sich rings um Danielle und Ben zu Boden. Danielle nahm jetzt den Geruch von Benzin wahr, der sich mit dem von Holzrauch mischte – ein Anzeichen darauf, das sie mit einer ihrer Kugeln den Tank des Bootes getroffen hatte.

Sie und Ben sprinteten vor dem Motorboot her. Einer der letzten Schüsse Danielles zerschmetterte die Windschutzscheibe und schleuderte dem Fahrer das Glas entgegen. Der Mann riss die Hand vom Steuer, um sein Gesicht zu schützen, und das Motorboot geriet außer Kontrolle, raste in einen der schwimmenden Behälter mit Feuer, und das übergelaufene Benzin des beschädigten Tanks entzündete sich. Ein dumpfer Knall, und das Boot stand plötzlich in Flammen.

Bevor Danielle sich entspannen konnte, sah sie eine Gestalt, die sich durch die Menge auf sie zudrängte. Sie erkannte denselben Mann, der sie erst einen Augenblick zuvor vom Wassertaxi aus beschossen hatte. Sie riss die Pistole hoch und drückte ab.

Es klickte nur. Das Magazin war leer. Einen schrecklichen Moment schien die Zeit stillzustehen. Der Mann drängte sich mit der vorgereckten Waffe durch die Menge, hatte jedoch noch keine freie Schussbahn. Plötzlich trieb eine gewaltige Explosion grelles Licht und Hitze über den Fluss und schürte die Feuerkette auf dessen Oberfläche an. Danielle erinnerte sich, dass das Motorboot in Brand geraten war; es musste explodiert sein.

Von einem Augenblick zum anderen war der Killer von einer neuerlichen Woge der Panik umgeben, von der die Menge erfasst wurde. In dem allgemeinen Durcheinander verlor er seine Pistole. Ben sah, wie er sich nach der Waffe bückte, und sein Blick fiel auf eine lose Eisenstange, Teil einer Barriere zwischen Gehsteig und Wasser. Er riss die Stange von den Eisenpfosten los, als der Mann, die Pistole wieder in der Hand, von neuem auf ihn und Danielle zustürmte. Ben schwang die Eisenstange und traf den Killer im Gesicht, bevor er feuern konnte. Er holte aus und erwischte ihn ein zweites Mal, diesmal voll am Kopf. Der Mann brach zusammen und wurde sofort von der panischen Menge verschluckt.

Ben ergriff Danielles Hand, damit sie nicht getrennt wurden, als sie weitereilten, auf das Ende der Lichterkette bei einem Schild WATERPLACE PARK zu. Sirenen heulten jetzt ständig, und das Geräusch näherte sich schnell. Zusätzliches Polizeipersonal versuchte, die Ursache des Chaos ausfindig zu machen.

Ben und Danielle erreichten den Waterplace Park inmitten einer Menschenmenge, die eine Treppe hinauf eilte, die zu einem grasbedeckten Hügel führte. Auf dessen Kuppe befand sich ein Restaurant namens »Boathouse«, hinter dem eine Straße entlangführte. Dort rotierte weißes, blaues und rotes Licht, offenbar von Polizei- oder Feuerwehrfahrzeugen. Besucher des Festivals waren von einer Bühnenplattform in den Fluss gedrängt worden, wo sie im Wasser schwammen und verzweifelt versuchten, eine Möglichkeit zu finden, sich wieder auf die Bühne zu ziehen.

Ben und Danielle hatten gerade den unteren Teil der Treppe erreicht, als Männer in Zivil auf der Hügelkuppe auftauchten, sich gegen den Menschenstrom stemmten und angespannt ihre Blicke über die Umgebung schweifen ließen.

»Weitere Israelis«, stieß Danielle hervor und zog sich bereits zurück. »Diese gottverdammte Tavi! Wir kommen keine zehn Meter weit.«

»Welche Ausweichmöglichkeit haben wir?«

Der Lärm ringsum wurde plötzlich vom Rotorengeräusch eines Hubschraubers übertönt. Er schien direkt vor ihnen einzuschweben, bis er zum Bauplatz abdrehte, der an die Uferpromenade grenzte und den sie vor 50 Metern passiert hatten.

Danielle beobachtete, wie der Helikopter außer Sicht flog, um zu landen. »*Das* ist die Ausweichmöglichkeit!«, rief sie.

Ben folgte ihr, als sie sich gegen die Menschenmenge durchkämpfte, die zum Hügel hin flüchtete. Als sie die Promenade erreicht hatten und an der Lichterkette der Feuer auf dem Fluss zurück stürmten, kamen sie rascher voran. Verlassene Gondeln und Wassertaxis trieben auf dem Fluss unter ihnen, während in Panik geratene Fahrgäste durchs Wasser schwammen oder wateten, dessen Dunkel vom Flammenschein unterbrochen wurde.

Ben und Danielle gelangten auf gleiche Höhe des Bauplatzes, gerade rechtzeitig, um zu sehen, wie der Hubschrauber landete und drei Personen ausstiegen, bei denen es sich vermutlich um örtliche Würdenträger handelte. Ben und Danielle liefen um die frisch gegossenen Fundamente herum und eilten in den Spray von Staub und Kieselchen, die vom Rotorwind des Helikopters aufgewirbelt wurden. Sie passierten die beiden Männer und die Frau, die soeben eingetroffen waren, und gelangten zum Hubschrauber, bevor der Pilot startbereit war.

Ben hetzte unter den Rotorblättern vorbei und riss die Tür an der Seite des Helikopters auf. Der Pilot fuhr herum und sah, dass Danielle mit einer Pistole auf ihn zielte; dass die Waffe leergeschossen war, konnte er nicht ahnen.

»Sie werden uns fliegen«, erklärte sie und forderte Ben mit einer Geste auf, als Erster einzusteigen.

Der Pilot versuchte, ihn hinauszuschieben. »Sie können nicht einfach …«

Danielle schob die Pistole an Ben vorbei und hielt sie dem Piloten ans Kinn. »Bringen Sie uns hier weg, oder ich fliege diese Kiste selbst! *Los*!«

Der Pilot konzentrierte sich wieder auf die Kontrollen. Danielle ließ sich auf den Sitz sinken und griff nach draußen, um die Tür zu schließen. Als der Helikopter abhob, klammerte sich aus der Dunkelheit von unten eine Hand um Danielles Gürtel und riss daran. Bevor sie reagieren konnte, hing der größte Teil ihres Oberkörpers aus der Tür, und sie befand sich fast auf gleicher Höhe mit Shoshanna Tavi, die sie eisern festhielt.

»Fliegen Sie weiter!«, befahl Ben dem Piloten, während er Danielle am linken Arm festhielt. Die Israelis würden sich inzwischen dem Bauplatz nähern, nachdem sie gesehen hatten, was geschehen war. Wenn der Pilot wieder landete, würde das ihren Tod bedeuten.

»Sind Sie irre, Mann?«

»Tun Sie es, wenn Sie am Leben bleiben wollen!«

Der Pilot gab weiter Gas, und der Hubschrauber hob sich langsam und begann sich zu drehen, während Danielles Füße vom Boden abhoben. Shoshanna Tavi hatte einen Arm um die rechte Landekufe geschlungen, um Halt zu finden. Ben konnte sehen, dass ihre Kleidung durchnässt und ihr Haar ein triefendes Durcheinander von Strähnen und Löckchen war. Obwohl sie draußen hing, roch sie durchdringend nach Holzrauch.

Der Hubschrauber stieg weiterhin schwerfällig, während

Shoshanna Tavi sich draußen abmühte, Danielle aus den Helikopter zu reißen und auf den Boden zu werfen. Danielle trat aus und drosch um sich, um sich zu befreien, doch die Hiebe bewirkten nichts.

»Ich halte dich!«, rief Ben und hielt Danielle mit aller Kraft fest. Er schaffte es, seinen anderen Arm um den Sicherheitsgurt zu schlingen und spürte, dass seine Muskeln bis an die Grenzen ihrer Belastbarkeit gedehnt wurden.

Obwohl Danielle von Ben festgehalten wurde, spürte sie, dass sie noch tiefer rutschte. Sie schlug nach Shoshanna Tavi und traf ein paarmal das narbige Gesicht. Doch die Frau vom Shin Bet nahm jeden Hieb mit einer Grimasse hin und zerrte weiterhin mit einem Arm an Danielle, während sie den anderen Arm um die Landekufe geschlungen hielt.

Ben musste sich jetzt durch die Tür lehnen, um Danielle festhalten zu können. Aber durch den Winkel und den Wind wurde sie allmählich aus seinem Griff gezogen. Sie schaffte es, sich an derselben Kufe festzuhalten, an die Shoshanna Tavi sich klammerte, und sie schlang ihren Arm ebenso darum, als Ben sie schließlich losließ und sich in den Hubschrauber zurückstemmte. Shoshanna Tavi drosch nach Danielle und klammerte sich mit einer Hand an ihren Gürtel. Danielle konterte, indem sie ihren Ellenbogen auf die Hand hinabstieß und darauf hämmerte, so hart sie konnte.

Shoshanna Tavis Handgelenk knackte und brach. Sie schrie vor Schmerzen auf und ließ Danielle los. Danielle war endlich frei und nutzte die Gelegenheit, um mit einem Fuß auszuholen und Shoshanna Tavi gegen den Kopf zu treten. Sie traf nicht genau, doch der Tritt erwischte sie an der Schläfe und betäubte sie.

Das verschaffte Danielle den Moment, den sie brauchte, um die Frau vom Shin Bet am Haar zu packen. Sie riss Shoshanna Tavis Kopf hart zurück und spürte, dass irgendetwas brach. Shoshanna Tavi konnte sich nicht mehr festhalten. Sie tastete verzweifelt nach irgendeinem Halt an der Kufe.

Als sie hochblickte, starrte Danielle in ihre hasserfüllten Augen und trat wieder nach ihr. Shoshanna Tavis Arme flogen zurück, und sie schlug um sich, als versuche sie zu fliegen, bevor sie in der Dunkelheit unter dem Hubschrauber verschwand.

»Sie werden jeden Flugplatz beobachten«, sagte Danielle, nachdem Ben sie in den Helikopter gezogen hatte. »Wir kommen niemals aus dem Land heraus.«

Doch Ben hatte sich bereits dem Piloten zugewandt. »Fliegen Sie uns zum nächsten Flughafen!«, befahl er über das Rotorengeräusch.

»Hast du nicht gehört, was ich gerade gesagt habe?«, fragte Danielle.

»Ich habe eine Idee.«

»Sie werden uns auf einer Beobachtungsliste haben. Wir werden gestoppt, sobald wir versuchen, aus den USA auszufliegen.«

»Wir werden das Land nicht verlassen, jedenfalls noch nicht.«

»Und wohin gehen wir?«

»Nach Hause«, sagte Ben leise. »Nach Hause.«

SIEBTER TEIL

76.

Danielle döste fast sofort ein, als Ben ihren Mietwagen vom Metropolitan Airport in Detroit auf die Route 94 lenkte.

»Wir fahren zu meinem Zuhause«, hatte Ben in der Nacht erklärt. »Zu dem Ort, in dem ich aufgewachsen bin.«

»Was soll uns das nutzen?«

»Du wirst schon sehen.«

Ben war in den fünf Jahren seit der Rückkehr nach Palästina nicht wieder bei seiner Familie gewesen und hatte auch sehr wenig mit ihr gehabt. Jetzt kehrte er nach dem tragischen Tod seines Neffen heim – ein Tod, der von den israelischen Behörden immer noch unbestätigt war, so weit Ben wusste.

Ben hatte nur vage Erinnerungen an den ursprünglichen Umzug seiner Familie von Palästina in die Umgebung von Dearborn. Er erinnerte sich, dass sie eine Zeit lang bei Freunden gewohnt hatten, bevor sie sich in South End niederließen, nahe des Ford-Montagewerks, wo sein Vater über ein Jahr gearbeitet hatte, bevor die Politik ihn in sein Heimatland zurückgerufen hatte. Ben hatte die Salina School besucht, und er erinnerte sich, dass er mit Freunden in die arabischen Bäckereien in der Warren Avenue gegangen war, um *kanahef*-Gebäck zu kaufen. Der Rouge River floss sehr nahe an seinem Elternhaus vorbei, doch niemand hatte darin schwimmen dürfen, weil der Fluss schon damals verunreinigt gewesen war.

Später spielte Ben auf der Fordson High-School, die er mit

Auszeichnung abschloss, in der Football-Mannschaft. Sein Vater sah ihn niemals bei einem Footballspiel oder bei der Abschlussfeier, denn er wurde kurz nach seiner Rückkehr zur West-Bank ermordet. Zehn Jahre nach dem Tod seines Vaters schrieb sich Ben an der University of Michigan ein, so wie sein älterer Bruder es vor ihm getan hatte.

Ben besuchte noch die High-School, als seine Familie in ein Zweifamilienhaus in der Nähe des Patton Park umzog. Seine Mutter wohnte bis heute im ersten Stock, doch Bens Bruder und sein Onkel waren in ihre eigenen Häuser ein paar Querstraßen entfernt umgesiedelt; sein Bruder in ein altes viktorianisches Haus mit separater Garage in der Coleman Street, das jetzt Bens Ziel war.

Zehn Minuten vom Flughafen entfernt jedoch passierte er die Abfahrt zu dem Haus in Copper Canyon, in dem er mit seiner Frau und den Kindern gelebt hatte. Aus einem Impuls heraus verlangsamte er vor der nächsten Abfahrt, die ihm erlauben würde, zurück auf den Southfield Freeway westlich von Rouge Park zu fahren. Der Name Copper Canyon stand auf keiner Landkarte und war auf die große Zahl von Polizeibeamten zurückzuführen, die in dem Gebiet wohnten. Es war Vorschrift, dass sämtliche Detroiter Polizisten innerhalb der Stadtgrenzen wohnen mussten, und so war die Art Enklave namens Copper Canyon entstanden.

Aber das hatte den Serienkiller, der als Sandmann bekannt gewesen war, nicht davon abgehalten, des Nachts zuzuschlagen, wenn seine Opfer friedlich schliefen, und so war es zu seinem schicksalhaften Besuch vor nunmehr sechs Jahren gekommen.

Ben fuhr von hier aus wie mit einem Autopiloten, der ihm sagte, dass es noch eine Meile war, eine weitere Querstrasse, aber dass es bereits zu spät war. Er wusste, dass er unterwegs zu einem Ort war, an den er sich mit gefühlsmäßig widerstreitenden Extremen erinnerte: Gut und Böse, Tragisches und Wundervolles, Anfang und Ende. Bens Herz pochte heftig, als er in die Warren Avenue einbog und weiter zum Haus in der Chatham Street fuhr, in dem seine Familie ermordet worden war.

Ben parkte auf der anderen Straßenseite und starrte zum Haus. Danielle war immer noch nicht erwacht, aber hier, in diesem Augenblick jedenfalls, schien sie für Ben nicht zu existieren. Er war wieder in der Vergangenheit, in der Nacht, als der Sandmann gekommen war und mit seinen Schlosserwerkzeugen die Haustür aufgebrochen hatte.

Ben stieg steif aus dem Mietwagen. Er glaubte, ein Kribbeln in den Händen und Füßen zu spüren, als er zum Haus ging und klingelte. Ein Teil von ihm hoffte, dass niemand daheim war. Ein anderer Teil wusste, dass er in diesem Fall eine Möglichkeit finden würde, ins Haus zu gelangen.

Eine Frau öffnete die Tür und musterte Ben misstrauisch. »Ja? Kann ich Ihnen helfen?«

In diesem Augenblick erkannte Ben, dass das Haus nicht einmal mehr wie seines aussah. Der Anstrich war anders, die Verzierungen waren verändert worden, und als er über die Schulter der Frau blickte, konnte er sehen, dass das gesamte Erdgeschoss umgestaltet worden war. Das Einzige offenbar Unveränderte war die Haustür, die immer noch offen gestanden hatte, als Ben in jener Nacht zu Hause eingetroffen war.

»Ich … ich wollte das Haus nur noch einmal sehen«, stammelte Ben schließlich. »Wissen Sie, ich habe hier gewohnt, und ich fragte mich, ob ich einfach noch mal einen Blick hineinwerfen kann.«

Die Frau betrachtete ihn weiterhin mit Misstrauen.

»Ich war … äh, ich bin Polizeibeamter. Ben Kamal.«

Die Frau schien sich ein wenig zu entspannen. »Wir haben das Haus von Ihnen gekauft.«

»Es tut mir leid, ich kann mich nicht erinnern …«

»Zur Übergabe kamen Sie nicht her. Es war alles vorher unterschrieben.«

»Oh.«

»Aber ich weiß, was geschehen ist«, sagte die Frau. »Es tut mir sehr leid.«

»Es ist lange her.«

Die Frau öffnete die Tür. »Sie wollten sich umsehen.«

Ben zögerte. »Es ist schon gut. Ich …«

»Nein, bitte. Kommen Sie herein. Ich hoffe, es macht Ihnen nichts aus, dass wir einiges verändert haben …«

»Überhaupt nicht«, sagte Ben, und die Worte waren wie dicker Sirup, den er aus der Kehle durch den Mund herauszwingen musste.

In Wahrheit machte es ihm sehr wohl etwas aus, weil das Haus überhaupt nicht mehr wie sein damaliges aussah. Alles war verändert, sogar die Treppe, die er in der schicksalhaften Nacht vor sechs Jahren hinaufgestürmt war, wobei er schon gespürt hatte, dass er zu spät kam.

Die Treppe lag jetzt vor ihm, ein Weg in seine Vergangenheit, mit einem blauen Teppichboden statt des beigefarbenen, den er in Erinnerung hatte. Aber das Haus roch so wie damals. Und das gedämpfte Licht hatte den gleichen Farbton wie in jener Nacht.

Ohne zurückzublicken, stieg Ben die Treppe hinauf.

Danielle erwachte von ihrem eigenen Aufschrei. Es war nicht ungewöhnlich; es passierte sogar oft, und stets war sie beim Erwachen allein gewesen. Heute war ungewöhnlich, dass sie an dem Alleinsein irgendetwas verkehrt fand. Sie erwachte verwirrt und steif und erkannte rasch, dass sie in einem Wagen lag. Sofort setzte die Erinnerung ein.

Wo war Ben? Das war es, was sie als falsch empfand. Er hätte bei ihr sein sollen, auf dem Fahrersitz, und der Wagen hätte noch unterwegs sein müssen.

Danielle versuchte, ihre Gedanken zu sammeln, doch der Traum verfolgte sie wieder. Dieser besondere Traum war eine Wiederholung des Tages, an dem die Krämpfe und Schmerzen gekommen waren, kurz bevor sie die Blutung bemerkt hatte. Sie war zum Arzt gegangen. Er hatte sie ins Krankenhaus eingewiesen, und ihre schlimmsten Befürchtungen waren bestätigt worden. Aber das Schrecklichste an dem Traum war die Illusion gewesen, dass ihr Baby darin immer überlebt hatte. Die Ärzte hatten sich geirrt. Ihr Baby war stets bei ihr im Bett gewesen.

Der heutige Traum jedoch war anders gewesen, denn das Baby hatte darin keine Rolle gespielt. Da waren nur die Krämpfe und Schmerzen und die Blutung gewesen, die sie wieder gepeinigt hatten. Und an Stelle von Ben hatte sich Moshe Baruch, der Kommandant des Shin Bet, über ihr Krankenbett gebeugt und sie angegrinst, und Danielle dachte voller Entsetzen, dass Baruch ihr Baby haben könnte, es vielleicht als Geisel hielt ... doch der Traum hatte mit einem Schrei geendet, bevor sie etwas deutlich hatte erkennen können.

Ben war in dem Traum nicht da gewesen, und er war auch jetzt nicht da. Langsam dämmerte Danielle, wohin er gefahren sein musste, und sie öffnete die Wagentür.

Mit schweren Beinen und trockenem Mund ging Ben den Weg, den er vor sechs Jahren gegangen war, und fürchtete sich davor, die Augen zu lange zu schließen und wieder die Bilder der schrecklichen Ereignisse jener Nacht zu sehen. Es schien plötzlich dunkler zu werden – und dann sah das tiefe Blau des Teppichbodens plötzlich so aus wie das Beige, das seine Frau damals für die Dielen und die Treppe ausgewählt hatte. Ben blickte auf seine rechte Hand und rechnete damit, seine Waffe darin zu sehen. Er sah sie auch für einen Moment, zitternd wie eine Luftspiegelung in der Wüste, bevor er die Hand schloss und nichts darin spürte. Er ballte die Hand, bis seine Finger schmerzten, als versuchte er, sich aus einem Traum in die Wirklichkeit zu kämpfen.

Es funktionierte nicht. Ben ging weiter. Fast bis zum oberen Treppenabsatz. Dort schlug ihm der scharfe Geruch von Blut entgegen. Ben glaubte, das Blut zu riechen, es zu sehen, und erinnerte sich daran, dass er ein Dutzend Mal auf den Mann geschossen hatte, der dieses Blut vergossen hatte, bevor er zu Boden gestürzt war. Ben schwankte und hielt sich am Treppengeländer fest.

»Ist alles in Ordnung? Kann ich Ihnen irgendetwas bringen?«

Er blickte die Treppe hinunter und sah seine Frau in ihrem weißen Nachthemd dort stehen, in dem Nachthemd, das sie trug, als der Sandmann sie erstochen und es über seine eigene Kleidung gestreift hatte. Dann war es nicht mehr seine Frau; es war die jetzige Besitzerin des Hauses, deren Namen er nicht kannte.

Ben schüttelte den Kopf und setzte den Weg fort. Er musste dies alles durchleben, ganz allein. Das Wandeln in der Finsternis war nicht das Wandeln in das Unbekannte oder Mystische, es war das Wandeln in die Vergangenheit, in die Tiefen der eigenen Seele. Er hatte diesen Moment sehr oft durchlebt und versucht, ihn in seinem Sinne zu verändern, ihn anders enden zu lassen. Doch die Treppe war kürzer, als er sie in Erinnerung hatte. Auch nicht so steil. Und oben war kein Geruch von Blut und keine weiß verhüllte Gestalt mit einem Messer in der Hand, bereit, sich damit auf ihn zu stürzen. Seine Phantasie erzeugte diese Bilder nicht. Die Vergangenheit weigerte sich, sie freizugeben.

Ben stand dort eine scheinbare Ewigkeit unter dem sich träge drehenden Deckenventilator, der vor sechs Jahren noch nicht dort gewesen war. Der Schatten der Ventilatorblätter huschte über die Wand, aber es war das einzige Geisterhafte, das er sah. Die Zimmer zur Rechten, in denen seine Kinder geschlafen hatten, waren ordentlich renoviert und leer. Das Elternschlafzimmer, in dem er seine tote Frau gefunden hatte, nachdem er über die Leiche des Sandmanns hinweggestiegen war, badete in der Nachmittagssonne.

Ben fragte sich, was er zu sehen erwartet hatte, was er sehen wollte. Es war schließlich nur ein Haus, bewohnt von Fremden, die es von seinen Erinnerungen gesäubert hatten.

Ein kaltes Gefühl der Beklemmung stieg in ihm auf. Er fühlte sich wie ein Eindringling in die Welt von jemand anderem, nicht nur in ihr Haus. Bens Vergangenheit gehörte ebenso nicht mehr hierher wie er selbst.

»Ben.«

Beim Klang der Stimme vom Fuß der Treppe erschauerte er. Er drehte sich langsam um, erwartete, von neuem seine Frau zu sehen, die seit so vielen Jahren tot war.

Stattdessen sah er Danielle dort stehen.

»Ben?«

Er erinnerte sich nicht daran, dass er zu ihr ging. Da war nur das Gefühl, dass ihre Arme ihn von hier fort trugen, irgendwo anders hin, als sie sich umarmten. Und für diesen Moment, nur diesen Lidschlag lang, fühlten sie sich untrennbar, war ihr Leben unwiderruflich und auf wundersame Weise miteinander verbunden.

Selbst als der Augenblick vorüberging und durch die kalte, harte Wirklichkeit ersetzte wurde, klammerte Ben sich immer noch an Danielle, wünschte, es könnte für immer so sein, und wusste, dass das nicht möglich war.

77.

Ben fuhr zurück über die Warren Avenue nach Dearborn. Er versuchte eine Strecke zu finden, die sie an der St. Bernadette's Church vorbei zum Haus seines Bruders brachte. Im fiel wieder ein, dass die Kirche 1997 geschlossen worden war; seine Mutter hatte es in einem Brief geschrieben. In der Warren Avenue gab es jetzt viel mehr Geschäfte, als er in Erinnerung hatte. Läden reihten sich an Läden, und die Schilder waren in Englisch und Arabisch beschriftet. Er staunte über die Zahl und Vielfältigkeit der Geschäfte, die hinzugekommen waren, besonders im Vergleich zur West-Bank, wo viele Geschäftsleute wegen der schlechten Wirtschaftslage gezwungen waren, ihre Läden ganz zu schließen oder nur für wenige Stunden zu öffnen.

Er fuhr am Fordwood Park und dem Woodmere Cemetery vorbei, dem Friedhof, auf dem sein Vater beigesetzt worden war und auf dem bald sein Neffe begraben würde. Die Gegend wirkte erstaunlich unverändert. Arabische Männer und Frauen schlenderten vorbei oder arbeiteten auf den Höfen. Kinder spielten Fußball. Andere fuhren auf Fahrrädern kreuz und quer durch die Straßen und achteten viel zu wenig auf die Verkehrszeichen. Man hätte in Palästina sein können, sah man von den Häusern mit den ordentlichen Schindeldächern und den Gärten mit den gepflegten Rasen ab. In den Augen derjenigen, an denen Ben vorbeifuhr, spiegelte sich kein Misstrauen, weder Heimweh noch Schmerz. Die Kinder in dieser Gegend warfen mit Bällen statt mit Steinen und lebten ohne Furcht vor Soldaten, von denen sie mit Gummikugeln beschossen wurden. Es war die Welt, die Ben in der Hoffnung verlassen hatte, er könnte in einer anderen Welt etwas verändern.

Hatte er das? Anscheinend nicht. Trotzdem hatte es nicht dazu geführt, dass sein Heimweh nach dieser Welt gestorben war. Ihm fehlte Palästina, so staubig und angsterfüllt es auch sein mochte. Die stets wechselnde Dynamik, die bei jeder Veränderung dem Fortschritt ein Schnippchen zu schlagen schien, während sie sich weigerte, die Hoffnung aufzugeben.

»Mein Bruder lebt da vorn in diesem Block«, erklärte Ben Danielle.

»Hast du ihm erzählt, dass du mich mitbringst?«

Er lächelte sie an. »Ich habe ihm gesagt, ich bringe einen Freund mit.«

Sie gingen zusammen durch den Vorgarten zum Haus, vorbei an einer Ansammlung von Kinderspielzeugen, die verstreut auf dem Rasen lagen. Zwei Bikes mit Stützrädern und zwei ohne. Ein Skateboard. Sonderbar, wie sich das bei Ben eingeprägt hatte, das Skateboard und die Stützräder. Auch in der West-Bank fuhren Kinder mit Bikes, aber er konnte sich nicht erinnern, jemals Stützräder daran gesehen zu haben.

In diesem Moment verstand Ben klarer als je zuvor, warum sein Vater mit seiner Familie hierher gezogen war und wie schwierig die Rückkehr nach Palästina für ihn gewesen sein musste, als die Nachwehen des Sechstagekrieges seine Welt in Scherben zurückgelassen hatten. Die Abreise seines Vaters und dessen Tod hatten eine tiefe Leere in Ben hinterlassen, und dass er jetzt zurückkehrte, half ihm endlich zu verstehen. Diese Leere auszufüllen war mehr als alles sonst der Grund, warum er überhaupt in die Welt zurückging, in der er geboren war. Das zu tun, was sein Vater getan hatte, um das Vermächtnis besser zu verstehen, das er ihm hinterlassen hatte.

Ein sechsjähriger Junge, dessen Vater ihm 1967 auf dem Flughafen einen Abschiedskuss gab und nie zurückkehrte.

Bens eigener Junge war fast im gleichen Alter gewesen, als in jener schrecklichen Nacht der Sandmann zuschlug; keiner der beiden Männer hatte seinen Sohn aufwachsen sehen. Doch Ben hatte im Laufe der Jahre nur wenige andere Gemeinsamkeiten mit seinem Vater gefunden.

Ben stieg die Stufen zu einer kleinen Veranda hinauf und klopfte an die Tür. Drinnen würde seine Familie sich wegen des Todes seines Neffen noch an die traditionelle Trauerzeit halten; alle würden im *midafeh* sein, dem Raum, in dem Gäste empfangen wurden.

Ben klopfte noch einmal an, und diesmal öffnete sein Bruder Sayeed die Tür, das Gesicht aschfahl, die Krawatte nachlässig gebunden. Sayeed griff nach seinem Bruder. Ben glaubte, Sayeed wolle ihn in die Arme schließen, bis er Ben am Revers packte und weit genug wegzerrte, um ihn gegen die Wand zu stoßen.

»Wo ist mein Sohn? Wo ist er?«

Ben leistete keine Gegenwehr. »Es tut mir sehr leid.« Eine Gruppe von Familienmitgliedern drängte sich schweigend hinter Sayeed. Ben ließ den Blick über ihre Gesichter schweifen und war schockiert, wie wenig er von jedem in Erinnerung hatte. Die fünf Jahre, die er fort gewesen war, hätten genauso gut die Zeit eines ganzen Lebens sein können – und in vieler Hinsicht war es tatsächlich so gewesen.

Sayeed lockerte seinen Griff, doch er ließ Ben nicht los. »Ich habe immer noch mit niemandem in Israel sprechen und kein Wort erfahren können, wann man mir Dawuds Leichnam schickt. Niemand beantwortet meine Fragen, keiner reagiert auf meine Anrufe.« Sein Blick fiel auf Danielle. »Hast du sie deshalb mitgebracht, Bayan? Weiß sie etwas?«

»Sie ist meine Kollegin, Sayeed. Wir verfolgen denselben Feind.«

»Wir wissen, wer sie ist«, erklang eine Frauenstimme, und die Gruppe bildete eine Gasse, um Bens Mutter hindurchzulassen. »Wir erkennen sie von den Fotos.« Hanna Kamal trat neben Sayeed, legte ihm die Hände auf die Arme und zog ihn sanft von Ben weg. »Es ist nicht die Schuld deines Bruders«, sagte sie, um einen beruhigenden Tonfall bemüht. »Er hat dieses Leid nicht über uns gebracht.«

Sayeed trat von Ben fort, und Ben schloss seine Mutter zum ersten Mal seit seiner Rückkehr nach Palästina in die Arme. Sie kam ihm noch kleiner vor, als er sie in Erinnerung hatte, und ihr Haar war grauer geworden und lichtete sich an einigen Stellen. Seine Mutter schob ihn von sich und richtete den Blick auf Danielle. »*Beitna beitek.* Unser Haus ist dein Haus.«

Danielle erwiderte das Lächeln beklommen. Sie musterte die Gesichter der Personen, von denen sie umgeben war, alles Palästinenser. Nur selten, wenn überhaupt, war sie allein in Gesellschaft so vieler Palästinenser gewesen. Sie bezweifelte, dass selbst diese Leute sie akzeptierten, wenn sie ihr Kind mit Ben gemeinsam aufziehen würde.

Sie konnte viel von Ben in seiner Mutter und seinem Bruder erkennen. Sayeed war größer, dunkelhäutiger, nicht ganz so breitschultrig, aber er hatte ebenfalls dichtes, welliges Haar. Die Augen der Mutter ähnelten denen Bens, und auch sie hatte fast stets einen fragenden Ausdruck darin. Eine subtile Stärke und Kraft hinter einem Schleier melancholischer Selbstsicherheit.

Bens Mutter ergriff seine Hände und wollte ihn in Richtung Wohnzimmer führen. »Du wirst uns alles erzählen, und wir werden überlegen, was wir gemeinsam unternehmen.«

Ben ließ sich ein paar Schritte mitziehen; dann aber blieb er stehen und löste sich sanft von ihr. »Ich muss zuerst allein mit Sayeed sprechen.«

78.

Sayeed führte Ben nach draußen in die Garage. Ben stellte sich an die Wand, an der ordentlich aufgereiht Schraubenzieher, Schraubenschüssel und Bohrer hingen. Sein Bruder lehnte sich an den abgedeckten Kotflügel eines MG-Sportwagens, den er seit Wochen liebevoll restaurierte. In der Garage roch es nach Reifengummi und Politur.

»Hast du hier kürzlich sauber gemacht?«, fragte Ben.

»Tut mir leid, wenn die Sauberkeit nicht deinen Ansprüchen genügt«, erwiderte Sayeed kühl.

»Ich meine, mit elektronischer Ausrüstung von Wanzen gesäubert, von Abhörgeräten.«

»Sag mir, Bayan, warum sollte jemand mich abhören? Um mein Weinen über den Tod meines Sohnes zu hören, um den ich nicht einmal richtig trauern kann, weil sein Körper in der Fremde ist?«

»Nein, weil du der Mann bist, mit dem flüchtige Palästinenser, die in Amerika Zuflucht suchen, Kontakt aufnehmen.«

Sayeed versteifte sich. »Bist du nach Hause gekommen, um meine Trauer zu teilen, oder bin ich nur Teil eines anderen Falles, an dem du arbeitest?«

Ben hielt dem Blick seines Bruders stand. »Hör mir zu, Sayeed. Danielle und ich sind hierher gekommen, weil wir von den gleichen Leuten gejagt werden, die für Dawuds Tod verantwortlich sind. Wir können dieses Land unmöglich auf dem herkömmlichen Weg verlassen. Wir brauchen neue Papiere, neue Identitäten, Pässe, die gut genug sind, um jeder Überprüfung standzuhalten.«

Sayeeds Blick wurde ausdruckslos. »Wie hast du das über meine … Arbeit herausgefunden?«

»Ich habe einen Freund in Palästina – Colonel al-Asi. Er zeigte mir in der vergangenen Woche den Bericht, den er über dich hatte, und bat mich, etwas zu unternehmen, damit er es nicht tun muss.«

Sayeed richtete sich auf. »Ich habe dir also meine Freiheit zu verdanken. Ist es so?«

»Du hast Colonel al-Asis Freundschaft mit mir. Außerdem

wollten die Männer, denen du bis jetzt geholfen hast, einfach nur heimkehren.«

»Ich schirme diejenigen, denen ich helfe, sorgfältig ab. Sie sollten ein Recht haben, zu ihren Familien heimzukehren, meinst du nicht auch, Bruder? Ein Recht auf Heimkehr, ohne von Israelis gejagt zu werden wie deine Freundin, zum Beispiel.«

Ben war nicht im Geringsten zornig über diese Bemerkung. »Die Jagd findet jetzt größtenteils durch die palästinensischen Behörden statt.«

»Sie machen gemeinsame Sache mit den verdammten Juden.«

»Manchmal, manchmal nicht. Aber, bitte, dies ist nicht der Zeitpunkt, um uns zu streiten.«

»Nein, es ist der Zeitpunkt deiner Rückkehr, weil du Hilfe von mir brauchst.«

»Ich brauche deine Hilfe, um die Leute zur Strecke zu bringen, die für Dawuds Tod verantwortlich sind.«

»Dann lass mich dir helfen, die Verbrecher zu schnappen«, sagte Sayeed. »Ich habe Freunde, weißt du. Männer in Palästina, die mir einige Gefallen schulden und denen in Palästina *niemand* die Stirn bieten würde.«

»Diejenigen, hinter denen ich her bin, sind viel mächtiger. Das musst du mir glauben.«

»Warum sollte ich?«

»Weil ich dein Bruder bin.«

»Dann sag mir die Wahrheit, was los ist, warum mein Sohn sterben musste.«

Ben hatte die nächsten Worte im Geist oftmals geübt. Dennoch kamen sie nicht heraus wie geplant. »Dawud war Mitglied eines Teams, das nur vorgab, sich aus Archäologen zusammenzusetzen.«

»Aber er *war* Archäologe. Das habe ich dir gesagt.«

»Weil sie einen oder zwei zur Tarnung brauchten. Die übrigen waren Geologen.«

»Geologen?«

»Die Israelis haben in Palästina Erdöl gefunden.«

»Wo?«, sagte Sayeed, und seine Haltung spannte sich.

»In der Judäischen Wüste, bei den Höhlen.«

Sayeed schüttelte langsam den Kopf. »Dann ist mein Sohn umsonst gestorben. Oder zumindest für sehr wenig.«

»Hast du nicht gehört, was ich soeben über das Öl gesagt habe?«

»Ja, ich habe es gehört.« Sayeeds Miene verhärtete sich im schwachen Licht in der Garage. »Und was du gesagt hast, ist Schwachsinn.«

Ben schüttelte ungläubig den Kopf. »Dieses Ölfeld enthält so viele Reserven wie die Nordsee und mehr als der Atlantik bei Neufundland.«

»Begraben unter Hunderten, vielleicht Tausenden Metern Schiefer und Fels. Ja?«

»Da bin ich mir nicht sicher.«

»Geh davon aus, mein Bruder, sonst wäre es längst entdeckt worden. Je tiefer man bohrt und je mehr Hindernisse man dabei bewältigt, desto teurer wird es, das Öl zu fördern. Gemessen in Fuß – und angenommen, wir gehen von etwa tausend Fuß aus, was eine konservative Schätzung ist – musst du mit dreißig Dollar Kosten pro Barrel Öl rechnen.«

»Du bist der Experte, Sayeed.«

»Dann bedenke, dass der Ölpreis auf dem Markt heutzutage nur *zwölf Dollar pro Barrel* beträgt.« Sayeed schien kurz davor, in Lachen auszubrechen, doch seine Stimme klang keine Spur belustigt. »So würden sich deine israelischen Freunde all diese Mühe machen und all diese List anwenden, um achtzehn Dollar für jedes Barrel, das sie fördern, zu *verlieren.*«

Ben versuchte, ein Argument zu finden, um Sayeeds Logik zu widerlegen, doch es gab offenbar keines.

»Du bist ohnehin nicht wegen Erdöl nach Amerika zurückgekehrt, oder?«, fragte Sayeed. »Öl war nicht der Grund für die Ermordung meines Sohnes.«

»Nein. Es war etwas viel Größeres.«

Sayeed forderte Ben mit einer ungeduldigen Geste auf, weiter zu sprechen. »Was?«

Ben tastete zu dem Umschlag mit den Fotos, der in seiner Tasche steckte, seit er ihn in Providence gefunden hatte. »Ich habe genug gesagt.«

»Ich habe ein Recht, die Wahrheit zu erfahren, findest du nicht?«

Ben wusste, dass er hier hätte stoppen sollen, doch er brachte es nicht über sich. »Die Amerikaner, vielleicht Daws persönlich, stießen bei ihrem Fund auf eine Entdeckung: eine Schriftrolle von Josephus, durch die bewiesen wird, dass Jesus Christus nicht am Kreuz gestorben ist und dass es die Auferstehung nie gegeben hat.«

Sayeed starrte seinen Bruder an. Die Überraschung warf ihn beinahe um. Er lehnte sich Halt suchend an den Kotflügel des MG. »Was ist mit diesem Beweis geschehen? Hast du ihn vernichtet?«

»Das war nicht nötig. Das hatten die Jahre für mich erledigt.«

»Gott sei Dank …«

»Aber Winston Daws, der Archäologe, der die Schriftrolle ursprünglich vor einem halben Jahrhundert entdeckte, machte Fotos davon.« Ben zog das Kuvert aus seiner Tasche. »Diese.«

Sayeeds Augen weiteten sich. Er zog seine Hand vom Kotflügel des MG und hinterließ einen perfekten Fingerabdruck auf der frischen Politur, der sofort verblasste. Er wollte nach den Fotos greifen, besann sich dann jedoch anders. »Heißt das, *dafür* ist mein Sohn gestorben?«

»Für das Geheimnis, das sie repräsentieren, ja.«

»Kannst du … kannst du diese Leute schnappen, die das getan haben?«

Ben nickte. »Ja, ich glaube, das kann ich.«

»Und du vertraust dieser Israeli, dass sie dir hilft?«

»So sehr wie ich nur irgendjemandem vertraue.« Ben atmete tief durch. »Ich habe auf der Fahrt nach hier bei meinem alten Haus angehalten. Es sieht völlig verändert aus.«

»Nichts bleibt gleich.«

»Willst du mir helfen, Sayeed?«

»Ich will mit dir nach Palästina zurückkehren und die Leute finden, die meinen Sohn ermordet haben.«

Ben umfasste die Schultern seines Bruders. »Du kannst etwas tun, das viel wichtiger ist.«

79.

Sie sprachen in einer Ecke am Fenster des Wohnzimmers miteinander, und der Rest der Familie Kamal respektierte, dass sie ungestört sein wollten.

»Danke für Ihre Gastfreundschaft, Umm Kamal«, sagte Danielle. »Ich wollte nicht stören.«

»Es ist das Mindeste, was ich für die Frau tun kann, die mich wieder zur Großmutter machen wird«, erwiderte Bens Mutter und tätschelte liebevoll Danielles Arm. Sie bemühte sich um ein Lächeln, stattdessen füllten ihre Augen sich mit Tränen.

Danielle glaubte, ihr Herz würde einen Schlag aussetzen, so überrascht war sie. Wie viel wusste Hanna Kamal? »Hat Ben … hat er …«

Hanna Kamal schüttelte den Kopf, bevor Danielle aussprechen konnte. »Er brauchte nichts zu erzählen. Ich konnte es an euren Gesichtern sehen – an seinem ein wenig, hauptsächlich an Ihrem. Es ist mir gleichgültig, ob es ein Junge oder Mädchen wird. Es soll nur gesund sein. Nach allem, was wir durchgemacht haben, verdienen wir wenigstens das …«

Danielle spürte, wie ihre Augen feucht wurden, und sie fand keine Worte.

»Sie hatten zuvor keine Kinder?«

»Nein.«

Hanna Kamal versuchte wieder zu lächeln. »Noch etwas, das eine Frau stets fühlen kann. Genauso wie ich spüre, dass Sie von meiner Antwort überrascht sind.«

»Das bin ich.«

»Natürlich sind Sie das. Die Tatsache, dass Sie Jüdin sind und mein Sohn Palästinenser ist, sollte mich nicht stören, nicht wahr? Nun, vor Jahren hätte es mich gestört. Aber es ist lange her, seit ich ihn glücklich gesehen habe.« Hanna Kamal neigte sich sehr nahe zu Danielle und senkte die Stimme. »Meine Frage ist, wie denken Sie darüber?«

»Ich …«

»Sie sind besorgt«, vollendete Bens Mutter für sie.

»Ich habe schon einmal ein Baby verloren«, sagte Danielle und hoffte, diese Erklärung würde reichen. Aber tiefer, unter der Oberfläche, erkannte sie bei diesen Worten an eine Fremde, wie sehr ihr die eigene Mutter fehlte, wie sehr sie sich nach ihr sehnte, um die privaten und persönlichen Augenblicke mit ihr teilen zu können, die guten wie die schlechten. Doch ihre Mutter war seit vielen Jahren tot, und das Gefühl der schmerzlichen Leere war immer noch schwer zu ertragen.

»Ist das alles? Ich habe selbst zwei Babys verloren«, sagte Hanna Kamal. »Eines, bevor mein ältester Sohn geboren wurde, und eines zwischen meinem zweiten und dritten Kind. Aber ich wusste, dass mich der Verlust eines Kindes nicht davon abhalten konnte, weitere zu bekommen – und auch Sie haben sich offenbar nicht entmutigen lassen.«

»Ich habe Angst, auch dieses Kind zu verlieren.«

»Die Angst wird bleiben, bis es nach der Entbindung seinen ersten Atemzug tut. Wir haben ein Sprichwort: Fürchte, was du nicht beherrschen kannst, aber beherrsche deine Furcht. Nach ein paar Monaten wird es leichter.«

»Beim letzten Mal kam ich kaum so weit.«

Hanna Kamal nickte verständnisvoll. »Diesmal wird es anders sein. Mein Sohn verdient das.« Sie musterte Danielle genauer und wartete, bis einige von Bens Nichten und Neffen vorbeigetollt waren, bevor sie fortfuhr. »Und nach dem, was ich gehört habe, haben Sie es ebenfalls verdient.«

Jetzt war es Danielle, die zögerte. »Es stört Sie nicht, Umm Kamal?«

»Was?«

»Wir beide, Ben und ich, wir ...«

Hanna Kamal ergriff Danielles Hand, als ihre Stimme leiser wurde und schließlich verstummte. »Wir haben ein Sprichwort, Danielle: *Inshalla binnisr, inshalla diddawlah.* Es bedeutet, ›Mögen wir uns beim Sieg treffen, mögen wir uns in unserem Land treffen.‹ Nun, jetzt sind die Vereinigten Staaten unser Land, und unsere Schlachten sind anders als früher.«

»Sie haben mir das Gefühl gegeben, willkommen zu sein.«

»*Kull emleeha.* Alles ist gut zwischen Ihnen und meinem Sohn. Nur das zählt.«

Danielle hätte ihr fast die Wahrheit gesagt, doch sie fand nicht die richtigen Worte. »Danke, Umm Kamal«, sagte sie stattdessen.

Hanna Kamal ließ Danielles Hand los und lächelte. »Sie sind die erste Person seit langem, die mich mit ›Umm‹ anspricht, Danielle. Meine Freunde hier, Palästinenser und andere, nennen mich ›Mistress‹. Für meine Enkel bin ich ›Nana’. Seit fast dreißig Jahren bin ich Amerikanerin. Ich war nicht mal länger in meinem Heimatland und frage mich, wann ich jemals wieder dort sein werde. Deshalb stört der Unterschied der Kulturen mich nicht. Wissen Sie, was mich stört? Wenn mein Sohn unglücklich ist, wenn er allein ist.«

»Ich verstehe … Mrs. Kamal.«

»Hanna.«

»Hanna.«

Hanna Kamal ergriff Danielles Hand und drückte sie. »Mein Sohn ist beunruhigt, nicht wahr, Danielle?«

»Ja.«

»Er ist immer so gewesen, seit er ein Junge war, stets ein Grübler und Planer. Er schaffte nicht immer alles, aber er ließ nie etwas unerledigt. Genau wie sein Vater. Mein Mann musste nach Palästina zurückkehren, und das war sein Tod.«

»Er hatte Feinde.«

»Hat mein Sohn Ihnen das erzählt?«

»Ich habe es mir zusammengereimt.«

»Sind Sie auch beunruhigt?«

»Weil Ben ebenfalls Feinde hat – sogar noch mächtigere, als sein Vater hatte.«

»Dies hat Sie wohl hergebracht … «

»Und es wird uns zurückbringen.«

Hanna Kamal seufzte. »Ich wünschte, ihr könntet hier bleiben, ihr beide. Palästina hat uns schon genug genommen.«

»Wir kehren zurück, um zu tun, was getan werden muss.«

Hanna Kamals Augen füllten sich mit Tränen. Sie wandte sich von Danielle ab zum Fenster. »Das sind genau die Worte, die mein Mann gesagt hat, bevor er ging.«

Gianni Lorenzo betrachtete wieder die Berichte, die auf seinem Schreibtisch lagen. Alles wies darauf hin, dass Ben Kamal und Danielle Barnea unerklärlicherweise nach ihrer Flucht in Rom nach Amerika geflüchtet waren. Offensichtlich wartete dort etwas auf sie, und Lorenzo hatte das sichere Gefühl, dass es mit

Winston Daws und der verlorenen Schriftrolle von Josephus zu tun hatte.

Wenn Lorenzos Informationen stimmten, waren sie nach Boston geflogen. Danach verschwand ihre Spur. Aber das machte nichts. Wohin sie verschwunden waren, wo in Amerika sie sich jetzt aufhielten, war unerheblich. Sehr bald würden sie zwangsläufig nach Israel zurückkehren, und zwar mit dem, was sie gefunden hatten.

Sieben seiner besten Tempelritter, unter der Führung von Maggiore Flave Pocacinni, blieben in Israel und suchten immer noch nach dem blinden Verrückten, diesem Rabbi Mordecai Lev. Gianni Lorenzo, Kommandant der Schweizergarde, würde sich bald seinen Männern anschließen.

Und warten.

Moshe Baruch ging an den Wachen vorbei, die er am Sicherheitshaus postiert hatte, in dem sich Rabbi Mordecai Lev aufhielt. Das Sicherheitshaus befand sich am Rand des palästinensischen Dorfes Abu Dis, hauptsächlich, weil es zu den letzten Orten zählte, an dem Feinde des Shin Bet jemand suchen würden, der unter der Obhut der Organisation stand.

Lev saß beim Fenster, als Baruch eintrat, und schaute hinaus, als könne er sehen. »Was haben Sie mir zu sagen, Commander?«

»Meine Leute haben versagt. Barnea und der Palästinenser sind entkommen.«

»Können wir sie außer Landes halten?«

»Wir können es versuchen, aber Barnea ist gut, hervorragend ausgebildet.«

»Sie ignorieren den Palästinenser?«

»Keinen von denen halte ich für so clever, dass ich mir Sorgen machen müsste.«

»Bei diesem sollten Sie sich Sorgen machen, Commander. Es

würde mich nicht überraschen, wenn er inzwischen die Wahrheit herausgefunden hätte.«

»Unmöglich, Rabbi.«

Lev neigte den Kopf zur Seite. »Das Gleiche haben Sie gesagt, bevor die beiden in den Vereinigten Staaten Ihren Leuten entkommen sind.«

Baruch war froh, dass Lev ihm die Unsicherheit nicht ansehen konnte. »In jedem Fall kann Pakad Barnea sich auf eine Überraschung gefasst machen, wenn sie zurückkehrt.«

»Sorgen Sie nur dafür, dass die Überraschung noch einen Tag dauert, Commander«, sagte Lev. »Danach ist es ohnehin gleichgültig.«

ACHTER TEIL

80.

Sayeeds Vorbereitungen, Ben und Danielle nach Israel zurückzubringen, waren erstaunlich einfach. Dabei half ihm, dass eine im Exil lebende israelische Delegation aus Kairo von Arafat persönlich die Erlaubnis erhalten hatte, an einer Konferenz des Palästinensischen Rates teilzunehmen.

Ben und Danielle würden Kairo auf dem Weg über Paris erreichen, als Teil der Delegation, und sie würden sich als ehemalige im Exil Lebende ausgeben, um den Flughafen in Gaza zu erreichen. Dort würden die Kontrollen sicherlich scharf sein, doch Bens Bruder Sayeed hatte versprochen, eine Möglichkeit zu finden, ihnen die Dinge zu erleichtern; er forderte ein paar Gefallen von den Leuten ein, die er nach Palästina zurück geschmuggelt hatte.

Für Ben und Danielle vergingen die ersten Etappen der Reise größtenteils in unbehaglichem Schweigen. Sie hatten in Dearborn und dann abermals, während ihr Flugzeug in New York Verspätung hatte, heftig gestritten, ob Danielle zurückbleiben sollte oder nicht.

»Du solltest nicht mitkommen. Es ist zu gefährlich. Du denkst nicht an das Baby.«

Ben beobachtete, wie ihre Miene sich veränderte, als sie auf seinen Vorwurf reagierte. »Doch, das tue ich!«

»Willst du es verlieren?«

»*Was*? Wie kannst du so etwas fragen!«

»Weil du dich so verhältst. Als wolltest du überhaupt kein Kind.«

Danielle spürte, wie ihre Augen sich mit heißen Tränen füllten. »Habe ich das erste etwa auch absichtlich verloren?«

»Warum erzählst du mir nicht davon? Es geht diesmal nicht nur um dich. Es geht auch um mich, ob du das Kind nun allein aufziehst oder nicht.«

Die Tränen lösten sich aus ihren Augen und rannen über ihre Wangen. »Dann hättest du mich fesseln und in Dearborn zurücklassen müssen.«

»Damit du mir keine Schuld geben kannst, wenn du das Kind verlierst.«

»Warum gehst du nicht zur Hölle?«

»Dort war ich bereits, Pakad. Wir beide waren dort. Der Unterschied ist, dass ich nicht versuche, mich gemeinsam mit dir dort herauszuarbeiten. Ich habe mich nur in einer anderen Hölle befunden als du.«

Danielle schmeckte warme, salzige Tränen auf den Lippen. »Ich glaube, du hast Recht. Ich kehre wegen dir *und* wegen des Babys zurück.« Ihr Tonfall wurde schärfer. »Weil ich dich nicht tot sehen will. Weil ich alles in meiner Macht tun will, um den Vater meines Kindes am Leben zu erhalten.«

»Zu schade, dass es seinen Vater nicht kennen lernen wird.«

Danielle verfiel in Schweigen.

Ben lehnte sich mit einem Seufzer zurück.

Das Flugzeug von New Yorks Kennedy Airport für die zweiten Etappe ihrer Reise flog mit zwei Stunden Verspätung ab. So blieben noch 20 Stunden bis zur planmäßigen Landung in Gaza, nach dem Treffen mit der Gruppe der im Exil lebenden Palästinenser in Kairo. Ben hätte nicht im Traum gedacht, wie die Reise aufgrund der streitsüchtigen Atmosphäre, in der sie begonnen hatte, verlaufen würde.

»Die Wahrheit ist«, sagte er schließlich, froh darüber, das

Thema zu wechseln, »dass ich nicht weiß, was wir tun sollen, wenn wir erst zurück sind.«

»Sprichst du von Winston Daws' Fotos?«

»Ich hätte sie fast ein Dutzend Mal in den Müll geworfen. Ich könnte es immer noch tun, bevor wir daheim sind.«

»Warum?«

»Weil du Recht hast. Beweisen, dass es keine Auferstehung gab, dass die gesamte Grundlage des Christentums Täuschung ist, das ist tatsächlich so etwas wie eine Bestrafung für Gott, für die Welt … für dich. Als wollte ich damit allen zeigen, dass sie so dumm waren wie ich, weil ich an das alles geglaubt habe.«

»Was hat sich verändert?«

Ben schaute sie lange an, während der Pilot eine weitere Verzögerung ankündigte. »Nichts – da liegt ja das Problem. Ich war zu Hause. Habe meine Familie gesehen, mein altes Haus. Wenn ich weiterhin gegen Gott kämpfe, wird sich nichts ändern. Aber ich muss versuchen, es hinter mich zu bringen. Ich bin mir nicht sicher, ob ich es kann, aber ich muss es versuchen.«

»Schließt mich das ein, Inspector?«

Ben wollte seine Lippen befeuchten, doch sein Mund war trocken, was auf die verbrauchte, umgewälzte Luft im Flugzeug zurückzuführen war. »Das liegt an dir, Pakad.« Er räusperte sich. »Jedenfalls bin ich froh, dass ich die Fotos nicht vernichtet habe, denn sie könnten das einzige Faustpfand sein, das wir haben, wenn dies alles vorüber sein wird.«

»Ein Faustpfand? Wem gegenüber? Natürlich nicht gegenüber der israelischen Regierung, die es sich erlauben kann, herumlaufen und der Welt erzählen zu lassen, dass man in der West-Bank Öl entdeckt hat.«

»Mein Bruder hat mir gesagt, dass das Öl wertlos ist, zumindest für absehbare Zeit. Die Kosten rechtfertigen keine Förderung.«

»So hat sich meine Regierung, vertreten durch Baruch, aber nicht verhalten.«

»Genau.«

»Was also ist uns entgangen, Inspector?«

»Wir wissen, dass Rabbi Mordecai Lev aus irgendeinem Grund in die Suche nach Erdöl in der Judäischen Wüste verwickelt war. Er wusste von Anfang an die Wahrheit über die amerikanischen Geologen, und er verfolgte ihre Fortschritte, bevor sie die Überreste der alten Schriftrolle ausgruben. Aber warum sollte Lev sich dafür interessieren? Warum wurde er so tief in eine geheime Operation verwickelt, Öl zu finden, dessen Förderung zu teuer ist, wie jeder hätte wissen sollen?«

Danielle zuckte die Achseln, während das Flugzeug zur Startbahn rollte.

81.

Die letzte Etappe ihrer langen Reise fand von Kairo aus in einer alten Propellermaschine voller Palästinenser statt. Sie endete am späten Dienstagnachmittag mit einer holprigen Landung auf der Hauptlandebahn des Gaza Airport. Seit der Ankunft in Kairo hatte sich Danielle unbehaglich und angespannt gefühlt. Scharfen Blicken, die man ihr zugeworfen hatte, waren schnelle geflüsterte Wortwechsel gefolgt. Trotz ihrer Verkleidung mit dunklem Kleid und einem Umhang, um das meiste vom ihrem Gesicht zu verbergen, war klar, dass sie auffiel. Zum Glück hielten sich die Palästinenser für sich, und es gab fast keine Gespräche in der kurzen Zeit des Fluges von Kairo nach Gaza.

Die Maschine rollte zum Abfertigungsbereich, und sie sahen einen Trupp israelischer Soldaten, die den gesamten Flughafenkomplex umstanden. Transporter zur Personenbeförderung und Jeeps waren ebenfalls zu sehen, und jeder hatte zusätzliche bedrohliche Feuerkraft, wenn sie gebraucht wurde. Am unheilvollsten wirkten ein paar leere Lastwagen, die am Rande des Rollfelds parkten, nur für den Fall, dass die Israelis beschließen sollten, die gesamte Gruppe der Passagiere darin zu verladen, sobald sie von Bord der Maschine gingen.

»Empfangskomitee«, bemerkte Ben, als er aus dem Fenster blickte.

»Sie erwarten uns. Anscheinend sind die Kontakte deines Bruders nicht sehr diskret.«

Ben überlegte kurz. »Wenn sie überzeugt gewesen wären, dass wir an Bord sind, hätten sie die Maschine bereits umzingelt. Sie müssen alle Flugzeuge nach Gaza als Vorsichtsmaßnahme überprüfen.«

»Was uns anscheinend nicht viel helfen wird.«

Ben spürte ein kaltes Prickeln im Nacken und an der Wirbelsäule. »Unsere Papiere sind in Ordnung. Wenn es nur eine flüchtige Überprüfung ist …«

»Es wird keine sein. Da bin ich mir sicher.«

»Da draußen sind deine Leute, Pakad.«

»Ich werde genauso gejagt wie du, vielleicht sogar noch mehr, Ben. Commander Baruch weiß, dass mir das Geheimnis mit dem Öl bekannt ist – ein Geheimnis, das er laut Befehl schützen muss.«

Ben neigte sich auf seinem Sitz vor. »Baruch«, murmelte er nachdenklich. Das Einzige, was Baruch und Mordecai Lev gemein hatten, waren der Hass auf Palästinenser und der Wunsch, sie aus der West-Bank zu vertreiben. Konnte das vielleicht irgendwie mit ihrem gemeinsamen, fanatischen Interesse an der Entdeckung des Öls in der Judäischen Wüste in Zusammenhang stehen? Und wenn, wie?

Bens Suche nach Antworten auf seine Fragen wurde plötzlich beendet, als das Flugzeug kurz vor dem Gate stark verlangsamte. Ben konzentrierte seine Aufmerksamkeit auf eine Szene, die er durch das Fenster sah. Zwei palästinensische Polizeifahrzeuge standen rechts vom Flugzeug. Ben war verwirrt, bis er einen Mercedes-Benz hinter den Polizeiwagen parken sah. Als die Maschine ganz stoppte, stieg Nabril al-Asi hinten aus dem Mercedes. Fast sofort gesellten sich vier palästinensische Polizisten zu dem Colonel, und ein Paar flankierte ihn.

Im Flugzeug öffnete ein Flugbegleiter die Haupttür und wartete, bis eine Gangway herangefahren wurde. Als sie arretiert war, stieg der Colonel die Stufen empor, gefolgt von vier Polizeibeamten.

»Willkommen in Palästina, meine Brüder und Schwestern«, grüßte er. »Ich bin Colonel al-Asi vom Schutz-Sicherheitsdienst, und ich bin hier, um dafür zu sorgen, dass Ihre Reise reibungslos und sicher bleibt.« Er begann langsam und theatralisch über den Mittelgang zu gehen, nervös beobachtet von denjenigen, an denen er vorbeiging. »Es ist mir jedoch zur Kenntnis gelangt, dass eine sehr kleine Zahl von Ihnen mit falschen Papieren reist, was eine Verletzung der Vereinbarung darstellt, die unser Präsident und die israelische Regierung unterzeichnet haben. Folglich kann ich nicht zulassen, dass diese Personen ins Land einreisen.« Er blieb bei Ben und Danielle stehen. »Deshalb bleibt mir nichts anderes übrig, als Ihre Papiere zu überprüfen, damit die Identität derjenigen, die keine richtigen haben, festgestellt werden kann. Ich verspreche, Ihnen so wenig Unannehmlichkeiten wie möglich zu bereiten«, fügte er über das Gemurmel von Protest und Enttäuschung hinzu. Der Colonel neigte sich vor und schien etwas vom Boden des Flugzeugs aufzuheben. Er hielt es Ben mit einem leichten Lächeln hin.

»Ich glaube, das ist Ihnen aus der Tasche gefallen.«

Ben nahm das Objekt und schloss die Hand darum: ein Chip aus dem Oasis Casino.

Als Ben wieder aufblickte, hatten zwei der palästinensischen

Polizisten, die al-Asi an Bord begleitet hatten, mit der Aufgabe begonnen, die Papiere der Passagiere zu überprüfen, wobei sie vorne begonnen hatten. Anstatt ihnen zu assistieren, wichen die beiden anderen Polizisten zu dem Colonel nach hinten in die Maschine zurück.

»Bitte folgen Sie diesen Männern nach hinten«, sagte al-Asi zu Ben und Danielle.

Ben erkannte an der Art, wie die beiden Männer lächelten, dass sie gar keine Polizisten waren. »Mein Bruder hat sie geschickt …«, flüsterte er.

»In der Tat«, bestätigte al-Asi. »Anscheinend habe ich mich doch in ihm geirrt.«

Minuten später stiegen Ben und Danielle, bekleidet mit den Polizeiuniformen, die zuvor Sayeed Kamals Kontaktmänner getragen hatten, zu beiden Seiten des Colonels aus dem Flugzeug. Danielle hatte ihr Haar zu einem Knoten aufgesteckt, der unter der palästinensischen Polizeimütze verborgen war. Bei einer genaueren Untersuchung würde ihre Verkleidung auffallen, doch die israelischen Soldaten waren am Rand des Rollfelds geblieben und gaben sich damit zufrieden, aus der Distanz zu beobachten.

Ben und Danielle, in der Rolle von al-Asis Leibwächtern, nahmen auf der Rückbank des Mercedes zu beiden Seiten von ihm Platz. Dann fuhr sein Fahrer direkt durch einen israelischen Kontrollpunkt am Ausgang des Flughafens und verlangsamte gerade genug, dass der Colonel dem am nächsten stehenden Soldaten zuwinken konnte.

Im Polizeipräsidium in Gaza führte al-Asi Ben und Danielle in ein freies Büro, wo frisches Obst, belegte Brötchen und Getränke auf sie warteten.

»Ihr Bruder hat angenommen, dass Sie beide vielleicht hungrig sind, Inspector«, erklärte der Colonel. »Und ich habe es ebenfalls gedacht.«

»Danke«, sagte Ben. »Für alles.«

»Danken Sie ebenso Ihrem Bruder. Ich konnte es zuerst gar nicht glauben, als diese beiden Männer mit mir Kontakt aufnahmen. Sie wurden seit Monaten von mir gesucht. Schade, das ich erst heute erfuhr, dass sie wieder einmal aus dem Land geflüchtet sind.« Al-Asi wandte sich an Danielle. »Ich nehme an, es sind Glückwünsche angebracht, Chief Inspector.« Er reichte ihr die Hand und schüttelte sie herzlich. »Ich wünsche Ihnen alles Gute.«

Danielle nickte dankend und vermied es, Ben anzuschauen.

Ben trank ein Glas gekühltes Sodawasser und schenkte sich noch einmal ein. »Was nun?«, fragte er den Colonel.

»Ich habe frische palästinensische Polizeiuniformen für Sie beide.« Al-Asi schaute Danielle an. »Ein Problem für Sie, Chief Inspector, weil praktisch unsere gesamte Polizei aus Männern besteht. Seit kurzem haben jedoch Frauen in geistlicher Eigenschaft bei der Polizei angefangen, also können wir hoffen, dass eine Verwaltungsposition mit einem ranghohen Commander als ausreichende Tarnung dienen wird.«

»Ich als ranghoher Commander?«, fragte Ben.

»Eine Tarnung, Inspector, nichts mehr, dafür gedacht, Sie aus dem Gazastreifen heraus und wieder in die West-Bank zu bringen.«

»Ich muss nach Israel«, warf Danielle ein.

»Das ist unter den gegebenen Umständen vielleicht nicht klug«, meinte al-Asi. »Sie sind mit Priorität auf die Fahndungsliste gesetzt worden.«

»Aus welchem Grund?«

»Subversive Aktivitäten und mutmaßliche Kollaboration mit Palästinensern.«

»Das ist lächerlich! Das können sie juristisch niemals begründen!«

»Es ist nur ein Vorwand, um Sie festzunehmen, Chief Inspector. Sie wissen besser als ich, wie Ihre Leute arbeiten.«

»Baruch?«

Al-Asi nickte. »Ich glaube, davon können Sie ausgehen.«

»Er weiß, dass ich seine Geliebte getötet habe, seine sorgsam ausgewählte Kandidatin, die direkt unter dem neuen Polizeichef dienen sollte. Nun, der Bastard kontrolliert noch immer nicht die Nationalpolizei. Wenn ich dorthin gelangen kann, zu Giott, und erklären kann, was wirklich in der Judäischen Wüste los ist, können wir Baruch abschießen. Er betreibt hier eine Schurkerei, die von der Regierung niemals hingenommen wird.«

Al-Asi lächelte leicht. »Die Politik Ihre Landes erstaunt mich, Chief Inspector. Manchmal denke ich, ihr mögt euch untereinander noch weniger als uns.«

»Da liegen Sie gar nicht mal so schief, Colonel.«

»Es ist zu gefährlich«, argumentierte Ben, als al-Asi fort war, um die Vorbereitungen abzuschließen.

»Du meinst, es wäre sicherer, wenn ich in Gaza bliebe?«

»Ich bin der gleichen Meinung wie der Colonel. Du riskierst zu viel.«

Danielle schüttelte den Kopf. »Ich muss mit Giott sprechen.«

»Al-Asi hatte Recht in puncto Politik, nicht wahr?«

»Commander Baruch will, das eine Marionette des Shin Bet die Nationalpolizei leitet. Das können wir nicht zulassen. Und es geht nicht nur um mich. Hershel Giott half mit, die Nationalpolizei von Grund auf aufzubauen. Es wird vernichtend für ihn sein, wenn die Nationalpolizei in die Hände von Baruch und Konsorten fällt.«

»Was kannst du dagegen tun?«

»Mit der Existenz des Öls in der West-Bank an die Öffentlichkeit gehen. Ein amerikanisches Geologenteam, ermordet, während es unter dem Schutz des Shin Bet stand … Baruch kann von Glück sagen, wenn er seinen Job noch eine Woche behalten darf.«

Ben überdachte die Konsequenzen ihrer Absichten. »Und im Verlauf des Verfahrens gegen ihn wird die Palästinensische Autonomiebehörde herausfinden, dass deine Leute vorhatten, das Öl praktisch unter uns weg zu stehlen.«

»Die israelische Regierung wird es als eine schurkische Operation bezeichnen, sich entschuldigen und dann in einer hochherzigen Geste anbieten, die Milliarden Barrel dort zu teilen.«

»Wie großzügig.«

»Politisch, meinst du.« Danielle zögerte. »Was ist mit dir?«

»Es ist an der Zeit, den Rest der Geschichte zu erfahren, die Winston Daws vor einem halben Jahrhundert aufdeckte.«

Danielle runzelte skeptisch die Stirn. »Da wirst du viel mehr als eine Lupe brauchen, um diese Fotos zu entziffern, die er seiner Schwester schickte.«

»Und ich weiß, wo ich es finde«, erwiderte Ben.

82.

Es war 21 Uhr, als Danielle am Präsidium der Nationalpolizei in Jerusalem eintraf. Von der Straße aus konnte sie sehen, dass eine Lampe in Hershel Giotts Büro im ersten Stock brannte, und sie wartete an einem Seitenausgang, bis einige dienstfreie Verwaltungsangestellte auftauchten. Danielle duckte sich in die Dunkelheit, ließ sie passieren und schlüpfte hinter ihnen in das Gebäude.

Sie ging die Treppe hinauf, nervöser als sie es gewesen war, seit sie und Ben sich in dem palästinensischen Polizeiwagen dem israelischen Kontrollpunkt an der Grenze von Gaza genähert hatten. Im Gegensatz zur West-Bank, dessen lange und zerklüftete Grenze fast unmöglich abzuriegeln war, war Gaza von einem elektrisch geladenen Zaun und mit Übergängen für Arbeiter und offizielles oder diplomatisches Personal umgeben. Al-Asi hatte für sie Passierscheine besorgt, die es ihnen erlaubten, Israel in polizeilichen Angelegenheiten zu betreten. Er hatte die Passierscheine mit einem anerkennenden Blick zu Danielle ausgehändigt.

»Diese Uniform passt Ihnen gut, Chief Inspector.«

»Danke.«

»Sollten es die Umstände erfordern, sollten Sie wissen, dass weitere entsprechende Kleidung zum Wechseln für Sie zur Verfügung steht, wenn Sie es wünschen.«

»Das sollte nicht nötig sein, Colonel.«

»Aber merken Sie es sich.«

Aufgrund dieser Passierscheine betrachteten die israelischen Soldaten Danielle und Ben am Kontrollpunkt nur flüchtig auf ihrem Monitor, bevor sie sie durchwinkten. Ben hatte Danielle in Jerusalem abgesetzt und war dann allein zur West-Bank zurückgefahren.

Jetzt, eine Stunde später, stieg sie mit den Nachrichten, die Giotts Vermächtnis und ihren Job erhalten konnten, zum Büro des Polizeichefs hinauf. Die Tür stand offen, und zu dieser späten Stunde war keine störende Sekretärin da.

»Rav Nitzav«, sagte Danielle beim Eintreten und überlegte, womit sie anfangen sollte, als sich der Schreibtischsessel des Polizeichefs langsam drehte und der Blick auf eine unerwartet stämmige Gestalt darin frei wurde.

Danielle hatte das Gefühl, ihr Herz setze einen Schlag aus, und ihr stockte der Atem.

»Guten Abend«, grüßte Commander Moshe Baruch vom Shin Bet.

Die Olivenbäume im Jordan Rift Valley neigten sich leicht in der Brise, als Ben sich dem Haus von Ari Coen näherte. Nachdem er den Rand von Coens Land erreichte, sah er, dass zusätzliche Wachen postiert waren, bewaffnet mit Automatikwaffen statt mit Schrotflinten. Ein paar hatten Jacken von Flaksoldaten an und trugen Granaten an ihren Gurten.

Als Ben nach einer weiteren Fahrt durch Felder, die nach Marihuana rochen, in Coens Haus geführt wurde, sah er gestapelte Koffer in der Halle. Die übrig gebliebenen Möbel waren verpackt, und viele hatte man bereits entfernt.

Ben hörte Coens Schritte auf dem Steinboden, kurz bevor er auftauchte. Coen sah abgehärmt und erschöpft aus, und Haarsträhnen hatten sich aus seinem Pferdeschwanz gelöst.

»Sie haben mich gerade noch erwischt«, sagte Coen knapp.

»Reisen Sie ab?«

»Offenbar haben die Israelis erfahren, dass die Berichte über meinen Tod äußerst übertrieben waren.«

»War das meine Schuld?«

»Das werden wir nie erfahren, oder?«

»Wohin werden Sie jetzt gehen?«

»Wenn man kein Zuhause mehr hat, Inspector, ist das gleichgültig.« Coen winkte ihn vorwärts. »Wir müssen das schnell erledigen; ich will vor Mitternacht von hier fort sein.«

»Sie haben Ihre Computerausrüstung noch nicht verpackt?«, fragte Ben und schloss sich ihm an.

»Ich habe es nicht vor. Ich überlasse sie lieber den Israelis, damit sie ihre Zeit vergeuden, wenn sie versuchen, einen Sinn in das alles zu bekommen.«

Coen führte Ben in den Computerraum. Ben war noch nie bei Dunkelheit in den gläsernen Wänden gewesen, und in der Finsternis hatte er das Gefühl, in einer Gefängniszelle zu sein. Coens Worte stimmten jedoch, und die Ausrüstung war unberührt geblieben, jedenfalls bis jetzt.

»Was haben Sie nun für mich?«, fragte Coen.

»Es tut mir leid, Sie informieren zu müssen, dass Rav Nitzav Giott ins Krankenhaus eingewiesen wurde«, sagte Baruch mit ausdrucksloser Miene.

»Was ist passiert?«, entfuhr es Danielle überrascht, die starr zwischen der Tür und dem großen Schreibtisch stehen geblieben war, hinter dem der kleine Mann, der ihr bei ihrer Karriere so sehr geholfen hatte, stets zwergenhaft gewirkt hatte.

»Ein Schlaganfall, nehme ich an. Er wurde gestern spät in aller Eile ins Krankenhaus transportiert. Ich befürchte, es sieht nicht besonders gut aus.« Baruch wippte mit dem Schreibtischsessel vor und zurück und stand schließlich auf, um Danielle besser ins Auge zu fassen. »Sie sind hergekommen, um ihm etwas zu sagen?«

»Das betrifft mich und den Chef«, erwiderte Danielle, jetzt etwas gefasster.

»Es betrifft Sie und *mich,* Chief Inspector, denn ich bin zu seinem Vertreter ernannt worden, bis ein Nachfolger ernannt werden kann.«

»Zu schade, dass Captain Shoshanna Tavi nicht verfügbar war.«

»Äußerst bedauerlich, in der Tat«, sagte Baruch und hielt ihrem Blick mit einem seltsamem Mangel an Gefühl stand. »Im Augenblick kann ich nur sagen, dass ein ständiger Ersatz für Commissioner Giott kurz vor der Ernennung steht.«

Danielle schluckte hart und schwieg.

»Natürlich ist keine der Stellen direkt unter ihm besetzt worden«, fuhr Baruch fort, »und nach Captain Tavis unglücklichem Ableben sind noch beide Stellen frei. *Nitzav,* Commander, und *tat nitzav,* Deputy Commander, sind noch unbesetzt. Wären Sie an einer dieser Positionen interessiert, Pakad?«

Danielle begriff das Spiel, das er spielte, und die Einsätze, um die es ging. Nicht einmal der Tod von Shoshanna Tavi hatte Baruch berührt. Danielle erkannte, dass er Shoshanna Tavi in gewisser Weise benutzt hatte, genauso wie er versuchte, sie auf eine andere Weise zu benutzen.

Baruch trat langsam hinter Hershel Giotts Schreibtisch hervor und hielt die ganze Zeit den Blick auf sie gerichtet. »Ich kann Ihre Abneigung verstehen. Sie waren Ermittlerin bei der Nationalpolizei und eine Außenagentin beim Shin Bet. Aber ein Commander oder ein stellvertretender Leiter muss Politik statt Forensik praktizieren. Muss wissen, was zu sagen ist, wann es zu sagen ist und zu wem. Alles ist von der Notwendigkeit auf die langfristige Sicht diktiert, nicht auf die kurze. Können Sie mir folgen, Pakad?«

Danielle schwieg.

»Die Person, die für die Wahl als *nitzav* oder *tat nitzav* infrage kommt, muss fähig sein, Diskretion zu wahren und Prioritäten zu setzen. Das bedeutet, die Belange des Staates an die erste Stelle zu setzen und zu wissen, wann sie zweitrangig sind. Manchmal heißt das, seine Werte zu beeinträchtigen, um auf einen Konsens hinzuarbeiten und ein größeres Ganzes zu erreichen. Sind Sie dazu fähig, Pakad?«

»Nein«, sagte Danielle schließlich. »Das bezweifle ich.«

Baruch fuhr hoch. »Das wäre bedauerlich, eine schreckliche Vergeudung.«

»Wie der Verlust Ihrer militärischen Karriere?« Danielle sah, wie Baruch rot wurde, als sie fortfuhr: »Ich weiß, warum mein Vater Ihnen eine Rüge erteilt hat. Ich weiß, dass Sie einen palästinensischen Gefangenen im Feld exekutiert haben. Wenn Sie meinem Vater die Schuld daran geben wollen, dass Sie nie befördert wurden – nur zu. Wenn Sie sich an mir rächen wollen – prima. Alles ist gut, was dazu dient, dass Sie die Verantwortung selbst übernehmen, einschließlich der Tatsache, dass Sie Ihren Zorn auf alle Palästinenser richten.« Sie senkte die Stimme.

»Darum muss es bei dem Öl gehen, das die Amerikaner in der Judäischen Wüste gefunden haben, nicht wahr? Sie haben sich so große Mühe gegeben, die Existenz des Öls geheim zu halten, weil Sie es irgendwie gegen die Palästinenser benutzen wollen. Richtig, Commander?«

Baruch zwang sich, ruhig zu bleiben. »Offenbar habe ich Sie wieder falsch eingeschätzt, Pakad. Ich dachte, es gäbe Hoffnung für Ihre Zukunft, das habe ich tatsächlich angenommen. Ich war bereit, über Ihre Indiskretionen hinwegzusehen. Und auch darüber, was man als Hochverrat betrachten kann, den Sie in den Vereinigten Staaten begangen haben.«

»*Was*?«

»Sie haben eine Israeli getötet, deren dienstliche Aufgabe es war, Ihre Festnahme vorzubereiten. Daraus muss ich schließen, dass die ursprünglichen Berichte über Ihre mutmaßliche Komplizenschaft und Zusammenarbeit mit gewissen palästinensischen Beamten also doch wahr sind.«

Baruch schien jedes seiner Worte zu genießen. Danielle erwartete beinahe, ihn lächeln zu sehen. So sah jemand aus, der große Mühe hatte, seine Freude ob seiner Überlegenheit ihr gegenüber zu verbergen.

»Fahren Sie zur Hölle«, sagte Danielle trotzdem.

Baruchs Miene verfinsterte sich. »Meinen Sie, Sie wissen, was die Hölle ist, Pakad? Sie wissen es noch nicht, aber Sie werden es erfahren.«

»Ich weiß es bereits«, entgegnete Danielle. »Es ist eine Welt, in der Schulen grundlos geschlossen werden, wo Menschen ohne Anlass festgenommen und monatelang ohne Prozess eingesperrt werden. Schon mal von solchen Dingen gehört?«

Baruchs Gesicht lief rot an. »Es klingt nach Verrat.«

»Da stimme ich Ihnen voll und ganz zu.«

»Ich sprach von jedem Israeli, der solche Beschuldigungen erhebt.«

»Und ich sprach von dem Mann, der geholfen hat, solche Programme in der West-Bank zu verordnen, Commander.«

Baruch konnte sich nur mit Mühe beherrschen. »Nun, dann nehme ich an, das macht mich zum Teufel.«

»Mehr als das. Ich hörte, dass Rabbi Mordecai Lev die Wahrheit über die Ereignisse in der Judäischen Wüste ebenso bekannt waren. Das bedeutet, dass Sie Lev alles über die amerikanischen Geologen erzählt haben müssen. Sie haben von Anfang an mit ihm zusammengearbeitet.«

Baruchs Augen traten aus den Höhlen. »Ihr palästinensischer Freund, Ben Kamal, hat Ihnen das erzählt, nicht wahr? Der Palestiner, mit dem sie kollaboriert haben. Sie belasten sich mit Ihren unbegründeten Beschuldigungen selbst, Pakad. Sie sind eine Verräterin.«

»Wer ist der wahre Verräter, Commander? Welche Beziehung haben Sie zu den Amudei Ha'aretz? Warum machen Sie sich die Mühe, Öl zu schützen, das auf absehbare Zukunft nutzlos ist?«

»Ich werde für Ihre Entlassung sorgen, Pakad.«

»Weil Sie Angst haben, mich festzunehmen.«

Baruch trat drohend einen Schritt auf sie zu, die Hände zu Fäusten geballt. »Ich habe andere Pläne mit Ihnen.«

»Daran zweifle ich nicht.«

»Gehen Sie.«

Danielle zog sich zur Tür zurück. »Ich werde herausfinden, was Sie verbergen, Commander. Und ich werde Sie vernichten.«

»Die Fotos sind in gutem Zustand, wenn man ihr Alter berücksichtigt«, sagte Ari Coen zu Ben, nachdem er die Aufnahmen betrachtet hatte.

»Was geschieht jetzt?«, fragte Ben.

Coen rollte mit seinem Stuhl zu einem Scanner. »Wir digitalisieren jedes Foto und übertragen es in eine Datenbank. Dann lassen wir die Fotos vom Computer vergrößern und die Digitalisierung aufschlüsseln, sodass sie gelesen werden kann. Es könnte sogar eine angenehme Überraschung für Sie geben.«

»Überraschung?«

»Nun, vor fünfzig Jahren blieben unscharfe oder unleserliche Teile der Schriftrolle ein Geheimnis. Heute kann der Computer bei Fotos erkennen, was wir nicht sehen können, und viele Lücken ausfüllen. Das sollte eine viel komplettere Übersetzung ergeben als alles, was Winston Daws jemals hat erreichen können.«

Die Prozedur ging überraschend schnell. Coen achtete sorgfältig darauf, Winston Daws' Aufnahmen genau in der Reihenfolge zu bearbeiten, in der Ben sie ihm ausgehändigt hatte. Der Scanner konnte drei Fotos auf einmal erfassen, und Ben lauschte dem leisen Surren von Coens Computer, als er das Material verarbeitete. Ben beobachtete, wie die Bilder auf dem Monitor Gestalt annahmen. Nachdem auf dem Bildschirm DIGITALIZATION COMPLETE angezeigt wurde, begann Coen mit den nächsten Serien.

Insgesamt waren es 54 Fotos, was 18 einzelne Digitalisierungen durch den Computer bedeutete. Ben hatte keine Ahnung, wie viele Seiten Daws tatsächlich mit Mordecai Levs Hilfe hatte übersetzen lassen, um die Geschichte zu beginnen, die zu seinem Tod geführt hatte; er würde es erst erfahren, wenn er jemanden fand, der den Job beendete, damit die Geschichte vollständig war.

»Nun wollen wir sehen, was wir hier haben ...«, sagte Ari Coen und sammelte die Fotos zu einem ordentlichen Stapel zusammen, bevor er zum Drucker ging.

83.

»Ich hoffe, es war die Arbeit wert, Inspector«, sagte Coen, als er Ben einen Stapel von 54 Seiten überreichte, jeweils eine für jedes von Daws' Fotos.

Weil die Aufnahmen von verschiedenen Abschnitten der Schriftrolle gemacht worden waren, gab es einige inhaltliche Überschneidungen, und das Ende einer Seite wurde oftmals am Beginn einer anderen wiederholt. Aber die Schrift war überraschend gut lesbar, abgesehen von den verschwommenen Stellen, die selbst der Computer nicht schärfer hinbekommen konnte.

Ben musterte die oberste Seite. »Ich kann die Sprache nicht lesen. Ist das Hebräisch?«

»Aramäisch, nehme ich an. Es gibt nicht viele, die das noch übersetzen können.«

»Ich kenne jemand«, sagte Ben und lächelte leicht.

Coen schaltete seinen Farbdrucker aus. »Dann ist das vielleicht Ihr Glückstag.«

Hershel Giott lag in einem Krankenhausbett auf der Intensivstation des Hadassah Hospital in Jerusalem; an seinen Körper waren so viele Schläuche und Leitungen angeschlossen, dass rings um das Bett fast ein Kabelsalat herrschte. Danielle konnte ihren Mentor in dem Gewirr kaum sehen, und ihre Augen füllten sich mit Tränen.

Sie hatte täglich Wache am Bett ihres Vaters gehalten, bis er nach dem Schlaganfall immer mehr verfallen und dann gestorben war. Dieser Tag hatte so etwas wie Erleichterung für sie gebracht, weil sein Leiden ein Ende gehabt hatte, dann aber war die Erkenntnis gekommen, dass sie jetzt allein war. Ihre Mutter war ebenso tot wie beide Brüder. Und nun auch noch ihr Vater. Nur ein paar Wochen später hatte sie erfahren, dass sie schwanger war, und hatte es als ein Geschenk ihres Vaters und Gottes betrachtet. Dann aber war ihr dieses Geschenk grausam weggerissen worden und mit ihm – vielleicht – die Möglichkeit, das Leben zu führen, für das israelische Frauen bestimmt waren. Dennoch hatte Danielle erkannt, dass es letzten Endes gut für sie gewesen war, weil es sie dazu gezwungen hatte, tiefer in sich selbst hineinzuschauen und sich zu entscheiden, was genau sie vom Leben erwartete.

Als sie jetzt am Bett ihres sterbenden Mentors stand, konnte sie spüren, wie wieder ein Leben in ihr wuchs. Eine zweite Chance, vielleicht ihre letzte. Das Baby war alles, das zählte, das Baby und sein Vater, der vielleicht bald tot sein würde, wenn sie nichts unternehmen konnte, dies zu verhindern.

Hershel Giott regte sich, doch Danielle rief sich die Worte des Arztes in Erinnerung, dass er ständig in die Bewusstlosigkeit hinein- und hinausglitt, ohne jemals richtig klar zu werden. So viel wollte sie ihm sagen, doch die Zeit lief ab, wie es anscheinend immer der Fall war. Wieder einmal hatte sie sich selbst betrogen, indem sie geglaubt hatte, es gebe immer ein Morgen – nur um enttäuscht zu werden. Vielleicht würde sie eines Tages lernen, sich keine falschen Hoffnungen zu machen.

Giotts Lider flatterten, und er murmelte etwas. Danielle sah, dass an seinen rissigen Lippen getrockneter Speichel haftete. Sie nahm den Becher, der neben seinem Bett stand, vergewisserte sich, dass der Deckel fest verschlossen war, und hob das Trinkröhrchen an seinen Mund. Der alte Mann spitzte die Lippen, und sein Adamsapfel ruckte auf und ab, als er sich bemühte, etwas Flüssigkeit aufzusaugen.

Nach allem, was er für mich getan hat, kann ich nicht mehr für ihn tun, dachte Danielle.

Wasser sickerte ihm übers Kinn, und Danielle zog den Becher zurück und tupfte die Tropfen mit einem Papiertaschentuch ab.

Wasser …

Irgendetwas dämmerte ihr, während sie dort mit dem Plastikbecher in der Hand stand und das Wasser darin schwenkte.

Wasser …

Es war wertvoller als Öl in der von Land umschlossenen West-Bank, die 80 Prozent ihres Bedarfs von der Eastern Aquifer aus der Tiefe des Wüstenbodens holte.

O Gott … natürlich!

Jetzt verstand sie, worauf sich die unheilige Allianz gründete, die sich zwischen Rabbi Mordecai Lev und Commander Moshe Baruch gebildet hatte. Der Grund, warum Öl in der West-Bank so wertvoll für sie war … und warum sie seine Existenz so geheim halten wollten.

Weil es in Wirklichkeit gar nicht um Öl ging.

Als Danielle neben Hershel Giotts Bett stand, begann sie zu zittern. Es war, als hätte ihr Mentor ihr alles offenbart, ein letztes Geschenk, damit sie ihn in Erinnerung behielt.

Ben, dachte sie, als ihr die Tragweite dessen klar wurde, womit sie es zu tun hatten. *Ich muss Ben finden* …

»Ich nehme an, Ihnen ist klar, welchen Wert das hat«, sagte Coen und überreichte Ben ein großes Kuvert.

Ben schob die 54 Seiten in den Umschlag und verschloss ihn. »Es sind nicht die Originale.«

»Aber wie Sie schon sagten – sie erzählen immer noch eine Geschichte, die kein Mensch jemals gehört hat. Denken Sie darüber nach.«

»Das habe ich. Zu viel.«

»Sie sollten etwas mit Ihrem Gewissen tun, Inspector.«

»Wie Sie es getan haben?«

Coen zuckte mit den Schultern. »Ich muss nur an Geld glauben, und seit ich Israel verlassen habe, ist mir klar geworden, dass Geld nicht reicht.«

»Warum kehren Sie nicht heim?«

»Hat es bei Ihnen geklappt, Inspector?«

Ein Alarm ertönte im Haus.

»Eindringlinge«, sagte Coen. »Wir müssen von hier verschwinden.« Er drängte Ben zur Tür. »Schnell!«

Draußen war das Stakkato von Feuerstößen zu hören. Am Himmel wurde das noch ferne Motorengeräusch eines Jets lauter.

»Nehmen Sie meinen Jeep«, sagte Coen und warf Ben die Schlüssel zu, als sie aus dem Haus liefen. »Es ist Ihre einzige Chance.«

»Auch Sie sollten etwas wegen Ihres Gewissens unternehmen.«

Coen zog sich wieder ins Haus zurück. »Machen Sie jetzt, das Sie schleunigst hier weg komme und sagen Sie Colonel al-Asi, ich werde Kontakt mit ihm aufnehmen, wo immer ich landen werde.«

Coen verschwand im Haus, bevor Ben sich bei ihm bedanken konnte. Er machte kehrt und rannte zu dem schwarzen Jeep, der auf dem halbkreisförmigen Zufahrtsweg vor dem Haus parkte.

Ben hatte sich gerade hinters Steuer geworfen, als die ersten Explosionen den Himmel erhellten, gefolgt von dem sich ausbreitenden Feuerschein, als ein Abschnitt von Ari Coens Marihuanapflanzen in Flammen aufging.

Napalm! Die Jets feuern Napalm!

Ben ließ den Motor an und fuhr über den Zufahrtsweg. Das Kuvert mit den Seiten von Josephus' verlorener Schriftrolle steckte er sich unters Jackett, um es zu schützen. Etwa hundert Meter straßenabwärts blendeten ihn die grellen Scheinwerfer eines gepanzerten Personentransporters der israelischen Armee; da er keinen Platz zum Ausweichen hatte, bog er in die Felder ab. Dorthin würden die israelischen Soldaten ihm nicht folgen, denn durch das Napalm würden sie binnen Minuten in schwelende Asche verwandelt.

Der Jeep brach durch die dicken Stängel, die ihn auf allen Seiten umgaben, getrennt nur durch einen Meter Fläche zwischen den Pflanzenreihen. Ben hörte das Kreischen heranrasender Raketen, und der Jeep ruckte jedes Mal, wenn ein Geschoss in der Nähe einschlug. Ein paar Mal schienen die Reifen tatsächlich vom Boden abzuheben, bei jedem Einschlag mehr, und Ben erkannte, dass er sich buchstäblich ein Rennen mit den Feuer bringenden Raketen über Ari Coens Land lieferte. Der Schweiß tränkte sein Hemd. Der Umschlag mit den Fotos und den ausgedruckten Seiten war bereits feucht, und Ben befürchtete, dass es ihnen genauso ergehen könnte wie der Original-Schriftrolle.

Verloren. Für immer verschwunden.

Das konnte er nicht zulassen.

Im Rückspiegel sah er Flammen hinter dem Wagen emporlodern. Ben gab mehr Gas, als zwei Raketen auf beiden Seiten von ihm explodierten. Auf einmal umschlossen die Flammen für einen Moment den Wagen, bis der Jeep aus dem Feuer hervorschoss, nur um einer weiteren Serie von Einschlägen zu begegnen. Diesmal erhob sich eine Feuerwand vor dem Fahrzeug, und Ben stieß hindurch. Er spürte die Hitze, die ihn zu versengen drohte, sah, wie sich die Farbe von der Haube des Jeeps im Glühen der Flammen ringsum löste. Er hatte das Gefühl, die Luft würde ihm aus der Lunge gesaugt. Das Lenkrad unter seinen Händen wurde glühend heiß. Die Heckscheibe explodierte, und ein heißer Windstoß, gefolgt von einer Flammenzunge, versengte seinen Nacken.

Ben schrie verzweifelt auf und trat das Gaspedal bis zum Anschlag durch. Er hatte die Hölle gefunden und rechnete beinahe damit, dass die Dämonen seiner Vergangenheit am Wagen kratzten, als er an ihnen vorbeiraste.

Aber nur die Rückkehr in eine scheinbar endlose schwarze Nacht und ein plötzlich kühler Windhauch begrüßten Ben wieder in der Welt, in die er dankbar eintauchte.

NEUNTER TEIL

84.

Ben lehnte sich an die Tür und hämmerte dagegen.

»Ich komme! Ich komme!«, rief eine müde Stimme von drinnen. Schließlich öffnete Father Mike die Tür und betrachtete Ben schockiert. »Was, zur Hölle, ist mit dir passiert, mein Sohn?«

Ben stützte sich am Türpfosten und zeigte Father Mike das Kuvert. »Wie gut erinnern Sie sich an Ihr Aramäisch?«

Flave Pocacinni beobachtete neugierig, als der Priester einen Mann, den er als Ben Kamal erkannte, in das kleine Pfarrhaus einließ, das an die Kirche in Jericho angrenzte. Pocacinni war jetzt seit zwölf Stunden auf seinem Posten, in einer schmalen Gasse zwischen zwei Gebäuden gegenüber der Straße, inmitten von Müll und Unrat. Auf diese Entfernung konnte Pocacinni auch nicht durch sein Miniatur-Fernglas erkennen, ob Ben Kamal irgendetwas bei sich hatte.

Er wählte eine Nummer auf seinem Handy und sprach sofort hinein, als jemand sich meldete.

»Hier spricht Pocacinni, Colonnello«, sagte er zu Gianni Lorenzo. »Er ist hier.«

Sie saßen am Küchentisch, den Umschlag zwischen sich. Ben trank Wasser aus dem Glas, das er aus einer Karaffe gefüllt hatte und immer wieder nachschenkte.

Father Mike berührte das Kuvert mit einem Finger und widerstand nur mit Mühe der Versuchung, es an sich zu reißen. »Also gibt es die verlorene Schriftrolle von Josephus doch noch …«

Ben trank ein weiteres Glas Wasser leer. »Leider ist es nur eine Kopie.«

»Was ändert das? Du hast den Beweis, den du haben wolltest.«

»Ich weiß nicht, was ich habe. Sie müssen es mir sagen.«

Father Mike zögerte, und sein Blick glitt zwischen Ben und dem Umschlag hin und her. »Ich könnte das jetzt vernichten.«

»Das werden Sie nicht tun.«

»Warum nicht?«

»Weil Sie die Wahrheit wissen wollen, genau wie ich.«

»Meinst du?«

Ben schob das Kuvert über den Tisch zum Priester. »Ja.«

Father Mike kehrte mit seiner Lesebrille, einem gelben Notizblock und einem Kugelschreiber zum Tisch zurück. Eine nackte Birne, die von der Decke hing, spendete Licht, das sich kaum über den Tisch hinaus ausbreitete.

Ben beobachtete, wie der Priester die Seiten durchblätterte und sich dabei Notizen machte. Für einige Abschnitte der fotografierten Schriftrolle brauchte er länger als für andere. Ein paar mussten tatsächlich unleserlich sein, wie Ben aus der Art von Father Mikes Notizen schloss.

Die Zeit verlor ihre Bedeutung; Stunden vergingen mit den Seiten und den Notizen. Ben nickte von Zeit zu Zeit ein und schreckte auf, als weitere Seiten durchgeblättert und neue Notizen gemacht wurden. Father Mike blickte nie auf, schien nie etwas anderes als die Augen und die Hand mit dem Kugelschreiber zu bewegen. Er zeigte überhaupt keine Reaktion, wirkte distanziert wie ein Gelehrter, jedoch vertieft in die Aufgabe. Ben schwieg und ließ ihn diese Aufgabe erledigen.

Als Father Mike die letzte Seite gelesen hatte, hielt er den Blick gesenkt, konzentriert auf die Notizen, die vor ihm lagen, als wäre er in die Geschichte versunken, die ihm die Seiten erzählt hatten. Ben sah, wie er seine Notizen zur ersten Seite zurückblätterte. Father Mike nahm seine Lesebrille ab und rieb sich die Augen. Als er schließlich aufblickte, war sein Gesicht ausdruckslos.

»Ich weiß nicht, ob dir das gefallen wird«, begann der Priester.

85.

Der alte Arzt hörte schwere Schritte durch den Schlamm stapfen, bevor er die beiden schattenhaften Gestalten sah, die jemanden unter den Armen gepackt hielten und zwischen sich schleppten.

»Ich warte schon seit Sonnenuntergang, Hauptmann«, sagte der Arzt und hielt die Tür auf. »Beeilt euch, und bringt ihn herein.«

Die Soldaten trugen den Mann in den schwachen Schein der Öllampe. Sie rochen wie der Straßendreck, der ihre Stiefel bedeckte. Salziger Schweiß glänzte auf ihrer Stirn und tropfte von ihren Wangen. Die Blutspur, die den Schlamm gesprenkelt hatte, zog sich hinter ihnen über den Steinboden.

»Legt ihn auf den Tisch«, wies der Arzt die Männer an. Dann schloss er die Tür und vergewisserte sich, dass sämtliche Fensterläden verriegelt waren. »Er lebt noch, oder?«

»Sonst hätten wir ihn nicht hergeschleppt«, erwiderte der

Hauptmann und legte den Bewusstlosen auf den schweren, mit Stroh bedeckten Holztisch.

»Es war trotzdem vergebliche Mühe«, meinte der Arzt, nahm die Lampe und ging zum Tisch.

»Wir alle haben unsere Befehle.« Der Hauptmann runzelte die Stirn. »Wir müssen sie befolgen, ob wir wollen oder nicht.«

»Ich bin kein Mitglied der Römischen Garde.«

»Du bist trotzdem römischer Bürger.«

»Aber ich kann keine Wunder wirken.« Der Arzt hielt die Lampe näher an den Gefangenen, leuchtete über dessen Körper und hielt inne, als er die dunkle Blutlache unter dem Kopf sah. »Erwarten Ihre Vorgesetzten tatsächlich, dass sie damit durchkommen?«

»Sie haben keine Wahl.«

Der Arzt blickte vom Gefangenen auf und schluckte schwer. »Und der da hat keine Chance.«

»Tu deine Pflicht. Was hinterher geschieht, geht dich nichts an.«

»Und wenn ich mich weigere?«

»Dann töte ich dich. So lauten meine Befehle.«

Der Arzt legte eine Ziegenledertasche mit seinen Instrumenten auf einen steinernen Sockel in Reichweite des Tisches. »Dann sollte ich wohl anfangen.«

Er nahm einen Topf vom Feuer, in dem er Wasser erhitzt hatte, stellte ihn ebenfalls auf den Sockel und legte ein Tuch daneben. Dann nahm er eines der Instrumente aus seiner Ziegenledertasche und betrachtete es prüfend im trüben Schein der Öllampe.

»Trotzdem, Hauptmann. Selbst wenn wir bei diesem Mann Glück haben, wird es nichts ändern.«

»Du solltest dennoch hoffen, dass wir Glück haben«, sagte der Hauptmann grimmig. »Für uns alle.«

»Nach dem, was du mir erzählt hast, waren Winston Daws und Lev – als junger Mann – mit ihrer Übersetzung bis hierher gekommen«, erklärte Father Mike, nachdem er den ersten Teil von Josephus' Geschichte beendet hatte. »Weil so große Teile der Schriftrolle unleserlich waren und weil es Daws und den anderen an der nötigen Ausrüstung mangelte, nahmen sie an, dass es sich bei dem Patienten um Christus handelte und dass die Römer dem Arzt befohlen hatten, ihn zu retten.«

»Und dann schlugen die Tempelritter zu, bevor Daws und Lev weiter übersetzen konnten.«

»Wenn sie weitergemacht hätten«, sagte Father Mike, »wären sie in der Lage gewesen, zu …«

»Was?«

Father Mikes Miene war grimmig; vielleicht aber spiegelte sie einfach nur Müdigkeit wider. »Willst du es wirklich wissen?«

»Was spricht dagegen?«

»Vielleicht wird es dir nicht gefallen, was du zu hören bekommst, Ben«, sagte Father Mike und setzte seine Übersetzung der Geschichte dort fort, wo er sie unterbrochen hatte.

Der Arzt bewegte ein rundes Instrument über die rechte Handfläche des Gefangenen. Die Hand war schmutzig, aber weder blutig noch verletzt. Der Arzt senkte die Spitze des Instruments auf seine Haut, verharrte dann aber und blickte zu den beiden Soldaten der Römischen Garde.

*»*Ich bin eher gewohnt, Wunden zu behandeln, *statt sie zu verursachen.«*

*»*Dieser Mann ist ohnehin zum Tode verurteilt«, sagte der Hauptmann schroff.

»Dann soll ich sein Henker sein?«

»Es ist ein besserer Tod als der, den wir für ihn vorgesehen hatten. Er hat ein Kind geschändet und ermordet.«

Der Arzt verzog das Gesicht.

»Erleichtert das deine Arbeit?«, fragte der Hauptmann.

»Nicht, wenn sein größtes Verbrechen seine Ähnlichkeit mit ...«

»Mach weiter.«

»Ich habe einen Eid geschworen, Hauptmann.«

»*Ich auch. Und jetzt beeil dich.*«

Der Arzt verschob die Laterne ein wenig, bevor *er mit der Arbeit fortfuhr. Er zielte mit dem runden Instrument auf die Mitte der Handfläche des Gefangenen, spürte kurzen Widerstand, als es in die oberste Hautschicht eindrang, bevor die messerscharfe Spitze mühelos durch Knochen und Knorpel drang, bis sie am Handrücken des Gefangenen austrat. Ohne Zögern ging der Arzt zur anderen Seite des Tisches, rückte die Laterne zurecht und wiederholte die Prozedur an der linken Hand des Gefangenen.*

»Was kommt als nächstes?«, fragte der Arzt, als Blut aus den beiden Wunden über den Tisch rann und zu Boden tropfte.

»Sein Kopf«, erwiderte der Hauptmann und zog eine imaginäre Linie über den oberen Teil der Stirn.

»Die Dornenkrone ...«

»Und eine Speerwunde in seiner Seite. Ich zeige dir die genaue Stelle, wenn du sein Hemd hochziehst.«

»Das ist nicht nötig.«

Der Arzt ging um den Tisch herum, um wie befohlen am Kopf des Gefangenen zu arbeiten, wobei er ein anderes Instrument benutzte. Er kämpfte gegen das Zittern seiner Hände an und bemühte sich, gleichgültig zu sein.

»Als man zuerst Verbindung mit mir aufnahm, dachte ich ...«

»Was dachtest du?«

»Dass ihr Jesus persönlich herbringt. Dass ihr ihn lebend vom Kreuz nehmt, auf dass ich ihn retten soll.«

Der Hauptmann lachte. »Das wäre ziemlich unmöglich.«
»Warum?«
»Weil er tot war, als wir ihn gestern vom Kreuz nahmen.«
»Aber …«
»Seine Leiche verschwand aus der Höhle, in die wir sie gelegt hatten.« Der Hauptmann wies zu dem Gefangenen auf dem Tisch. »Dieser Mann ist unser Ersatz.«

»Aber die Römische Garde war zu spät«, fuhr Father Mike fort und blickte zu Ben auf. »Laut Schriftrolle war das Verschwinden von Jesus' Leiche bereits entdeckt worden, als die Soldaten den namenlosen Gefangenen in die Höhle brachten, um Jesus zu ersetzen.«

Ben fühlte sich wie betäubt. Er war dankbar, dass Father Mike eine Pause einlegte und er seine Gedanken sammeln konnte. Doch in dem kurzen Moment, bevor der Priester fortfuhr, war er immer noch zu durcheinander, um einen klaren Gedanken zu fassen.

»Es war eine Verschwörung, Ben. Als das Verschwinden von Christus' Leiche entdeckt wurde, heckten die Juden den Plan aus und bezahlten die Römer für die Durchführung. Die Geschichte, die Josephus erzählt, geht in dieser Hinsicht in einige Einzelheiten.«

»Und was ist mit der Auferstehung?«, fragte Ben benommen.

Father Mike hielt die rekonstruierten Seiten in beiden Händen. »Die Geschichte, die diese Seiten erzählen, endet vor dieser Zeit. Sie beweist nicht, dass Jesus von den Toten auferstanden ist, aber sie widerlegt die Auferstehung auch nicht.« Father Mikes Blick wurde schärfer, und seine Augen schienen im trüben Lichtschein zu glühen. »Aber Jesus verschwand aus dem Grab, Ben. Du hast den klarsten und direktesten Beweis dafür, der jemals entdeckt wurde. Meinen Glückwunsch.«

Ben saß da und fühlte sich wie erschlagen von der Ironie. In seinem zwanghaften Verlangen, den Nachweis zu erbringen, dass Christus nur ein gewöhnlicher Mann gewesen war, hatte er vielleicht genau das Gegenteil bewiesen. Wenn es irgendeine Erklärung für das Verschwinden seiner Leiche gegeben hätte, eine andere als die seit fast zwei Jahrtausenden akzeptierte Version der Bibel, warum hätten sich die Juden und Römer dann die Mühe machen sollen, eine Verschwörung auszuhecken? Das konnte nur aus Furcht nach ihrer Missetat, Fehleinschätzung und Überreaktion entstanden sein.

Ben erhob sich vom Stuhl und ging zum einzigen Küchenfenster über der Spüle. Er blickte in die Dunkelheit hinaus und suchte nach Antworten, die das Licht noch nicht gegeben hatte. Seine Reise hatte zu einem anderen Ziel geführt, als er erwartet hatte, und er wusste noch nicht, was er damit anfangen sollte.

»Ben.«

Er sah Father Mikes Spiegelbild im Glas neben sich.

»Ben.«

Father Mike ergriff Ben an der Schulter und drehte ihn herum, und ihre Positionen wechselten; der rötliche Lichtpunkt, der auf Bens Stirn gefallen war, leuchtete jetzt auf Father Mikes Stirn.

»*Nein!«,* schrie Ben und gab ihm einen Stoß, als Glas hinter seinem Ohr zersplitterte.

Die Wucht des Anpralls trieb sie beide gegen den Küchentisch, der umkippte, wobei alles von der Tischplatte gefegt wurde. Ben landete auf Father Mike und löste sich von ihm, als weitere Schüsse fielen und Kugeln ins Zimmer schlugen.

»Sie sind hier«, stieß Ben hervor.

»Wer*?«,* fragte der Priester, das Gesicht vor Entsetzen verzerrt.

»Die Tempelritter, die Israelis – ich weiß es nicht.« Bens Gedanken jagten sich. Sein Blick fiel auf die Seiten der Schrift, die verstreut auf dem Boden lagen. Dann glitt er von Father Mike fort und sammelte die Seiten ein. Die ganze Zeit knallten Schüsse; Glas zerbarst, und Splitter prasselten auf sie nieder.

»Wir müssen von hier weg!«, rief Father Mike.

»Nein, *Sie* müssen von hier weg. Die Angreifer sind meinetwegen gekommen.«

Ben – zufrieden, da er alle Seiten aufgesammelt hatte – kroch zu Father Mike zurück und drückte ihm die Diskette in die Hand, die das Manuskript und Daws' Originalfotos enthielt.

»Was soll ich damit?«, fragte der Priester.

»Behalten Sie das in sicherem Gewahrsam. Können Sie durch die Hintertür raus?«

Father Mike nickte.

»Ich gehe nach vorn in die Kirche. Vielleicht kann ich die Aufmerksamkeit der Angreifer auf mich ziehen. Sobald Sie Stimmen hören, verschwinden Sie von hier und blicken nicht zurück. Okay?«

»Ich hoffe, du weißt, was du tust, mein Sohn.«

»Es ist gut genug, Sie am Leben und dieses Manuskript unbeschadet zu erhalten. Das Beste, was ich erhoffen kann. Halten Sie sich jetzt bereit!«

86.

Ben schüttelte Glasscherben von seinem Rücken und kroch auf den kurzen Gang, der das Pfarrhaus mit der Kirche verband. Er blieb auf dem Boden, als er in der Vorhalle der Kirche war, denn er dachte an die großen Fenster in den Kirchenwänden.

Der Geruch von Sägemehl, der sich mit dem von frischer Farbe mischte, war scharf und durchdringend. Ben kroch weiter und gelangte auf gleiche Höhe mit einem Kamin, in dem noch Flammen glühten. Er erstarrte, als er das schwache metallische Knacken einer Waffe vernahm, die durchgeladen wurde, bevor der Schatten eines Mannes vor ihm aufragte. Bens Blick zuckte hoch.

Ein kaltes, ausdrucksloses Gesicht starrte auf ihn nieder. Der Mann gestikulierte mit seiner Maschinenpistole, die mit einem Schalldämpfer versehen war, und bedeutete Ben, dass er aufstehen solle. Ben gehorchte und drückte die jetzt verknitterten Seiten fest an seine Brust.

Die Eingangstür der Kirche flog auf, und weitere Bewaffnete traten in einer Reihe ein und richteten die Waffen auf ihn. Der letzte Mann, der durch die Tür kam, trug eine schlecht sitzende, viel zu weite militärische Uniform.

»Hallo, Colonnello«, begrüßte Ben Gianni Lorenzo. »Willkommen in Palästina.«

Alles war so absurd, so ironisch. Ben würde für eine Entdeckung sterben, für die dieser Mann und andere gemordet hatten, ohne zu wissen, dass der Inhalt der Schriftrolle eigentlich ihren Glauben bestätigte, sogar erhärtete.

»Ich glaube, Sie haben endlich was für mich, Inspector Kamal«, sagte Gianni Lorenzo.

Ben legte auch noch die andere Hand über das Manuskript und begann zu lachen. Die Tempelritter tauschten Blicke und sahen dann fragend zu ihrem Kommandanten.

Doch bevor er etwas sagen konnte, peitschte ein Feuerstoß aus einer Automatikwaffe durch die Kirche, und die Kugeln fetzten dicht neben Lorenzo Putz aus der Wand. Die Tempelritter warfen sich instinktiv in Deckung. Auch Ben hechtete hinter eine der Kirchenbänke, während der Colonnello nicht von der Stelle wich.

»Sind Sie das, Chief Inspector Barnea?«, rief Lorenzo.

»Befehlen Sie Ihren Männern, die Waffen fallen zu lassen!«, rief Danielle aus der Deckung des Altars.

»Das kann ich nicht, Chief Inspector.«

»Ich lasse Ihnen keine Wahl.«

Ben erhaschte einen Blick auf die Templer, die in Stellung gingen und versuchten, einen besseren Schusswinkel zum Altar zu bekommen. Was tat Danielle dort? Warum war sie ein solches Risiko eingegangen?

»Kannst du mich hören, Ben?«, rief Danielle.

»Ja«, antwortete er aus seiner Deckung hinter der Kirchenbank.

»Hör zu, du hattest Recht, was das Erdöl anging, und auch war Lev betraf und warum er sich so sehr dafür interessierte. Weil es überhaupt nicht um Öl ging. Es ging allein um *Wasser«,* erklärte Danielle, was sie an Hershel Giotts Bett im Krankenhaus erkannt hatte. »Lev wollte das Öl benutzen, um das Wasser zu vergiften, das in die West-Bank kommt!«

Die Seiten fühlten sich in Bens Händen plötzlich schwer an.

Wasser …

Das bei weitem Kostbarste in der West-Bank. Nur zwei unterirdische Pipelines versorgten die West-Bank mit Wasser, und die Israelis übten eine extrem scharfe Kontrolle über beide aus. Das Vergiften der viel größeren Eastern Aquifer mit Öl war so einfach wie undenkbar, und das Ergebnis wäre mit Sicherheit eine Katastrophe.

Für alle – außer für Mordecai Lev und Commander Moshe Baruch. Zwei Extremisten, vereint in einer unheiligen Allianz durch ein gemeinsames Ziel. Ben hätte es wissen sollen, als er eine praktisch identische Bohranlage auf dem Gelände von Levs jüngster Siedlung gesehen hatte – um nach Wasser zu bohren, nicht nach Öl. An diesem Tag hatte Asher Katz Ben erklärt: »Keine Siedlung kann ohne Wasser überleben.«

Ebenso wenig kann das ein Volk.

»Lev und Baruch wollen die Palästinenser mit Gewalt von ihrem eigenen Land vertreiben und die gesamte Region in eine Wüste, in Ödland verwandeln!«, fuhr Danielle fort, während die Tempelritter weiterhin versuchten, in bessere Schusspositionen zu gelangen. »Das war die ganze Zeit ihr Plan.«

Und es bleibt keine Zeit und keine Möglichkeit, Lev zu stoppen, fügte Ben in Gedanken hinzu, überhaupt nichts, das sie tun konnten. Es sei denn …

Ben atmete tief durch und sprang hinter der Kirchenbank auf. Er hielt die Seiten mit dem Text, der auf Josephus' Schriftrolle gewesen war, hoch über den Kopf. »Das hier wollen Sie, Colonnello!«, rief er Lorenzo zu. »Deswegen haben Sie gemordet, um es über ein halbes Jahrhundert hinweg zu schützen!«

Lorenzo wirkte plötzlich verunsichert. »Geben Sie es mir.«

Ben zog sich zurück, bis er die Wärme des heruntergebrannten Kaminfeuers in der Vorhalle zur Kirche hinter sich spüren konnte. »Sie hätten gleich auf mich hören sollen, Colonnello. Aber Sie hätten uns im Park der Villa Borghese getötet, ob ich Ihnen das Manuskript ausgehändigt hätte oder nicht. Dieses Mal begehe ich nicht den gleichen Fehler.«

»Mit diesen Worten warf Ben alles bis auf die ersten zehn Seiten des Manuskripts ins Feuer. Sofort züngelten Flammen auf und verschlangen gierig das Papier.

Lorenzo stürmte vorwärts. Er stoppte abrupt, als er sah, dass die Seiten bereits geschwärzt und zusammengeschrumpft waren. »Was haben Sie getan?«

Ben hielt ihm die ersten Seiten des Manuskripts hin. »Keine Sorge, ich habe den besten Teil für Sie behalten. Hier, nehmen Sie.«

Lorenzo blickte auf die Seiten, nahm sie jedoch nicht entgegen.

»Aber die Schriftrolle erzählt nicht, was wir beide vermutet haben, Colonnello. In Wirklichkeit erzählt sie ziemlich das Gegenteil. Sie beweist, dass Christus doch kein gewöhnlicher Mann war.«

Lorenzos Augen quollen hervor, und er riss Ben die Seiten aus der ausgestreckten Hand.

»Auf diesen Seiten werden Sie den Beweis nicht finden«, fuhr Ben fort. »Das kam erst später … auf den Seiten, die ich verbrannt habe.«

Lorenzo blätterte hastig die Seiten durch. »Sie verdammter Narr!«, stieß er hervor.

»Keine Sorge, Colonnello, ich kann Ihnen eine andere Kopie besorgen. Aber zuerst müssen Sie mir helfen.«

»Ihnen helfen? *Wobei*?«

»Mordecai Lev zu stoppen. Er ist ebenfalls Ihr Feind, und ich weiß, wo er ist. Helfen Sie mir, zu verhindern, dass er das Wasser vergiftet, mit dem die West-Bank versorgt wird, und die restlichen Seiten gehören Ihnen.«

»Sie könnten lügen. Wieder einmal.«

Ben wies auf die Seiten, die Lorenzo in der Hand hielt. »Lassen Sie diese Seiten übersetzen, Colonnello. Und dann sagen Sie mir noch einmal, dass ich lüge.«

Gianni Lorenzo zögerte. »Wissen Sie wirklich, wo wir Lev finden können?«

»Ja.« Ben nickte und wandte sich dann zum Altar und zu Danielle. »Das weiß ich.«

87.

Von der Kirche in Jericho aus fuhr der seltsame Konvoi geradenwegs zur Judäischen Wüste und hielt in der Nähe der Stelle, an der zehn Tage zuvor die Amerikaner ermordet worden waren. Der Konvoi parkte hinter einem Hügelhang, und Lorenzo schickte ein Erkundungsteam voraus. Zwanzig Minuten später informierte er Ben und Danielle, was die Mannschaft herausgefunden hatte.

»Sie hatten Recht, Inspector, in dem Gebiet um die Höhle wimmelt es von bewaffneten Männern – Israelis, wie meine Scouts festgestellt haben.«

»Baruchs Leute«, sagte Ben. »Und die Lastwagen, von denen ich Ihnen erzählt habe?«

Lorenzo schüttelte den Kopf. »Keine Lastwagen irgendwelcher Art in dem Gebiet.«

Ben nickte. »Weil das, was immer darin war, bereits ausgeladen wurde und bald benutzt wird.« Der Transport der Ausrüstung, die Lev für unterirdische Arbeiten brauchte, musste in den vergangenen Tages beendet worden sein, wie Ben vermutete. Da Commander Moshe Baruch für die Sicherheit verantwortlich gewesen war, hatte nie die Sorge bestanden, entdeckt zu werden. »Können Sie mit Baruchs Männern fertig werden, Colonnello?«

Lorenzo blickte von Ben zu Danielle. »Während Sie beide …«

»… mit Lev verhandeln«, vollendete Ben.

»Sie glauben, er ist in der Höhle?«

Ben rief sich Abid Rahmans Erwähnung in Erinnerung, dass diese Höhle tief in die unterirdischen Schichten des Berghangs längs eines gefährlichen Wegs ragte. »Davon bin ich überzeugt.«

Lorenzo runzelte die Stirn. »Also gut. Meine Männer werden sich mit den Wachen beschäftigen und Ihnen einen sicheren Weg zur Höhle schaffen.«

»Habe ich Ihr Wort, Colonnello?«

»Sie haben Gottes Wort, Inspector.«

Lorenzo sammelte seine Tempelritter, um ihnen seine Befehle zu erteilen.

»Wir wären niemals in der Lage, Lev ohne ihn aufzuhalten«, flüsterte Ben Danielle zu.

»Trotzdem ist es wie ein Pakt mit dem Teufel.«

»Vielleicht befindet sich der wahre Teufel in der Höhle, Pakad.«

Lorenzo kehrte einen Augenblick später zurück. Seine Männer waren bereits auf dem Weg durch die Wüste, um ihren Teil der Mission durchzuführen.

»Sie werden uns Zeichen geben, wenn ihre Arbeit erledigt ist«, erklärte er.

Ben blickte auf die Armbanduhr. Es war kurz nach drei; also blieben zwei weitere Stunden Dunkelheit. Eine halbe Stunden, später schaute Ben wieder auf die Uhr, als sich Lorenzos Walkie-Talkie meldete.

»Die Route in die Höhle ist sicher. Meine Männer werden auf Ihre Rücken achten, nur für alle Fälle.« Lorenzo ergriff Ben am Arm, bevor er davongehen konnte. »Geben Sie acht, dass Ihnen nichts passiert, Inspector. Ich will den Rest des Manuskripts.«

Ben wartete, bis Lorenzo ihn losließ, und wandte sich dann an Danielle. »Gehen wir, Pakad.«

»Gehen Sie mit Gott, Inspector«, sagte Lorenzo, als Ben und Danielle den Hügel hinunter zu ihrem Jeep gingen, wo sie ihre Waffen und die Ausrüstung zurückgelassen hatten.

Beim Jeep öffnete Danielle die vordere Tür und lehnte sich über den Sitz, um ihren Packen zu nehmen. Gerade als sie danach griff, schlang Ben eine Handschelle um ihr Handgelenk und befestigte das andere Ende am Lenkrad, bevor sie zu ihm herumfahren konnte.

»Was, zum Teufel, machst du da?«, fragte sie und riss an den Handschellen.

»Tut mir leid, Pakad«, sagte Ben und griff an ihr vorbei nach seinem Packen.

»Was ist los mit dir?«

»Nichts. Gar nichts.«

Sie tastete mit der freien Hand nach ihm, als er den Packen aus dem Wagen nahm. »Lass mich los!«

Ben schüttelte den Kopf. »Das kann ich nicht.«

»Warum nicht, um Himmels willen?«

Bens Stimme blieb ruhig, beinahe eisig. »Du hast mir gesagt, das Kind würde immer auch mein Kind sein, auch wenn ich nicht der Vater sein kann.«

»Ich weiß, was ich gesagt habe.«

»Dann musst du verstehen, dass ich das für das Kind tue. Um ihm die beste Überlebenschance zu geben, ganz gleich wie es aufgezogen wird.«

Danielle zerrte an den Handschellen, und das Metall scheuerte am Lenkrad. »Um Gottes willen, lass mich frei!«

»Das tue ich ja«, sagte Ben.

88.

Das letzte Stück zur Höhle führte durch offene Wüste. Ben konnte die Anwesenheit von Gianni Lorenzos Tempelrittern ringsum spüren, die auf der Lauer lagen, falls mehr von Mordecai Levs Amudei Ha'aretz oder Männer vom Shin Bet in Moshe Baruchs Auftrag auftauchen sollten. Die Templer hatten bereits die Leichen derjenigen fortgeschafft, die sie beim ersten Angriff getötet hatten. Andere Israelis, die zur Zeit draußen auf Patrouille waren, konnten erwartet werden, und die Templer würden sie ebenso ausschalten. So hatten sie in einer solchen Nacht Winston Daws überfallen, in einer anderen Nacht die amerikanischen Geologen – und wer weiß wie viele andere in der Zwischenzeit. Alles im Namen Gottes. Alles, um ein Geheimnis zu wahren, das sie gar nicht zu bewahren brauchten.

Ben rannte den Ziegenpfad zur Höhle hinauf und zog drinnen eine Taschenlampe hervor. Er rief sich in Erinnerung, wie steil die Höhle innen abfiel, und nahm an, dass die Amerikaner dies in ihrem Bericht erwähnt hatten. Rabbi Lev würde sich wahrscheinlich den niedrigsten Punkt suchen und dort so tief wie möglich bohren, bevor er Sprengstoff in das Bohrloch warf.

Alles andere würde sich mit zwangsläufiger Präzision entwickeln. Der Schiefer über dem Öl würde zerbrechen und der Druck die Erdölreserven nach oben aufs Land pressen. Binnen Monaten, sogar Wochen, würde das Öl in die Hauptleitung sickern, die die West-Bank mit Wasser versorgte, und dieses Wasser für Jahre, sogar Jahrzehnte verseuchen. Wenn ihre Wasserversorgung vergiftet und keine andere Quelle verfügbar war, waren zwei Millionen Palästinenser gezwungen, ihr Zuhause zu verlassen. Die West-Bank würde zur Einöde, genau nach Levs – und Moshe Baruchs – wahnsinniger Vorstellung.

Bevor Ben weitereilte, nahm er eine Pistole und eine Heckler-&-Koch-Maschinenpistole aus seinem Packen. Er hängte sich die MPi am Riemen über die Schulter und folgte dem serpentinenartigen Weg in der Höhle, den er nur flüchtig gesehen hatte, als er hier gewesen war. An einigen Stellen war es schwierig, voranzukommen, denn es ging ständig bergab und war oftmals sehr steil. Bens Vorwärtskommen wurde noch dadurch erschwert, dass er versuchte, sich lautlos zu bewegen und mit der Taschenlampe nicht zu weit voraus zu leuchten, damit Lev und seine Begleiter in der Höhle nicht auf ihn aufmerksam wurden.

Der Pfad fiel plötzlich fast senkrecht ab. Ben stürzte aufs Hinterteil und rutschte den Abhang hinunter. Seine Haut wurde von Felskanten und Steinen aufgeschürft, und er verlor die Taschenlampe, die irgendwo unter ihm landete. Er versuchte verzweifelt, seinen Fall zu stoppen, doch es gelang ihm erst, als der Pfad wieder fast eben wurde. Schließlich schlug er mit dem Hinterkopf an. Als er ihn betastete, fühlte er klebriges Blut in seinem Haar. Ben war übel; er fühlte sich benommen und versuchte verzweifelt, sich in der Dunkelheit zu orientieren. Er befand sich jetzt buchstäblich in Rabbi Mordecai Levs Welt.

Er befürchtete, ohnmächtig zu werden, wenn er noch länger verweilte, so rappelte er sich auf und schleppte sich schwankend weiter. Mit ausgestreckten Händen, die er sich beim Sturz aufgeschrammt hatte, tastete er voraus. Es wurde kälter. Ben begann zu zittern, wusste aber nicht, ob wegen des Temperaturabfalls oder einer Gehirnerschütterung, die er möglicherweise bei seinem Sturz erlitten hatte.

Schließlich nahm er in der Nähe das stete Dröhnen einer Maschine wahr. Das Geräusch war nicht sehr laut, reichte aber, um ihn zu warnen. Er drückte sich an die Wand und schlich weiter, wobei er die Füße vorsichtig aufsetzte, denn ein Ausrutschen hätte ihn sicherlich verraten.

Der schwache Lichtschein wurde allmählich stärker, als er weiterschlich. Ben hielt die Heckler-&-Koch-MPi im Anschlag. Sein Herz hämmerte. Er atmete heftig und versuchte sich zu beruhigen, indem er an Danielle dachte.

Danielle …

Was auch geschehen mochte, sie und das Baby würden sicher aus dieser Sache herauskommen. Dieser Gedanke gab ihm Trost.

Das Licht vor ihm wurde heller, und Ben konnte einen Wortwechsel auf Hebräisch hören, der vom stetigen Dröhnen der Maschine fast übertönt wurde. Er hielt die Maschinenpistole schussbereit und verharrte vor einer großen Lücke zwischen zwei glänzenden Felsen, hinter denen sich eine große, ebene Fläche erstreckte, vielleicht der tiefste Punkt der Höhle. Ben presste sich an einen der Felsen und spähte um ihn herum.

Rabbi Mordecai Lev, bekleidet mit seinem schwarzen Gewand, stand gebückt in der Haltung eines Betenden im Schein starker Kohlenwasserstofflampen, die auf dem Höhlenboden aufgestellt waren. Sie erhellten die gesamte freie Fläche von der hohen Decke bis zum rauen Steinboden. In der Nähe summte laut ein Generator, der die Lampen mit Energie versorgte. In einer leichten Vertiefung vor dem Rabbi hatten zwei seiner Anhänger soeben eine Bohrerspitze von zwölf Zoll Durchmesser von einem mechanisch betriebenen Kabel entfernt, das an einer

Winde hing, die ein paar Meter hoch in die Luft ragte. Zu ihren Füßen war ein rundes Loch in den Höhlenboden gebohrt worden, das wahrscheinlich bis tief zum Schiefer und Grundgestein reichte, unter dem das Öl all die Jahre verborgen gewesen war.

Ben beobachtete, wie einer von Levs Männern eine kegelförmige Sprengladung aus einem schwarzen Behälter nahm und anstelle der Bohrspitze an das Kabel hängte. Der andere Mann ging zum Kontrollpult der Winde und programmierte Befehle ein. Ben sah, dass er eine Waffe in einem Holster an der Hüfte trug. Außer Lev waren nur diese beiden Männer zu sehen.

Ben trat auf die freie Fläche und hielt die Maschinenpistole im Anschlag. »Keine Bewegung!«

Es sah aus, als wollten die beiden Männer ihre Waffen ziehen, dann aber verharrten sie angespannt.

Lev drehte sich in Bens Richtung. »Inspector Kamal, sind Sie das?«

»Sie haben mich belogen, Rabbi.«

»Die Welt ist voller Lügen, Inspector. Haben Sie mir die Schriftrolle gebracht?«

»Befehlen Sie Ihren Männern, von der Winde wegzugehen.«

»Ich befürchte, das kann ich nicht.«

Plötzlich zog der Mann zur Linken seine Pistole. Ben duckte sich und feuerte, zog den Abzug durch und schoss, bis beide Männer getroffen waren. Die Kugeleinschläge schleuderten sie zurück, und die Sprengladung schwebte harmlos über dem Loch.

»Es ist vorüber, Rabbi«, sagte Ben und schritt auf ihn zu.

Ben hörte Steinchen hinter sich kollern und fuhr herum. Aus einer dunklen Ecke der Höhle sprang eine Gestalt auf ihn zu. Bevor er seine MPi herumschwenken konnte, traf ihn der Hieb mit einer Schaufel in den Rücken und schleuderte ihn nach vorne. Seine Maschinenpistole schlug auf den Höhlenboden, als er auf die Knie und dann mit dem Gesicht voran auf den harten Boden stürzte. Sekundenlang konnte er seine Beine nicht mehr spüren; als das Gefühl schließlich zurückkehrte, waren sie wie betäubt. Ben blickte auf und sah die große Gestalt von Asher Katz, der sich über Ben neigte, ihm die Waffe fortriss und beiseite warf.

Katz trat einen Schritt zurück und richtete seine Maschinenpistole auf Ben.

89.

»Nein!«, befahl Lev, der Katz' Absicht so deutlich spürte, als könne er sehen. »Ich will, dass er zuschaut. Ich will, dass er Zeuge vom Ende seines Volkes und der Rückkehr von Judäa und Samaria nach Israel wird. Ist er allein?«

»Ja«, meldete Katz und wich ein Stück von Ben fort. »Niemand kommt hinter ihm.«

»Wie ich es erwartet habe.«

Während Schmerzen in ihm tobten, zwang sich Ben, den Blick auf Rabbi Lev zu richten, während Katz die Stelle des jetzt toten Mannes am Kontrollpult der Winde einnahm. Er brauchte nur einen einzigen Hebel zu betätigen, und das Kabel senkte sich in das dunkle Loch, das man gebohrt hatte, um die Sprengladung aufzunehmen, die jetzt am Ende des Kabels befestigt war. Es sah aus, als schlucke der Höhlenboden die Ladung.

Rabbi Lev nahm einen transistorisierten Zünder aus der Tasche und hielt ihn ehrfurchtsvoll vor sich. »Wenn das Kabel unten ist, wird dieses Land den rechtmäßigen Besitzern zurückgegeben. Wir werden gemeinsam auf diesen Augenblick warten, Inspector Kamal.«

»Fahr zur Hölle.«

»Genau zu dem Platz, an dem Sie die vielen Jahre gewesen sind – und an den Ihr Volk gehen wird, wenn es Israel verlässt.« Lev stand weiterhin ehrfürchtig und gelassen da. »Die Palästinenser werden endlich besiegt sein, und zugleich ist meine Rache gegenüber einem noch älteren Feind erfüllt.«

»Sie irren sich, Rabbi.« Ben spürte, dass seine Kraft zurückkehrte, während das Dröhnen der Winde zunahm. »Daws' Schriftrolle erzählt gar nicht die Geschichte, die Sie erwartet haben. Im Gegenteil. Sie beweist, dass es lange vor dem Messias, auf dessen Erscheinen Sie warten, einen anderen Messias gegeben hat. Sein Name war Jesus Christus. Tut mir leid, Sie zu enttäuschen.«

Mordecai Levs Gesicht verzerrte sich unter seiner dunklen Brille. Er begann vor Zorn zu zittern.

»Sie können mich töten«, sagte Ben ruhig. »Sie können das Öl in die Luft jagen und unser Wasser vergiften, aber Sie werden immer noch nicht *siegen,* denn die gesamte Existenzgrundlage der Amudei Ha'aretz ist eine Lüge. Haben Sie gehört? Eine Lüge!«

Lev taumelte vorwärts, stolperte und stürzte. Asher Katz sprang zu ihm, um ihn aufzufangen, und war von Ben abgelenkt.

Ben war nicht sicher, woher er die Kraft zum Sprung nahm; er konnte sich nicht einmal darauf verlassen, dass ihn seine Beine trugen. Aber er schaffte es, sich auf Katz zu stürzen und ihn zu rammen, als der größere Mann Lev mit beiden Händen stützte. Die drei Männer fielen auf den Höhlenboden. Der Zünder rutschte durch den Sand und blieb Meter von Lev entfernt liegen.

Ein lautes Klicken ertönte, als das Kabel sein vorprogrammiertes Ende erreichte und die Sprengladung jetzt dicht über der Schieferschicht war, die das Öl schützte.

Mordecai Lev, dessen Brille bei dem Sturz zu Boden gefallen war und nicht mehr die milchigen leeren Augenhöhlen verdeckte, tastete am Boden herum, suchte verzweifelt den Zünder im Staub und Sand. Sein schwarzes Gewand war jetzt schmutzig und an einer der Schultern eingerissen.

Ben umklammerte Katz und rollte mit ihm über den Höhlenboden. Katz versuchte, seine MPi frei zu bekommen, doch er schaffte es nicht, weil Ben ihn zu Boden presste. Sie tauschten wuchtige Hiebe aus, von denen keiner viel bewirkte, bis Katz von unten die Daumen an Bens Kehle presste. Sie prallten gegen die Winde, und der Winkel für Katz' Hebelwirkung wurde besser.

Ben spürte, wie der Knorpel um seine Luftröhre allmählich nachgab. Er versuchte, sich aus Katz' Griff zu befreien, sich mit Fausthieben von ihm frei zu kämpfen, doch es gelang ihm nicht. Während Mordecai Lev weiterhin auf der Suche nach dem Zünder über den Boden tastete, konnte Ben das Kabel packen und es Katz um den Hals drehen. Bald konnte der große Mann nur noch mühsam atmen; dann gelang es Ben, auf den Knopf zu drücken, durch den das Kabel hochgezogen wurde.

Das lockere Ende spannte sich sofort, und Katz' Griff um Bens Kehle löste sich. Das Kabel riss Katz auf die Füße und schlug ihn gegen das Gehäuse der Winde. Sein Gesicht wurde purpurrot, und ein leises gurgelndes Geräusch drang aus seiner Kehle. Katz' zusätzliches Gewicht löste jedoch den automatischen Stopp der Maschine aus. Das Kabel hielt und erdrosselte Katz, dessen Füße im Todeskampf zuckten.

Ben fuhr zu Mordecai Lev herum, der mit der rechten Hand soeben den Stahl des Zünders ertastet hatte. Seine Finger schlossen sich darum, und er hielt ihn in den zitternden Händen und tastete nach dem Auslöser.

Ben wollte sich auf ihn stürzen, doch seine Beine gaben nach, und er bewegte sich kriechend über den Höhlenboden und schrie wild auf, als Lev schließlich den Knopf des Auslösers ertastet hatte.

Ben sah, dass ein rotes Lämpchen aufleuchtete.

»Nein!«

Aber keine Explosion donnerte in der Erde unter ihnen. Kein Donner erschütterte die Höhle.

Ben krachte mit der Schulter gegen den Körper des Rabbi, und wieder flog der Zünder durch die Luft, landete weit fort in der Dunkelheit. Ben schleppte sich mit steifen Schritten zur Kontrollkonsole der Winde. Er nahm das Kabel von Asher Katz' Hals und zog dessen Leiche vom Stahlgehäuse fort. Dann aktivierte Ben die Kontrollen, um die Sprengladung heraufzuholen. Die Winde drehte sich, und das Kabel glitt aus der Tiefe empor. Bald würde der Sprengstoff an der Oberfläche sein, und die Wasserleitung der Eastern Aquifer würde verschont bleiben.

»Gott hilf mir!«, hörte Ben Mordecai Lev schreien. »Gott sei bei mir!«

Ben fuhr herum und sah, dass der alte Rabbi den Zünder von neuem gefunden hatte. Lev hielt ihn vor sich und tastete wieder über die Metallhülle, bis er den Knopf fand und ein zweites Mal drückte.

Ein dumpfes Grollen erschütterte die Höhlenwände. Der Boden erzitterte, und Ben wurde fast von den Füßen gerissen. Die Winde kippte über Asher Katz' Leiche. Ben wirbelte ein letztes Mal herum und sah, dass Rabbi Mordecai Lev die Arme wie flehend zum Himmel reckte.

Dann stürzte Ben zu dem Pfad der Höhle, der hinauf zum Eingang führte, als die Welt um ihn einzustürzen schien.

Danielle gab es schließlich auf, um Hilfe zu rufen und vergebens zu versuchen, sich vom Lenkrad zu befreien. Sie schob den Schlüssel ins Zündschloss und ließ den Motor an. Mit der freien Hand schaltete sie und jagte durch die Judäische Wüste zur Höhle.

Dass Ben ihre Hand ans Lenkrad gefesselt hatte, verlangsamte sie nur geringfügig. Danielle lenkte den Jeep geradenwegs auf die Stufen des Ziegenpfads, der zum Höhleneingang führte. Sie schaltete das Fernlicht ein, um die Dunkelheit zu durchdringen, und trat das Gaspedal bis zum Bodenblech durch.

Ben hastete durch die Finsternis in die Höhe und hustete den Staub aus, der sich in seiner Kehle festgesetzt hatte. Er spürte, dass die Wände und Decke der Höhle rings um ihn einstürzten, deren Gefüge erschüttert worden war, als die Sprengladung zu nahe an der Oberfläche detonierte. In der Schwärze vor ihm war nichts zu erkennen, und manchmal stieg der Pfad so steil an, dass Ben zurückrutschte, ganz gleich, wie sehr er sich voranzuschleppen mühte. Doch irgendwie gelang es ihm, sich weiterzukämpfen, immer noch in dem Glauben, aus der Höhle herauskommen zu können. Dann aber begann sich die Öffnung im Pfad vor ihm zu schließen und bot keinen Durchlass mehr, als Ben sie erreichte. Erde und Steine häuften sich vor ihm auf, und er hustete und spuckte Staub.

Gefangen ... kein Ausweg ...

Ben presste verzweifelt die Handflächen gegen die Wand, die sich vor ihm gebildet hatte – und dann hatte er das Gefühl, die ganze Welt würde ihm entgleiten.

Danielle zögerte keine Sekunde, steigerte noch das Tempo, als sie Stufe um Stufe den Ziegenpfad hinauffuhr. Ihr Fernlicht tastete himmelwärts, als die schweren Reifen sich die Steigung hinaufkämpften. Der Jeep bockte und wippte, schaffte jedoch die Steigung bis zum Höhleneingang.

Danielle hatte soeben erkannt, dass der gesamte Hügelhang rings um sie zu erbeben schien, als der Jeep durch den Höhleneingang krachte. Gestein fiel dröhnend auf die Haube und zerschmetterte die Windschutzscheibe. Die Höhle zerfiel vor ihren Augen im Scheinwerferlicht das Jeeps.

Ben glaubte, ein Licht zu sehen. Nur ein Schimmern am oberen Ende der Wand vor ihm, doch es genügte, ihm Hoffnung zu geben. Er rieb sich Sand und Staub aus den Augen und stemmte sich hoch, reckte die Hände empor, fand die Öffnung und begann die weiche Erde von der Wand zu kratzen. Je mehr er wegkratzte, umso mehr Licht fiel durch die Wand, bis die Lücke schließlich groß genug war, dass er sich hindurchzwängen konnte.

Ben gelangte auf eine verfallende Schräge. Zentimeter um Zentimeter kroch er auf dem Bauch voran und scharrte Dreck und Gestein zur Seite. Schließlich zog er sich über eine Steigung in die Höhle, und das Licht wurde fast blendend. Der Blick seiner tränenden, vom Staub verklebten Augen wurde scharf genug, um die Schnauze von Danielles Jeep zu erkennen, der im Höhleneingang verkeilt war.

Ihre Augen weiteten sich, als sie Ben durch einen Hagel von Gestein und Dreck auf die Haube springen und sich daran festklammern sah. Sofort legte sie den Rückwärtsgang ein. Der starke Motor heulte auf, als sie Gas gab, und der Jeep erzitterte. Dann löste er sich aus dem Gestein, in dem er eingeklemmt gewesen war, und ruckte seitwärts die Stufen hinunter. Ben wurde beim ersten von zwei Überschlägen von der Haube geschleudert; dann prallte der Jeep auf und blieb auf der Fahrerseite liegen.

»*Danielle!*«, schrie Ben und schleppte sich zum Jeep, als der Höhleneingang über ihm verschwand.

EPILOG

»Am Ende hatten wir doch noch etwas gemein, Inspector«, sagte Gianni Lorenzo zu Ben Kamal, der ihm in einem Gemeinschaftsraum der vatikanischen Vertretung in Jerusalem gegenübersaß. »Wir sind beide Männer, die ihr Wort halten.«

Wegen diplomatischer und politischer Belange unterhielt der Vatikan kein offizielles Konsulat in Israel, doch die Vertretung erfüllte den gleichen Zweck, indem sie Offiziellen der Kirche erlaubte, Aufgaben ähnlich denen eines Botschafters zu erfüllen. Aber die dunkle Holztäfelung und die dunkelroten Ledermöbel verliehen dem Gemeinschaftsraum eine düstere Atmosphäre, die weder vom weichen Licht der Beleuchtung noch vom Feuer im Kamin gemildert werden konnte. Ben saß mit dem Rücken zum Kaminfeuer in einem Sessel und spürte die Wärme.

»Sie sind ein guter Christ«, fuhr Lorenzo fort. »Sie haben der Kirche einen großen Dienst erwiesen.«

»Weil das Morden sonst weitergegangen wäre, nicht wahr?«, sagte Ben herausfordernd. Die Schmerzen von der vergangenen Nacht waren noch nicht abgeklungen. Bei jeder Bewegung verzog er das Gesicht. Sein rechter Arm hätte in einer Schlinge ruhen müssen, und er würde noch monatelang humpeln. Aber er verspürte nur Zorn, als er Lorenzo anschaute. »Wie viele Menschen wären noch umgebracht worden?«

»So viele wie nötig.« Lorenzo blickte auf den Stapel Seiten, die auf Bens Schoß lagen, ausgedruckt von der Diskette, die Ben Father Mike zur Aufbewahrung gegeben hatte. »Jetzt aber keiner, was Ihnen zu verdanken ist.«

»Zu spät, um meinen Neffen zu retten«, sagte Ben bitter.

»Ich habe eine Pflicht erfüllt, die vor vielen Jahren an mich weitergegeben wurde, Inspector«, verteidigte sich Lorenzo. »Als Soldat der Kirche hatte ich keine Wahl. Das müssen Sie begreifen.«

»Ich weiß nur, dass viele gute Menschen tot sind.«

»Auch Mordecai Lev.«

»Es ist kein fairer Handel.«

Lorenzo wirkte kein bisschen reumütig. »Und was wäre gewesen, wenn Lev Recht gehabt hätte? Wenn die Schriftrolle tatsächlich bewiesen hätte, dass Christus nur ein gewöhnlicher Mann war? Die Tode, die ich verursacht habe, sind nichts im Vergleich zu der Katastrophe, zu der die Enthüllung einer solchen Wahrheit geführt hätte. Der Glaube ist ohnehin schwach geworden. Er braucht nicht auch noch auf die Probe gestellt zu werden.« Abermals glitt sein Blick zu den Seiten auf Bens Schoß. »Aber mit diesem Manuskript können wir der Menschheit endlich den Beweis erbringen, dass ihr Glaube berechtigt ist.«

»Ich habe mir gedacht, dass Sie das sagen«, erwiderte Ben mit der Andeutung eines Lächelns und zuckte vor Schmerzen zusammen, als er sich zum Kaminfeuer drehte und die Seiten in die Flammen warf.

Lorenzo sprang aus dem Sessel auf. *»Nein!«*

Er stürzte durch den Raum und war fast am Kamin, als Ben Daws' Originalfotos und Ari Coens Diskette ebenfalls in die Flammen warf. Die Seiten waren nur noch verkohlte Reste, als Lorenzo am Feuer war. Die Fotos waren geschmolzen, die Diskette von den Flammen verzehrt.

»Für meinen Neffen, Colonnello.« Ben sah Gianni Lorenzo vor Schock zittern und um Atem ringen. »Um ein Versprechen einzulösen, das ich meinem Bruder gegeben habe. Wie Sie sagten, ich bin ein Mann, der sein Wort hält.«

Als Ben bei der Kirche in Jericho eintraf, räumte Father Mike immer noch das Durcheinander auf, das in der Nacht zuvor angerichtet worden war.

»Brauchen Sie Hilfe?«

Father Mike hielt beim Aufsammeln von Scherben inne und seufzte. »Ich glaube, du hast genug für ein Leben angerichtet, mein Sohn.«

»Genau deshalb dachte ich mir, ein wenig von der üblichen Buße wäre in Ordnung.«

Father Mike richtete sich aus der gebückten Haltung auf, und seine Kniegelenke knackten. »Weißt du was. Ich glaube, du hast dich verändert, mein Sohn.«

»Vielleicht bin ich nur müde.«

»Nein«, sagte Father Mike überzeugt und warf eine Hand voll Müll in einen Abfalleimer. »In der vergangenen Nacht ist etwas passiert, nicht wahr?«

Ben erinnerte sich an den Moment, als Rabbi Mordecai Lev in der Höhle zum ersten Mal auf den Knopf seines Zünders gedrückt hatte.

Das rote Lämpchen leuchtete auf, der Auslöser war betätigt worden …

»Ja«, sagte Ben, »es ist etwas passiert.«

Father Mike nickte wissend. »Du brauchst es mir nicht zu erzählen. Was immer es war, es gehört dir. Es ist dein Wunder, Ben. Manchmal ist es besser, man belässt es dabei.« Er wies zur Kanzel. »Es sei denn, du möchtest es hier am Sonntag zum Thema einer Gastpredigt machen.«

»Sie meinen, die Leute würden tatsächlich die Geschichte glauben, die ich ihnen zu erzählen habe?«

»Würdest du es tun?« Father Mike legte den Arm leicht um Bens Schulter und führte ihn zum Pfarrhaus. »Lass es gut sein, essen wir etwas zu Mittag.«

»All der Schaden tut mir leid.«

»Das Haus Gottes muss ständig repariert werden, genau wie die Seele der Menschen.«

»Erstaunlich, was Sie mit einem Hammer, ein paar Nägeln und ein bisschen Leim bewirken können.«

Father Mike blieb stehen und lächelte. »Manchmal, Ben, ist das wirklich so.«

Von Father Mike aus fuhr Ben zum Hadassah Hospital in Jerusalem, um Danielle zu besuchen. Ein kühler Frühlingsregen setzte ein und spülte den Staub, den der heiße trockene Wind in der vergangenen Woche in die Stadt geweht hatte, in dünnen Rinnsalen an den Straßen entlang.

»Die Ärzte sagten, sie können erst in zwei Wochen Genaues über das Baby sagen«, erklärte sie Ben, während der Regen auf das Fenster ihres Privatzimmers prasselte.

»Aber die Anzeichen …«

»Alle günstig. Ein Wunder, wenn man die Umstände bedenkt.«

Ben lächelte.

Danielle verzog das Gesicht, als sie sich auf die Ellbogen stemmte. »Hör zu, was die Erziehung des Kindes betrifft …«

Ben legte ihr die Spitzen zweier Finger leicht auf die Lippen. »Nicht jetzt.«

Danielle seufzte. »Und was ist mit dem Öl?«

»Die Explosion war zu nahe an der Oberfläche, um die dicke Schutzhülle zu beschädigen, die um das Vorkommen herum lag. Die Wasserversorgung der West-Bank ist vor einer Verseuchung sicher. Und Colonel al-Asi hat mir gesagt, dass die Existenz des

Öls ein Geheimnis bleiben wird, bis Ingenieure es auf eine Art und Weise fördern können, die ökonomisch Sinn macht. Und bis dahin, so hat man ihm versichert, wird der Gewinn zwischen unseren Völkern geteilt.«

»Nicht, wenn Moshe Baruch dabei etwas zu sagen hat.« Danielles Blick wurde härter, und ihre zu Schlitzen zusammengekniffenen Augen spiegelten Zorn wider. »Wir können ihm nichts anhaben, oder?«

»Du weißt die Antwort darauf besser als ich.«

»Er wird bei der Nationalpolizei seine eigenen Leute von der Spitze bis nach unten einsetzen. Ich werde mich glücklich preisen können, wenn ich einen Job als *samal sheni* bekommen kann, als Corporal.«

»Das mit Commissioner Giott tut mir leid, Pakad.«

»Und mir tut es leid, was mit deinem Neffen geschehen ist.« Sie blickte gedankenverloren vor sich hin. »Ich frage mich ...«

»Was?«

»Wenn er nicht Mitglied des Teams gewesen wäre, das ermordet wurde, hätte es nie einen Grund gegeben, dich in die Judäische Wüste zu rufen ...« Sie runzelte die Stirn und führte den Gedanken nicht weiter aus. »Ich nehme an, Gott wirkt auf geheimnisvolle Weise.«

»Ja«, sagte Ben. »Das tut er.«

Als sich dem jungen Gunn Henderson neue berufliche Perspektiven bieten, zögert er nicht lange, zumal der Job in einer expandierenden Marketing-Firma mit vielen Annehmlichkeiten verbunden ist. Sein neuer Chef prophezeit, dass Gunn innerhalb eines Jahres Millionär sein wird, und überläßt ihm und seiner Familie eine Luxuswohnung samt Koch und Hausmeister. Doch dieses Leben hat seinen Preis: Denn der angebliche Hausmeister verfolgt einen finsteren Plan, und für die Hendersons beginnt ein Spiel auf Leben und Tod …

ISBN 3-404-14553-4

BASTEI LÜBBE

Penn Cage kennt den Tod wie seine Westentasche: Als Staatsanwalt hat er sechzehn Menschen in die Todeszelle gebracht. Doch nach dem plötzlichen Tod seiner Frau sehnt er sich nach Ruhe und Frieden. Mit seiner kleinen Tochter begibt er sich in die Stadt seiner Kindheit, um den Schatten der Vergangenheit zu entfliehen. Aber Natchez, Mississippi, ist nicht der Ort, um seine Trauer zu begraben. Ein dunkles Geheimnis umgibt diese Stadt im Süden der USA, ein Geheimnis,an dessen Aufdeckung niemand Interesse bekundet …

›Nach *@E.R.O.S.* und *Schwarzer Tod* läuft Greg Iles zur Hochform auf.‹ *WASHINGTON POST*

ISBN 3-404-14550-X

BASTEI LÜBBE